소설 속 풍경 읽기

김봉진 평론집

새미

첫 평론집을 펴내면서

첫 번이라는 뜻은 새로움과 조심스러움을 함께 담고있는 것 같다. 그래서 제 1부에는 학문하는 과정에서 썼던 글들을 모아보았다. 주로 한 작가나 작품에 관한 글들이다. 1부에 실린 작가론과 작품론에서 다룬 김동인, 김유정, 이상, 채만식 같은 작가들은 이미 작고한 분들로, 그분들이나 그분들의 작품에 대한 내 생각을 정리한 것이다. 그리고 2부에서는 그동안 계간 문예잡지인 ≪문예운동≫에 발표했던 소설평을 모아보았다. 여기에 실려있는 글들은 1999년 가을호부터 2002년 겨울호까지 발표했던 소설평을 모은 것이다.

계간 잡지에 소설평을 쓰다보니 어느새 3년이 넘는 세월이 흘러갔다. 매번 잘 써야겠다고 생각을 했지만 학교 강의와 겹치거나 아니면 여러 가지로 바쁜 일들이 생겨 결국에는 마감이 다 되어서야 학교 도서관에서 구독하는 몇몇 문예잡지에 실린 몇 편의 작품들을 읽고 평하는 일이 매 계절마다 반복되었다. 처음 계간평을 써달라는 부탁을 받고 교보문고에 가서 우리나라에서 팔리고 있는 잡지에 실려있는 소설작품들의 수를 헤아려 본 적이 있었다. 계간이니까 3개월동안 발표된 소설작품을 대상으로 하여 잘된 작품을 선정해야 했기 때문에, 먼저 그 기간동안 몇 편이나 발표되고 있는지를 알아보고자 한 것이다. 서점에 깔려있는 잡지에 발표되는 소설작품들을 대략 헤아려보니 3개월동안에 70여편이 넘게 발표되고 있었다. 그리고 난 그때서야 우리나라에 이렇게 많은 문학잡지가 나오고 있고, 또 이렇게 많은 소설들이 발표되고 있구나 하고 놀란 적이 있다. 명색이 문학공부를 한다는 내가 이름을 처음 들어본 문학잡지들도 꽤나 많이 있었다.

나의 게으름 탓인가. 우선 처음 보는 잡지들이 많다는 것은 내가 게으른 탓이라고 할 수 있었다. 그러나 그 많은 문학잡지들이 팔리고 있다는 것이 신기하기만 했고, 정말 우리 문학을 사랑하는 사람들이 그렇게 많이 있어서 이렇게 많이 만들어지고 있는 것인지 의아심이 들기도 했다. 나는 이런 생각을 하면서 책방을 나왔고, 결국에는 그 많은 소설작품들을 읽을 엄두를 내지 못한 채 도서관에서 구입하는 문학잡지 몇 권을 대상으로 하여 그 속에 실려있는 작품들 중에서 몇 편을 추려 그때그때마다 계간평을 쓰곤 했다.

이제 지난 3년동안 발표했던 소설평과 글들을 모으다보니 부끄러움이 앞선다. 소설평이랍시고 해놓은 것이 대부분 작품 해설에 그치고 말았기 때문이다. 그러나 날카로운 평자의 태도 못지 않게 성실한 독자의 태도도 중요하다고 생각한다. 그동안 많은 평론가들이 문학작품들을 서양의 이

론을 기준으로 하여 몇 마디 덧붙여서 평가하는 것을 많이 보아왔다. 그 과정에서 나오는 비판적 태도는 당연한 것일지도 모른다. 그러나 외국의 이론에 기준을 둔 평가보다는 그냥 성실한 작품읽기도 필요하다고 생각했다. 또 한편으로는 매를 때리기보다는 사랑의 말이 더 큰 효과가 있을 것이라는 생각도 작용하였다. 그래서 읽어본 작품 중에서 어느 정도 수준을 갖추고 있으며 내가 쓰고자 하는 주제에 맞는 작품들을 선택하여 해설하였다. 어쩌면 나는 앵무새보다는 참새가 되고 싶었던 것인지도 모르겠다. 이제 부끄러운 작업이지만 여러 사람들 앞에 그동안 써왔던 글을 모아 하나로 묶어 선보이려 한다. 어쩌면 내 글 속에는 아직 유치한 부분도 있고 또 잘못 짚은 부분도 많이 있으리라 본다. 그러나 잘못된 부분은 나의 능력 부족에서 연유한 것이니 겸손히 다 받아들이고 싶다. 주위 선배와 동료들의 많은 질책과 충고를 바란다.

4335년(서기 2002년) 12월 20일
월계동 탑집에서
김봉진

머리말__**첫 평론집을 펴내면서**

1부__근현대 작가 · 작품론

2부__현대소설의 여러 풍경들

1부 근현대 작가·작품론

애국 계몽기의 문학 운동

– 〈독립신문〉과 〈대한매일신보〉를 중심으로

1. 머리말

우리나라의 역사를 통해서 보면 고려 말 몽고의 압제가 심해져갈 때 나라의 주체성을 강조하는 문학작품들이 많이 나타나고 있고, 조선조 말에 나라의 독립이 위태로워졌을 때도 나라의 독립과 주체성을 강조하는 문학작품들이 많이 나타나고 있다. 이러한 문학작품들을 일컬어 애국 계몽기의 문학이라고 할 수 있을 것이다. 일반적으로 나라가 위기에 처했을 무렵에는 나라의 자주 독립과 자존의식을 강조하는 문학 작품들이 많이 나타나기 마련이다. 이 글에서는 우리 역사에서 이러한 현상이 뚜렷이 나타나던 시기인 19세기 말에서 20세기 초의 문학현상을 그 당시 발간된 신문에 실려있는 가사 작품을 중심으로 다루고자 한다.

우리나라 문학사에서 애국 계몽기 또는 개화기라고 이야기 할 때 1860년 무렵부터 그 초창기 형태를 찾을 수 있다. 그러나 이러한 현상이 문학작품에 본격적으로 반영되기 시작한 것은 1890년 무렵부터이다. 따라서 본고에서는 이 시기의 문학활동을 살펴보는데 있어 본격적인 활동이 이루어진 1890년부터 1910년까지로 한정하여 조사하였다. 1890년부터 1910년 사이는 시시각각으로 나라의 국권을 위협하는 서구 열강들의 무

력 시위와 뒤이어 그들을 대신한 일본에 의해 불평등한 강화도 조약이
체결되는 등 주변국들의 침략적인 행위로 말미암아 우리나라의 국권이
매우 위태로운 때였다. 이러한 주변의 상황 때문에 그 당시의 선각자들은
국민들을 계몽하고 또 나라의 주권을 보전하기 위하여 문학활동을 통한
구국운동을 다양하게 전개하였다. 이 중에서도 국민들에게 영향력이 크
고 그 시대의 상황을 구체적으로 드러내 보여주었던 것은 신문이었다.
이 글에서는 그 당시에 발행된 신문들 중에서 영향력이 컸고 그 추구하는
방향이 뚜렷했던 <독립신문>과 <대한매일신보>를 중심으로 그 당시
의 애국문학 작품들의 경향을 살펴보고자 한다.

　　1890년부터 1900년 사이에는 몇 가지 신문이 발간되었다. 그 중에서도
대표적인 신문은 1896년에 발간되기 시작한 <독립신문>이다. <독립신
문>은 1896년 4월 7일 서재필에 의해 창간되어 처음에는 격일로 발행되
다가 뒤에 일간으로 전환하였는데, 서재필이 국내 수구파의 배척으로
한국을 떠나고나서 얼마 지나지 않은 때인 1899년 12월 4일 총 278호로
폐간되었다. 그리고 1901년부터 1910년 사이에도 몇몇 신문들이 발간되
고 있었지만 애국 계몽운동을 담당한 가장 대표적인 신문은 <대한매일
신보>이다. 대한매일신보은 1904년 7월 18일에 영국인인 베델에 의해
처음에는 2쪽은 한글판이고 4쪽은 영문판인 형태로 창간되어 발행되었
다. 창간된지 7개월이 지난 1905년 3월부터는 일시 휴간하였다가 8월
11일에 속간하면서 영문판과 국한문판을 분리하여 발행하였다. 그리고
1907년 5월 23일부터는 순 한글판 <대한매일신보>를 따로 창간하여
발행하였다. 따라서 베델이 발행했던 신문은 3종류로서 당시에 가장 큰
영향력을 가진 민족지였다. 이 글에서는 이 두 신문에 실린 가사 작품들
을 중심으로 그 당시의 애국 계몽문학 활동들을 살펴보고자 한다. 이
두 신문 이외에도 그 당시 애국 계몽 문학 작품들을 다룬 신문으로는
<황성신문><제국신문> 등을 들 수 있다.

1896년부터 발행되기 시작한 <독립신문>과 1904년부터 발행되기 시작한 <대한매일신보>에 발표된 작품들은 서로 그 수준과 내용에 있어서 많은 차이점을 지니고 있다. 따라서 여기에서는 <독립신문>이 발행되던 시기를 전기, <대한매일신보>가 발행되던 시기를 후기로 하여 문학활동과 그 내용을 중심으로 각각의 특징을 살펴보고자 한다.

2. 전기 애국 계몽 가사

전기의 애국 계몽문학 활동은 외국 세력의 본격적인 침투에 따라 이에 대처하는 방식이 여러가지로 나누어진 끝에, 외국의 문물을 보고온 젊은 개화론자들을 중심으로 시작된다. 1860년 무렵부터 위협적인 양상을 띠어오던 서양 세력들은 1866년 병인양요를 일으키고 1871년 신미양요를 일으켰다. 서양의 이러한 침투에 대해서 우리의 유구한 역사를 강조하고 천주학의 부도덕적인 면을 노래한 작품이 신재효의 '괘씸한 서양 되놈'이다. 이 가사는 병인양요때 강화도에 침공한 외적들을 물리친 일을 찬양한 내용으로, 왜적에 대한 적극적인 투쟁 의지를 보여주고 있다. 신재효는 이 가사에서 서양 오랑캐를 천주학과 동일시하고 있다. 즉 천주교에서는 임금과 조상에 대한 충효의 윤리가 없음을 들면서 서양을 비판하고 있는 것이다.

1876년 서양을 대리한 일본과의 불평등한 조약인 강화도 조약을 계기로, 우리 정부의 힘은 무력해졌다. 이를 계기로 하여 일본과 러시아를 비롯하여 서양 각 나라들은 우리나라에서 서로 자기들의 이권을 얻기 위해 치열한 다툼을 벌였다. 더구나 강력한 통치력을 행사했던 대원군의 실권으로 인한 통치력의 공백은 외세에 제대로 대항하지 못하는 나약한 정부를 만들었다. 특히 대원군을 실각시키고 등장한 명성황후를 중심으

로 한 민씨 일파는 정권 유지를 위해 국내의 저항을 무마시키면서 외국
세력과는 결탁하였다. 결국 민씨 일파의 정책은 일본과 서구 열강들의
식민지화만을 조장하는 결과를 가져오게 된다. 이러한 배경 속에서 외국
세력, 특히 그 중에서도 일본 세격의 침투에 대항하여 일어난 것이 1894
년의 동학 전쟁이다. 이 싸움에서 농민들은 정부군과 연합한 일본군대에
패배를 당하게 되고, 그 결과 우리나라는 일본 세력의 본격적인 침투를
맞이하게 된다. 이러한 과정에서 개화의식을 가진 일부 집권층에 의해
이루어진 개혁이 갑오경장이다. 이러한 변화와 함께 이른바 자주 독립의
선포로서 고종의 황제 즉위식이 거행되나, 이는 형식이었을 뿐 실제로
나라의 실권은 일본을 등에 업은 친일파와 러시아를 등에 업은 친로파의
수중에 놓여 있었다.

이러한 시기에 서구와 일본에서 공부를 하고온 젊은 청년들을 중심으
로 나라의 자주 독립을 주장하고 민주적인 개혁을 요구하는 단체인 독립
협회가 결성되었다. 독립협회는 그 당시 개화론자들의 대표적인 집합체
였는데, 여기에서 이들은 자기들의 주장을 널리 알리고 또 정부에 대한
압력단체의 구실을 하기 위해 1896년 <독립신문>을 간행하게 된다. 이
들은 국내 서민층의 지지를 업고 구습을 탈피하기 위해 과감하게 한글만
을 써서 신문을 발행했으며, 외국에 있는 친한파들의 도움을 받기 위해
영자판을 곁들여 발행하였다. 따라서 이때 발행된 <독립신문>은 전기
애국 계몽 문학운동의 중심을 이루게 되는데, 이는 그 당시에 있어서
가장 폭넓은 독자층을 확보할 수 있었다는 점과 깊은 관련을 가지고 있다.

당시 순 한글만을 써서 신문을 발행했다는 것은 여러가지 의미를 갖고
있다. 우선 한글만을 사용함으로써 당시 한문에 익숙하지 못했던 서민들
과 여성들을 독자층으로 널리 확보할 수 있었다는 점과 그때까지 제대로
정리되지 않고 쓰였던 한글쓰기의 여러 원칙들이 제시될 수 있었다는
점 (예를 들면 띄어쓰기 등)을 들 수 있다.

<독립신문>에는 독자들의 투고 작품으로서 많은 가사 작품들이 발표되고 있다. 이들 작품들은 각각 제목들이 붙여져 있는데, 이들 제목에 나타나 있는 바와 같이 대부분 나라 사랑과 자주 독립을 강조하고 있다. 그리고 그 방법으로는 문명개화를 통해 이루어야 함을 주장하고 있다. 이는 <독립신문> 발행인인 서재필과 윤치호 등이 가지고 있던 개화의식을 보여주는 것으로서, 독자들의 많은 투고 작품들 중에서 그들과 뜻을 같이하는 작품만을 선별해 실은 것이라고 볼 수 있다. 이는 이들 가사들의 내용이 대체로 <독립신문>의 기사에 나타나 있는 견해와 거의 일치되고 있는 데서도 알 수 있다. 이제 구체적으로 그 당시 <독립신문>에 발표되었던 독자 투고 가사들의 내용을 살펴보자.

　　아세아의 대죠선이 자쥬독립 분명하다 합가 애야에야 애국하세 나라위해 죽어보세
　　분골하고 쇄신토록 츙군하고 애국하세 합가 우리정부 놉혀주고 우리군면 도와주세
　　김혼잠을 어서깨여 부국강변 진보하세 합가 남의천대 밧게되니 후회막급 업시하세
　　합심하고 일심되야 서세동졈 막아보세 합가 사롱공상 진력하야 사람마다 자유하세
　　남녀업시 입학하야 세계학식 배화보자 합가 교흌해야 개화되고 개화해야 사람되네
　　팔괘국긔 놉히달아 류대쥬에 횡행하세 합가 산이놉고 물이깁게 우리마음 맹세하세
　　　　　　　　　　－ 독닙신문, 1896년 5월 9일, 학부주사 니필균

　　우리나라 대죠션은 자쥬독립 분명하다 자쥬독립 되야시면 문명개화 됴흘시고
　　십부아문 대신들은 츙량지심 픔고지고 가부각군 관찰군슈 션뎡션치 하고지고

  면면촌촌 백성들은 사롱공샹 힘써보세 삼강오륜 쥰행하고 효뎨츙신 직
혀보세
  개화개화 헛말말고 실샹개화 하여보세 독립문를 크게짓고 태극기를 놉
히달세
  불너보셰 불너보세 애국가를 불너보세 님군사랑 몬져사랑 백셩사랑 후
에사랑
  사랑사랑 사랑중에 이사랑이 뎨일일세 만셰로다 만셰로다 우리나라 만
셰로다
                    - 독닙신문, 1896년 9월 10일 평양 보통문안, 리영언

  이 두 편의 가사를 통해서도 뚜렷하게 알 수 있는 바와 같이 1895년부
터 1900년 사이에 <독립신문>으로 대표되는 언론매체에 발표된 애국가
류의 가사들은 자주독립·충군·애국애족·부국강병·개화교육 등을
한결같이 강조하고 있다. 그리고 그 중에서도 앞에 예로 든 <독립신문>
의 애국가에 간명하게 나타나 있는 것처럼 개화해야 사람도 되고 우리나
라 국기를 높이 달아매고 온누리를 다닐 수 있다고까지 말하고 있을 정도
로 개화를 강조하고 있다. 그러나 이들 가사에서도 알 수 있는 바와 같이
이들 애국가류의 작품들은 단지 소박한 그들의 바램만을 나타내고 있을
뿐 더 이상의 구체적인 현실 감각은 보여주지 못하고 있다. <독립신문>
에 발표된 30여편의 이들 애국가류 작품들을 보면 대부분 4.4조 형식으로
되어 있으며, 제목과 내용에서 바로 그 뜻이 드러날 수 있도록 투고자의
생각과 주장을 그대로 드러내고 있어서 구호나 노래적인 성격이 강하다
고 말할 수 있다. 특히 신문기사나 논설 등에 나타나는 논리성과 대비시
켜 볼 때 그 수준에서 상당한 차이가 나타나고 있다.

  …(중략)… 외국셔는 관찰스와 원궃흔 것과 정부속에 잇는관원들을 빅
  셩을 식여 쏩게ᄒ니 셔령 그 군관들이 잘못ᄒ드랴도 빅셩들이 님군을
  원망 아니ᄒ고 즈긔가 즈긔를 꾸짓고 그런 스룸은 다시 투표ᄒ야 미관

말직도 식이지 아니ᄒ니 벌을 정부에서 주기젼에 빅셩이 그 사름을 망신을 식이니 그 관원이 정부에서 벌 주는 것보다 더 두렵게 넉일터이요 쏘 쳥ᄒ여 쌔질 도리도 업실 터이라 닉각 대신과 협판은 님군이 친히 쏘부시는거시 맛당ᄒ고 외임은 그 도와 그 골 빅셩으로 식여 인망잇는 사름들을 투표ᄒ야 그 즁에 표 만히 밧은 이를 쏘바 관찰ᄉ와 군슈들을 식어거드면 빅셩이 정부를 원망홈이 업실거시요 쏘 그러케 쏘분 사름들이 셔울셔 ᄒ나나 두사름의 쳔거로 식인 사름보다 일을 낫게 홀터이요 그 사름이 그 도나 그 군에 산 사름인즉 거긔 일을 셔울셔 가는 사름보다 자셰히 알터이요 거긔 빅셩들 ᄯ달게 원이든지 관찰ᄉ를 ᄒ엿스니 그 사름이 그 빅셩들을 위홀 식각이 더 잇스리라 정부에 관인이란거슨 님군의 신하요 빅셩의 죵이니 우희로 님군을 셤기고 아리로는 빅셩을 셤기는 거시라 ……(하략)……

– 독닙신문, 건양 원년(1896년) 사월 십사일 화요일 논셜.

……(즁략)…… 관찰ᄉ와 원이라 ᄒ는거슨 님군이 빅셩의게 보내신 ᄉ신이요 법 직히는 빅셩의게 죵이요 무법흔 빅셩의게 법관이라 ᄉ신의 직무는 무엇신고ᄒ니 ᄉ신 보낸이와 ᄉ신 밧는이 ᄉ이에 교졔를 친밀이 ᄒ자는 거시요 양편 ᄉ졍을 통긔ᄒ야 서로 알게 ᄒ는 거신더 ……(즁략)…… 관찰ᄉ와 원이 즈긔-몸을 싱각ᄒ기를 님군이 빅셩의게 보내신 ᄉ신으로 싱각지 아니ᄒ고 즈긔 몸을 빅셩들보다 놉흔줄노 싱각ᄒ여 빅셩 디졉ᄒ기를 무리ᄒ게 ᄒ고 정부 명령을 자셰히 젼지 못ᄒ는고로 빅셩이 정부도 몰으고 정부에셔 보낸 사름을 뮈워ᄒ니 엇지 군민간에 교졔가 잘 되리요 ……(하략)……

– 독닙신문, 건양 원년(1896년) 사월 십륙일 목요일 논셜.

외국의 예를 들어 당시의 관리제도를 비판한 이 글은 우리나라가 1990년대 들어서야 시행하기 시작한 지방 자치제도를 이미 백년전인 그 당시에 여러가지 장점을 들어 그 필요성을 논리적으로 제시하고 있다. 이러한 논리적 근거와 함께 한편으로는 관리들이 갖추어야 할 공복으로서의 자세를 논하고 있다. 이 점은 그 당시 <독립신문>을 발행했던 편집진들의 생각이 얼마나 앞서 갔는지를 나타내 주고 있다. 신문 편집자들의 의견인 이러한 논설과 함께 그 무렵에 독자 투고로 실린 가사를 비교해 보면 가사를 지은 사람들은 모두 개화를 찬성한 선각자이긴 하지만 신문 편집 진들과는 달리 대부분 개화를 그저 이상적이고 환상적으로만 인식하고 있었음을 보여준다. 따라서 신문기사나 논설류에 나타나는 구체적이고도 뚜렷한 개화의식은 서구 문물을 직접 눈으로 보고와서 신문을 발행했던 서재필을 비롯한 몇몇 사람들에게만 한정되었음을 알 수 있다.

앞에서 살펴본 것처럼 독립신문의 기사나 논설이 보다 논리적이고 구체성을 띠고 있음에 비해, 독자 투고로 이루어진 가사 작품들은 구호적이고 반복 언급을 통해 소박한 애국심이나 선진 문명에 대한 강한 열망을 나타내고 있다. 그러나 가사 내용들이 대부분 상투적이며 관념적이어서 당대 사회의 여러 상황들에 대한 구체적인 문제 제기까지는 이르지 못하고 있다. 따라서 독자 투고의 작품들 속에 많이 나타나고 있는 부국강병과 이에 대한 예찬은 일본과 서구 열강의 강한 무력에 대해 맹목적인 경도로 기울어질 위험을 항상 내포하고 있다. 이러한 점은 후에 개화를 주장했던 많은 사람들이 친일파로 변절하게 되는 현상과도 관련되고 있는데, 나중에 <대한매일신보>에서 개화파에 대해 신랄하게 비판할 때도 이 점을 지적하고 있다. 이제까지 <독립신문>에 발표된 작품을 중심으로 살펴본 전기 애국계몽기의 문학운동 양상을 몇 가지로 나누어 정리해 보면 다음과 같다.

첫째, 개화 지상주의가 두드러지게 나타나고 있다. 많은 사람들이 개화를 너무 이상적으로만 생각한 나머지 모든 일은 개화를 통해서만이 이룰 수 있다는 맹목적인 개화의식이 강하게 표출되고 있다. 그래서 그 당시에 개화란 말은 더 살기좋은 삶을 나타내는 요소로서 강한 호소력이 있었음을 알 수 있다.

둘째, 이러한 애국가류의 가사를 창작했던 사람들은 모두가 사회 각

부분에서 생업에 종사하고 있는 사람들인데, 그 중에서도 학생층이 가장 많다. 이는 그 당시 개화 욕구가 가장 강했던 층이 학생층임을 나타낸다.

셋째, 애국 계몽 가사류를 창작했던 작가들이 뚜렷하게 자신들의 이름을 밝히고 또 대부분 자신들의 직업(신분)까지도 밝히고 있다. 이것은 그 당시 개화에 대한 주장이 많은 사람들에게 환영받고 있었음을 나타낸다. 이는 또한 일본을 통해 들어온 서구의 여러가지 새로운 문물들에 대해 많은 사람들이 강한 기대감과 호기심을 나타냈던 그 당시의 현실상황을 반영하고 있다고 할 수 있다.

넷째, 비교적 논리적이었던 기사와 논설류는 상층부의 개혁을 추구하고 있고, 독자 투고로 된 애국 계몽 가사들은 하층 서민들의 개혁을 추구하고 있다. 독자 투고로 이루어진 가사 작품들은 대부분 일정한 율격과 소박하고도 직설적인 표현을 하고 있어서 논리적인 기사나 논설류보다는 당시 하층민인 서민층이 쉽게 이해하고 따라 부를 수 있도록 되어 있다. 이 점은 그 당시 문학적 호소력이 상층부보다 하층 서민 계층에게 더 강력한 효과가 있었음을 나타낸다. 그리고 신문 지면의 제약도 있었겠지만 긴 가사 작품보다 짧은 가사 작품들을 실었고, 또 가창을 할 수 있도록 된 작품들을 실었다는 것은 가급적 널리 알려 많은 사람들의 입에서 불리워지기를 기대한 것이라고 볼 수 있다.

독립신문은 1899년 12월 4일자로 폐간되는데, 당시 신문 편집진은 미국에 있는 서재필의 동의 아래 정부에 신문사를 매각하는 형태를 취했지만, 신문이 매각된 이후 더 이상 발행되지 않았기 때문에 실질적으로 매각이 폐간으로 이어지게 된다. 이와 같은 전기 애국 계몽운동은 수구파와 개화파의 다툼 속에서 수구파의 공격에 의해 독립협회가 해산되고 개화파들의 힘이 약화되면서 <독립신문>마져 폐간되자 자연히 쇠퇴하였다.

3. 후기 애국 계몽 가사

20세기에 들어와서 우리나라에 대한 일본의 침략 의도가 더욱 노골화되어가자, 국난 극복의 의지가 국민들 사이에서 구체적으로 나타나면서 이러한 경향들이 문학작품을 통해서도 표현되고 있다.

> 여보시요 동포님네 이내말삼 들어보오 출어세상 일평생에 허고갈일 무어시오
> 효데츙신 근본이요 시롱공상 사업일세 우리인생 꿈갓흐니 허송세월 엇지할가
> ……(중략)……
> 골수에 깁히든병 독삼탕이 데일이오 대한형편 당금사세 동포합심 데일이오
> 협잡하는 동포님네 제발격션 고만두오 불붓난대 부채질도 조곰해야 마시잇소
> 붓채질로 종사하면 끈난사람 화증나오 도라간봄 다시왓소 정신차려 고만두오
> 불고생사 합심하여 충군애국 하압시다
> ……(중략)……
> 이러하니 져러하니 인심원망 셔로말고 우리동포 합심하여 츙군애국 하옵시다
> 할수업단 말만말고 진츙갈력 하옵시다 목젹증거 분명하압 좌이대사 마옵시다
> 독립대한 자유권을 그뉘게다 미루갯소 복망복츅 하옵나니 우리정부 대신님네
> 음운을 거드쳐서 태양을 발켜쥬오
> ……(하략)……
>
> ― 대국신문, 광무 7년(1903년) 4월 15일 광주 박생.

1903년 <제국신문>에 발표된 이 가사는 전기 애국 계몽문학 작품들

과는 달리 직설적인 표현과 함께 비유를 적절하게 사용해 가면서 보다 구체적으로 그 당시의 잘못된 세태를 비판하고 앞으로 나아가야 할 바를 제시하고 있다. 그 당시 우리나라 대신들은 친로파와 친일파로 나뉘어져서 그들 각 파당의 이익만을 위해 움직이고 있었다. 따라서 이미 몰락해 가고 있던 왕권의 향방에만 관심을 기울이고 있었을 뿐 국민들의 의식이나 생활에 대해서는 아무런 관심도 두지 않았다. 이러한 상황에서는 타락한 관리들이나 집권층보다는 국민들 모두의 자각이 더 필요하게 된다. 이 가사 작품은 이러한 시대적인 상황에 대해 구체적인 사례를 들어가면서 잘못된 점을 비판하고 국민들의 단합과 애국심이 필요함을 호소하고 있다. 특히 이 작품에서는 "오날저역 멋백원이 내일아참 쥬사로다"라는 말로 그 당시 가장 공공연한 타락현상인 매관매직 현상을 직설적으로 비판하고 있으며, "제밧업난 남의병작 관차라 임이바지에 각항구실도 하니 남난것시 아죠업소"라고 그 당시 농민들의 비참한 현실을 고발하고 있다. 또한 "갓흔동포 편당되여 교인시비 종종나네 눈과귀로 듯고보니 거무어시 상쾌하오 오나세월 잠간이요 정신차려 고만두오"라는 말로서 심한 학정 속에서 마음을 의지하려고 믿음을 갖게된 교인들끼리 서로 종교가 다르다고 싸우는 현상에 대해 비판하면서 서로 한 마음으로 합쳐 임금을 위하고 나라에 애국하자고 호소하고 있다. 종교에 대한 이러한 비판은 천주교 등 서양서 들어온 외래종교에 대해서 무조건 비판적이던 19세기 후반의 상황과는 많이 달라졌음을 보여준다. 즉 믿음 그 자체보다는 올바른 믿음에 대해서 이야기하고 있음을 알 수 있다. 이처럼 20세기에 들어와서 창작된 가사 작품들은 19세기 애국가류의 작품들과는 달리 직접 현실을 직시하면서 국민들의 새로운 각성을 촉구하고 있다. <제국신문>은 이처럼 자주 독립에 대한 열망과 일본에 대해 비판적인 기사 등을 자주 게재했기 때문에 1904년 10월 9일 주한 일본군 헌병 사령부에 의해 우리나라에서 발행된 신문사상 최초로 강제 정간 명령을 받게 된다.

후기 애국 계몽문학 작품들이 본격적으로 나타나기 시작한 것은 1905년 이후부터이다. 1904년 일본과 러시아 사이의 세력다툼인 러일전쟁에서 일본이 승리하게 되자 일본은 우리나라에 대해 더욱 강압적이고도 무리한 요구를 가하기 시작했다. 그러나 힘이 없었던 우리나라 정부는 일본의 압력에 굴복하여 1904년에 제 1차 한일협약을 체결하였고, 이에 따라 일본인에 의한 고문정치가 시작되었다. 이후 일본은 1905년에 을사조약을 강제로 체결하여 우리나라의 외교권을 박탈하고, 통감부를 설치하는 등 노골적으로 우리나라의 내정에 간섭하기 시작하였다. 이렇게 일본에 의해 우리나라가 주권을 잃고 식민지화 되어가자 위기 의식을 느낀 일부 국민들과 언론 매체들은 그 당시의 집권층에 대해 준열한 비판과 함께 새로운 각성을 촉구하기 시작했다. 특히 1905년 8월 1일에 영국인 베델에 의해 창간된 <대한매일신보>는 발행자가 그 당시 강대국이었던 영국인이었기 때문에 함부로 탄압할 수 없다는 점을 이용하여 직설적인 표현을 써서 그 당시의 잘못된 현실을 비판하였다. 그 당시에 발행된 <대한매일신보>는 기사의 끝부분에 연이어서 작가의 필명만을 제시하거나 지은이의 이름도 없이 부분적으로만 제목을 붙인 가사 작품들을 싣고 있는데, 이름없이 제시된 가사 작품들은 대부분 편집자들에 의해 지어진 것으로 추측된다. 그 내용은 그때그때의 사회적인 문제나 나라를 외국세력에 넘기려는 매국노나 매국집단을 비판한 내용으로 되어 있다. 작품에 이름이 구체적으로 제시되지 않은 이들 가사들은 일반적으로 사회등 이라는 표제 아래 제시되고 있는데, 이 사회등 가사의 내용은 우리나라가 국권을 빼앗긴 해인 1910년에 가까와올수록 더욱 치열한 구국정신을 나타내고 있다.

「成立無期」

……(중략)……

壹國으로 말홀진디 政令刑法 明愼ㅎ고
精甲利兵 整修ㅎ며 忠良人材 擇用ㅎ고
奸猾小人 退斥ㅎ야 上下壹心 흔然後에
登國成立 홀터인디 政令刑法 不壹ㅎ고
亂臣賊輩 縱橫ㅎ야 滅亡키만 催促커던
어느결을 成立될까

슯흐도다 한人들아 危急存亡 此時局에
三分五裂 이러ㅎ고 百孔十鑿 져러코야
무슴希望 잇슬손가 諸君들의 希望홀바
諸君들도 아는비니 愛國二字 佩符삼어
壹心團結 ㅎ여보소 非常之事 잇고셔야
非常之功 잇느니라

- 대한매일신보, 1909년 4월 2일

「傀儡 世界」

……(중략)……

第壹場에 드러서니 傀儡大臣 會議혼다
厚祿高套 古帽子로 허허ㅎ는 흔소리에
閑令部令 쩌러지면 八道人民 죽어나고
條約協約 하고보면 三千里가 쩌나간다
그傀儡가 壯觀일세

第二腸에 드러서니 傀儡記者 안졋구나
韓人新聞 인체하나 등뒤에셔 지리들이
요리고리 놀리는디 붓슬들고 記錄ㅎ면
怨讐들은 謳歌ㅎ며 제나라는 戕賊혼다
그傀儡가 壯觀일세

- 대한매일신보, 1909년 9월 28일

崔永年子 瑛植이는 日人되기 志願하야

日人姓名 變稱호고 同學生徒 甘誘호야
챵鬼窟로 引導타가 黜學까지 當힛다니
年才十歲 韓國兒가 大和魂이 웨들엇노
不識不知 하거니와 此兒當初 成胎時에
무슴妖氣 밋쳐던고

大逆不道 宋秉畯은 僥倖 命곳 살까하야
日本으로 건너간後 中樞顧問 뎌月俸을
낙짝낙짝 受喫하니 불상하다 뎌金錢아
一政恐慌 此歲月에 公益事나 敎育費에
應用物이 못되고셔 逆賊놈에 비썩이에
살질감이 되엿고나

顧問大監 李址鎔과 侍從院卿 尹德榮은
무슴金錢 過多하야 五日大宴 三日小宴
쉬지안코 놀아나니 滿天愁雲 西起하고
腥風血雨 慘담흔디 國家形便 살펴보면
痛哭히도 不滿커늘 禽獸木石 아니어던
뎌와깃치 無心호고   (社會燈)

－대한매일신보, 1910년 2월 12일.

逆賊巨魁 宋秉峻은 李容九를 招請호야
釜山 大池 旅館內에 深僻壹室 擇定호고
秘密會議 흔다호니 其密議가 何事인고
乙巳年에 密議흔後 宣言書를 發布호고
昨年冬에 密議흔후 聲明書를 提出터니
이번 密議흔後에는 무슨 書를 做出켓노

總理大臣 李完用은 死中에 復生흔後
將來 刺客 防備코즈 小門 建築 흔다호니
秦始皇의 萬里城을 貴宅에다 環요호고
夜則三徒 其寢호며 死則七十二塚호되

不悛前過 ᄒ고보면 自作之孼 難逭이라
小門建築 하지말고 大罪 悔改 좀 ᄒ시오 (社會燈)
                    - 대한매일신보, 1910년 2월 18일.

　이들 가사 작품에서 거론된 대표적인 인물들로는 이완용·송병준·고
영희·김윤식·이용구 등이 있으며, 단체로는 일진회에 대한 비판이 가
장 많이 나타나고 있다. 또한 <대한매일신보> 1910년 2월 1일자에서는
독립신문의 발행인인 서재필도 다음과 같이 비판하고 있다. '以前韓人
徐載弼노 至今美人 쩨이쏜은 賤ᄒ 목슴 保全코져 他國가셔 入籍ᄒ후
上等國民 되엿노라 祖國皇上 謁見時엔 眼鏡쓰고 뒤짐지며 外臣二字 敢
稱터니 自己라셔 叛國ᄒ민 其妻라셔 背夫ᄒ야 離婚까지 되엿다니 報復
之理 업슬손가 美國ᄀᄐ혼 富國안에 街上乞人 첨낫도다 至今에는 도로혀
셔 劣等國의 女子라도 뎌거지를 안밧을썰' 이라면서 서재필은 조선인이
아니라 미국인으로 행동하는 매국적인 인물로 표현하고 있다. 이들 개인
이나 단체는 그 당시 집권층이나 강력한 세력을 가지고 있던 집단으로,
일본을 위해 일하며 나라를 배반한 인물들과 집단들이어서 가장 많이
나타난 것으로 보인다. 이들 이외에도 탐관오리, 매음녀, 개화파, 통역관,
기자, 유생들도 또한 매섭게 비판당하는 대상으로 되어 있는데, 이들도
매국적 인물과 단체들 못지않게 당시 사람들에게는 나라를 어지럽히고
좀먹는 대상으로 지적당하고 있었음을 나타낸다. 이처럼 수구파나 개화
파를 가리지 않고 또 집권층이나 서민층을 가리지 않고 나라의 기틀을
어지럽히는 세력을 비판하고 있다는 것은 비판자가 어느 집단이나 세력
을 옹호하는 세력이 아니라 구국투쟁운동의 한 방편으로서 가사를 이용
하고 있음을 나타낸다. 즉 후기 계몽문학운동은 당대 사회에서 민족과
국가를 좀먹는 세력들에게 날카롭게 비판하고 풍자하면서도 그 이외의
모든 국민들에게 새로운 각성을 촉구하는 구국운동이라고 말할 수 있다.

특히 신문 논설류의 글에서는 그러한 모습을 구체적으로 보여주고 있다.

「宋秉畯氏의 自抉其目」

世上에 奇人怪人愚人悍人이 多有ᄒ지마ᄂᆞᆫ 彼宋秉畯과 如히 奇怪愚悍
ᄒᆫ 人은 絶無ᄒᆯ지로다

古代에 支那人 師曠은 音樂을 硏究코ᄌ ᄒ야 결目ᄒᆫ 事가 有하거니와
宋시ᄂᆞᆫ 何를 硏究ᄒ랴고 其目을 自결ᄒ얏ᄂᆞ뇨

奇哉怪哉愚哉悍哉라 彼宋시여 貝是忠論을 惡見ᄒ야 其目을 自결ᄒ며
直言을 惡聞하야 其耳를 自薰ᄒ고 奄然히 壹盲聾人을 作ᄒ얏도다

噫噫 宋시여 本報가 日로 銳利ᄒᆫ 筆鋒을 磨ᄒ야 彼의 頑腦를 斫ᄒ여
奸腸을 刺ᄒ고 其五臟六腑를 披ᄒ야 世人의 供覽에 照ᄒ니 彼가 本報
購覽時에 必也 苦痛을 不堪ᄒᆯ지나

然이ᄂᆞ 彼가 此苦痛을 忍受ᄒ야 頭를 改하고 面을 革ᄒ면 或者 今日
地獄中 宋秉쥰이 明日 天堂上 宋秉쥰 됨도 可ᄒᆯ지지어날 噫噫 宋氏여
何其忍耐性이 短ᄒ지 彼가 眉를 嚬ᄒ며 齒를 嚼ᄒ고 本報를 强購讀ᄒᆷ이
亦已多年이러니

噫噫 宋시여 日昨에 本報 何句語를 因ᄒᆷ인지 無明業火 三千丈이 空然
上沖하야 電話로 本報를 謝絶ᄒᆷ에 至ᄒ니 噫噫 宋시여 昔者에 秦檜가
壹令을 下ᄒ야 野史를 禁ᄒᆷ은 此ᄂᆞᆫ 自己의 罪가 宣佈될가 恐ᄒ야 人口를
防杜ᄒᆷ이어니와 今彼ᄂᆞᆫ 直言을 不樂ᄒ야 新聞을 謝絶ᄒ니 此ᄂᆞᆫ 又 其目
을 自결ᄒᆷ이니 千古의 兩對 美談이로다

噫噫 宋시여 彼가 萬壹 正道旺盛ᄒᆯ 時代에 生ᄒ야 正人이 國內에 充滿
ᄒ면 彼가 將何法으로 平生을 過ᄒ리오 意者컨디 頭를 自碎ᄒ며 腹을
自刺ᄒ며 手를 自斷ᄒ야 此世에 生存치안키로 自誓ᄒᆯ而己리니 噫噫라
蛇蝎毒性이 此極에 至하ᄂᆞᆫ도다……(하략)……

- 대한매일신보, 1908년 11월 6일 논설.

「我韓의 前途」

…(중략)… 今此 無何의 境을 致ᄒᆷ이 其辭를 問ᄒ면 政府ᄂᆞᆫ 人民이 幼
穉ᄒ야 然이라 ᄒᆯ 것이요 人民은 政府가 不善ᄒ야 然이라 ᄒ야 各히

其答의 辭가 裕홀지나 吾는 雙方이 皆非라 ᄒ노니 何者오
  政府與人民이 一이오 二가 아니라 政府의 責이 卽 人民의 責이오 人民
의 責이 卽 政府의 責이니 人民이 良ᄒ면 政府가 雖欲施惡이나 其可得
乎—며 政府가 明ᄒ면 人民이 雖欲守暗이나 亦可得乎아 然이나 區分看
破하면 吾人民의 責이 較重ᄒ도다…(하략)…
— 대한매일신보, 1910년 7월7일 논설.

이처럼 신문 논설에서도 나라를 배반한 인물이나 당대 사회에 대한 일들을 들어 신랄하게 비판하고 있다. 대표적인 친일파로 지적받은 송병준에 대한 신랄한 비판을 담은 논설이나, 나라의 위기가 눈 앞에 닥친 상황에서도 정부와 국민이 서로의 책임을 미루는 폐단을 비판하면서 한 마음으로 위기를 돌파할 것을 주장하고 있는 앞의 논설들은 앞서 우리가 살펴보았던 가사들에서 비판했던 대상이나 상황에 대해서 기사나 논설을 통해 비판하고 있는 예이다. 후기 애국 계몽 문학 작품들은 앞에서 살펴본 것처럼 풍자적이면서도 직설적인 비판으로 가득찬 가사류의 작품들이 주류를 이루고 있지만, 이 이외에도 신문 사조란에 실린 작품들 또한 사회와 정치의 개혁과 자립을 호소하는 내용으로 되어 있다.

이러한 후기 애국 계몽 문학운동은 일본의 양면 공격에 대항하면서 전개되었다. 일본은 이미 자주권을 잃어버린 우리나라 정부에 강요하여 1907년 신문지법을 제정하고, 1909년에는 사전검열제도까지 실시하였다. 일본은 이렇게 한편으로는 법률로서 애국 계몽 문학활동에 제한을 가하는 동시에 또 한편으로는 <한성신보>(1894년 창간), <조선신보>(1892년 창간) <대한일보>(1904년 창간) <대동신보>(1904년 창간) 등을 발간하여 <황성신문>, <제국신문>, <대한매일신보> 같은 민족지와 대항시키면서 침략을 합리화시키는 선전 기구로 활용하였다. 이와 함께 이인직과 같은 친일파 문인들에게 정치적 의도가 뚜렷한 신소설을 창작하도록 부추김으로써 우리나라 국민들의 민족의식을 잠재우고자

했다.

1905년 무렵부터 본격적으로 창작되기 시작한 신소설류 작품들은 정치적인 의도와 상업적인 이익 추구가 함께 내포되어 있는 작품들이 대부분으로, 표면적으로는 문명 개화를 내세우고 있지만 실질적으로는 그 시대의 강자였던 일본측에 부화뇌동하여 노골적으로 일본과 일본인을 찬양하고 있는 작품이 많은 부분을 차지하고 있다.그 대표적인 예로는 <만세보>에 연재된 이인직의 작품 <혈의 누>를 들 수 있는데, 여기에서는 일본인들에 대한 과잉 찬양이 많이 나타나고 있다. 이로 인해 많은 독자들의 항의가 잇달으자 후에 단행본으로 출판할 때에는 이를 고려하여 작품 속의 일본인에 대한 미화된 표현을 많이 줄였음에도 곳곳에서 친일적인 표현과 작품 구도가 그대로 나타나고 있다. 이 작품은 신소설의 대표작으로 많이 알려져 있는데, 이는 단순히 기법만을 평가하여 언급한 것이라고 할 수 있다. 또한 이 작품은 이인직이 관비 유학생으로 일본에 갔을 때 일본에서 당시 유행하고 있었던 정치소설의 표현기법을 그대로 배워와서 배경과 상황 설정을 우리 나라로 바꾸어서 표현한 작품일 뿐이다. 따라서 이 작품은 문학을 통한 친일행위를 한 작품으로서 최초이면서 가장 크게 효과를 거둔 작품이라고 할 수 있다.

이제 <대한매일신보>를 중심으로 하여 살펴보았던 후기 애국 계몽 문학작품들의 특징을 몇 가지로 정리해 보면 다음과 같다.

첫째, 후기 애국 계몽 문학운동은 그 당시 현실에 밑바탕을 둔 풍자적이며 비판적인 문학활동으로, 정치적 부패와 사회적 부패에 대한 강열한 비판의식을 나타내고 있다. 따라서 전기 애국 계몽 문학운동이 이상에 치우친 개혁을 추구하고 있음에 비해, 후기 애국 계몽 문학운동은 현실적이고 실제적인 개혁을 추구하고 있음을 알 수 있었다.

둘째, 후기 애국 계몽 문학작품들은 작가가 거의 드러나질 않고 있다. 이는 그 무렵에 우리나라는 실질적인 주권 행사를 하지 못하고 일본의 간섭을 받던 시기였고, 또한 집권 세력도 일본에 야합하여 자주적이고 민족적인 세력들을 탄압하던 시기였기 때문에 이들의 탄압을 피하기 위한 하나의 방편으로서 자신을 밝히지 않은 것으로 보인다.

셋째, 많은 작품들이 단체나 개인에 대해 실명비판을 하고 있다는 점은 이들에 대한 비판이 그만큼 많은 독자들의 공감을 얻을 수 있었음을 나타낸다. 이러한 실명비판은 대부분 그때그때의 당면 관심사에 대해 비판하는 형식을 취하고 있는데, 이는 한편으로 나라의 위기가 눈앞에 다가왔음을 나타내는 것이기도 하고 다른 한편으로는 비판받았던 단체나 인물들의 매국적인 행위가 그만큼 뚜렷했음을 나타내는 것이기도 하다.

넷째, 전기 애국 계몽 문학작품에서 보여주던 무조건적인 개화 주장과는 달리 후기 애국 계몽 문학작품들에서는 정치적 타락에 대한 비판과 사회적인 부패현상의 척결을 주장함으로써 점진적인 개화 주장을 하고 있음을 알 수 있다.

다섯째, 후기 계몽 문학운동은 대부분 상층부의 개혁을 통한 국권 수호 운동이라고 할 수 있다. 즉 그들이 사용했던 표현 수단은 대부분 한문으로서 한글은 토씨 정도로 사용되거나 극히 부분적으로만 사용되었다. 이는 전기에서 치중했던 서민 대중을 향한 개혁운동이 후기에서는 상층 집권층의 의식 개혁운동으로 변모되었음을 나타낸다. 또한 이는 후기 애국 계몽 운동가들이 국권 수호를 위해서는 우리나라의 집권층에 대한 의식 개혁이 서민층에 대한 개혁보다 더 중요하고 시급하다는 것을 인식한 결과로 보인다.

이제까지 살펴본 것처럼 후기 애국 계몽 문학운동은 그 당시의 역사적 현실을 직시하고 문제점을 구체적으로 지적하면서 부패한 집권층의 개혁과 사회적인 비리의 척결과 각성을 촉구하고 있다는 점에서 그 의의를 찾을 수 있다.

4. 맺음말

이제까지 19세기 말과 20세기 초에 이루어진 한말 애국 계몽기의 문학 활동을 전기와 후기로 나누어 그 양상을 살펴보았다. 전기에서는 개화 지상주의의 양상을 띠고 문학운동이 전개되었는데, 그 중심에 놓인 독립신문의 가사 작품들은 주로 서민층에 개혁의 촛점을 맞추고 진행되었다. 따라서 적극적인 민중 계몽운동의 일환으로 한글만을 사용함으로써 주로 서민 대중들과 여성층의 호응을 끌어내 많은 독자층을 확보할 수 있었다. 그러나 <독립신문>에 실려있는 가사 작품들은 대부분 개화를 통해서만이 나라의 자주독립과 부국강병을 이룰 수 있다고 강조함으로써 단순함과 추상성을 벗어나지 못하고 있다. 이는 결국 애국과 부강한 독립국에 대한 추구를 너무 쉽게 인식하고 있었음을 보여준다. 또한 구체적인 사실 제시가 부족하고 추상적인 개화 찬가로만 시종하고 있음은 작가들의 의식 수준이 당대 사회에 대한 정확한 분석과 새로운 대한 제시까지는 이르지 못하고 있었음을 나타낸다.

후기에서는 전기에서와 같은 환상적인 애국 계몽 문학운동에서 벗어나 보다 현실적인 내용을 담아 제시하고 있다. 즉 집권 상층부의 개혁과 사회 각 부분의 개혁 그리고 국민 각자의 할 일 등을 제시하면서 우리 국민 모두의 각성을 촉구하고 있다. 그리고 이러한 개혁을 통해서만이 진정한 자주 독립과 나라의 국권을 보전할 수 있음을 주장하고 있다. 그러나 대부분의 글과 가사 작품들이 국한문 혼용이라고는 하나 한문에 한글 토씨만 단 수준이어서 상층부의 개혁만을 추구했다는 한계점을 가지고 있다. 또한 후기 계몽문학 작품들이 본격적으로 나타나는 무렵에는 이미 우리나라 외교권이 일본에 의해 박탈 당하는 등 우리나라의 주권이 일본에 의해 부분적으로 제한을 받고 있었던 시기였던 데다가 실질적으로 일본의 힘이 우리나라 전 분야에 미치던 시기여서 문학활동이 제대로

전개되지도 못한 채 1910년 8월에 일제에 의해 국토가 강점을 당하고
<대한매일신보> 등이 폐간당함으로써 국내에서의 애국 계몽 문학활동
은 끝나고 말았다.

절망, 그 암울한 몸짓

– 이 상의 시 〈烏瞰圖 詩第一號〉의 상징과 의미

1. 들어가는 말

일본의 지배 아래 놓인 1930년대 한국의 현실은 식민지 지식인들에게
있어서 처절한 극복의 대상이거나 굴종의 대상이었다. 따라서 현실과
적당히 타협하던가 아니면 철저하게 거부해야 하는가 하는 문제는 당대
지식인들에게 매우 절박한 문제였을 것이다. 1930년대 중반 동물원 원숭
이 구경꾼들의 수보다 자기를 알아주는 이가 적은[1] 문단의 풍토 속에서
나름대로 우울한 세계를 살아가던 작가 이상은 그 현실을 기호적인 표현
을 써서 표출하고 있다. 현실을 제대로 그려낼 수 없는 시대적 상황 속에
서도 그는 이러한 뒤틀린 모습을 몇 편의 시와 소설을 통해서 구체적으로
보여주고 있는 것이다. 그가 발표했던 작품들을 통해서 보여주고자 했던
것은 당대 사회의 암울하고 뒤틀린 상황에 대한 철저한 인식이었다. 그는
식민지 백성으로 살아갈 수밖에 없는 답답한 현실보다는 그것을 제대로
인식하지 못하는 당대 사람들의 삶을 더 역겨워하고 힘들어했다. 그러한
상황을 그는 소설 '날개'에서처럼 다만 상상의 날개만을 펼칠 수밖에
없는 박제가 되어버린 천재의 슬픈 모습으로 표현하거나, 수필 '권태'에

---

1) 이상 스스로가 한 말.

서처럼 그저 의미없이 죽음과도 같은 삶을 살아가는 모습으로 표현하기도 했다.

그의 처녀작은 장편소설인 '12월 12일'이다. 이 작품에서 보여주는 것처럼 그는 숫자를 상징과 암시의 뜻으로 자주 사용하고 있다. 12는 완전함과 마지막의 의미로 자주 사용되는 숫자이다. 한해의 마지막 달이나 시계의 마지막 숫자가 12이다. 이 작품의 제목 '12월 12일'은 삶의 마지막 날, 또는 삶의 마지막 단계를 상징한다고 볼 수 있다. 결국 그가 첫 작품에서부터 삶의 마지막 날 또는 절망의 끝처럼 극복하기 힘든 절망적인 상황을 다루고 있다는 것은 처음부터 절망적인 상황에 놓인 현실과 그 극복에 매우 집착했음을 나타낸다. 그가 절망의 끝에서 찾은 새로운 탈출구는 현실에 대한 정확한 인식이다. 그가 소설쓰기에서 시쓰기로 작업을 전환하고 있다는 것은 이러한 절망, 또는 두려움으로부터 벗어나는 데 있어 산문보다는 운문의 형식이 더 자유로울 수 있음을 나타낸다.

그는 '오감도'라는 일련의 시를 1934년 '조선중앙일보'라는 일간신문을 통해 일반 대중들에게 선보이고 있다. 그가 주로 시인들이나 문학 애호가들 밖에 보지않는 시 전문지보다는 당대 사회를 살아가는 모든 사람들이 볼 수 있는 매체인 신문을 발표 지면으로 택했다는 점은 '오감도'라는 일련의 시가 동 시대를 살아가는 우리나라 사람들에 대한 그의 발언이며 호소라고 할 수 있다. 즉, 그 자신이 느끼는 현실 인식을 '오감도'라는 일련의 시를 통해 많은 사람들에게 알리기 위해 신문이라는 매체를 이용하여 제시하고 있는 것이다. 그 당시 그는 치열한 삶의 의식을 불태우며 시에 대한 창작의 열기를 가득 품고 있었다. 그가 썼다고 하는 이천여편의 시는 이를 반영하고 있다. 그는 이 중에서 30편을 추려내어 그와 함께 당대를 살아가는 시민들에게 공개적으로 제시하였다. 그러나 그가 시 전문지나 문학잡지가 아닌 신문지상을 통해 당대 사람들에게 보여주고자 한 현실 세계의 모습은 그 당시 사람들의 인식을 뛰어넘는 내용과 표현 형식 때문에 몰이해와 비판 속에 파묻혀졌다. 결국 그가 내보인 현실에 대한 새로운 표현과 인식은 당대 사람들의 무지와 몰이해 때문에 중단되고 말았다. 당대 식민지적인 현실을 극명하게 그려 보여주고자 한 그의 노력은 신문 독자들의 무지와 항의로 중단되고 말았지만 당대 현실에 대한 그의 인식은 이미 발표된 15편의 작품 여기저기에서 선명하게 그려지고 있다. 여기에서는 그가 발표한 오감도의 시 중에서 그가 첫 발표작으로 택했고, 또한 일련의 번호를 붙여 발표한 오감도 시 전체의 의미를 포괄하고 있는 작품인 작품 <烏瞰圖 詩第一號>를 택하여 이를 구체적으로 분석하고자 한다.

2. 암울한 세계에 대한 인식, 烏瞰圖

1930년대의 우울한 세태를 식민지 백성인 이상은 어떻게 보고 있었는가? 오감도. 이 시 제목은 이상의 인식을 한 마디로 대변하고 있다. 오감도는 사전에도 나와있지 않은 글자이다. 그는 이처럼 제목에서부터 이제까지 쓰이지 않았던 낱말을 의도적으로 사용하고 있다. 오감도라는 낱말은 그가 처음 사용한 낱말[2]이자 의도적으로 만들어낸 낱말이라고 할 수 있다. 이러한 표현은 우선 당대 사회 현실이 기존의 표현 형식으로는 쉽게 표현할 수 없는 상황임을 나타내면서, 또한 이제까지의 우리 역사에서 찾아볼 수가 없었던 모습임을 암시하고 있다. 견딜 수 없을 만큼 고통스러우나 견딜 수밖에 없는 상황—작가 이상이 본 1930년대 상황은 이

---

[2] 한글로 된 작품 '오감도'를 발표하기 3년 전(1931년 8월)에 이상은 일본어로 쓴 시 '오감도'를 발표하고 있다. 이 두 작품에서 공통점은 공포나 두려움의 기록을 나타내고 있다는 점이고, 차이점은 일문으로 된 시가 외래적이거나 외국적인 소재를 택하고 있음에 비해 한글로 된 작품은 우리의 현실 모습을 그리고 있다는 점이다.

시 제목에서 암시되고 있다.

　사전에도 없는 말을 변형시켜 표현한 오감도. 건축용어인 조감도라는 용어를 차용하고 변용시킨 오감도라는 표현은 '까마귀가 높은 데서 내려다보고 있는 모습'을 뜻한다. 까마귀는 우리나라 사람들에게 불길함이나 기분 나쁜 상징의 의미로 인식되어 왔다. 따라서 불길함을 나타내는 새가 높은 데서 내려다보고 있다는 것은 앞으로 있을 재앙을 암시하는 표현으로 해석할 수 있다. 조감도의 새 조자를 변형시켜 표현한 오감도는 새 조자를 까마귀 오자로 바꾸어 놓음으로써 이처럼 다른 의미로 해석할 수 있다.

　그러나 한자의 제자 원리 중 하나인 상형의 뜻을 중시하면 전혀 다른 또 하나의 새로운 의미가 만들어지게 된다. 이 시에서 사용되고 있는 한자인 까마귀 오자는 새 조자에서 새의 눈에 해당하는 부분이 빠진 글자이다. 따라서 한자의 원리 중 하나인 상형을 중시한다면 눈먼 새가 내려다본 모습을 나타낸다고 보는 것이 더 정확한 해석이 된다. 높은 곳에서 아래를 내려다 본 상태의 모습을 뜻하는 조감도의 의미를 그대로 살리면서 한자 제작 원리의 하나인 상형문자의 인식을 덧붙여 눈먼 새가 내려다본 모습을 오감도는 의미하고 있는 것이다.

　하늘을 날고 있는 눈먼 새가 내려다본 세계는 어떠한 세계인가. 그저 깜깜한 암흑세계일 뿐이다. 미래가 없는 깜깜한 암흑 세계가 바로 이상이 본 1930년대 식민지 상태에 놓여있는 우리나라의 풍경이다. 이상은 당대 사회를 암흑세계로 규정짓고 이를 작품 속에서 구체적으로 형상화시켜 놓고 있는 것이다. 미래를 내다볼 수도 없고, 또 볼려고 해도 보이지 않는 암흑세계. 이상은 이처럼 당대 사회를 암흑세계로 규정짓고 자기만의 표현형식을 통해 그 낱낱의 모습을 그려내 보여주고 있는 것이다.

　이상이 발표한 시 작품들은 띄어쓰기를 무시하거나 숫자나 도표, 또는 조합해서 만든 그만의 한자가 많이 사용되고 있다. 이처럼 여러 가지

파격과 변형의 형식을 취한 것은 모더니즘과 초현실주의 사조의 영향을
받은 점도 있지만 그보다는 당대 현실의 암울함과 혼란스러움을 나타내
기 위한 시적 표현 기교의 하나로 볼 수 있다. 식민지 시대라는 시대상황
속에서 이상은 당대 사회의 어두운 모습을 정상적인 표현 형식으로는
나타내기가 힘들었을 것이다. 따라서 이를 극복하고 당대 사회 현실을
극명하게 제시하는 방법의 하나로 기존 관념과 질서 의식의 피괴를 추구
한 것이다.

2-1. 十三人의兒孩가道路로疾走하오
(길은막다른골목이適當하오)

이 시에서 첫 행은 13인의 아해로 시작된다. 아해, 즉 어린 아이는
이 세상의 세파에 물들지 않은 깨끗하고 순수한 존재이다. 즉 어떤 대상
의 본질을 뜻한다고 할 수 있다. 그럼 13은 무엇을 뜻하는 것일까?
13이라는 숫자는 여러 가지 뜻을 가지고 있다. 13과 연관지어 생각할
수 있는 숫자는 12이다. 이상은 12와 13이라는 숫자를 상징의 의미로
잘 사용하고 있는데, 그의 첫 소설이며 처녀작인 '12월 12일'에서 볼 수
있는 것처럼 공포스런 마지막 달과 날을 12로 설정하고 있다. 13은 이처
럼 끝이나 마지막을 상징하는 12라는 수를 넘어서는 첫 번째의 숫자이다.
따라서 13은 12라는 한계상황을 벗어난 상태를 나타내는 숫자임을 말해
준다. 이런 점에서 보면 13이라는 숫자는 절망을 넘어선 자리를 상징하며
새로운 시작과 새 생명을 탄생을 알리는 의미로서 또다른 세계를 지칭하
는 것이라고 생각할 수도 있다.
그리고 전통적으로도 수에 대한 개념은 12까지가 한계 숫자였다. 그래
서 셀 수 없는 많은 수를 13으로 표현하기도 했다. 통상적으로 13이 많은
수, 또는 셀 수 없는 수를 나타냈기 때문에, 이상도 이 13이라는 수를

무수 즉, 셀 수 없는 수라는 뜻으로 사용했다고 보는 견해3)도 있다. 또 13인의 숫자에 대해서는 서양의 기독교와 관련시켜 해석하기도 한다. 13일의 금요일은 기독교인들이 가장 싫어하는 날로서, 13은 불길함을 나타내는 숫자로 인식한다. 바로 예수가 죽음을 앞두고 12인의 제자들과 최후의 만찬을 베푼 날이기 때문이다.

그러나 이 시에서 나타내고자 한 바는 당대 사회 현실이다. 따라서 당대 사회 현실과 밀접한 관련을 맺고 있는 대상을 중심으로 그 뜻을 헤아려 보는 것이 타당할 것이다. 이런 측면에서 우리 민족과 13이라는 숫자를 관련시켜 보면, 13이라는 숫자는 도로 나누어진 당시 우리나라 행정구역을 암시하는 숫자임을 알 수 있다. 일제 강점기 우리나라는 13개의 도로 이루어져 있었다.4) 남북한을 합쳐 13개의 행정구역으로 나누어져서 각 지역의 특색을 갖고 어우러져 민족 공동체를 이루었던 것이다. 여기에 아해라는 낱말과 연결시켜 생각하면 13인의 아해는 바로 우리 민족 구성원 전체임을 알게 된다. 아해는 어린 아이, 즉 순수하고 깨끗한 마음을 지닌 존재이다. 순수한 마음을 지닌 집단, 바로 우리 한민족의 원형질을 나타낸다. 우리 민족의 순수함과 맑은 정신을 지니고 있는 존재가 바로 13인의 아해인 것이다.

이어 나타나는 '도로를 질주하오'라는 표현도 그런 뜻에서 보면 간단히 해석할 수 있다. 즉 우리 민족이 역사의 길을 달려가는 모습을 나타낸다. 깨끗하고 맑은 정신을 지닌 우리 민족이 달려가는 길, 그것은 바로 올바른 역사의 길을 의미한다.

    2-2. 第一의兒孩가무섭다고그리오.

---

3) 양희석, ≪현대문예사조론≫, 98쪽, 자유문고, 1982.
4) 당시 국내외의 모임에서는 우리나라의 대표를 13도 대표들로 지칭했다. 1919년 3.1 운동 후 한성 임시정부를 조직했을 때도 국내 13도 대표들로 이루어져 있다.

제일 처음 무섭다고 하는 아이는 일본의 식민지 체제에 저항하다가 직접적으로 피해를 입은 대상을 가리킨다. 이들은 한 개인일 수도 있고 또 한 집단일 수도 있다. 여기에서는 13인의 아해 중에서 한명을 가리키고 있고, 이 한 명은 한 지역에 사는 사람들을 상징하기 때문에 한 개인이라기보다는 한 집단을 상징하고 있다. 그리고 그 집단 또는 세력은 직접적으로 일본의 탄압을 받아본 집단이다. 따라서 그들은 일본의 무서움을 잘 알고 있다. 직접적으로 고문당하고 착취당했기 때문에 그 무서움을 잘 알고 있는 것이다.

일반적으로 적은 수의 사람이 많은 수의 사람을 지배하는 경우에는 지배받는 그들 무리 중에서 말을 잘 들을만한 대상을 선택하여 그를 통해 간접적으로 지배한다. 그리고 지배받는 무리가 말을 잘 듣지 않을 때는 그 대표자를 불러 혼을 내거나 처벌을 하면 나머지 사람들은 말을 잘 듣기 마련이다. 즉 직접 다스리기보다는 간접적으로 다스리는 것이 힘도 덜 들고 효과도 큰 것이다. 일본이 우리나라를 지배하기 시작했을 때도 이러한 방식을 사용했다. 적은 수의 일본인들로 많은 수의 한국인들을 효과적으로 지배하기 위해서는 그 방법밖에 없었을 것이다. 그래서 그들이 우리나라를 처음 지배하기 시작했을 때 지배 정책에 저항하는 일부 우리나라 사람들에 대해 철저하게 탄압을 해나갔다.[5] 그러한 탄압을 받은 집단이나 세력은 처벌의 무서움을 몸으로 겪었기 때문에 지배세력에 대해 저항을 할 마음보다 두려움을 더 갖게 된다. 여기에서 말하는 제일의 아해는 바로 이처럼 탄압을 직접 받고 두려움에 떠는 집단을 가리킨다.

<blockquote>
2-3. 第二의兒孩도무섭다고그리오.
第三의兒孩도무섭다고그리오.
第四의兒孩도무섭다고그리오.
</blockquote>

---

5) 1919년 3.1운동 때 일어난 제암리 학살 사건도 그러한 한 예에 속한다.

第五의兒孩도무섭다고그리오.
第六의兒孩도무섭다고그리오.
第七의兒孩도무섭다고그리오.
第八의兒孩도무섭다고그리오.
第九의兒孩도무섭다고그리오.
第十의兒孩도무섭다고그리오.

제 2의 아해부터 제 10의 아해까지 의미없이 똑같은 말을 중얼거리는 것처럼 보이는 이 구절들은 경우에 따라서는 동일한 말을 무의미하게 반복적으로 뇌까리는 음송증세를 나타내는 것으로 보일 수도 있다. 작품 속에 등장하는 퍼스나의 비정상적인 심리상태를 나타낸 것이라고 보는 것이다. 그러나 자세히 보면 제 2의 아해부터 제 10의 아해까지는 제 1의 아해와 다르게 표현되고 있다. 제 1의 아해처럼 주격조사가 가로 된 것이 아니라 도로 바뀌어져 표현되고 있는 것이다. 이는 제 2의 아해부터 제 10의 아해까지 느끼는 무서움이 직접적인 경험에 의한 것이 아니라 남의 말을 듣고나서 느끼는 무서움임을 말해주고 있다. 즉, 제2의 아해부터 제 10의 아해까지는 탄압의 무서움과 고통을 직접 겪은 집단들이 아니라 소문에 의해 그 무서움을 전달받은 집단을 가리킨다.

처음 제 2의 아해는 지배세력에 저항했던 제 1의 아해에게서 그동안 탄압받았던 이야기를 듣게 되었을 것이다. 그 결과 직접 탄압을 받지 않았던 제 2의 아해도 지배세력에 대해 무서움을 느끼게 된 것이다. 그리고 제 3의 아해는 제 4의 아해에게, 제 4의 아해는 제 5의 아해에게, 이렇게 전해지다 보니까 제 10의 아해까지도 무서움을 느끼는 상태에 이른 것이다. 제 2의 아해부터 제 10의 아해까지는 무서움의 실체도 제대로 알지 못하고, 또 직접 겪어보지도 않은 채 다만 무서움만을 느끼게 된 것이다. 소문은 진실보다도 전달의 속도가 빠르다. 그래서 일본의 지배 세력들은 이 소문을 이용해 식민지 백성들을 쉽게 다스려 나갔다.[6]

일본인들이 우리를 지배하고 있을 때 그들은 우리보다 훨씬 적은 숫자로 우리를 지배했었다. 그러한 지배를 잘 하기 위하여 그들은 대표적인 저항세력들을 골라 철저하게 탄압과 보복을 해나갔다. 이러한 탄압과 보복 때문에 나머지 세력들은 숨을 죽이고 두려워 떨거나 일부는 견디지 못하고 동조세력으로 변질돼 나가기 시작했다. 이처럼 한 집단에 대한 무자비한 탄압은 더 많은 다른 집단들을 겁먹게 만들 수가 있다. 여기에서 대부분의 다른 집단들을 상징되는 제 2의 아해부터 제 10의 아해까지는 단지 제 1의 아해가 겪은 일에 대해 소문만을 들었을 뿐이다. 그런데도 그들은 제 1의 아해들처럼 두려움에 떨고 있는 것이다. 이렇게 전염병처럼 두려움이 번져가는 양상을 이상은 같은 표현이 계속되는 모습을 통해 나타내고 있는 것이다.

2-4. 第十一의兒孩가무섭다고그리오.[7]
　　　第十二의兒孩도무섭다고그리오.
　　　第十三의兒孩도무섭다고그리오.
　　　十三人의兒孩는무서운兒孩와무서워하는兒孩와그렇게뿐이모였소.
　　　(다른事情은없는것이차라리나았소.)

위협과 강요에 의한 억누름도 어느정도 지나면 효과를 잃어버리게 된

---

6) 우리나라는 무궁화 삼천리라는 말을 들을 정도로 무궁화 나무가 많았지만 현재는 거의 찾아볼 수가 없다. 이는 일본이 우리는 지배하고 있을 때 거짓된 소문으로 우리나라를 상징하는 꽃인 무궁화나무를 죽였기 때문이다. 즉, 무궁화 나무의 진액은 손을 썩게 만들고 나뭇잎 뒷면의 가루가 눈에 들어가면 눈이 멀게 된다는 등의 허무맹랑한 말을 지어내 소문을 냄으로써 자라나는 어린 아이들에게 피해가 갈까봐 두려워한 어른들에 의해 집안과 담가에 심어져있던 무궁화나무들이 다 뽑혀져 죽게 된 것이다.

7) 일부 책에서는 이 구절이 '제11의아해도무섭다고그리오'라고 표기되어 있다.(김윤식, ≪이상연구≫, 60쪽, 문학사상사, 1987.) 이렇게 바뀌면 제11의 아해도 직접 고통을 당한 제1의 아해를 보고 두려움에 떠는 무리라고 해석할 수 있다. 그렇게 해석해도 이 글의 전체 논지는 크게 달라지지 않는다.

다. 그때쯤 그들은 또 하나의 대상을 선택하여 본보기로 처벌을 하게
된다. 제 11의 아해는 그러한 예에 속한 집단이다. 그들은 제 1의 아해처
럼 붙잡혀가서 직접적으로 억압자들에게 심한 고문과 탄압을 받게 된다.
그리고 이어 그러한 모습을 본 제 12의 아해나 제 13인의 아해는 더
이상 지배 세력에게 대들거나 반항할 생각을 하지 못한 채 그저 무서움에
떨고만 있는 것이다.

　그런데 이때 상황은 변모하게 된다. 이제까지 무서워하는 아해들만
있었는데 이제는 무서워하는 아해들 중 일부가 무서운 아해로 바뀌어지
고 있는 것이다. 지배 세력에 대해 무서워하던 아해들끼리 서로 반목하고
질시하기 시작하여 이제는 그들을 지배했던 세력에게 빌붙어서 무서운
아해로 변한 집단이 생겨나게 된 것이다. 한 세력이 다른 세력과 다툴
때 가장 쉽게 이기는 방법은 상대방을 분열시키는 것이다. 즉 자중지란을
일으켜서 바깥으로 눈을 돌리지 못하도록 하는 것이다. 그래야만 자기들
끼리 서로 싸우다가 힘을 다 소비한 집단을 큰 힘 들이지 않고 그냥 삼킬
수가 있는 것이다. ( ) 안에서 다른 사정은 없는 것이 차라리 나았소라고
말하고 있는 것은 자중지란을 일으킨 그들에게 있어서 힘의 강약은 문제
가 되지 않음을 말해주고 있는 것이다. 즉, 가장 중요한 문제는 서로 분열
하여 다투고 있다는 점이지 다른 것이 아님을 강조하고 있는 것이다.
외부의 공격이 있을 때 안에 있는 무리 중에 한 무리가 아무리 힘이 강해
도 다른 무리와 서로 합심하지 않으면 외부의 적을 이길 수 없다. 그리고
안에 있는 무리가 힘이 약할 지라도 서로 힘을 모아 외부 침입자들에게
대항한다면 얼마든지 외부 침입자들을 물리칠 수 있는 것이다. 물리치지
못할지라도 그들에게 엄청난 피해를 입히거나 타격을 줄 수 있다. 따라서
외부에서 억압하는 세력이 있을 때 안에 있는 세력들은 단합을 이루느냐
못이루느냐가 중요한 문제이지 다른 사정은 부차적인 것이 됨을 말하고
있는 것이다.

2-5. 그中에一人의兒孩가무서운兒孩라도좋소.
　　　그中에二人의兒孩가무서운兒孩라도좋소.
　　　그中에二人의兒孩가무서워하는兒孩라도좋소.
　　　그中에一人의兒孩가무서워하는兒孩라도좋소.

　13인의 집단 중에서 하나의 집단이 무서운 집단이면 나머지 12개의 집단은 무서워하는 집단이 된다. 또 두 집단이 무서운 집단이면 나머지 11개의 집단은 무서워하는 집단이 된다. 그리고 13인의 집단 중에서 두 집단이 무서워하는 집단이면 나머지 11인의 집단은 무서운 집단이 된다. 그리고 한 집단이 무서워하는 집단이면 나머지 12인의 집단은 무서운 집단이 된다. 이렇게 한 집단과 두 집단만을 들어서 이야기하고 있는 것은 무서운 집단이 한 집단이거나 두 집단이거나 아니면 열한집단이거나 열두집단이거나간에 차이가 없음을 나타내고자 한 것이다. 무서운 아해가 많고 무서워하는 아해가 적은 것이나 무서워하는 아해가 많고 무서운 아해가 적은 것은 그리 중요하지가 않은 것이다. 여기에서 중요한 점은 하나의 집단이 이해관계에 따라 두 세력으로 나누어져서 적을 앞에 두고 있는 데도 자기들끼리 작은 이익을 위해 피흘리면 싸우는 모습이다. 이는 죽음을 눈 앞에 두고 먹이를 탐하는 모습이라고 할 수 있다. 어느 경우에든지 자체적으로 단결하지 못하고 분열된 집단은 강인한 힘을 갖지 못하기 때문에 밖의 세력에 대항할 능력을 잃기 마련이다.[8] 큰 이익과 작은 이익도 구분하지 못하고 다투는 사람들은 결국에는 모든 것을 잃기 마련이다. 이 구절은 이 점을 다시 한번 강조하고 있는 것이다.

2-6. (길은뚫린골목이라도適當하오.)
　　　十三人의兒孩가道路로疾走하지아니하여도좋소.

---

[8] 강인했던 고구려가 당나라에 멸망한 것도 당나라의 침입에 의한 것이라기보다는 집권세력 간의 세력 다툼 때문이었다.

길이 뚫린 골목이란 앞으로 나아갈 수 있는 골목이다. 역사의 길에서 앞으로 나아간다는 것은 그 나라의 역사가 전진하고 있음을 나타낸다. 그러나 자중지란이 일어난 집단은 길을 열어놓아도 자기들끼리 다투느라고 앞으로 나아가지 못한다. 즉 역사가 정지된 상태, 민족의 구성원들은 존재를 하고 있지만 그 민족의 정신은 죽어있는 상태가 되는 것이다. 따라서 그러한 민족은 희망이 전혀 없는 절망적인 상황에 도달해 있음을 말해주고 있다. 그러한 상황에서는 길이 뚫려있으나 닫혀있으나 큰 차이가 없다. 따라서 13인의 아해가 도로로 질주하지 아니하여도 좋다는 것은 도로로 질주하나 질주하지 않으나 차이가 없음을 나타내는 것이다. 즉 암담한 상황 속에 빠져있는 당대 사회의 모습을 말하고 있는 것이다. 길을 열어놓았는데도 더 이상 앞으로 나아가지 못하는 상황—그것도 남에 의해 역사가 멈추어진 것이 아니라 스스로의 잘못에 의해 역사가 멈추어진 상태를 말하고 있는 것이다.

우매하고 무지한 무리들은 대부분 남에 의해서가 아니라 자기들의 무지와 이기심에 의해 스스로를 망치게 된다. 국가나 사회같은 집단도 마찬가지이다. 그 당시 1930년대의 시대 상황 속에서 우리나라 사람들이 식민지 백성으로서 고통을 겪으면서도 일체화된 하나의 방향을 갖고 있지 못했다. 눈 앞에 닥친 현실을 수습하기에만 급급하여 일제의 탄압 아래서도 서로 분열되어 다투고 있었을 뿐이다. 이러한 모습 — 남의 민족에게 국토가 강점되어 식민지 상황으로 떨어진 상태에서도 우리나라 사람들은 그 때까지도 갈 길을 잃은 채 무지 속에서 헤매이고 있었다. 이를 이상은 직설적이면서도 통렬하게 비판하고 있는 것이다.

3. 맺음말

　절망에 빠진 현실의 모습을 극복할 수 있는 방법은 무엇인가. 이상은 먼저 현실에 대한 철저한 인식이 필요함을 느낀 것이다. 그리고 현실에 대한 인식이 없거나 부족했던 당대 사람들을 깨우치고 싶었을 것이다. 당시 상황에서는 대중적인 기반을 가진 언론 매체는 신문이었다. 따라서 그는 처음부터 많은 비판과 조롱이 있을 것을 알면서도 신문지상에 자신의 현실인식을 내보이는 모험을 한 것이다. 이러한 그의 노력은 그에게 많은 사람들과 접촉할 수 있도록 도와주었지만 또 한편으로는 엄청난 비판과 욕설을 듣도록 해주었다. 그는 30편[9]의 작품을 통해 당대 사회 현실을 그려보여주고자 했다. 그러나 그가 쓴 2천편의 작품 중에서 고르고 고른 30편도 그는 제대로 내보일 수가 없었다. 당시 사람들의 인식은 그가 보여준 내용을 이해하거나 용인해줄 수준이 되지 못했기 때문이다. 비록 반절정도 내보이다가 중단되고 말았지만 그가 보여준 현실인식은 당대 어느 누구보다도 정확했고 철저했다.

　이상이 1에서 15까지 번호를 붙여 발표한 각각의 시 작품에서 표현한 내용들은 당대 현실과 그 속에서 살아가는 우리나라 사람들의 자화상들이다. 다양한 모습의 자화상을 통해서 그 당대의 현실을 그리고 있는 것이다. 아픔에 대한 극복은 이 아픔의 원인을 철저하게 인식하는 데서 출발해야 제대로 극복할 수가 있다. 아픔에 대한 인식도 되어있지 않은 상태라면 그 아픔은 영원히 극복되어질 수 없을 것이다. 그가 때로는 의사로, 때로는 수학자로 화자를 나타내면서 현실을 다양하게 표현하고

---

9) 30이라는 숫자도 완결의 의미로 쓰여지지 않았나 추측된다. 이상이 그의 작품에서 제시했던 숫자들을 살펴보면 그냥 의미없이 사용한 경우는 거의 없다. 따라서 30이라는 숫자도 한달이라는 의미나 다른 부수적인 의미보다는 '하나의 완결'이라는 의미로 사용된 것으로 볼 수 있다.

자 한 것은 이러한 그의 간절한 소망을 보여주는 것이라고 할 수 있다.

이러한 그의 시도는 절반의 실패보다는 절반의 성공으로 규정지을 수가 있을 것이다. 비록 소수였지만 그에 대해 새롭게 인식하는 사람이 생겨났고 당대 사회를 살아가는 사람들의 현실 인식 수준을 알려준 공과는 있으니 말이다. 암울하고 절망적인 상황을 그래도 끝까지 지켜보며 이를 극복하고한 그는 결국 그 극복의 상황을 보지 못한 채 삶을 마감하고 말았다. 그러나 그는 끝까지 이러한 고통을 감싸안고 사랑하면서 그 고통마져 표현하고자 한 시인이었다. 그가 다른 장르, 예를 들면 수필 '권태'나 소설 '종생기' 등에서 보여주고자 한 것도 결국은 당대 현실의 지겨운 모습 — 죽어있는 모습이나 죽음도 유희처럼 여기고자 한 마지막 모습이었다. 당시 사람들은 당대에 대한 현실 인식이 없이 살고 있었기 때문에 죽은 사람들이나 마찬가지였고, 그는 이렇게 아무 의식없이 살아가는 사람들에게 죽어있는 현실을 깨우쳐 줌으로써 새로운 삶의 길을 찾아가도록 한 것이다. 비록 그가 원했던 결실을 맺지는 못했지만 '오감도'라는 일련의 시 작품 발표를 통한 그의 노력과 시도는 오늘날 1930년대라는 당시 사회의 한 단면을 극명하게 제시해 주면서 이를 극복하고자 노력한 그를 기억하게 해주고 있다.

* 1973년 5월 발행된 정음사판 《이상시집》에 실린 시<烏瞰圖 詩第一號>를 텍스트로 사용했음.

패기와 야망의 세계

– 김동인 소설의 특징

1. 들머리

시어딤 김동인과 그의 작품에 대한 연구는 이제까지 수많은 사람들에
의해 이루어져 왔다. 지금까지 김동인과 그의 작품들에 대해 연구하여
발표한 석사 및 박사학위 논문들과, 구체적으로 그의 작품과 삶에 대해
분석하고 평가한 평론 및 평문들을 정리해보면 총 300여편이 넘고 있다.
다양한 측면에서 이루어진 이러한 연구들은 대부분 김동인의 문학적 공
적을 긍정적으로 평가하면서 그 의미를 규명하고 있다. 그동안 발표되었
던 동인의 단편소설 66편과 장편소설 14편의 작품들에 대해 이제까지
이루어진 동인에 대한 연구를 시기별로 나누어 살펴보면 크게는 광복
이전과 광복 이후로 나눌 수가 있다. 광복 이전 동인에 대한 평가는 잡지
에 발표되었던 단편 작품들에 대한 간단한 평이 중심을 이루었다. 작품들
에 대한 평가도 인상비평의 수준에서 더 이상 진척되지는 못했다. 광복
직후에도 이러한 수준에서 크게 벗어나지 않다가, 제대로 된 동인전집이
나오게 된 후인 1960년대 중반 이후부터 학문적이고 체계적인 평가가
이루어지기 시작하였다. 처음에는 단편소설에 대한 연구가 시작되었다
가 이어 장편소설에 대한 연구가 이루어졌고, 1980년대에 들어와서는

평론에 대한 연구가 본격적으로 이루어졌다. 광복 이전에 쓰여진 동인에 대한 글이 감상 비평 중심의 글들이라면, 광복 이후는 대부분 학술적인 측면에서 이루어진 연구라고 할 수 있다. 특히 1970년대 이후부터는 그에 대한 학술적인 연구가 본격적으로 이루어짐으로써 이제는 그에 대한 연구를 더 이상 할 필요가 있는냐는 논의까지 나오고 있는 실정이다.

이제까지 많은 연구자들이 그의 작품에 대해 연구하고 있다는 것은 암묵적으로 그가 우리의 문학사에서 지울 수 없는 존재임을 일깨워주고 있다. 본고는 그의 작품에 대한 새로운 분석보다는 그의 창작과정을 그의 삶과 관련시켜 전체적으로 그가 시도했던 작업이 무엇이었는가를 규명해보고자 한다. 따라서 본고는 이제까지의 동인 연구에 대한 결과를 참조하면서 그의 문학이 추구했던 바와 그의 작품에 나타난 특질을 중심으로 다시 한번 그의 문학세계를 점검하고자 한다. 동인의 작품세계와 창작활동에서 의미가 있는 시기는 1920년대 초부터 1930년대 말까지이다. 이 시기에 동인은 문학사적으로 가치있는 작품을 발표했을 뿐만 아니라 활발한 창작활동을 했다. 1940년대 이후에 발표된 그의 작품들은 문학적인 가치나 수준도 앞서의 작품들에 비해 훨씬 떨어진 작품들일 뿐만 아니라 현실의 고달픔을 다룬 개인사적인 내용이 중심을 이루고 있다. 따라서 본고에서는 동인의 1920년대와 1930년대를 중심으로 그의 작품에 나타나는 특질을 논해보고자 한다.

2. 패기와 야심의 시대 – 1920년대

1920년대 발표된 동인의 소설에서 보여주는 가장 큰 특징은 패기와 야심이다. 그는 다른 작가들과는 다른 그만의 문학 세계를 구축하고자 했으며 문학사적인 면에서도 선구자적인 위치에 오르고자 했다. 그는

1920년대 중반부터 유행병처럼 번져갔던 이념의 문제에 대해서도 별로 관심을 기울이지 않고 자기만의 문학세계를 계속 추구해 나가고 있다.

동인의 야심과 패기는 주로 새로움에 대한 실험을 통해 나타내 보여주고 있다. 처음 그는 문학, 크게는 예술에 대한 새로운 관점을 제시한다. 그 때까지 우리나라 문학에서 그대로 인정해왔던 문학의 효용론적인 인식과 관점을 비판하면서 작가가 중심이 되는 표현론적인 관점을 제시하고 있다. 그리고 초기 작품활동을 통해서 인물들의 심리묘사, 한글식 표현, 과거 종지형의 의식적인 사용, 상황 중심의 논리 전개 등 나름대로 소설에 대해 새로운 여러 가지 시도를 하고 있다. 이러한 그의 시도는 각 작품에서 구체적으로 표현되면서 다양한 기법 추구로 나타난다. 동인은 단편 하나하나마다 같은 기법을 사용하고 있지 않으며, 무언가 조금씩은 변화를 추구하고 있다. 또 이 시기에는 패기와 야심이 어우러져 삶과 죽음의 문제에 대해서도 직선적이고도 극단적인 논리를 제시하고 있다.

2-1. 새로움에 대한 인식

동인의 초기 작품과 그의 발표한 글에서 알 수 있는 점은 기존의 고정관념에서 탈피하고자 무척 노력하고 있다는 점이다. 춘원이 조혼과 자유연애로 대표되는 유교사상에 대한 공격에 치중하고 있을 때 동인은 유교사상 뿐 아니라 우리 사회의 고정관념으로 자리잡고 있는 기존 관념에 대한 비판을 하고 있다. 동인은 앞 시대 문학과 우리 사회에서 전반적으로 고정화된 기존 관념들에 대해 공격함으로써 단순히 봉건 유교사상에 대한 공격에만 치중했던 이광수 문학에서 부족했던 측면을 채워주고 있다. 이는 동인 문학이 이광수 문학에 비판적이었음에도 불구하고 이광수 문학과 유사성을 띠게 된 이유이기도 하다. 이광수와 김동인은 전통에 대한 비판의식을 공유함으로써 선구자적인 의식을 함께 공유하면서도 이광수가 문학의 범주 안에서 머무르고 있음에 비해 동인은 삶 전체로 인식의 범주를 확산시키고 있는 것이다.

동인은 옛사상인 동양사상과 문화, 정치에 대한 혐오의식과 비판의식을 드러내고 있는 반면에 미래 또는 새것에 대해서는 맹목적일만큼 강하게 동경하고 있다. 이러한 동인의 서구사상에 대한 동경심은 구체성이 결여된 채 막연한 이상향의 추구로 나타나고 있다. 동인이 경쟁자로 의식했던 춘원과 비교해 보면 춘원은 초기 작품에서 인물에 중심을 두고 그 시대 한국의 젊은이들을 신세대와 구세대로 구분하여 그들을 대표하는 인물형을 창조하고 있었음에 비해, 동인은 그의 초기 작품에서 인물보다는 상황에 중심을 두고 표현함으로써 국적불명의 서구적인 인물을 등장시키고 있다. 즉, 동인의 초기작품에서는 주요 인물들이 한국적인 환경에서 한국적인 얼굴을 지니고 있으나 서구적인 의식을 갖고 살아가는 인물로 제시되고 있는 것이다. 이러한 경향은 문학 전반에 걸쳐 동인의 문학적 방향을 결정짓고 있다. 즉, 춘원이 현실 옹호와 그 합리적 기능을 중시하고 있음에 비해 동인은 현실에 대한 변화와 이상 제시에 더 중점을 두게 된다.

이러한 동인의 인식을 구체적으로 살펴보면 새로움에 대한 추구로 표현된다. 동인의 새로움에 대한 이러한 인식은 크게 세 가지 측면에서 나타난다. 첫번째는 예술작품 전반에 걸친 새로운 인식이다. 이는 표현론적 관점 제시와 순수문학관에 대한 추구로 나타난다. 두번째는 소설 장르론에 대한 새로운 인식이다. 그는 장편소설과 단편소설을 구분지으면서, 그 특질에서 차이가 남을 주장하고 있다. 소설에 대한 동인의 선각자적인 새로운 인식은 그의 초기 작품들에서 주로 나타나고 있다.

동인은 창작생활을 시작하면서 작가를 창조자와 같은 위치로 격상시키고 있는데, 이러한 태도는 그의 환경인 귀공자적인 생활 그리고 유아독존적인 성격과 잘 결합되어 그의 초기 문학관을 형성하고 있다. 먼저 창작에 대한 그의 인식을 살펴보자.

> 藝術이란 무어시냐? 여긔 對한 解答은 헤일 수 없이 만치만, 그 가운데
> 그 中 正當한 대답은,
> 「사람이, 自己 기름자의게 生命을 부어너어서 活動케하는 세계—다시
> 말하자면, 사람 自己가 지어노흔, 사랑의 世界, 그것을 니름이라」하는
> 것이다.
> 엇더한 要求로 말믜암아 藝術이 생겨낫느냐, 한마듸로 대답하려면, 이
> 거시다. 하누님의 지은 世界에 滿足치 아니하고, 엇던 不完全한 世界던
> 自己의 精力과 힘으로써 지어노흔 뒤에야 처음으로 滿足하는, 人生의
> 偉大한 創造性에서 말믜암아 생겨낫다.
> 藝術의 참뜻이 여긔 잇고 藝術의 貴함이 여긔 있다.
> (김동인, 자긔의 創造한 世界, ≪創造≫ 7호, 49쪽, 1920년 7월)

동인의 이러한 관점은 문학의 표현론적인 관점을 나타낸 것으로써 그
당시까지 우리나라 사람들이 갖고있던 효용론적인 관점을 부정하고 있
는 것이다. 우리나라는 조선시대 말까지도 허구적인 산문 양식인 소설에
대해 긍정적인 인식보다 부정적인 인식이 더 광범위하게 퍼져있었다.
그리고 일부 긍정적인 인식도 단지 효용론적인 관점에서만 소설의 가치
를 인식하고 있었다. 이는 유교 중심의 사회였던 조선시대가 경서·역
사·한시(經·史·詩)만을 중시했기 때문에 당연하다고 할 수 있지만,
개화기 때의 소설관도 이러한 효용론적인 관점에서 조금도 벗어나지 못
하고 있음을 개화기 작가인 이해조가 1912년에 발표한 ≪화의혈≫ 후기
에 써놓은 글에서도 볼 수 있다. 이러한 소설관은 이해조의 뒤를 이어
작가 활동을 한 이광수에 의해서도 그대로 계승되고 있다. 동인보다 앞서
작가 활동을 시작한 이광수는 자신의 창작활동에 대해 효용적인 측면에
서 그 가치를 인식하고 있었다. 특히 이광수는 조선조의 유교적인 사고방
식을 비판하면서 등장한 작가임에도 불구하고 소설에 대한 인식에서는

효용론적인 관점을 그대로 계승하고 있는 것이다.

그 당시까지 중심을 이루었던 이러한 효용론적인 문학관에 대해 동인은 처음부터 관점을 달리하고 있다. 즉, 문학의 가치보다 작가의 창작 욕구를 더 중시하고 있다. 동인의 이러한 표현론적 인식이 의미를 갖는 것은 우리나라에서 처음으로 소설을 효용론적 관점이 아닌 다른 관점으로 바라본 점에 있다. 그 결과 동인이 갖고 있던 이러한 표현론적인 관점은 작품을 작가 개인의 표현수단으로 인식하게 하며, 따라서 개성이 두드러지게 나타나는 문학작품을 산출하게 된다. 이러한 관점은 또한 창조적인 특성을 띤 글만이 문학작품이라는 그의 생각을 암시해 준다. 이러한 표현론적인 관점은 동인에게 작가는 창조자로서 신의 위치에서 작품을 창작한다는 인식을 갖도록 해주며 이를 밑바탕으로 동인은 인형조종설을 주장하기에 이른다.

동인은 장르에 대한 인식에서도 새로운 면을 보여주고 있다. 즉 허구 산문 양식인 소설에서 그 당시 단지 글의 양에 따른 차이로만 인식하고 있던 단편소설과 장편소설을 그 특질이 엄연히 다르다고 주장하고 있다. 이는 비록 구체적으로 분석하여 표현한 것은 아니고 몇 가지 차이나는 특질을 들어 구분 제시한 것에 불과하지만 장르에 대한 인식이 뚜렷하지 않았던 그 당시의 상황에 비추어볼 때 상당히 선구적인 인식으로 보인다.

2-2. 한글 문체와 다양한 기법의 추구

동인은 어릴 때부터 부유한 부모님의 덕으로 보고싶은 책을 마음대로 사보면서 하고싶은 대로 행동하면서 자라났기 때문에 유아독존적인 사상이 마음 속 깊이 자리잡고 있었다. 그러한 가정의 보호 속에서 동인의 부모들은 동인이 접촉할 수 있는 대상을 그 당시 선각자들이나 부유한 집안의 사람들로 한정했기 때문에 그가 알고 쓸 수 있는 우리말은 매우 한정되어 있었다. 또한 그는 이처럼 우리말을 자유스럽게 구사하지도 못한 상태에서 아직 어린 나이에 일본 유학을 했기 때문에 동시대 다른 작가들보다 우리말에 대해 많이 생각할 수 밖에 없었다. 이는 또한 그가 창작활동을 하게 됨으로써 처음 부딪치게 된 고통이기도 하다. 그의 이러한 환경적인 요인과 부유한 도련님으로서의 오만함은 남에게 질 수 없다는 의식을 심어줌으로써 소설에 있어서도 언어 표현방식의 변화와 새로운 한글문장 표현을 시도하는 것으로 나타나고 있다. 언어 표현방식에 대한 새로운 시도는 인물들의 심리 변화에 대한 세밀한 묘사와 과거종지형의 의식적인 사용 및 한글식 표현 등을 통해 잘 보여주고 있다. 1920년대 소설들이 대부분 인물들의 행동과 상황을 중심으로 내용이 전개되고 있음에 비해 동인은 세밀한 심리묘사를 통해 사건의 전개와 구체적인 흐름을 제시하고 있다.

> 오늘은 왜 이리 갑갑한고? 마음이 왜 이리 두근거리는고? 마치 이 世上에 나 혼차 나마잇는 것 갓군. 엇지할쑈 ― 어대갈까. 말짜. ― 아. 혜숙이 안테나 가보자. 이즈음 몃칠 가보지도 못하엿는데 (<약한자의 슬픔>에서)

> 「약한者의 슬픔!≪그는 생각난드시 중얼거렸다≫…(중략)…
> 그러타! 강함을 배는 胎는 사랑! 강함을 낫-는者는 사랑! 사랑은 강함을 나흐고, 강함은 모-든 아름다움을 낫-는다. 여긔, 강하여지고 시픈者는 ― 아름다움을 보고 시픈者는 ― 삶의 眞理를 알고 시픈者는 ― 人生을 맛보고 시픈者는 다- 참사랑을 아러얀다.
> 「萬若 참 강한者가 되랴면은? 사랑안에서 사라야 한다. 宇宙에 널녀잇는 사랑, 自然에 퍼저잇는 사랑, 턴진란만한 어린아해의 사랑!」
> 「그러타! 내 압길의 基礎는 이 사랑!」(<약한자의 슬픔>에서)

이러한 내적 독백은 <약한자의 슬픔>에서 여주인공이 자신의 문제점을 깨달아서 새로운 형의 인물로 태어나게 하는 주요 계기가 된다. 동인 작품의 내용 전개에 있어 중요 부분들은 앞의 예처럼 인물들의 심리 변화를 통해서 제시되고 있다. 심리묘사를 통한 사건의 진행에 대해 동인 스스로가 상당히 의식하고 썼음은 다음과 같은 글을 통해서 알 수 있다.

> 여러분은 이 약한자의 슬픔이 아직까지 세계상에 이슨 모든 투니야기 (작품) — 리알리즘, 로-만티씨즘, 씸볼니즘, 뜰의 니야기 — 와는 묘사법과 작법에 다른 점이 잇는거슬 알니이다. 여러분이 이점을 바로만 발견하여 주시면 작자는 만족의 우슴을 웃겟습니다.(<창조> 창간호 남은말)

이처럼 그는 심리묘사에 대한 자부심을 크게 가지고 있었다. 이러한 심리묘사는 한 인물에 대해 집중적으로 사용하면 그 인물이 갖고있는 특징을 잘 나타낼 수가 있다. 그러나 이의 과다사용은 작품에서 긴장감을 빼앗아가는 결과를 가져오게 한다. 세계문학에 대한 이해가 얕은 까닭에 그랬겠지만 동인은 세계에서 자기가 처음으로 그러한 심리묘사를 하고 있다고 자부하고 있다.

소설문체에 있어서 동인이 새롭게 인식한 것으로는 과거 종지형의 의식적인 사용을 들 수 있다. 소설에서 서술의 종지형 어투에 대해 그 당시까지는 중요하게 생각하는 사람이 없었다. 따라서 당시 소설가들은 그저 나름대로 기준없이 쓰고 있었는데, 동인은 과거형 종지법의 사용을 뚜렷하게 인식하고 있었다.[1] 이는 당시에 동인이 문체에 대해 다른 작가들보다는 연구와 노력을 많이 했음을 나타낸 것으로, 우리 소설사에서 매우 선구적인 업적이라고 할 수 있다. 또 이 점은 일부에서 지적하고 있는 문제인 얼마나 정확하게 사용하고 있느냐는 점과는 별개의 문제이다.

---

1) 1929년에 조선일보에 연재한 「朝鮮近代小說考」에서 동인은 ' "한다" "이라" "—인다" 等의 現在法 敍事體는 近代人의 날카로운 心理와 情緖를 表現할 수 업는 바를 깨다럿다. 現在法을 使用하면 主와 客體의 區別이 明瞭치 못함을 깨다럿다.'라고 말하고 있다.

동인의 소설에서 과거형 동사의 사용빈도는 동시대 다른 작가들보다는 많은 편에 속하고 있다. 이러한 과거형 문체가 소설작품에서 어떠한 효과를 가져오는지에 대해서는 앞으로 많은 검증이 있어야 하겠지만 동인이 소설문장에서 이처럼 문장의 시제효과에 대해 처음으로 관심을 나타냈다는 점은 우리 소설사에서 매우 의미가 있다고 할 수 있다.

다음으로 동인소설의 문체에서 볼 수 있는 새로운 특징은 한글식 표현 문장이다. 그가 초기에 발표했던 작품들은 우리말다운 표현을 살리기 위해 노력했던 동인의 노력이 그대로 잘 나타나고 있다. 아래 <약한자의 슬픔>에서 표현하고 있는 문장들은 그 단적인 예가 된다.

가르침을 끝낸 다음에 자기 방으로 돌아왔다.
처르럭처르럭 때가닥때가닥 하는 소리를 시끄럽도록 내면서도
자기와 함께 나아가는 자기 기름자를 들여다보면서
미릿생각은 헛대로 돌아갔다.
아랫동이 모두 흙투성이가 되어서 전차 멎는 곳까지 갔다.
일제히 머리를 새 나그네편으로 향하였다.
이김과 상쾌를 주었다.
그는 병원으로 들어가서 기다리는 방으로 갔다.
한 바라는 바가 있었다.
이환이는 거리지가 된다.
오촌모, 죽은 어버이들로 왔다갔다 하였다.
수레에 흔들리는 것이 그에게는 양상스러웠다.
한참 갈 때에 우르륵 우뢰소리가 나므로
이십간 앞에 조그마한 방성 하나이
그 방성 맨끝, 뫼 바로 아래
세 분쯤 뒤에
규정대로 사는 곳과 이름들을 물은 뒤에
그 방은 사면 침척 두자밖에는 안되었다.
그 가운데는 저품과 반가움이 섞여 있었다.

이삼푼의 잠이 그를 슬치고 지나간 뒤에
약한 자기는 누리에게 지고

　이처럼 의성어와 의태어를 비롯하여 그 때까지 잘 사용되지 않았던 우리말 낱말들을 찾아쓰거나 만들어 쓴 이러한 태도는 그가 초기의 소설 문장에 대해 매우 고심했음을 드러낸다. 이는 그가 활동하기 이전 작가들이 쓰던 소설문장과는 다른 새로운 소설문체의 개발 의도를 드러내 보여주는 것이기도 하다.

　　이튿날 오전 열시쯤, 엘리자벳트의 탄 인력거는 경성 효외에 나섰다.(≪創造≫창간호)
　　이튿날 아침 열덤쯤 엘리자벳트의 탄 인력거는 서울 성밧게 나섯다.(≪創造≫제2호)

　위의 예문은 ≪創造≫창간호에 실린 <약한者의 슬픔> 연재 끝부분과 ≪創造≫2호에 실린 연재 첫부분이다. 서로 같은 내용이지만 조금 표현을 달리하여 창간호에서 한자식 표기를 한 부분을 2호에서는 순수한 우리말로 바꾸어 새롭게 표기하고 있다. 즉, 오전이 아침으로, 열시가 열덤으로, 그리고 경성이 서울로, 효외가 성밧게로 바뀌어져 있다.2) 이처럼 그는 소설창작에서 새로운 한글 문체를 시도하고 있으며, 또한 의성어와 의태어의 적절한 사용을 통해 작품의 효과를 높이고 있다. 이러한 동인의 태도는 그 당시까지도 소설에서 우세했던 국한문혼용의 문단적인 흐름을 탈피하면서 새로운 소설 문체로서 한글식 표현을 시도한 것이다. 동인은 여기에서 더 나아가 그만의 특색을 가진 소설 문장과 문체를 개발하고

---

2) 김우종님이 '<약한 者의 슬픔>에 나타나는 弱者의 意味'(『金東仁 硏究』Ⅲ-2)에서 『創造』1호와 2호의 연결부분에서 시간이 다르게 표시되었다고 지적한 점은 원본 판독을 잘못한 결과이다.

자 하는 의욕을 나타내기도 했다.[3] 특히 문체의 부분에서는 쉼표나 말줄 임표의 효과적인 사용과 적절한 대화 및 사투리의 사용을 통한 인물의 성격 제시 등은 그의 작품에서 처음 제시된 특징으로 볼 수 있다.

또한 1920년대 동인의 소설에서 보여주는 다양한 서술 방식과 구성 방식 그리고 시점 등은 새로운 우리나라 단편소설 양식의 제시였다. 먼저 서술 방식을 살펴보면 전통적 설화자의 서술방식인 해설자적인 서술방 식과 객관적인 서술방식, 그리고 참여적인 서술기법 뿐만 아니라 사소설 적이고 자기고백적인 서술기법도 사용하고 있다. 그리고 그 형식을 보면 그는 일기형식, 편지 형식, 수기 형식, 보고서 형식 등을 사용하고 있다. 또한 구성 방식을 보면 추리소설적인 복선기법, 겹틀형 구성기법, 시간적 구성기법, 공간적인 구성기법 등을 선보이고 있다. 겹틀 기법만 하더라도 작품마다 다른 형태를 취해 다양한 효과를 나타내고 있다. 묘사 방식도 크게 심리묘사, 요약묘사(압축), 장면묘사(상황), 배경묘사 등 다양하게 시도하고 있다. 또한 시점도 일인칭, 삼인칭, 전지적 시점 등을 사용하고 있다.

일반적으로 말하기보다는 글쓰기가 훨씬 더 어렵고 또 많은 낱말을 알고 있는 사람도 자신의 생각을 글로 표현하는 것이 쉽지가 않다. 그런 데 아직 우리말을 풍부하게 구사하지도 못했던 동인의 처지로서는 글쓰 기에 대한 고통이 더욱 심했을 것이다. 이러한 상황이었기 때문에 동인이 처음 단편소설을 창작하면서 가장 심혈을 기울이고 고심할 수밖에 없었 던 것은 소설 문장과 함께 기법에 대한 것이었다. 따라서 이러한 어려움 을 극복하다보니 소설의 구성방식에 있어서도 여러 가지 다양한 새로운

---

3) 동인은 조선일보 1929년 7월 28일~8월 16일까지 연재한 「朝鮮近代小說考」라는 글에서 자신의 작품에 대한 설명 중에 '全作의 任意의 一行을 읽고라도 이는 東仁의 作이며 東仁만 의 作이라고 認識할 수 잇슬만한 强烈한 東仁味가 잇는 獨特한 文體와 表現 方式을 發明치 안코는 滿足할 수가 없섯다'라고 말하고 있다.

기법을 시도하도록 하고 있다. 또한 동인은 작가 자신의 표현 욕구에서 작품이 생겨난다고 인식했기 때문에 그 스스로 어떻게 표현하느냐 하는 측면에서 문장과 기법에 보다 많은 관심을 기울일 수밖에 없었다. 이처럼 동인의 작품들을 살펴보면 동시대의 다른 작가들보다 훨씬 다양한 실험을 하고 있음을 알게 된다. 문장과 기법에 대한 동인의 이러한 실험정신은 1920년대 단편소설의 새로운 형식을 이루어 놓는데 크게 기여하고 있다. 그리고 동인의 단편소설에서 제시되고 있는 새로운 한글 문체와 다양한 기법은 우리나라 단편소설의 새로운 틀을 보여주고 있는 것이다.

2-3. 죽음과 삶의 논리

동인의 초기 작품에서 볼 수 있는 또 하나의 특징은 주인공적인 인물들의 결말이다. 그가 발표했던 1920년대 작품에서 주인공들은 대부분 죽음이나 파멸을 택하고 있는데 이는 필연적인 상황에 따른 것이라기보다는 우연에 따른 행위나 순간적인 충동에 따른 행위로 처리하고 있다. 그의 소설에 등장하는 대부분의 주인공들은 현실적 삶에 대한 실패와 좌절을 극복하는 방법으로 죽음이나 파멸을 선택하고 있다. <전제자>에서 순애가 동생에게 무시받고 집을 나갈려다가 순간적으로 눈에 띈 문갑 위에 놓인 칼로 자살을 하는 것이나, <눈을 겨우 뜰 때>의 금주가 그네를 뛰다가 떨어져 죽는 모습 등은 필연성보다는 우연에 의지하고 있다. 이처럼 동인의 초기 작품에 등장하는 주요 인물들은 삶의 과정에서 부딪치게 되는 어려움을 적극적으로 해결할려는 의지를 갖기보다는 순간적인 충동에 따른 죽음을 선택하고 있다. 동인의 이러한 극단적인 삶의 논리는 무지에 대한 극단적인 비판으로 나타나거나, 여자들에 대해 생각하는 능력을 갖지 못하고 있다는 등 극단적인 비하 등으로 변형되어 나타나기도 한다.

1920년대 발표된 많은 작품들은 죽음에 대한 지향이라고 할 정도로 죽음을 찬미한 작품들이 많이 발표되었다. 이는 1919년 3·1운동 실패로 인한 민족적인 좌절감과 1차 세계대전 이후에 서양에서 발생했던 병든 퇴폐주의 사조가 우리 문학에 영향을 끼친 까닭이다. 그러나 그 무렵 발표된 동인 소설에서 등장하는 주인공들은 민족이나 사회적인 문제보다는 개인적인 문제 때문에 죽음을 택하는 경우가 대부분이다. 즉, 주인공적인 인물들이 죽음을 통해 참된 깨달음을 얻는 것으로 설정되고 있다. 그가 처음 발표했던 작품들에서 죽음으로 끝나지 않은 작품들도 작가 의도를 보면 원래 자살을 통한 결말로 예정되어 있었다.

> 필자의 처녀작은 「약한 자의 슬픔」이다. 표제와 가티 약자의 비애를 취재한 것으로서 약한 성격의 주인인 엘리자벳이라는 여성의 반생을 그린 것이엇다. 세상의 온갓 죄악은 약함에서 생기나니 사람의 성격이 강하기만 하면 세상에서는 저절로 온갓 죄악이 업서진다. '강함'은 즉 '사랑'이다. 이것이 대개의 주지이다. 그러고 필자는 결말로서 여주인공의 자살을 집어 느흐랴고 한 것이엇다. 묘사는 일원묘사엇다. 그러나 그 작의 결말은 뜻박그로 필자는 그 여주인공을 죽이지를 못하엿다. 제2작 「마음이 여튼 자」에서도 결말로서 주인공 K를 죽이려 하엿든 것이 마츰내 죽이지 못하엿다.(김동인, <朝鮮近代小說考>, 조선일보 1929.8.)

일반적으로 진정한 삶은 참된 깨달음을 통해서만 얻을 수 있다. 이러한 참된 깨달음은 죽음을 통해서만 이루어지는 것은 아니다. 1920년대에 쓰여진 동인의 작품에서는 대부분 너무 쉽게 죽음을 택하고 있음은 동인이 죽음 이외에 다른 해결책을 갖지 못했음을 반영한다. 그의 작품 속 주인공들이 현실적인 어려움에 처했을 때 그 어려움을 극복할 수 있는 다른 대안을 생각하지 못했기 때문에 단순히 죽음으로만 처리하고 만 것이다. 이처럼 죽음을 통하거나 살인과 같은 극단적인 행동을 통해 현실을 벗어나고자 하는 인물들은 작품 속에서 필연적인 과정보다는 우연성에 많이 의존하는 결과를 가져오고 있다. 또한 이처럼 필연성보다는 우연성에 의지하는 모습은 작품의 사실성을 약화시키는 결과를 가져오게 된다.

동인 작품이 보여주는 이와같은 극단적인 결말 추구는 동인의 강한 자에 대한 지향 의식이 그대로 반영되고 있음을 보여준다. 동인의 세계관에서 약한 자는 패배자이고 강한 자는 승리자이다. 패자인 약한 자가 강한 자에게 이길 수가 없을 때 그것을 극복하는 방법은 죽음 뿐이다. 동인의 작품에서 약한 성격으로 제시된 주인공들이 결국 죽음을 택하게 되는 것은 강한 자가 되고싶은 심리의 변형이라고 할 수 있다. 이러한 죽음을 통해서 새로운 강자로 태어나고자 한 것이다. 특히 그의 작품에서 죽음을 택하는 인물들이 대부분 여자로 설정되어 있고 또 대부분 강한 결심이나 고민의 결과가 아니라 우연에 따른 죽음을 선택하고 있다는 점은 약자인 여성의 현실 극복이나 적극적인 참여가 불가능하다는 그의 인식을 그대로 보여준다. 하나의 예로 여성의 현실 참여를 그린 작품인 <김연실전>에서는 현실세계에 대한 여성의 인식부족과 신여성에 대한 조롱, 그리고 현실적인 삶에서의 비참한 패배만이 선명하게 그려지고 있을 뿐이다.

1920년대에 발표된 동인 작품들의 결말에서 이러한 죽음 지향은 1919년 3·1운동 실패로 인해 암담했던 당시 사회의 모습을 부분적이나마 반영하면서 인생의 밝은 면보다는 어두운 면을 그리려는 속성이 강한 근대 사조의 영향을 받고 있었음을 나타낸다.[4] 또 동인이 결말로서 죽음을

---

[4] 1920년대에 발표된 시와 소설들에서 가장 많이 나타나는 현상이 죽음에 대한 찬양과 환상이다. 20년대 작품들의 결말이 죽음을 지향하고 있는 까닭으로 이유식은 다음과 같이 5가지 이유를 들고 있다. ① 3·1운동 실패 후의 암담한 시대적 상황 ② 작가의식의 근대화 ③ 어두운 면을 그리려는 속성이 강한 근대사조의 영향 ④ 세계적인 문학작품에서 얻을 수 있었던 죽음의 문제와의 친근함 ⑤ 외국 근대 장편소설에서 익숙한 삶의 사이클. (이유식,

선호하고 있었다는 것은 영웅 숭배 사상의 반영과 함께 극단적인 것을 추구했던 그의 성격을 반영하고 있다. 그리고 이러한 그의 극단적인 결말 추구는 항상 전개과정이나 결과가 정해져 있음을 말해준다. 이는 결국 30년대 들어 쓰여진 작품에서 보여지는 것처럼, 등장인물들의 삶은 이미 주어져 있는 삶의 조건에 의해 결정지어진다는 결정론적인 인식으로 그를 이끌어가고 있다.

3. 숙명론적 세계관의 시대 – 1930년대

1930년대 들어 동인의 작품에서 나타나는 특징은 보여주기보다는 말하기로 변화되고 있다는 점이다. 이는 동인이 표현론적인 관점에서 효용론적인 관점으로 변화하고 있음을 말해준다. 이러한 변모는 그가 현실적인 삶에서 패해 경제적으로 궁핍해진 현실과 긴밀한 관계를 맺고 있다. 그는 스스로 훼절이라고까지 표현했지만, 그가 신문에 소설을 연재하기 시작하고 원고료로 생활을 해야하는 처지로 전락하던 무렵부터 그러한 인식의 변모가 나타나고 있다. 현실적인 삶에서 그가 당한 패배는 그에게 궁핍한 생활을 강요했을 뿐만 아니라 숙명론적인 인생관을 심어주고 있다. 따라서 이 무렵 그의 작품 속에 등장하는 인물들은 현실을 어려움을 극복하는 모습이 아니라 주어진 환경과 조건을 이겨내지 못하고 비참한 패배를 강요당하거나 현실성이 없는 극단적인 행위를 통해 현실에서 벗어나고자 하는 모습을 보여주고 있다.

『韓國小說의 位相』, 76~81쪽, 이우출판사, 1982.)

3-1. 영웅적 역사관의 제시

동인의 삶에 있어 유아독존적인 의식과 강인함의 추구는 영웅적인 인물에 대한 숭배로 나타나고 있다. 그의 작품 곳곳에서 나타나는 이러한 영웅 숭배 의식은 특히 역사소설에서 인물의 영웅화를 통해 표현되고 있다. 일반적인 삶이나 인과관계를 통해 역사의 한 단면을 제시하기보다는 영웅적인 인물의 의식과 행위를 통해 역사적인 사건들을 표현하다보니 무리한 사건 전개나 우연에 따른 상황 설정이 많이 나타나고 있다. 춘원의 역사소설에 대해 아주 신랄한 비판을 가했던 동인은 정작 그가 쓴 역사소설에서 그가 비판했던 춘원과 똑같은 인식을 나타내고 있는 것이다.

'젊은 그들'은 내지에 있어서의 시대물과 같은 것으로서 조선에서의 첫 시험이었다. 배경을 역사에 두고 사상의 인물을 주요한 줄거리로 집어넣었었다. 그러나 역사소설은 아니요, 거기 나오는 인물은 대원군 그 밖 1, 2인을 제하고는 죄 가공의 인물이었다. ……(중략)…… 더우기 고심한 것은 사상 인물의 성격과 특징을 주는 점이었다. 만연히 역사의 '이야기 줄거리'에만 붙들리어 써내려가면 그것은 굼결에 듣는 옛말 같아서 진실성을 잃어버릴 것이다. 인물로서의 산(生) 사람으로서의 그림자를 확실히 부어 넣으려면 그 인물의 성격과 특징이 완연히 나타나 있지 않으면 안 된다.

춘원의 [단종애사]며 [麻衣太子] 등이 이 점을 관심치 않았기 때문에 진실성을 잃어버렸고 인형이나 허수아비들이 등장하여 노는 것같이 된 것이다. ……(중략)…… 대원군으로 하여금 우반신이 풍으로 인하여 경하나마 부자유를 느끼는 감이 있고 격동되거나 피곤하든가 하면 오른쪽 눈썹이 떨리고 오른편 눈에서만 눈물이 나오는 등 신체 구조에까지 특징을 주고 성격상의 특징과 아울러서 현실적 인물로 만들기에 퍽으나 노력하였다.(김동인, 處女長篇을 쓰던 時節, ≪金東仁全集 16≫. 427쪽. 조선 일보사, 1988.)

동인은 처음부터 세상 사람들이 인식했던 기존의 관념과는 다른 자기 자신의 새로운 인식을 제시하여 기존의 세계관을 바꾸어 보고자 했다. 이러한 태도는 반역사적이기도 하고 자아 중심적 사고 방식이기도 하다. 동인의 이러한 태도는 구체적으로 역사소설을 통해서 표현되고 있다. 그는 먼저 역사소설에서 역사의 과정은 얼마든지 새롭게 인식할 수 있다고 보고 있다. 따라서 동인은 자기보다 앞서 역사소설에서 자신의 관점을 제시한 춘원의 역사소설에 대한 도전을 통해 또 하나의 역사관을 제시하고 있다. 그러나 춘원이라는 작가를 너무 의식한 나머지 도식적으로 그의 해석과는 반대되는 해석만을 추구하고 만다. 그 결과 그는 부분적으로 새로운 역사관을 제시하고는 있지만, 궁극적으로는 춘원의 역사관에 예속당하는 결과를 가져오고 있다. 그리고 이를 벗어나기 위해 시도한 새로운 작품들은 모두다 단순한 흥미위주의 타락한 오락소설로 전락하고 마는 결과를 가져온다. 그가 후기에 쓴 역사소설들이 역사의식을 전혀 담아내지 못하고 단순한 야담으로 전락하게 된 까닭도 경제적인 궁핍보다는 그의 역사의식 부재에 따른 것이었다고 할 수 있다.

역사소설이란 지나간 역사를 오늘날의 시각에서 바라보고 평가함으로써 현재를 살아가는 우리들의 삶을 평가하는 작업이라고 할 수 있다. 따라서 작가의 역사소설관은 역사에 대한 새로운 해석이 그 밑바탕에 깔려야 한다. 부분적인 면에서 동인은 역사에 대한 새로운 해석을 보여주고는 있지만 진정한 역사의식을 표출하는데는 실패하고 있는 것이다. 그가 <젊은 그들>이나 <운현궁의 봄>에서 보여준 대원군의 쇄국정책에 대한 옹호나 기존의 역사적 평가와는 다른 자주적인 해석은 새로운 역사소설로서 가능성을 보여주었지만, 그 점을 더 확대시키지 못한채 대원군에 대한 일방적인 옹호로만 일관함으로써 그의 영웅 숭배 사상만을 보여주는 수준에서 머무르고 말았다. 동인이 그의 역사소설에서 보여준 이러한 영웅적 역사관은 역사적으로 승리한 인물들에 대해 맹목적으로 합리화 시켜주는 경향을 나타내고 있으며, 이에 따라 필연성보다는 우연성에 많이 의지하게 된다. 이러한 역사관에서 역사는 강인한 자의 발자취라는 의미만을 갖게 된다. 이처럼 동인의 역사소설은 역사란 영웅들에 의해 이루어진다는 전통적인 역사소설관을 추종함으로써 진정한 역사의식의 미비를 가져오고 있다. 따라서 등장인물들을 중심으로 한 역사적인 상황과 사회적인 변모 양상들은 제대로 묘사되어 있지 못하고 다만 주인공 주변의 일화나 작가의 설명을 통해서 당대 사회적인 인식이나 변모가 표현되고 있는 것이다. 또한 동인이 ≪젊은 그들≫에 대해 스스로 역사소설이 아니라고 주장하고 있다는 점은 그의 역사소설관을 간접적으로 말해주고 있기도 하다. 즉, 그는 역사소설이란 역사적인 사실을 밑바탕으로 하여 역사에 기록되지 않은 부분만을 작가가 상상력을 동원해 복원하는 행위로 본 것이다.

3-2. 자아와 세계와의 대결

동인의 예술관은 자아가 신의 경지에 이르러서야 완성되는 예술관이다. 즉 자아는 꾸준히 확대되고 이에 대립되는 세계는 계속 좁혀지기만 한다. 동인은 축소된 세계를 설정하고 그 속에서 자신의 자아를 마음껏 움직이도록 했다. 따라서 이미 그 자아는 세계에 패배하도록 결정되어 있었다. 있는 그대로의 세계가 아니라 작가에 의해서 임의적으로 축소된 세계와 자아가 대결했기 때문에 작품 속에서 제시되는 인물들의 승리나 패배에 관련없이 동인의 자아는 항상 패배가 예정되어 있다. 따라서 동인의 작품 속에 등장하는 인물들은 현실 속에서 치열하게 싸우는 모습이 아니라 이미 한정지어진 세계 속에서만 움직이는 인물들이기 때문에 살아있는 인물이 아니라 인형의 역활을 하는데 그치게 된다. 패기와 야심을 잃지 않았던 1920년대 초기에는 사실주의 기법이 그대로 나타나면서 강인한 개성으로 그 인물들은 살아날 수가 있었다. 그러나 패기와 야심을 잃어버리기 시작하는 1920년대 말부터는 작가에 의해서 조종당하고 희롱당하는 인물들이 작품 전면에 제시되고 있다.

독자는 이제 내가 쓰려는 이야기를, 유럽의 어떤 곳에 생긴 일이라고 생각하여도 좋다. 혹은 사오십 년 뒤에 조선을 무대로 생겨날 이야기라고 생각하여도 좋다. 다만, 이 지구상의 어떠한 곳에 이러한 일이 있었는지도 모르겠다, 혹은 있을지도 모르겠다, 가능성(可能性) 뿐은 있다 — 이만치 알아두면 그만이다.

그런지라, 내가 여기 쓰려는 이야기의 주인공되는 백성수(白性洙)를, 혹은 알벨트라 생각하여도 좋을 것이요, 또는 호모(胡某)나 기무라모(木村某)로 생각하여도 괜찮다. 다만 사람이라 하는 동물을 주인공 삼아가지고, 사람의 세상에서 생겨난 일인 줄만 알면……(<광염소나타>에서)

샘물!

저 샘물을 두고 한 개 이야기를 꾸미어 볼 수가 없을까? 흐르는 모양도 아름답거니와 흐르는 소리도 아름답고 그 맛도 아름다운 샘물을 한 개 재미있는 이야기가 여의 머리에 생겨나지 않을까? 암굴을 두고 생겨나려던 음모 살육의 불쾌한 공상보다 좀 더 아름다운 다른 이야기가 꾸미어지지 않을까?

여는 바위 틈에 꽂았던 스틱을 도로 뽑았다. 그 스틱으로서 여러 발 아래 바위를 가볍게 두드리면서 한 개 이야기를 꾸미어 보았다.

☆

한 화공(畫工)이 있다. — 화공의 이름은?

지어 내기가 귀찮으니 신라 때의 화성(畫聖)의 이름을 차용하여 솔거(率居)라 하여 두자. — 시대는?

시대는 이 안하에 보이는 도시가 가장 활기있고 아름답던 시절인 세종 성주의 대 쯤으로 하여 둘까? (<광화사>에서)

그의 대표작들인 위의 작품에서 볼 수 있는 것처럼 각 작품들의 서두 부분에서 앞으로 제시되는 내용들이 작가의 상상과 공상에 의해 꾸며진 인물과 사건들임을 명확하게 제시하고 있다. 따라서 이들 등장인물들은 살아있는 존재가 아니라 작가에 의해 꾸며진 허구적 인물들임을 강조함으로써 예술의 독립된 가치와 소설의 사실성을 여지없이 깨뜨리고 있다. 이를 통해 동인은 처음 창작생활을 시작했던 때의 작가의식과는 전혀 다른 관점을 제시하고 있다. 즉, 소설작품에서는 다만 즐거움을 취할 수 있을 뿐이지 다른 것은 아무 의미가 없다는 인식을 구체적으로 보여주고 있는 것이다.5)

1930년대 동인이 발표한 작품들에서는 환경에 지배당하고 좌절하거나 절망하는 무기력한 인물들이 전면에 등장하거나 아니면 현실과는 동떨어진 영웅들이 등장하고 있다. 그리고 등장인물들도 예술을 위한 살인이나 시체 사간 행위 등 현실에서 정당化하기 힘든 극단적인 행위를 하거나 아니면 현실감이 없는 공허한 내용을 담아 표현하고 있다. 특히 1930년대 발표된 역사소설6)에서 이러한 경향이 두드러지게 나타나고 있다. 역사소설에서 배경을 이루는 시대적인 상황이 당시의 상황과 동떨어지게 나타나고 있거나 인물들의 행위가 과거 역사속의 인물들이라기 보다는 오늘

---

5) 이 점에 대해 동인이 나중에 다음과 같은 서술을 통해 구체적으로 나타내고 있다. 동인이 1948년에 발표한 〈余의 文學道 30年〉에서는 '다시 말하거니와 문학은 오락물이다. 여도 한때는 문학에서 오락 이외의 오락 이상의 다른 의의를 발견하려고 노력하였다. 그러나 결론은 요컨대 역시 다른 아무 의의도 찾아내지 못하고 문학은 결국 오락이요, 문학은 인생에게 즐거움을 주기만 하면 그것으로 문학적 사명을 다한 것이지 그밖의 그 이상의 다른 것을 바라는 것은 바라는 사람의 망발이다.'라고까지 말하고 있다.

6) 동인이 쓴 역사소설 <乙支文德>에서 무조건 고구려를 숭상하여 중국이 고구려에게 계속해서 조공을 바치는 것처럼 묘사하거나 진 나라의 공주가 고구려를 향해 가는데 부왕인 아버지 서찰 한통만을 가지고 수행원 하나 없이 수만리를 가는 모습이나 그 당시 고구려 인구를 4천만이라고 표현한다거나, 진 나라 공주가 고구려 국경을 지키는 태수에게 신분이 들통났는데도 수행원 없이 말 한필만을 얻어 승상인 을지문덕을 찾아간다거나 하는 등의 표현과 진나라 공주인 국향이가 을지와 결혼하고 아이를 낳은 뒤 진 나라에서 도망온 장량이를 찾아가는 모습이나 장량이와 서로 애무하는 장면 등등 당시 역사적 사실과는 동떨어진 현실감이 없는 표현이 많이 제시되고 있다.

날의 인물형에 가까운 모습을 보이는 것은 작가의 상상력 속에서만 행동하는 인물들이기 때문이다. 즉, 살아있는 인물들이 아니라 이미 죽어서 인형처럼 만들어진 인물들이기 때문에 그저 작가에 의해 희롱당하고 있을 뿐이다. 역사적 사실에 충실하지 못하고 파탄을 이룬 이런 극단적인 모습은 현실세계가 아니라 마음 속의 세계와 대립하기 때문에 그 대립과정이 공허해져서 나타난 결과라고 할 수 있다. 1930년대 이후에 나타나는 이러한 파탄은 그의 작가 의식 변모와 밀접한 관계를 맺고 있다.

동인의 이러한 파탄은 고대 역사에 대한 이해 부족도 있었겠지만 작가가 갖고있던 당대 사회와 문학의 가치에 대한 변모된 인식에 지배받은 결과로 보여진다. 그리고 당대 사회 현실에 대한 인식 부족은 자아가 세계와의 대결에서 패배하도록 만들어주면서 이는 결국 자아 상실로 이어지고 있다. 따라서 극단적으로 탐미적인 경향을 나타내거나 현실감없는 공허한 표현으로 나타나게 된 것이다.

3-3. 숙명론적 세계관의 구현

최고가 되겠다는 야망과 타민족의 지배라는 억압의 틀 아래에서 갈등하다가 현실적인 생활에서 패배자로 남게 되어 좌절하는 지식인의 모습이 1930년대 소설가 동인의 모습이라고 할 수 있다. 결국 동인은 경제적으로 안정되지 않은 삶 속에서 소시민 의식의 표출을 통해 현실과 타협하고 있다. 의식주가 안정되지 못한 현실 속에서 느끼는 좌절감은 그에게 현실을 오도시키면서 정신적인 황폐감까지 이르게 하고 있다. 동인이 불면증으로 고생하다가 마약에까지 의지하게 된 것이나 1940년대 초에 자진하여 황군 위문단을 구성해서 전지 시찰을 다녀오는 등 그의 타락과 친일행위 등도 이런 정신적인 황폐감을 반영하고 있다. 결국 이러한 상황에서 발표되었던 많은 작품들은 현실감의 부족과 역사인식의 상실이라는 결과를 빚고 말았다.

  동인이 숙명론적인 세계관을 갖게 된 까닭은 크게 세 가지로 나누어
생각할 수 있다. 첫째로는 식민지적인 상황이다. 다른 민족에게 억눌려
지낸다는 것은 마음대로 표현할 수 없음을 말한다. 이러한 현실적인 상황
은 그에게 삶의 가치를 잃도록 만들었다. 그가 처음 가지고 있던 1920년
대의 비판적이고 저항적인 의식은 식민지 지배 상태가 오래 지속됨에
따라 차츰 민족적 자긍심을 잃어버리고 무기력한 자포자기와 함께 오만
한 자존심의 표출로 나타나고 있다. 검열 등으로 인해 자기 마음대로
표현할 수 없다는 상황은 그에게 현실에 대한 무력감을 키워주면서 한편
으로는 오만한 자존심을 내세움으로써 비참한 현실을 극복하고자 하는
경향을 나타내고 있는 것이다. 두 번째로 들 수 있는 것은 역사와 세계에
대한 그의 인식이 부족한 결과 나타난 현상이다. 즉, 그의 자아가 현실
세계와의 대결에서 패배함으로써 자아 상실의 상태까지 나아가고 있다.
이러한 그의 모습은 1930년대 들면서 발표한 작품에서 구체적으로 나타
나고 있다. 세번째로 들 수 있는 것은 정신의 황폐화이다. 현실 생활에서
의·식·주가 안정되지 못함에 따라 좌절감에 젖어서 정신까지 피폐해
져 가고 있다는 점이다. 생활전선에서의 패배에 따라 나타나는 좌절감은
그가 쓴 작품에서도 그대로 투영되어 시대상황과 동떨어진 역사소설을
쓴다든가 또는 현실과는 맞지않는 묘사가 된다던가, 아니면 신세 한탄하
는 양상으로 나타나고 있다. 이처럼 역사적 상황을 제대로 그리지 못하는
역사소설은 결국 흥미 위주의 연애소설로 전락하고 있으며, 그가 살고있
는 당대 현실을 비판한 작품들은 처량한 신세 타령으로 전락하고 있다.
이러한 상황에서 그에게 남겨진 것은 극복할 수 없는 현실에 대한 수긍이
었다. 이는 동인이 숙명론적인 세계관에 물들기 시작했음을 말한다. 이처
럼 동인은 1930년대 들어 경제적인 몰락의 과정을 거치면서 당대 현실에
대한 무력감을 느끼고 식민지 지식인으로서의 현실적인 아픔을 벗어던

지기 위해 투쟁하기보다는 현실 수긍의 태도를 갖기 시작하고 있다. 이러한 그의 태도는 이 무렵에 발표된 장편 소설에서 그대로 드러나고 있다. 동인의 장편소설에서 나타나는 이러한 숙명론적 세계관은 현실의 극복 의지가 시들어졌을 뿐만 아니라 거의 포기 상태임을 말해주고 있다.

4. 동인 소설이 갖는 의미

동인이 갖는 가장 중요한 의미는 소설가로서의 역할이다. 한 인간으로서 동인에 대한 의미를 찾는다면 문인으로서, 즉 소설가로서의 의미를 찾아야 할 것이다. 따라서 동인이 창작한 소설의 의미를 찾는 작업은 동인이라는 한 작가의 의미를 캐는 작업이기도 하다. 이는 작게는 작가로서의 개인의 자세를 알려주게 될 것이고, 크게는 우리문학사에서 그의 소설이 갖고있는 위치를 찾아주게 될 것이다.

또한 동인소설에 대한 탐구는 식민지 시대에 한 지식인이 갖고 있던 능력과 가치가 식민지라는 상황 속에서 어떻게 굴절되어 나타나고 있는가를 탐구하는데 매우 중요한 시사점을 던져준다. 환경에 대한 영향은 사람에 따라 그 크기에 있어 큰 차이가 있긴 하지만, 아무리 능력이 뛰어나다고 할지라도 사람은 결국 환경의 영향을 받기 마련임을 보여주고 있기 때문이다.

동인 소설이 갖고있는 의미는 문학사적인 의미와 개인사적인 의미로 나누어 평가할 수 있다. 먼저 우리 문학사에 동인 소설이 가져다준 의미로는 단편소설의 다양한 틀을 선보이고 있다는 점을 들 수 있다. 동인은 다양한 소설기법의 제시를 통해 우리나라 근대 단편소설의 한 전형을 창조하고 있다. 그리고 개인사적인 의미로는 우리 현대문학사에서 전업 작가 역할을 한 몇 안되는 사람중의 하나라는 점과 서구 문학을 우리 문학에 접목시키기 위해 노력한 점을 들 수 있다.

우리 국문학사에서 일제 강점기 시대는 여러 가지 복합적인 의미를 가지고 있다. 정신과 육체적인 자유를 다른 민족에게 빼앗긴 채 생활해야 했던 그 시대에 참다운 문학작품은 단 하나, 저항작품 뿐일 것이다. 그렇다면 그 외의 작품들은 어디에 놓아야 할까? 그 자리 매김이 올바로 되어야만 우리의 현대 문학사도 제대로 정리가 될 수 있을 것이다. 일제 강점기 초기에 이광수에 뒤이어 활동한 김동인은 그런 의미에서 또 다른 새로운 문제를 제기해 준다.

글을 쓰는 작가가 작품을 통해서 제시하는 의미는 그가 추구하는 방향에 따라 크게 세 가지로 나누어 볼 수 있다. 첫째가 예언자적인 의미이다. 이는 작가가 미래 지향적인 사고를 갖고 있으며 낙관론적인 세계관을 갖고 있음을 나타낸다. 둘째가 기록자적인 의미이다. 이는 작가가 현재 중심적인 사고를 갖고 있으며 세계에 대한 불안의식, 다시 말하면 불안정한 세계관 또는 회색인의 세계관을 갖고 있음을 나타낸다. 셋째가 해설자적인 의미이다. 이는 작가가 과거 지향적인 사고를 하고 있으며 세계에 대한 절망의식, 달리 말하면 비관론적인 세계관을 갖고 있음을 나타낸다. 이제까지 앞에서 살펴본 것처럼 1920~30년대에 발표된 동인소설을 통해서 동인의 경향을 말한다면, 1920년대에는 예언자적인 활동을 하다가 1930년대에 접어들면서부터는 해설자적인 역할을 추구하면서 서술에 있어서는 기록자적인 역할을 하고 있었다고 말할 수 있다.

웃음 속에 담긴 울음의 세계

– 김유정 소설의 미학

1. 들어가면서

김유정은 일제 강점기 시대 우리 민족의 비참한 현실을 해학으로 표현한 작가이다. 1930년대 우리 나라 서민들의 삶은 비참과 고통 뿐이었다. 일제와 야합한 일부 지주층을 제외하고는 많은 백성들이 일본의 악랄한 착취 아래 놓여 있었다. 이처럼 비참한 현실사회에 놓인 백성들의 삶은 고통과 울음의 삶이었다. 김유정은 이러한 시대상황 속에서 살아가는 서민들의 삶을 웃음의 미학으로 표현하고 있다. 김유정이 활동했던 1930년대는 총독부가 식민지 지배체재를 더욱 공고히 하면서 만주, 지나 사변과 중국에 대한 침략을 위해 시행했던 각종 수탈 정책이 절정에 이르렀던 시기이다. 그 무렵 일본은 본국의 식량 위기를 벗어나기 위해 조선에 산미증산계획을 실시하였고, 군산항을 통해서 조선 농민들이 생산한 총 생산량의 2/3 가까운 쌀을 일본으로 실어내갔다. 그리고 굶주린 조선 백성들에게는 만주에서 조를 수입하여 연명시켰다. 또한 정책적으로 쌀값을 떨어뜨려 급격한 이농현상을 부채질하였다.

1930년대는 1920년대까지 실시했던 무단정치를 중지하고 문화정치로 표방한 시기였지만, 이처럼 실제로는 더욱더 식민지 지배를 공고히 해나

가던 시기였다. 그 당시 조선의 농민들은 일제의 억압과 수탈에 견딜
수 없어 수많은 사람들이 이농민으로 전락하거나 유리걸식하였다. 또한
일본 총독부의 지원 아래 동양척식회사와 일인 이주자 등 일본인들의
토지소유가 많아지고 일인 지주층이 늘어나면서 상대적으로 보호나 지
원을 받지 못하는 조선의 자작농민들은 소작농민으로, 소작농민들은 이
농민이 되는 상황이 전개되었다. 이 무렵 일본 식민지 정책으로 인해
가장 두드러진 농촌 피해는 경제력이 약한 자작농들이 토지를 방매함으
로써 소작농으로 전락하고, 이에 따라 계층적인 분화가 더욱 심화되는
것이었다. 자작농의 감소와 소작농의 증가는 계층적인 분화와 함께 이농
과 이민 현상을 불러 일으켰고, 이농자의 반 이상이 도시에 나가 극빈자
의 처지로 전락하는 결과를 초래하였다.

　김유정은 이들 가난하고 소외된 서민들의 비참한 현실에서 눈을 돌릴
수가 없었다. 그 자신 생존의 길에서 밀려나 고통을 겪고 있었기 때문에
더욱 서민들의 비참한 현실을 제대로 인식할 수가 있었다. 따라서 김유정
은 농촌이 피폐하게 된 원인들에 대해 일제의 검열 아래서도 비교적 구체
적인 사례들을 통해 제시하고 있다. 대체로 자작농에서 소작농으로 전락
하고, 이후 빚을 지며 생활하다가 야밤 도주하여 다른 지역이나 도시로
이농하여, 결국에는 농촌에서 유리걸식 하거나 도시 극빈자로 생활하는
모습들이 그의 작품에서 일관되게 나타나고 있는 것이다. 이는 조선조
후기 실학파 학자들이 대부분 관직에서 멀어진 몰락한 양반 출신이며
근기지역 출신이라는 점과 맞닿아 있다.

　근기 지역(서울과 경기도 일원)은 산간지대여서 소출이 적은 데다가
서울과 가까워서 산물의 대부분을 서울에 빼앗겨 경제적으로 궁핍했었
다. 따라서 다른 지역보다는 경제적인 면에서 더 많은 고통을 받고 이를
해결하는 방안으로 추구한 학문세계가 실학사상으로 열매를 맺을 수가
있었다. 김유정 또한 논 100마지를 경작하는 부호의 자식으로 태어났지

만 아버지의 갑작스런 죽음과 형의 방종으로 인해 모든 재산이 다 없어져서 공부를 포기하고 낙향하여 가난한 농민들과 함께 지냈다. 신춘문예 당선 이후 소설가로 활동할 때에도 이혼당한 누나의 집에서 눈치밥을 얻어먹고 구박을 받으면서 살아가야 하는 고통 속에서 보냈다. 이러한 삶의 과정이 그에게 농민들과 도시 하층민들이 겪는 궁핍의 실상을 철저하게 체득하도록 해준 것이다.

김유정은 우리 문학의 전통적인 요소 중에서 한의 표현에 가려져있던 웃음의 특성을 문학 속에서 되살려 놓은 작가이다. 이제까지 많은 글에서 우리 문학의 특질을 한의 정서를 담고있는 한의 미학으로 표현해왔듯이 그동안 많은 사람들은 우리 문학에서 울음이나 아픔의 형태에 대해서만 관심을 보여왔다. 또한 문학사를 다룬 일부 책에서는 김유정의 작품이 근대문학이 특질을 담고 있지 않다는 이유로 우리 근대문학사에서 언급하지 않는 경우까지도 있었다. 그러나 김유정은 우리 민족에게 있어서 가장 큰 아픔을 준 시대인 식민지 시대를 살면서 이를 울음이나 분노가 아니라 웃음의 형태로 그 시대의 아픔을 표현한 유일한 작가였다. 그가 썼던 30여편의 작품들 속에 남겨진 웃음의 미학은 우리 문학의 전통적인 요소 중에서 한의 정서에 가려져있던 웃음의 특성을 그대로 드러내 보여주고 있다.

김유정의 소설에서 나타나고 있는 해학은 적어도 웃음을 특효의 수단으로 하고 있는 이상 어떠한 곤란하고 어려운 상황에서도 긴장이나 불안을 해소시켜주는 기능을 하고 있다. 해학에서 나오는 웃음은 인간의 순수하고 진실한 표현이므로 작가가 작품 속에서 사용하는 해학은, 김지원이 ≪해학과 풍자의 문학≫에서 강조한 것처럼, 그 작품을 이해하는데 있어서 긴요하고도 결정적인 요소로 작용하게 되어 미적 범주의 하나로 중요한 지위를 차지하게 된다. 또한 해학은 상대를 여유롭게 만들어주면서 상대의 헛점을 파고들어 진실을 보여주는 방법이며, 웃음을 통해 현실을 올바르게 인식시키는 방법이다.

　김유정은 당대의 병들고 아픈 현실의 모습들을 그저 묘사하거나 표현하려고 한 것이 아니라 역설적인 상황 설정과 그 상황에서 자연스럽게 나오게 되는 웃음을 통해 뒤틀린 그 시대의 모습을 표현하고자 했다. 잘못된 모습을 그리는 데는 성공한 인물보다 실패한 인물이 더 현실을 구체적으로 보여주게 된다. 그리고 지식인들의 행위나 삶보다 하층민들의 행위나 삶이 현실을 더욱 구체적으로 표현할 수 있다. 하층민들은 머리가 아니라 몸으로 표현하면서 살아가기 때문이다. 특히 그의 작품 속에 등장하는 남성 인물들은 사회적인 강자임에도 불구하고 약자나 바보스러움의 대상으로 제시된다. 그의 작품에 나타나는 남성 인물들은 대부분 무능하고 바보스러운 모습을 보여주면서 당대 사회에서 가장 소외되고 뒤처진 사람들을 대표하고 있다. 이처럼 김유정은 당시 식민지사회의 여러 현상 중에서 남성들이 제 역할을 전혀 하지 못하고 있는 점에 주목하여, 이를 우리 민족이 제 능력을 발휘하지 못하고 다른 민족에게 억눌리면서 고통스럽게 살아가는 모습과 연결시켜 표현하고 있다. 따라서 그 당시 하층민으로 전락한 도시 빈민들과 유랑 농민들이 겪는 비참한 삶은 바로 우리 민족이 처한 현실을 극명하게 드러내 보여주는 기능을 하고 있다. 김유정은 이들의 고통스런 삶을 그대로 드러내기보다는 역설적인 상황설정을 통해 자연적으로 웃음을 유발시키는 웃음의 미학을 통해 선명하게 드러내 보여주고 있는 것이다.

　김유정의 소설에서 나타나는 남성 인물들은 대체로 4가지 형태로 나누어진다. 첫 번째로 많이 드러나는 인물형은 건달형 인물이다. 이들 건달형 인물들은 능력이 없어서 건달이 되었다기보다는 시대가 건달로 만들고 있음을 암시하고 있다. 이는 능력있는 우리 민족이 타 민족에게 짓눌려 살아가게 될 때 의식있는 사람들은 건달의 모습으로 밖에 살아갈 수 없음을 말해준다. 두 번째로는 걸인형 인물이다. 주어진 세계에서 생존하기조차 힘들어졌을 때 죽지않기 위해서는 구걸을 할 수 밖에 없다. 사회가 어려워지고 차별이 심화될수록 배움도 없고 가진 것도 없는 사람들에게는 생존의 문제가 더욱 절박해진다. 이처럼 사회 밑바탕에서 존재하는 사람들은 생존하기 위해 대부분 구걸의 방식으로 살아가게 된다. 그리고 구걸마져 쉽지가 않을 경우에는 인간이기를 포기하고 동물적인 모습으로 살아가게 된다. 김유정의 작품에서는 이들의 동물적인 삶을 적나라에게 보여주면서도 이들의 삶을 건강하게 그리고 있다. 이는 김유정이 이들 하층민들의 삶을 따뜻한 눈으로 보고있기 때문이다. 세 번째로는 사회적으로 인식되는 남성의 역할을 하지 못한 채 살아가는 노비형 인물이다. 여기에서 말하는 남성, 여성의 사회적인 인식과 그 능력은 전통적인 인식의 구분에 따른 것이다. 1930년대 사회에서 남성의 역할과 기능은 여성들의 역할과 기능과는 뚜렷하게 구별되고 있었다. 남성은 가장으로서 부양의 의무와 책임을 지고 가정을 이끌어가야 했고, 여성은 아기를 낳고 가정의 안정을 위해 남성에게 봉사하는 기능과 역할을 하였다. 따라서 한 집안의 가장이면서 노비로서 행동해야 살아갈 수 있는 세계는 정상적인 세계라고 할 수 없다. 이는 당대 사회의 비정상적인 모습을 상징적으로 표현한 것이라고 할 수 있다. 네 번째로는 바보같은 인물형이다. 바보는 현실을 눈감은 모습이기 때문에 어떤 행위도 정당화 될 수가 있다. 김유정은 더 이상 현실의 삶을 나타내기 힘들 때는 바보의 행위로서 이를 정당화하고 있다. 이제 대표적인 작품들을 통해 이들 인물들이 어떻게 형상화되고 있는지를 구체적으로 살펴보고자 한다.

2. 남성 인물 유형을 통해본 식민지 세계

김유정 작품 속에 나오는 남성인물들은 시대의 희생자들이라고 할 수 있다. 그들은 열심히 살려고 노력하지만 현실은 그들의 생존조차 보장해 주지 못하고 있다. 대체로 작품 속에 등장하는 남편들은 가정이라는 울타리 안에서 아내에 대해 폭군처럼 행동한다. 이는 사회적으로 무시받고 억압받은 심리를 아내에게 투사시켜 발산하고 있기 때문이다. 그러나 가정 밖에서는 남성 인물들이 대부분 나약한 모습을 띠고 있다. 이들 인물형들이 바라는 삶은 경제적으로 안정된 삶이다. 그러나 이들 인물들은 안정된 삶을 갖기 위한 싸움에서 모두들 패배하고 있다. 이들이 시대와의 싸움에서 패배하고 마는 것은 그들을 보살펴줄 나라가 없기 때문이다. 이는 일제 강점기라는 시대상황 때문에 구체적으로 드러나지 않고 다만 희망을 잃어버린 존재로 제시되고 있다. 희망을 잃어버린 사람들은 일확천금만을 꿈꾸게 된다. 현실에 발을 딛고 사는 것이 아니라 가능하지 않는 헛된 꿈에 매달리게 되는 것이다. 따라서 항상 패배하도록 예정되어 있다. 그러나 그들이 그렇게라도 하지 않을 수 없는 것은, 부분적으로 드러나고 있듯이, 시대적인 상황에 따른 것이다. 김유정은 자유롭게 표현할 수 없는 시대상황에서 그 당대 가난한 서민들이나 유리걸식하며 살아가는 인물들과 그네들의 삶을 통해 당대 사람들의 비참한 삶을 그려내 보여주고 있는 것이다.

2-1. 건달 또는 복만이의 삶

건달형 인물은 자신의 힘으로 살아가는 것이 아니라 아내의 등을 쳐서 살아가거나 남의 재물을 빼앗아서 살아가는 인물형을 말한다. 이러한 건달형 인물 중에서 대표적인 형태로는 작품 <가을>의 복만을 들 수 있다. 복만은 식민지 농촌경제가 파탄을 맞이했을 때 마지막 길이 어떤가를 극명하게 보여주고 있는 인물이다. 그는 경제적으로 궁핍할 뿐만 아니라 남의 빚가름을 할 방도가 없자 자신의 아내를 소장수에게 팔아먹고 있다.

매매 계약서
일금 오십원야라
우금은 내 안해의 대금으로써 정히 영수합니다.
갑술년 시월 이십일
　　　　조　　복　　만
　황거풍 전

- <가을>

　물론 이러한 매매는 복만이 미리 아내와 짜고한 사기 매매이긴 하지만 현실에서 계약서까지 작성한다는 것은 이미 그러한 행위가 부분적으로 이루어지고 있었음을 말해준다. 식민지 지배 체제 아래 놓인 우리의 농촌 실정을 이 매매문서 한 장은 여실하게 보여주고 있다. 이렇게 마누라까지 팔아먹게 된 복만도 한때는 열심히 일하는 농민이었다. 이처럼 열심히 일하던 농민들이 인신매매까지 나아가게 된 것은 당대 현실이 그러한 환경을 만들어주고 있음을 암시한다. 복만은 한해동안 열심히 농사를 지었지만 추수 후에 남는 것은 빚 뿐임을 나타내고 있는 것은 바로 농민들의 절망적인 현실상황을 말해주고 있는 것이다. 한해동안 농사를 지었어도 빚도 다 못갚은 복만이가 술집 할머니의 소개로 소장수한테 5살된 자식까지 있는 아내를 팔아먹는 계약서를 작성하게 되는 것은 삶의 가치가 물질로 평가되어 가고 있음을 나타낸다.

　여기에서 인신매매에 끼어드는 술집여자와 '나'도 경제적인 궁핍 때문에 이러한 행위에 가담하고 있다. 이들은 경제적으로 큰 이익이 있어서 이 일에 참여하는 것이 아니라 현실적으로 극도로 궁핍한 현실을 조금이나마 벗어나보고자 이러한 일을 하는 것이다. 이 점은 '나'의 진술로도 드러난다. 소장수인 황거풍에게 복만이의 아내를 파는 계약서를 써준 '나'도 '기껏 한해동안 농사를 지어다는 것이 털어서 쪼기고보니까 나의 몫으로 겨우 벼 두말가웃'이 남은 신세이다. 그래서 남은 것으로 한겨울을 날 생각을 하면 눈앞이 캄캄하여 금점이나 투전판에 쫓아다닐 생각까지 하게 된다. 그런데 밑천이 없다보니 그나마 팔아먹을 아내가 있는 복만이를 부러워하게까지 된다. 막다른 골목에 놓인 '나'의 심리를 그대로 제시해놓은 것은 아내를 팔아먹은 복만이를 부러워하는 근거가 이유 있음을 밝히면서 그러한 사회구조는 제대로 된 사회가 아님을 말해주기 위해서이다. 이 작품에서 복만이의 아내가 며칠 후에 복만이와 함께 없어짐으로써 복만이 부부가 소장수인 황거풍이의 돈을 빼내기 위해 서로 짜고 한 행위였음을 나타내고 있다. 그러나 아내를 매매의 대상으로까지 여기게 되었다는 것은 이미 사회적인 관계에서 가정이 해체되어가는 상황임을 구체적으로 드러내는 근거가 된다. 결국 이러한 정황 서술을 통해 이 작품에서는 극심한 경제적 궁핍이 인간성의 마비로 이어지게 됨을 나타내고 있는 것이다.

<만부방>의 응칠이도 건달형 인물의 대표적인 형태를 보여주고 있다. 그는 '한세번이나 걸려서 구메밥으로 사관을 틀엇'던 인물로 동생의 처지를 생각하여 동생네 집에 와 있는 인물이다. 그도 처음에는 열심히 살아가는 농민이었지만 도저히 살아갈 방도가 없어서 결국 가족들을 데리고 야반도주를 하게 된 인물이다.

> 하루는 밤이 기퍼서 코를 골며 자는 안해를 깨웟다. 박게 나아가 우리의 세간이 몃개나 되는지 세여보라 하엿다. 그리고 저는 벼루에 먹을 갈아 붓에 찍어들엇다. 벽을 발른 신문지는 누러케 꺼럿다. 구우에다 안해가 불러주는 물목대로 일일이 나려 적엇다. 독이 세게, 호미가 둘, 낫이 하나, 로부터 밥사발, 젓가락집이 석단까지 그담에는 제가 빗을 엇어온데, 그 사람들의 이름을 쭉적어 노앗다. 금액은 제각기 그 알에다 달아노코. 그엽으론 조금 사이를 떼어 역시 조선문으로 나의 소유는 이것박게 업노라. 나는 오십사원을 갑흘길이 업스매 죄진 몸이라 도망하니 그대들은 아예 싸울게 아니겟고 서루 의론하야 어굴치안토록 분배하야 가기 바라노라

하는 의미의 성명서를 벽에 남기자 안으로 문들을 걸어닫고 울타리 밋구
멍으로 세식구 빠저나왓다.
　이것이 웅칠이가 팔짜를 고치든 첫날이엇다.
　그들 부부는 돌아다니며 밥을 빌엇다. 안해가 빌어다 남편에게, 남편이
빌어다 안해에게. 그러자 어느날 밤 안해의 얼골이 썩 슬픈 빗이엇다.
눈보래는 살을 여인다. 다 쓰러저가는 물방아간 한구석에서 섬을 두르고
언내에게 젓을 먹이며 떨고잇드니 여보게유, 하고 고개를 돌린다. 왜, 하
니까 그말이 이러다간 우리도 고생일뿐더러 첫때 언내를 잡겟수, 그러니
서루 갈립시다 하는 것이다. 하긴 그럴법한 말이다. 쥐뿔도 업는것들이
붙어단긴대짜 별수는업다. 그보담은 서루 갈리어 제맘대로 빌어 먹는것
이 오히려 가뜬하리라. 그는 선뜻 응락하엿다.

– <만무방>

　이 글에서는 농촌의 한 가정이 빚에 시달리다가 야반도주를 하고 결국
에는 헤어지게 되는 과정을 제시하면서 1930년대 우리나라 농민들이 농
토를 잃고 어떻게 유리걸식하게 되는가를 구체적으로 보여준다. 이들이
아내를 팔거나 아내와 헤어지게 되는 까닭은 모두 농민이었지만 농사를
지어서는 생존을 할 수 없었기 때문이다. 그들은 처음에 열심히 농사를
짓고 살아보고자 하지만 결국에는 빚만 잔뜩 지고서 마을에서 몰래 도망
치고 있다. 이들이 공동체 사회에서 벗어난다는 것은 이미 정상적으로
살 수 없음을 말해준다. 농촌에서 생존할 수 없는 농민들은 도시 하층민
으로 전락하거나 유리걸식하게 된다. 따라서 생존의 위기는 어느 때든
그네들을 끊임없이 따라다니며 괴롭히게 된다.
　위 작품에서 웅칠이가 더 이상 고생을 참지못하고 아내와 헤어지게
되는 것은 사랑이 식어서가 아니라 자식들을 굶어죽지 않게 하기 위해서
이다. 그리고 그네들의 농촌살림을 말해주는 가재도구들은 바로 당대
농민들의 생활수준을 나타낸다. 독이 세게, 호미가 둘, 낫이 하나, 밥사발,

젓가락집이 석단 등 그들이 소유하고 있는 것은 가장 기본적이고 필수적인 삶의 도구 뿐이다. 이처럼 생존하는데 필요한 기본적인 도구만을 가진 채 살아가는 농촌의 살림은 그 당시 농민들의 처지를 말해주며, 생존의 기로에 놓인 절망적인 상황임을 암시하고 있다. 복만이가 아내를 소장수인 황거풍이에게 팔았다가 도망치는 것이나, 응칠이 부부가 야밤도주한 후 유리걸식하다가 결국은 헤어지게 되는 것은 더 이상 제대로 된 삶을 살아갈 수 없게 된 당대 농민들의 처지를 말해주고 있는 것이다.

2-2. 걸인 또는 춘호의 삶

김유정의 작품에 나오는 걸인형 인물들은 주로 아내를 통해 생존의 길을 찾고자 하고 있는데, 대부분 아내의 성을 팔아서 자신의 생존을 추구하고 있다. 이들 걸인형 인물들이 아내를 상품화시키고 있다는 것은 집안에 더 이상 상품화시킬 대상이 없음을 말해준다. 즉 극단적인 빈곤으로 인해 생존하기 힘든 절박한 상황에 이르렀음을 암시한다. 이들 걸인형 인물 중에서도 작품 <소낙비>에서 등장하는 춘호는 아내를 통해 구걸을 추구하고 있는 대표적인 인물형이다. 일반적으로 가난한 가정일수록 남성의 기능은 축소되고 여성의 기능은 확대된다. 이는 부유한 계층에서 남성의 기능은 확대되고 여성의 기능은 축소되는 현상과 대비된다. 이 작품에서는 간략한 서술을 통해 춘호의 처지가 왜 막다른 상황에 놓이게 되었는지를 드러내면서 당시의 시대상황을 암시하고 있다.

> 그는 자기의 고향인 인제를 등진지 벌서 삼년이 되엇다. 해를 이어 흉작에 농작물은 말못되고 딸아빗쟁이들의 위협과 악마구니는 날로 심하엿다. 마침내 하릴업시 집, 세간사리를 그대로 내버리고 알몸으로 밤도주를 하엿든 것이다. 살기조흔 곳을 찾는다고 나어린 안해의 손목을 이끌고 이산저산을 넘어 표랑하엿다. 그러나 우정 찾어 들른 것이 고작 이 마을이

나 살속은 역시 일반이다. 어느 산골엘 가 호미를 잡아보아도 정은 조그만
치도 안붓헛고 거기에도 오즉 쌀쌀한 불안과 굶주림이 품을 벌려 그를
맛을 뿐이엇다. 터무니 업다하야 농토를 안준다. 일구녕이 업스매 품을
못판다. 밥이 업다. 결국엔 그는 피페하야가는 농민사이를 감도는 엉뚱한
투기심에 몸을 달떳다.

- <소낙비>

위 글에서는 춘호라는 인물을 통해 당대 사회에서 농민들이 투기꾼으
로 전락되어가는 과정을 구체적으로 보여준다. 춘호가 농민에서 결국
투기꾼이 되어가는 것은 연이은 흉작과 이에 따른 빚쟁이들의 악다구니
와 위협 때문이다. 이를 통해 이 작품에서는 일제가 시행한 식민지 정책
의 실상이 무엇인지를 간접적으로 암시하고 있다. 특히 춘호는 다른 곳에
서 흘러들어온 인물이었기 때문에 농민이지만 농토조차 빌릴 수가 없어
서 막다른 골목으로 몰려 아내를 상품화의 도구로 내세우게 된다.

또한 작품 <소낙비>에서 나타나는 성의 상품화는 가정의 의미가 철
저하게 붕괴되고 있음을 보여주고 있다. 아내는 단지 돈벌이의 대상으로
기능하고 있을 뿐이며, 아내는 다만 남편의 매를 피하기 위한 방편으로
성을 팔고 있다. 그들이 이러한 처지로 내몰린 것은 겉으로는 남편의
무능 때문이지만 실제로는 하루종일 산을 기어오르고 매달려도 식량을
마련할 수 없는 당시 사회적인 상황 때문이다.

가을에 통나기로 어쩌다 도라지 순이라도 어즈러운 숲속에 하나, 둘,
뽀죽이 뻐더오른 것을 보면 그는 그래도 기쁨에 넘치는 미소를 띠웟다.
때로는 바위도 기여올랏다. 정히 못기여오를 그런 험한 곳이면 츩덩굴에
매여 달리기도 하는 것이엇다. 때꾹에 절은 무명적삼은 벗어서 허리춤에
다 꾹 찌르고는 호랑이숩이라 이름난 강원도산골에 매여달려 기를 쓰고
허비적어린다. 골바람은 지날적마다 알몸을 두른 치맛자락을 공중으로
날린다. 그제마다 검붉은 볼기짝을 사양업시 내보이는 측덩굴의 그를 본

다면 배를 움켜쥐어도 다못볼 것이다. 마는 다행히 그윽한 산골이라 그꼴
을 비웃는 놈은 뻐국이 뿐이엇다.
　　이리하야 해동갑으로 헤갈을 하고나면 캐어모은 도라지 더덕을 얼러
사발 가웃 혹은 두어사발 남즉하게 되는 것이다. 그러면 동리로 나려와
주막거리에 가서 그걸 내주고 보리쌀과 사발바꿈을 하였다. 그러나 요즘
엔 그나마도 철이 겨윗다고 소출이 업다. 그대신 남의 보리방아를 왼종일
찌여주고 보리밥 그릇이나 어더다가는 집으로 돌아와 농토를 못어더 뻔
뻔히 노는 남편과 가치 나누는 것이 그날 하로하로의 생활이엇다.
－ <소낙비>

　　춘호의 아내는 남편의 매질을 당하지 않고 남편에게 사랑받을 수 있다
는 현실적인 상황에 이끌려 동네에서 가장 부유한 이주사에게 찾아가
몸을 팔고 소작 붙일 땅과 돈 2원을 받기로 한다. 춘호의 아내는 매음을
한 뒤 '그런 모욕과 수치는 난생 처음 당하는 봉변으로 지랄 주엥도 몹쓸
지랄이었으나 성공은 성공이었다.'라고 생각하는 부분에서 모욕과 수치
보다는 돈이 더 중요하게 인식되고 있음을 보여준다. 이는 인간이 갖고있
는 수치심과 모욕도 생존의 문제 앞에서는 의미를 잃어버리고 다만 동물
적인 생존의 삶에 의지할 수밖에 없음을 나타낸다. 이 작품에서 춘호가
아내를 상품화시키면서 내세우는 '나히 젊고 얼골 똑똑하겠다'라는 조건
은 성적인 상품이 가지고 있는 가치이다. 그리고 이렇게 아내를 상품화시
키고 있다는 것은 인간으로서 예의나 체면을 차릴 형편이 아나라는 것과,
동물과 같은 신세로 전락이 된 처지임을 말해준다.
　　성의 가치는 종족 보존과 사랑의 기능을 가지고 있다. 성이 하나의
도구로 상품화될 때 그 속에는 물질적인 평가만이 존재하게 될 것이다.
인간들의 사회가 믿음을 상실하고 물질적인 가치만이 절대 가치로 인식
하게 될 때 성은 단지 하나의 상품으로 전락하게 될 뿐이다. 남편의 강요
에 의해 어쩔 수 없이 매음길에 나선 춘호 처가 변모해가는 모습은 생존

의 기로에서 인간이 동물화되어가는 모습을 잘 보여준다. 춘호처가 남편의 매를 피하여 쇠돌엄마를 찾아가면서 하는 생각은 자신의 타락에 대한 합리화이다. 그러나 여기에서 그가 정작 타락하게 된 것은 무지한 남편인 춘호의 매 때문임이 더 구체적으로 드러난다. 무지한 남편인 춘호의 매는 현실에서 패배한 춘호가 현실에서 벗어나고자 하는 몸부림이다.

그런 상황에서도 춘호와 춘호처는 안정된 보금자리를 갖겠다는 꿈을 끝내 버리지 않고 있다. 남편은 아내의 매음을 재촉하고 아내는 남편의 사랑을 받기 위해 매음을 한다. 여기에서 매음은 안정된 삶과 생존을 위한 행위로 제시되고 있을 뿐이며, 더 잘살기 위한 행위나 쾌락을 위한 행위가 아니다. 즉, 이 작품에서 매음은 현실 속에서 굶어죽지 않고 살아남기 위한 하나의 행위일 뿐이다. 춘호가 도박에 매달리는 것도 현실 속에서는 도저히 희망을 가질 수가 없기 때문이다. 그래서 가능성이 거의 없는 도박이나마 매달려 보는 것이고 도박자금조차 마련할 길이 없는 춘호는 아내를 상품으로 내세우고 있는 것이다. 그리고 그 과정에서 동물적인 삶으로 전락하여 행하는 생존을 위한 행위는 인간적인 수치나 모멸감을 느끼지 못하게 만들고 있다. 김유정은 이들의 꿈과 욕망을 윤리적인 시선이나 비판적인 시선이 아니라 그대로 직시하여 그 참상을 정직하게 독자들에게 보여줌으로써 농민의 수난을 민족의 수난으로 전이시켜 제시하고 있는 것이다.

하루종일 일을 해도 생존의 기로에서 헤매이게 되는 삶에서는 허황된 꿈만이 자리잡게 된다. 춘호가 아내의 매음을 통해 벌어온 돈으로 도박을 통해 큰돈을 벌어 제대로 살아보겠다는 헛된 꿈을 꾸는 것은 출구없는 절망적 상황을 잘 드러내준다. 이처럼 이 작품은 동물적인 삶을 통해 인간적인 삶을 살고싶은 욕망을 제시하고 있지만 춘호가 인간적인 삶을 살기위해 기대는 도박은 그 꿈이 실행 가능성이 없음을 암시한다. 그리고 이러한 춘호의 행동은 정당한 방법인 농사짓는 행위로는 제대로 인간답게 살아갈 수가 없음을 대변하고 있는 것이다.

춘호가 타향사람으로 고향사람들도 먹고살기 힘든 농촌에서 더 이상 버티지 못하고 도박판을 기웃거리게 되는 것도, 그리고 도박판에서 한몫 잡아 경제적인 안정을 찾고자하는 허황된 꿈을 꾸는 것도 더 이상 탈출구가 없는 농촌의 현실을 반영한다. 이와 함께 식민지 백성으로서 이미 현실의 삶에서 패배해버린 존재는 결국 동물적인 삶으로 전락하다가 비참한 몰락을 가져오게 됨을 보여주고 있는 것이다. 따라서 이 작품은 우리의 농촌사회가 몰락의 단계를 넘어서서 동물화된 사회구조로 바뀌어진 후, 결국에는 파탄된 삶뿐만이 남게되는 모습을 구체적으로 형상화시켜 놓고 있다.

걸인형 인물들이 많이 등장하는 곳은 주로 들병이들이 나오는 작품들이다. 1930년대 가장 밑바닥 생활을 하던 들병이들의 삶을 그린 작품들에서는 농민들이 들병이로 나서게 된 까닭으로 농토를 잃고 더 이상 살아갈 방도를 마련할 걸이 없기 때문임을 구체적으로 보여준다. 들병이에게 가져다주는 물건들은 농민들의 삶이 어떻게 파탄이 나고 있는가를 암시한다. 이들 작품들 중에서 소설 <솟>은 상품화된 성이 당대 사회에서 어떻게 여겨지고 있는가를 잘 드러내 보여준다. 이 작품에서 근식이가 들병이에게 대가로 가져다주는 물건들은 맷돌과 아내의 속곳 그리고 함지박 등이다. 가정에서 가장 기초적인 생활 필수품들이 매매의 대상으로 거래되고 있다는 것은 파탄의 난 농민들의 삶을 드러내는 기능을 한다. 근식이가 마지막 살림이라고 할 수 있는 솥마져 내다주는 모습은 밥을 해먹는 삶 자체가 망가져버린 농민의 모습을 상징한다. 밥을 해먹는 도구인 솟을 매매의 대상으로 여긴다는 것은 바로 밥을 해먹을 필요가 없어졌음을 나타내고 삶이 파탄이 났음을 말해주기 때문이다. 또한 들병이와 같이 떠나려다가 들병이에게 남편이 있음을 알고 근식이가 포기하자 근식이에게 같이 가기를 권하는 들병이 남편의 모습은 일부일처제의 전통적인 가족 구성제도마져 무너져가는 모습을 나타낸다. 이는 또한 경제적인 파탄이 우리의 전통적인 삶을 어떻게 망가뜨리고 있는가를 선명하게 드러내 보여주는 구실을 한다.

<안해>에서는 아내를 들병이로 만들기 위해 노래 연습을 시키는 남편인 '나'의 모습과 그 과정을 그리고 있다. '나'는 먹고 살기가 막막한 이러한 삶보다 마누라를 들병이로 내보내는 삶이 훨씬 편하다고 느끼고 마누라에게 들병이 수업을 시킨다. 마누라도 들병이로 나서고자 하나 자신의 얼굴이 못생겨서 고민을 한다. 그렇지만 얼굴 못지않게 장단 맞추는 일이 들병이에게는 더 필요하다고 보고 '나'는 아내에게 노래를 가르친다. 그러던 중 나무를 팔고 집에 돌아오는 길에 술집에서 뭉태와 어울려 술먹고 수작부리는 아내의 모습을 보고 홧김에 마누라를 패대기친다. 결국은 마누라를 업고 집에 돌아온 '나'는 들병이로 아내를 내보내는 것보다 자식 많이 낳는 일이 더 돈버는 일이라고 생각하고 애들 많이 낳아 키우기로 마음을 바꾼다. 처음에는 자신의 못생긴 아내를 들병이로 내보내서 돈을 벌려고 하였지만 뭉태와 놀아나는 아내를 보고는 그 계획을 철회하고, 새로 궁리한 일이 아이를 많이 낳은 일인 것이다.

> 구구루 주는 밥이나 얻어먹고 몸 성히 있다가 연해 자식이나 쏟아라. 뭐 많이도 말고 굴때같은 아들로만 한 열다섯이면 족하지. 가만있자, 한놈이 일년에 벼 열섬씩만 번다면 열다썸이니까 일백오십섬. 한섬에 더도 말고 십원 한 장식만 받는다면 죄다 일천 오백원이지. 일천오백원, 일천오백원, 사실 일천오백원이면 어이구 이건 참 너무 많구나. 그런줄 몰랐더니 이년이 배속에 일천오백원을 지니고 있으니까 아무렇게 따져도 나보담은 났지 않은가.
>
> —<안해>

여기에서는 현실성이 전혀 없는 애낳는 일과 돈버는 일을 서로 연결시켜 제시함으로써 '나'의 행위가 어처구니가 없음을 극대화시켜 나타내고 있다. 현실성이 전혀 없는 일을 바로 현실에서 가능한 일로 제시함으로써 현실세계의 아픔을 역설적으로 강조하는 기능을 하게 되는 것이다. 이러한 비정상적인 가치관과 전도된 윤리관에 바탕을 둔 욕구가 현실에서 이루어질 수 없음에도 제시되고 있다는 것은 바로 김유정이 살던 당대 현실세계의 가치가 전도되고 근원적으로 잘못된 삶이라는 점을 암시하기 위한 것이다. 또한 이처럼 전혀 현실성이 없는 그들의 생각을 제시하는 것은 농민들의 무지나 악착스러움을 비웃기 위한 것이 아니라 그들의 삶에 있어서 궁핍의 정도가 어느 정도까지인가를 보여주기 위한 것이다. 그리고 한편으로는 그러한 상황의 배경이 되는 궁핍이 어디에서 연유하는가를 생각하도록 해 주면서 동시에 참혹한 현실과 절박한 상황에서 오는 슬픔을 웃음으로 표현해줌으로써 보다 객관적으로 현실을 인식하고 그 본질적인 문제에 접근하도록 도와주고 있는 것이다.

앞에서 살펴본 것처럼 김유정의 작품에서 드러나는 성은 다만 하나의 물질화된 상품으로서만 기능하게 되고, 이는 결국 인간들의 삶이 동물화된 삶으로 전락했음을 말해준다. 이러한 상황 설정에는 식민지 지배 아래 우리 민족이 점차 동물로 전락해가는 슬픈 모습들이 담겨있다. 그러나 이들 작품들에서는 상황의 아이러니나 익살스러움을 통해 이러한 우리 민족의 슬픔과 아픔을 감추고 있다. 즉 속울음소리로만 제시하고 있는 것이다. 이처럼 웃음을 통해 그 속에 담겨있는 울음을 드러낸다는 것은 내면에 담겨있는 아픔을 극적으로 형상화시키는 방법으로서, 직설적인 표현보다 한 차원 높게 진실을 드러내주는 역할을 하고 있다.

2-3. 노비 또는 응오의 삶

노비형 인물은 자신의 삶을 철저하게 남에 의지해서 살아가는 인물형을 말한다. 이러한 인물형으로는 <만무방>에 등장하는 응오를 들 수 있다. 응오는 열심히 일하는 농촌청년이다. 지난해 그는 뼈빠지게 열심히 농사일을 해서 수확을 해보았지만 지주에게 도지를 제하고, 장리쌀을 제하고, 또 색초를 제하고 보니 남는 것은 등줄기에 흐르는 땀뿐임을 알고 슬프고 부끄럽게만 느끼는 인물이다.

> 그것은 작년 응오와 같이 지주 문전에서 타작을 하던 친구라면 뭇지는 않으리라. 한해동안 애를 조리며 홋자식 모양으로 알뜰이 가꾸든 그 벼를 거더드림은 기쁨에 틀림업섯다. 꼭두새벽부터 엣, 엣, 하며 괴로움을 모른다. 그러나 캄캄하도록 털고나서 지주에게 도지를 제하고, 장리쌀을 제하고 색초를 제하고보니 남는 것은 등줄기를 흐르는 식은 땀이 잇슬따름. 그것은 슬프다 하니보다 꿋업시 부끄러웟다. 가치 털어주던 동무들이 뻔히 보고 섯는데 빈지게로 덜렁거리며 집으로 돌아오는건 진정 열쩍기 짝이 업는 노릇이엇다. 참다참다 응오는 눈에 눈물이 홀럿던 것이다.
> – <만무방>

가을철에 수확을 하여 타작을 했어도 빈지게를 덜렁거리며 와야 했던 농부의 심정은 죽음보다도 더한 처절한 아픔이다. 슬픔의 단계를 넘어선 아픔이기에 '진정 열쩍기 짝이없는 노릇'이 된 것이다. 응오는 더 이상 어떻게 해볼 수가 없기에 혼자 눈물을 흘리면서도 참고 만다. 그리고 병들어 죽어가는 아내가 있음에도 응오는 다른 생각을 전혀 하지못하는 인물이다. 응오가 하는 저항이나 반발은 다만 그가 경작했던 논이 수확기에 접어들어도 벼를 베지않는 것 뿐이다. 그런데 그 논의 벼를 도둑 맞게 되자 도둑의 누명을 응오의 형인 응칠이가 받게 된다. 응칠이는 떠돌이 생활을 하다가 동생을 보기위해 이 마을에 혼자 들어왔다가 잠시 주저앉은 인물이다. 누명을 벗기위해 응칠이는 밤에 응오의 논을 지키다가 얼굴을 수건으로 가린 도적을 잡고보니 바로 동생 응오였다. 이처럼 응오는 현실의 삶에서 적극적인 태도를 갖지못하고 겨우 한밤중에 지주 몰래 자기 논의 벼를 도둑질하여 굶주림을 면하면서 지내는 모습을 보이고 있다. 정당한 대가를 받지못하고 자신의 대가마저도 훔쳐먹어야 하는 신세가 된 것이다. 자기가 소작하고 있는 논의 벼를 도둑질해 먹는 비참한 생활을 하면서도 응오는 그러한 착취를 더 당할 수 없어 저항하는 형을 멀리하며 비판하고 있다. 이처럼 이 작품에서는 응오라는 노비형의 인물을 통해 식민지 치하에서 신음하는 농민들의 참상을 극명하게 보여 주고 있다.

노예제도가 엄존하는 사회 속에서 기존의 노예제도에 길들여진 노예들은 자신들의 객관적인 처지조차 제대로 인식하기를 못한다. 바로 응오가 그러한 인물형을 대표하고 있다. 그가 그러한 억압에 반발하는 형을 거꾸로 비판하는 모습은 노비형 인물들이 갖고있는 인식의 한계를 보여 주고 있다. 즉 응오는 아내가 죽을 병에 걸리고 먹을 양식마저 떨어져도 자신의 고통을 그 자신의 무능력으로만 인식할 뿐 사회적 문제로까지는 생각하지 못하고 있다. 또 그는 야밤에 자신의 경작하는 농토에서 주인 몰래 벼를 베어서 굶주림을 면하고 있으면서도 필요하면 남의 물건을 훔치는 형을 인정하지도 않고 무시하는 것은 현실의 모든 고통과 괴로움을 사회와 시대적인 측면에서 보지 못하고 있기 때문이다. 이처럼 모든 문제를 그 자신의 문제로 한정지어 바라보면 결국은 자신의 무능만을 탓하게 된다. 더 이상 사회적인 문제에 대해 인식하지 못하는 것이다. 따라서 이 작품의 마지막 부분에서 형인 응칠이가 바보처럼 행동하는 동생에게 매타작을 하는 것은 현실에 대한 깨우침을 주기 위한 행동이라고 할 수 있다.

<동백꽃>에 등장하는 주요 인물들인 '나'와 '점순'이는 보여주기 방식을 통해 상황을 보다 극명하게 드러내고 있다. 이 작품에서 두 사람은 감자주기에서 닭싸움으로 갈등이 이루어지다가 동백꽃에서 화해를 이루

게 된다. 여기에서는 여성인 점순이 마름집 딸이라는 권위로 강자로 등장하고 소작인 아들인 나는 마름의 권위에 눌려 약자로 제시되면서 강자에 휘둘리면서 복종하는 모습을 보여주고 있다. '나'는 소작인의 아들로서 순박하지만 점순이는 마름의 딸로 대담하고 영악스러우며 깜찍하다. 점순이는 자신이 마름의 딸이라는 계층적인 우월감과 그 지위를 이용하여 상대방의 약점을 잡아 괴롭히며 굴복하도록 만드는 인물로, 적극적이고 대담하게 행동한다. 이러한 이 두 사람이 하는 행위의 밑바탕에는 마름과 소작인이라는 지위가 항상 작용하고 있다.

이 작품에서 항상 갈등을 조장하는 인물은 여자인 점순이고 남자인 나는 점순이에게 시련을 당하는 인물로 제시된다. 삽화처럼 제시되는 닭싸움도 주인집 닭과 하인집 닭이 싸우는 것으로 주인이라는 강한 배경을 가진 닭과 주인에게 항상 복종할 수 밖에 없는 마름이라는 위치에 놓인 주인을 배경으로 하는 닭의 싸움이다. 이 싸움에서 마름의 닭이 한번 이겨보지만 주인집 딸인 점순의 심술로 마름집 닭은 고통을 겪는다. 이에 순간 화가 난 나는 매로 주인집 닭을 때려 죽이지만 그 뒤를 겁낼 수 밖에 없다. 소작인의 신세는 경제적으로 마름에게 억매인 노비신세인 것이다. 그 자리에서 쫓겨나면 죽음과 같은 고통이 기다리고 있기 때문에 어쩔 수 없이 마름에게 굽히지 않을 수 없는 처지인 것이다.

이 작품에서는 서로 대치되는 요소를 통해 갈등을 야기시키고 있다. 인물에 있어 남성인 '나'의 여성스러운 모습은 여자인 정순이의 남성스러운 모습과 대비되고 있고, 계급적 차이에 따라 마름집 딸과 소작인의 아들이 대비되고, 성적으로는 조숙한 여자와 무지한 남자가 대비되고 있다. 이러한 성비 역전의 밑바탕에 경제적인 종속관계가 자리잡고 있고, 이는 주종관계로 전이되고 있다. 이는 당시 시대상황과 연관지어지면서 일본 지배세력의 하수인 기능을 하는 마름과 이에 지배받는 조선 농민층인 소작인이 대비된다. 일반적으로 지배하는 자와 지배받는 자 사이에 존재하는 힘의 관계는 항상 일방적일 수밖에 없다. 동백꽃밭에서 여성인 점순에게 남성인 내가 화해의 형식을 통해 정복당하는 모습은 전도된 가치관이 자리잡은 그 당시의 현실을 암시한다.

이 작품은 사춘기 소년소녀의 애정이 그 밑바탕을 이루고 있어서 상하 간의 계급의식은 간접적으로만 제시되고 있다. 따라서 이 두 사람의 관계가 겉으로는 남녀간의 애정표현으로 나타나고 있기 때문에 현실의 비참함은 감춰지고 있다. 그러나 현실적으로는 동백꽃밭에서 여성인 점순에게 남성인 내가 정복당하는 모습은 신체적인 힘이 아니라 사회적인 힘과 권위에 종속되는 그 당시의 현실을 상징적으로 보여주는 것이다. 경제적인 종속관계가 투영된 사회의 모습은 성의 구분이나 육체적인 능력들을 하찮게 만들어버린다. 이러한 갈등 관계가 해소되는 끝부분에서 점순이 어머니의 호출에 놀라 점순이가 아래로 엉금엉금 기어가고 그 반대로 '나'는 산위로 올라가는 표현은 주인과 노비의 서로 연결될 수 없는 거리와 사회적인 관계를 상징적으로 나타내고 있다.

2-4. 바보 또는 덕만의 삶

김유정 소설에서 가장 많이 나오는 인물형이 바보형 남성인물들이다. 이들은 현실의 삶에서 제대로 적응하여 살지못하고 상대방에게 항상 이용당하면서 살아간다. 바보는 못나고 어리석은 사람을 말한다. 이들 인물들도 자신들의 욕망을 실현하고자 여러 가지로 노력을 한다. 그 과정에서 그들의 욕망은 끊임없는 방해를 받아 좌절되기가 일쑤이다. 그 욕망의 좌절이 무지한 데에 원인이 있다면 이들을 바보로 규정할 수가 있는 것이다. 바보들은 대부분 순진하고 착하다는 공통점을 갖고 있으며, 한편으로는 열심히 살아갈려고 노력하는 인물들이기도 하다. 김유정 작품에 등장하는 바보형 인물들은 열심히 살아가고는 있지만 결혼 적령기를 훨씬 넘긴 처지에서도 경제적인 여유가 없어서 결혼을 하지못하고 있으며, 대부분 현실 속에서 영악하지 못하기 때문에 바보 취급을 받고 있다. 이들 바보형 남성 인물들이 들병이와 함께 등장하는 경우가 많은 까닭은 들병이들이 대체로 다른 등장인물들에 비하여 상대적으로 영악한 인물들이기 때문에 이들 바보형 인물들과 서로 대비시켜 그 시대의 문제를 두드러지게 제시할 수 있기 때문이다.

들병이는 가난이 만든 직업이다. 이들의 모습은 인간에서 동물로 전락한 모습을 보여주는 가장 구체적인 사례이고, 당대 유랑 농민들의 비참한 삶을 잘 드러내주는 구실을 한다. 남편있는 여인이 그나마 조금은 풍요로웠던 가을철에 시골 주막으로 유랑민처럼 남편과 아이를 데리고 돌아다니면서 술과 웃음, 그리고 몸을 팔아 밥을 구걸하면서 살아가는 존재인 이들의 삶은 당대 사회의 가장 밑바탕에 속한 빈농들이 살아가는 삶의 방식이었다. 사회적인 지위를 갖는 인간이기를 버리고 동물적인 삶의 형태를 취하는 삶의 방식이 바로 들병이 철학이었다. 동물적 삶의 방식을 취하면 인간으로서 느껴야하는 수치심과 체면 따위는 존재하지도 않고 다만 눈 앞의 배부름과 내일을 위한 식량 저축만이 그들의 꿈이 되고 삶의 목표가 될 뿐이다. 김유정이 조선의 집시라고 칭하면서 들병이 철학을 펼치고 그들에 대해 비판하기보다는 애정을 갖고 대하면서 하나의 노동으로까지 인식하게 된 것[1]은 당대의 삶에 대한 애정어린 파악이며 아픔의 표현이다. 그리고 그들과 어울려 살아가는 인물들인 그들 남편과 시골농촌 청년들의 모습은 바로 당대 파괴된 농촌 현실과 농민들의 자화상이다.

<총각과 맹꽁이>에서는 장가를 가고싶지만 돈이 없어 장가를 가지못한 덕만의 모습이 대표적인 바보형 인물로 제시되고 있다. 덕만은 마을에

---

1) 김유정, 매일신보, 1935.10.22. 이 글에서 김유정은 들병이를 조선의 집시로 지칭하면서 그들의 생활은 어쩔 수 없는 환경에 의해 만들어진 노동임을 주장하고 있다.

들어온 들병이에게 장가를 들고싶어 큰소리치는 뭉태에게 술과 닭을 잡아 대접한다. 그리고 친구들이 들병이에 대해 술집 여자로서 술을 사먹는 것만큼 즐기고 노는 대상으로 여겨도, 덕만만은 처음 수인사를 나누는 여성으로서, 그리고 장차 아내감으로 여겨서 깎듯하게 인사를 차린다.

> ……게집의 아프로 달겨들어 무릅을 꾸럿다. 두손은 공손히 무릅우에 언젓다. 그 행동이 너무나 쑥스럽고 남다르무로 벗들은 눈이 컷다.
> 「뵈기는 아까부터 봣스나 인사는 처음 엿줍니다」 하고 죽어가는 음성으로 억지로 봉을 쪗다. 그로는 큰 용기다.
> 「저는 강원두 춘천군 신남면 증리 아랫말에 사는 김덕만입니다. 우라버지가 승이 광산김갑니다.」
> 두 손을 작구 비비드니
> 「어머니허구 단두식굽니다. 하지못한 사람을 차저주서서 너무 고맙습니다. 저는 설혼넛인대두 총각입니다.」
> 「?」
> 게집은 영문을 몰라 어안이 벙벙하다가
> 「고만이올시다」하며 이마를 기우려 절하는 것을 볼때 참앗든 고개가 절로 돌앗다. 그리고 터지려는 우슴을 깨물다 재채기가 터저버렷다.
> 「일테면 인사로군? 뭘 고만이야 더허지-」
> 여기저기서 키키거린다. 그런 인사는 좀 뒷다 하자구 핀장이 들어온다. 모처럼 한 인사가 실패다. 그는 그 자리에서 이러나지도 못하고 얼골이 벌개서 고개를 숙인 채 부처가 되엿다.
>
> ― <총각과 맹꽁이>

덕만이에게 들병이와 결혼시켜 준다고 약속했던 뭉태는 덕만이 마련한 술과 고기를 가지고 들병이와 놀아난다. 이에 덕만은 뭉태에게 속은 것과 장가를 가지 못하게 된 것이 분해서 어쩔 줄을 몰라하면서 뭉태를 찾아나선다. 덕만은 콩밭에서 들병이와 놀아나는 뭉태를 발견하고 기막혀 하지만 결국에는 콩밭과 반대되는 잿간에 대고 마음에 없는 소리를 내지르고 울먹인다. 이처럼 덕만의 바보스러움은 그의 영악한 친구들이나 들병이와 대비되어 더욱 선명하게 드러난다. 남자인 덕만이 자신의 억울한 심사를 뭉태에게 풀지 못하고 그저 자연물인 잿간을 향해 돌을 던지면서 결국에는 울음으로 해소하는 모습은 바보형의 전형적인 모습이면서, 한편으로는 유정의 많은 작품에서 드러나는 남성의 여성화한 성향을 보여주고 있는 것이다.

또다른 바보형 인물로는 <봄·봄>의 '나'를 들 수 있다. '나'는 딸이 자라면 성례를 시켜주겠다는 장래 장인의 말을 믿고 돈을 한푼도 안받고 삼년 일곱달 동안이나 꼬박 일한다. 그러나 장래 장인은 딸인 점순이의 키만을 탓하면서 성례시켜줄 생각을 전혀 하지 않고 있다. 데릴사위로 온 '나'는 장래 장인이 될 사람의 영악스런 행위에도 바보스럽게 장인만을 믿으면서 3년 7개월의 시간을 보내는 것이다. 이와 같이 바보스럽게 행동하는 인물의 행위는 그 바보스러움으로 인해 결국에는 이용만 당하고 아픔을 겪게 될 뿐이다. 이 작품에서 데릴사위로 들어온 내가 새로운 자각을 하게 되는 것도 장래 아내가 될 점순이의 깨우침을 통해서이다. 이처럼 바보형 인물들은 대부분 현실감각이 둔하고 따라서 주어진 현실에 순종하면서 살아가고 있다.

작품 <솟>에서는 들병이인 계숙이에게 푹 빠진 근식이가 바보형 인물로 제시되고 있다. 그는 집안에 있는 가장 기본적인 살림 도구인 그릇과 솥까지 부엌에서 뜯어내 술값으로 계숙이한테 가져다주고 있다. 그리고는 남편과 갈라섰다는 계숙이의 거짓말에 속아 앞으로 계숙이와 함께 들병이 생활을 하면서 편하게 지낼 꿈을 꾸고 있다. 그러나 떠나기 전날 밤 계숙의 남편이 등장함으로써 모든 노력이 헛일로 돌아간다. 결국 살림 도구를 빼앗기고 울부짖으며 앙탈을 부리는 아내에게 우리 물건이 아니라고만 되뇌는 근식이의 모습은 어리석고 바보스런 인물의 전형적인 모습을 나타낸다. 이들 바보형 인물들은 들병이들의 삶 속에서 구체적으로 나타나는 경우가 많은데, 이는 서로 이용하고 이용해먹는 처지이면서도 들병이들의 생활과 이들 바보형 남성인물들의 삶이 비슷한 양상을 보여 주기 때문이다.

3. 웃음 속에 담겨진 울음의 세계

김유정이 자신의 작품에서 생존경쟁에서 밀려나서 무능하고 물질적인 욕망 밖에 남지않은 남성 인물들을 내세워 드러내고자 한 것은 당대 농민들의 비참한 삶과 우리 민족의 건강성이다. 원래 우리 민족은 활달하고 웃음이 많은 민족이었다.[2] 김유정은 이처럼 건강함을 바탕으로 한 우리 민족의 정서를 소설을 통해 되살리고자 했다. 그는 고통스런 현실 속에서 드러나는 현실의 아픔과 고통을 웃음으로 표현함으로써 감시의 눈길도 피하고 민족의 건강성도 확인할 수 있는 길을 찾아낸 것이다. 당대 농민들의 비참한 삶은 등장인물들의 익살스럽고 바보스런 행위를 통해 웃음으로 덮여지지만 그 웃음 속에는 우리 민족의 강인함이 담겨 있는 것이다.

김유정이 제시한 웃음의 미학은 골계미라고 할 수 있다. 골계를 객관적 골계와 주관적 골계로 나누어 본다면 김유정의 작품들은 작가가 대상을 받아들이는 태도와 방법에 따라 일어나는 것으로 작가의 표현, 즉 언어와의 관계에서 나타나기 때문에 주관적인 골계[3]를 보여주고 있다. 주관적 골계는 작가의 주관이 정신적 자율성을 가지고 대상으로부터 특수한 연관을 만들어내어 그 대상에 웃음의 근거를 마련할 때 발생한다. 주관적

---

2) 과거 고구려, 백제시대에 대한 외국기록, 특히 중국사서들의 기록(위지 동이전 등)을 보면 해마다 놀고 즐기는 일이 많았음을 알 수 있다. 이러한 전통은 오늘날까지도 이어져서 이른바 '노래방 문화'로 연결되고 있다고 할 수 있다.
3) 김유정의 골계를 김지원이 ≪해학과 풍자의 문학≫에서 한 분류에 따르면 주관적인 골계라고 할 수 있다.

골계에서는 대상 자체는 조금도 우습지 않으며, 다만 작가가 우스운 형식으로 바꾸어 골계감을 조성하고 있을 뿐이다. 그러므로 주관적 골계를 통해 작가는 슬픈 것을 마치 우스운 듯이 바라보기도 하고 지나치게 엄숙하고 근엄한 것을 우습게 만들어버리기도 한다. 이러한 태도는 자기 자신을 인식의 대상으로 삼고 바라볼 수 있는 마음에서 출발하게 된다. 이처럼 골계를 통해 김유정은 당대를 살아가는 농민들의 비참한 현실을 고발하면서도, 또다른 한편으로는 우리 민족의 강인하고 활달한 삶의 태도를 보여주고 있는 것이다.

3-1. 식민지 참상에 대한 고발

김유정은 1930년대의 현실을 나름대로의 표현현식을 택하여 그려낸 작가이다. 그가 택한 방법은 역설의 세계였다. 제대로 있는 현실을 그대로 그려낼 수 없었던 식민지 백성의 작가로서, 눈물없이는 올바르게 볼 수 없는 현실을 그는 재미있고 웃음을 불러일으키는 일상의 삽화로 그려내고 있다. 이처럼 김유정이 삶의 현실을 보고 다루는 근본적인 태도에는 웃음이 담겨있다. 그는 현실의 고통이나 비극적 상황을 어리석고 익살스런 인물과 해학적인 상황설정으로 웃음을 유발시킨다. 그의 소설에 등장하는 인물들은 거의 예외없이 단순하고 우직한 인물들이며, 하나 같이 원시적인 순박성을 잃지 않고 있다. 이들 인물은 특유한 언어와 어투로 현실의 아픔을 익살스럽게 표현하여 웃음을 자아낸다. 그들이 사용하는 비속어와 사투리 등이 뒤섞인 언어들은 자신들의 감정을 직접적으로 노출시키는데 효과적으로 작용한다. 또한 그들의 어투는 일상적 생활감각에 의해 체질화된 것으로, 김유정은 인물들의 행위를 과장함으로써 웃음을 유발시키고 있다. 김유정의 소설에 등장하는 작중인물들은 대개 그들의 어리석음으로 인해 주어진 상황에 대해 모순되고 대조적인 상황 속에 빠지게 되어 웃음을 가져온다. 김유정 문학에 있어서의 미학은 단순한 의미에서의 웃음이 아니라 그 속에는 당대 사회의 현실을 역설적으로 표현하고 있다는 의미를 지니고 있다. 그것은 당대의 암담하고 비참한 삶의 현실과 밀접한 관련성을 가진다. 그의 작품이 제시하는 웃음은 당대 현실의 중압감이나 고통을 잠시 잊게 만들어 주지만, 곰곰이 그 상황을 다시 생각해보면 당대 사회를 살아가는 사람들의 아픔을 더욱 뚜렷하게 인식시켜주고 얼마나 비참한 상황 속에 놓여있는가를 깨닫게 해준다.

김유정의 작품에서는 정상적인 가정이 거의 없고, 파괴되고 무너진 가정의 모습만이 제시되고 있다. 이처럼 파괴된 가정은 당대 사회 우리 사회 서민층의 삶의 모습이면서 당시 우리나라 인구의 대부분을 차지했던 농민들의 모습이었다. 무능한 가장인 남성 때문에 파탄이 난 것처럼 보여지는 이들의 가정들은 그들에게 일자리를 빼앗고 농토을 빼앗은 사람들에 의해 만들어진 것임을 알 수 있다. 즉 일본의 식민지 강점과 농민 착취가 그러한 결과를 가져오게 되었음을 알 수 있다. 파괴된 가정에서 남아있는 것은 체념과 숙명같은 고통 뿐이다. 이들 하층민들의 애환과 고통을 인물들의 바보스런 모습이나 어처구니 없는 상황 설정을 통해 제시함으로써 김유정은 우리들에게 인간다운 삶은 어떠해야 하는가 하는 점을 묻고 있는 것이다. 즉 동물적인 삶을 살아가는 인물들을 통해 과연 인간다운 삶이 어떠한 삶이고 바람직한 삶은 어떠해야 하는가 하는 점을 그의 글을 읽는 우리들 모두에게 묻고 있는 것이다.

김유정의 소설에 등장하는 남성 인물들은 식민지 농촌경제 체제하에서 가혹한 수탈의 대상으로 빈궁을 면치 못하면서도 그들의 삶의 터전인 농촌을 떠나지 못하는 전형적인 농민이거나 빈궁을 견디다 못해 고향인 농촌을 떠나 도회에서 할 일 없이 잔류하는 인물들이다. 김유정은 이들 경제적, 사회적으로 소외된 하층민들의 삶을 정확히 그려냄으로써 식민지 치하에서의 농촌 사회의 붕괴에 대한 뛰어난 현실인식을 보여주고

있다. 삶의 거점을 잃어버린 이들 유랑 농민들은 도회로 흘러 들어가지
만, 가난하고 무지한 이들은 결국 일정한 직업이 없이 떠돌거나 하찮은
직업에 종사하는 인물들로 전락한다. 이처럼 김유정은 1930년대 식민지
시대에 사회적, 경제적으로 버림받고 소외된 인물들을 중심으로 하여
당대의 한국 농촌사회의 현실과 하층농민 및 빈민들의 생존양식을 극명
하게 보여주고 있다. 그리고 토속적인 언어와 익살스런 표현을 통해 당대
농민들과 하층민들의 아픔을 감추고 있다. 겉으로 나타나고 있는 익살은
그 자체만으로는 즐거움을 가져다주지만 작품 속에 제시되어 있는 현실
과 연결지어 생각하면 뼈저린 아픔과 슬픔으로 다가오게 된다. 따라서
현실을 뒤덮어주는 것이 아니라 더욱 적나라하게 드러나도록 하는데 큰
효과를 거두고 있는 것이다

김유정은 그의 작품 속에서 바보스런 남성인물과 남성화한 여성 인물
들을 많이 등장시키고 있는데, 이는 어느 사회나 미개한 사회에서 나타나
는 특징이다. 남성이 가정을 이끄는 것이 아니라 여성이 가정을 이끌어가
고 남성은 이에 종속되어 있는 모습, 즉 경제적인 문제를 여성이 해결해
가는 모습들은 하층 사회에서 주로 나타난다. 하층 사회 중에서도 주로
먹는 문제가 해결이 되지않은 빈곤층에서 두드러지게 나타나는 이러한
삶의 형태에서는 경제력을 여자가 행사함으로써 남자는 생활의 주도권
을 잃어버리고 방관자가 되거나 반대로 폭력을 행사하게 된다. 김유정은
이들의 모습을 들병이들의 삶과 그들과 어울려 살아가는 남성들의 모습
을 통해 구체적으로 형상화시키고 있다. 집안의 가장인 남성들이 제 기능
과 역할을 하지 못하고 그 무능함만을 보여주고 있는 모습을 통해 1930년
대에 식민지 백성으로서 당대 사회에서 제 능력을 발휘할 수 없었던 우리
민족을 상징적으로 보여주고 있다.

이처럼 김유정의 작품들은 30년대 식민지시대에 사회적, 경제적으로
버림받고 소외된 인물군을 통하여 당대의 한국 농촌사회의 현실과 하층

농민 및 빈민들의 생존양식을 극명하게 보여 주고 있다. 그리고 이들 작품을 통해서 나타낸 김유정의 현실인식은 매우 정확하고 예리하였다.[4]

김유정 소설에 나타나는 인물들이 표현하는 언어 표현과 행위는 거의 동물적인 속성을 갖추고 있다. 즉 인간 본성을 적나라하게 표현하고 있는 것이다. 인간이 동물의 속성을 벗어날 수 있다는 것은 동물적인 상황에서 벗어나 있을 때 가능하다. 동물들은 생존을 위해 존재한다면 인간은 사유를 위해 존재한다고 할 수 있다. 그런데 인간도 굶주리게 되면 결국 생존의 문제에 매달릴 수밖에 없고 이는 결국 동물적인 삶의 형태로 나타나게 된다. 굶어죽지 않기 위해서 할 수 있는 행위란 몸으로 할 수 있는 모든 것을 하는 것을 말한다. 들병이로서 몸을 파는 일이나 아니면 남편의 매를 맞지않기 위해서 몸을 파는 것은 바로 동물적인 삶을 말해준다. 성적인 욕망이나 쾌락을 위해서가 아니라 단순히 생존을 위해 하는 행위는 동물적인 삶일 수밖에 없다. 따라서 그들 인물들이 하는 행위에서는 부끄러움이나 수치심이 없다. 이미 인간적인 삶이 아니라 동물적인 삶이기 때문에 인간적인 감정인 수치심 또는 부끄러움은 존재하지 않는 것이다. 그리고 이는 그 시대 상황이 농민들과 하층민들에게 이미 인간적인 삶이 아니라 동물적인 삶을 살 수 밖에 없도록 착취가 심하다는 것을 암시해주고 있는 것이다. 일본 제국주의자들의 착취행위를 직설적으로 묘사할 수 없었던 시대 상황에서 간접적이며 암시적으로 그 당대의 삶을 웃음나게 표현하고 있다는 것은 그 속에 가슴 저미는 아픔을 참고 겉으로 웃음을 보였던 조선조 선비들의 정신을 문학적으로 이어받고 있다고 할 수 있다. 울음이나 한숨은 피해의식의 산물이지만 웃음은 아픔을 철저하

---

4) 김유정의 작품이 '당대적 현실을 관찰하고 그리는 시선과 태도에는 비극적 심각성이나 진지성이 결여되어 있으며 그의 현실인식의 폭은 겉으로는 드러난 현상묘사의 충직성의 범위를 벗어나지 못하고 있다'는 일부 평자의 지적은 그가 다룬 소재의 의미를 좀더 깊이 고려하지 않은 평가라고 생각한다.

게 인식하면서 아픔을 극복하고자 하는 의지를 내보이는 행위라고 할 수 있다. 유정이 웃음을 유발시키면서 그 당대의 삶을 구체적으로 표현하고 있다는 점은 당대의 아픈 삶을 더 깊이 인식한 결과라고 할 수 있다.

3-2. 우리 민족의 미래에 대한 긍정

김유정은 비참한 현실 상황 속에서도 새로운 희망과 욕망을 드러내고자 했다. 따라서 그의 작품 속에 담긴 당대 현실은 슬픈 상황임에도 불구하고 항상 웃음으로 마무리되고 있다. 이는 바로 그가 가슴 아픈 현실을 절망하고 체념하면서 바라본 것이 아니라 이러한 상황을 극복하고 희망을 되찾고자 하는 의지를 가지고 바라보고 있음을 나타낸다. 강인한 생명력은 삶을 긍정하면서 상황을 정확하게 파악하는 데서 출발해야 한다. 따라서 현실의 아픈 상처도 그 상황을 명확하게 인식하게 되면 얼마든지 극복할 수 있는 것이다. 작품 속에서 동물적인 삶을 살아가는 들병이들의 삶에 대해 작가가 따뜻한 시선을 갖고 대한다는 점은 그들의 동물적인 삶이 그들 자신 탓이기보다는 사회적인 환경 때문임을 인식하고 있는 까닭이다. 사회적인 환경 때문에 어쩔 수 없이 피해를 당할 수 밖에 없는 나약한 존재. 그들의 삶은 식민지 치하의 우리 민족의 삶이었고, 또 벗어날 수 없는 삶이기도 했다. 동물적인 생존본능에서 이루어지는 이들 들병이들로 대표되는 하층민들의 삶을 김유정은 같은 식민지 백성이었고 내일에 대한 믿음이 있었기 때문에 따뜻한 시선으로 볼 수 있었다. 즉, 농민들과 작가 자신이 동일시 되어가고 있는 것이다.

김유정이 이들의 삶을 재미있게 그릴 수 있었던 것은 그 밑바탕에 사랑이 자리잡고 있었기 때문이다. 그의 모든 작품에서 가난한 이들에 대한 따뜻한 시선과 삶의 의지를 읽을 수 있는 것은 그가 가난한 농민들이나 도시 빈민들과 함께 생활하였기 때문에 나온 것이라고 말할 수 있다. 민족에 대한 사랑과 서민들에 대한 사랑은 그들의 아픔을 공감하게 되고 그들의 삶을 사랑하게 된다. 그러한 사랑을 밑바탕에 깔고 삶을 들여다봄으로써 그들의 아픔에 공감하고 되고 이를 희화시켜서 제시할 수가 있었던 것이다. 이처럼 식민지 하층민들의 아픔을 웃음으로 표현할 수 있었던 힘은 바로 민족과 농민에 대한 사랑과 믿음이 그 밑바탕을 자리잡고 있었기 때문이다. 그가 농민들이 겪는 아픔을 그저 멀리서 바라보기만 했다면 웃음을 통해 그들의 삶을 표현할 수가 없었을 것이다.

김유정이 인간의 심연에 자리잡은 삶에 대한 욕망과 인간의 가치조차 느끼지 못하게 하는 무자비한 탄압과 착취의 과정에서 찾아낸 것이 바로 웃음의 미학이었다. 김유정은 우리문학에서 한의 문학으로, 슬픔의 미학으로 표출되었던 고통스런 삶을 웃음의 미학으로 승화시킨 작가이다. 그가 작품에서 제시한 웃음의 미학은 인간의 내면적인 울음에 대한 역설적인 표현이었다.[5] 그의 작품 속에 등장하는 인물들이 비굴함이나 억울한 모습으로 제시되고 있으면서도 강인한 생명력을 가지고 있는 인물로 느껴지는 것은 그들의 삶을 익살맞게, 그리고 저절로 웃음이 나오도록 표현한 그의 소설문체가 가져다주는 효과가 크게 작용하고 있다.

김유정의 작품들에서 가장 많이 나타나는 부분이 익살이다. 익살은 상대방의 기분을 거스리지 않으면서 자신의 의사를 구체적으로 전달할 수 있는 방법이다. 삶이 절망적인 상황 속에서도 익살의 표현은 여실하게 살아난다. 김유정의 소설에서는 소작인·유랑농민·머슴·노동자·실업자·걸인 등의 생활상을 통하여 당시 한국인의 대다수를 차지한 농민들과 도시 하층민들의 삶에 담겨있는 진실을 표현하려 하였다. 억눌리

---

5) 우리 선조들은 이러한 모습을 많이 보여준다. 아들을 잃은 부모는 그 자식을 가슴에 묻는다고 한다. 현실적으로 어머니는 자식의 죽음에 눈물로 전송하지만 아버지는 가슴으로 전송한다. 먼산을 보며 죽은 자식을 전송하는 아버지의 가슴에는 핏덩이가 맺혀있어서 그가 내뱉은 침은 침이 아니라 피덩이다.

고 고달픈 이들의 삶과 생존방식을 바보스런 인물들의 행위를 통해 익살스럽게 표현하고 있는 것이다. 이러한 익살들은 웃음을 유발하지만 시간이 지날수록 웃음으로 끝나는 것이 아니라 괴로움과 고통을 역설적으로 드러내 보여준다. 따라서 슬픈 현실은 재미있고 익살스럽게 표현되고 있지만, 그러한 상황설정을 통해 이 작품의 참된 뜻인 민족의 아픔은 역설적으로 더욱 선명하게 독자들에게 전달된다.

이처럼 김유정은 슬픔을 웃음으로 표현하여 더 아프고 슬프게 나타내는 방법을 통해 1930년대 우리 사회 서민층의 비참한 현실을 고발하고 있다. 그가 이처럼 파괴되어버린 가정과 인물들의 삶을 통해 제시하고자 한 것은 식민지의 현실에 대한 자각이었다. 농민으로 통칭할 수 있는 농촌 하층민들의 삶을 망가뜨리고 있는 식민지체제에 대해 웃음의 미학으로 표현함으로써 피해받고 고통받는 하층민들의 미래를 긍정적으로 바라보고 있는 것이다.

그가 표현의 방법으로 택한 웃음의 미학은 이러한 삶의 현실을 구체적이고 역설적으로 드러내 보여주는 데 크게 기여하고 있다. 왜곡된 사회구조와 탐욕의 세계는 역설적 상황 설정을 통해 더 분명하게 드러낼 수 있다. 김유정이 사용한 웃음의 미학은 이러한 역설적인 세계를 드러내기 위한 장치였다. 이처럼 역설을 통해 김유정이 제시하고자 한 것은 당대 사회의 뒤틀린 모습과 함께 미래에 대한 희망이었다. 인간이 인간을 철저히 착취할 때 남는 것은 동물화된 인간들의 모습일 뿐이다. 이러한 동물화된 세계를 드러내는 데 있어서 그가 구사했던 웃음의 미학과 활력있는 언어표현, 토속적인 대화체 문장은 죽어가는 것처럼 보이는 그네들의 삶을 역동적으로 보이도록 하는데 크게 기여하고 있다.

4. 글을 맺으며

우리 민족에게 엄청난 고통을 안겨준 일제 강점기 시대에 있어서 표현의 자유마져 잃어버린 우리 문인들은 슬픔이나 아픔의 정서를 통해서 간접적으로 그 시대를 증언해왔다. 1930년대 우리나라 농민들이 겪고있는 아픔과 고통을 표현하는 방법에는 여러 가지가 있을 수 있다. 당대 대부분의 작가들이 현실의 단면만을 드러내는데 치중할 때 유정은 인물들의 행위를 통해 웃음을 유발시키면서 그 시대의 아픔을 증언하고 있다. 그는 주로 어리숙한 남성들의 행위를 통해 웃음을 유발시키면서, 마음 속으로 울음을 감출 수 밖에 없는 현실을 고발하고 있다. 이처럼 김유정은 동시대 다른 작가들과는 달리 당대 사회의 비참하고 슬픈 현실을 가벼운 웃음으로 감추면서 삶을 희화화시켜 보여주고 있다. 김유정은 삶을 희화시키는 방법으로 남녀의 성격이나 기능을 바꾸거나, 슬픈 현실을 익살스럽게 표현하는 기법을 사용하였다. 또 여성의 성을 상품화시켜 드러내 보여주거나, 인물들의 사회적 기능이나 역할을 바꾸어 행동하는 등의 방법을 사용하였다. 이러한 방법을 통해 김유정은 인간답게 사는 것을 포기하고 동물적인 모습으로 생존만을 위해 살아가는 인간들의 다양한 모습을 그려내 보여주고 있다.

현실사회의 아픔을 드러내는 방법에는 여러 가지가 있을 수 있다. 가장 단순한 대응형태로는 있는 그대로 울음으로 표현하는 방식이 있을 것이다. 이는 상대방에게 항복하는 순응적인 방법이지만 한편으로는 있는 그대로의 사실표현을 통해 진솔하게 당대 사회를 증언하는 길이기도 하다. 이러한 대응에서 한걸음 더 나아간 대응형태는 분노를 드러내는 모습이다. 분노는 자신을 억누르거나 억압하는 대상에 대해 저항하고자 하는 태도이다. 이러한 저항의 모습은 삶의 가치를 드러내는 기능을 하게 될 것이다. 여기에서 한 걸음 더 나아가 상대를 제압하고 이기는 방법은 현실을 아예 무시하거나 현실의 삶과는 다르게 대응하는 방식이 될 것이다. 가장 효과적인 방법은 웃음으로 대응하는 방식이다. 웃음은 상대의 긴장감을 느슨하게 만들어주면서 자신이 드러내고자 하는 내용을 잘 표현할 수 있는 방법이다. 김유정이 삶 자체가 고통스러웠던 당대의 삶을 웃음의 미학을 통해 드러내고자 했다는 것은 현실을 당당하게 극복하고자 하는 적극적인 의지를 나타낸 것이다. 웃음은 울음을 넘어서는 행위이다. 아픔이 지나치면 울음을 넘어 웃음 밖에 남는 것이 없다. 어처구니없는 또는 전혀 이해할 수 없는 현실을 마주쳤을 때 할 수 있는 방법이 무엇이 있겠는가. 그저 헛웃음 밖에 나오는 것이 없을 것이다. 유정은 이러한 웃음을 유발시키기 위해 당대 사회를 살아가는 인물들의 순박하고 우직하며 단순한 동물적인 삶의 모습들을 그려 보여주고 있는 것이다.

그의 작품에 등장하는 남성인물들이 못나고 어리석은 사람이라는 측면에서는 변화에 능동적으로 적응하지 못하는 인물이라고 할 수 있다. 이는 한편으로 시대적인 인식능력이 뒤떨어지는 사람으로 말할 수가 있다. 이처럼 이들의 고통을 단지 무지의 탓으로만 인식한다면 이들의 고통을 제대로 파악할 수가 없다. 김유정의 소설에서 등장하는 인물들이 갖고 있는 욕망은 주로 경제적인 안정이다. 이는 당대 사회 농민들의 바램을 단적으로 드러낸 것이다. 이러한 바램이 얼마나 이루어지기 힘든지를 보여줌으로써 식민지 지배의 부당성을 드러내 보여주는 기능을 하게 된다. 앞에서 살펴본 작품들에서 나타나는 남성 인물들을 통해 김유정 소설이 제시하고자 하는 의미를 정리해보면 다음과 같다.

첫째로 당대 소작인들인 농민들은 하나같이 제대로 먹고 살아갈 수가 없는 상황에 놓여있다는 점이다. 1930년대 농토가 없었던 농민들의 삶은 기아선상에 놓인 상태였다. 지주들의 착취에 견딜 수 없었던 일부 농민들은 빚에 쪼들리고 먹을 것을 마련하지 못한 삶 속에서 굶어죽지 않기 위해 야밤 도주하거나 간도 등으로 이민을 떠났다. 그러나 일부는 집시처럼 가족들과 함께 들병이로 나서서 생존을 유지하거나 아니면 바보처럼 지주들에게 착취당하면서 생활할 수밖에 없었다. 김유정의 작품에 등장하는 이들 인물들은 소작인들이 당하는 고통과 비애를 잘 보여주고 있다.

둘째로 김유정의 소설에 등장하는 남성인물들과 그 가족들의 삶은 바로 1930년대 농촌사회의 붕괴된 모습을 적나라하게 보여주고 있다는 점이다. 인간의 삶보다도 동물적인 삶에 가까운 그네들의 모습은 굶주림이 일상화된 당대 농촌사회의 현실을 그대로 보여주고 있는 것이다. 현실적으로 사회적인 제도와 불합리한 틀에 저항할 방도가 없었던 당대 소작인들의 삶은 바보스런 삶이 될 수밖에 없었다. 따라서 그러한 그들의 삶에 비판의 눈길을 주기보다는 애정어린 눈으로 살펴보고 이를 구체적으로 묘사해 줌으로써 당대 소작인들의 고달프고 고통스러웠던 삶을 통해 붕괴된 농촌 현실을 고발하고 있는 것이다.

셋째로 남성인물들이 살아남기 위해 취하는 동물적인 행태를 그대로 보여줌으로써 인간들의 삶에 대한 인식을 새롭게 해주고 있다. 남성인물들은 생존을 위해 고투를 하지만 포기하지 않고 삶에 대해 끈질긴 생명력을 보여준다. 현실에서 굶주리고 장가도 가지 못한 채 남의 비웃음을 사는 동물적인 삶을 살아갈지라도 굶으면서도 끈질긴 생명력을 갖고 살고자 한다. 이러한 강인한 생명력은 바로 자연의 삶이며 동물적인 삶이라고 할 수 있다. 정상적인 가치관을 갖지 못하고 전도된 윤리관에 바탕을 둔 욕구의 실현에서 실패하고 있는 이들 인물들은 바로 김유정이 살던 당시 현실세계의 가치가 전도되어 있고, 근원적으로는 잘못된 삶이라는 점을 암시하고 있다. 농민의 무지나 도시 하층민들의 악착스러움을 비웃는 것이 아니라 그들의 삶에 있어서 궁핍의 정도가 그 정도까지임을 보여주고 있는 것이다. 또 그러한 상황의 배경이 되는 궁핍이 어디에서 연유하는가를 보여줌과 동시에 참혹한 현실과 절박한 상황에서 오는 슬픔을 웃음으로 표현해줌으로써 보다 객관적으로 현실을 인식하고 그 본질적인 문제에 접근하도록 도와주는 기능을 하고 있다.

김유정 소설의 남성 인물들은 현실 생활 속에서 패배한 인물들이다. 이들의 패배에는 당대 가혹한 사회현실이 놓여 있었다. 일본의 강점과 착취에 의해 인간적인 삶마져 포기당하는 이들 농민들의 삶은 민족의 기반을, 뿌리를 뿌리뽑히는 삶이었다. 그러한 착취와 억압은 결국 민족의 삶을 망가뜨리고 나라의 기반마져 망가뜨려지게 된다. 이러한 슬픈 현실을 김유정의 소설에서는 인물들의 익살스런 행위를 통해 그려보이고 있는 것이다. 따라서 그의 작품 속에 나타나는 웃음 속에는 울음의 세계가 잠재되어 있다. 웃음 속에 담겨있는 울음의 세계는 조선조 판소리 문학에서도 부분적으로 나타나고 있다. 농민들과 노비들의 고통과 아픔을 웃음을 통해 풀어낸 판소리 문학의 전통은 김유정 문학에 와서야 제대로 전승되고 있는 것이다.

또한 김유정의 소설들은 하나같이 당대 서민들의 삶을 실증적으로 묘사해놓고 있다. 식민지 정책에 대한 비판은 원천적으로 금지된 상황에서 그가 그려낸 당대 상황은 암시적이거나 상징적이 될 수밖에 없었다. 인물들의 웃음띤 모습은 너무 비참하여 울 수 조차 없어서 웃음을 흘리는 모습이다. 그네들의 삶을 하나같이 살펴보면 죽는 것보다 나을 것이 하나도 없는 동물적인 삶을 살고 있을 뿐이다. 김유정은 동 시대의 이런 비참한 상황을 뛰어난 현실 인식을 통해서 역설적으로 드러내 보여주고 있는 것이다.

그가 내세운 가난하고 어리숙한 인물들의 행위들을 보노라면 조선조 시대부터 설움을 받고 구박 받으면서도 끈질긴 생명력을 가지고 살아온 우리나라 서민들의 모습을 생각나게 한다. 그네들의 삶의 방식은 현실을 인정하면서 자연과 동화되어 순박하게 살아가는 것이다. 식민지 시대였던 당대 사회에서 농민의 대다수를 차지하고 있던 소작인들의 삶을 구체적으로 형상화하고 있다는 것은 그가 가장 많이 접해본 계층이어서기도

했지만, 또한 뼈 빠지게 농사짓고 일해도 정작 수확기에는 빚을 갚고
나면 거의 남는 것이 없었던 우리네 서민들의 고통스런 삶을 드러내고자
한 것이다. 암담한 삶을 살아가던 서민들을 내세워 김유정은 눈물이나
분노가 아닌 웃음을 통해 당대 사회의 비참한 현실을 역설적으로 그려내
보여주면서 이에 절망하지 않고 그 너머에 있는 미래를 긍정적으로 바라
보고 있는 것이다.

민족에 대한 죄의식과 갈등의 사회학

- 채만식의 광복 이후 작품세계

1. 들어가면서

채만식이 쓴 광복 이후의 작품들을 살펴보면 '독창적인 소설들은 우리가 사회적 삶이나 경제적 삶, 또는 심리적 삶이라고 이름붙인 숨겨지고 드러나지 않는 모습들을 보여주는 기능을 가지고 있다'는 미셸 제라파의 말을 떠올리게 된다. 채만식을 비롯하여 몇몇 의식있는 작가들이 쓴 광복 직후의 소설작품들은 그 무렵 우리 민족 구성원들이 갖고있던 세계관이나 역사관을 구체적으로 드러내 보여주고 있기 때문이다.

일제의 강점에서 벗어났지만, 해방이란 우리 민족 스스로 만들어낸 영광이 아니었기에 사회적, 정치적으로 우리나라는 혼란스런 모습을 보이고 있었다. 문단도 사상적으로 좌익과 우익으로 나뉘어지면서 서로 극렬하게 대립하고 있었다. 아울러 일제가 이 땅을 강점하고 있는 동안에 국내에 머물러있던 사람들이 자의나 타의에 의해 거의 모두 연루되어 있는 친일행위에 대한 문제는 우리 민족에 대한 죄의식으로서 크게 부각되었다. 일제 강점기에 국내에 머물러 있었던 대부분의 문인들에게 해당되는 이러한 친일행위에 대한 반응을 광복 이후에 활동했던 문인들을 대상으로 그 속죄양상에 따라 분류해보면 크게 세 가지 형태로 나누어볼 수 있다. 첫째 유형은 적극적이거나 소극적인 친일 행위를 했던 인물들로서 죄의식을 전혀 느끼지 않는 부류이다. 임화, 최재서, 서정주, 유진오, 모윤숙, 백철 등이 이에 해당한다고 할 수 있다. 둘째 유형은 친일행위에 대한 죄의식보다는 자신의 행위를 합리화 시키거나, 그 불가피성을 들면서 변명으로 일관했던 인물들이다. 이광수와 최남선이 이에 해당한다고 할 수 있다. 셋째 유형은 친일행위에 대해 죄의식을 느끼고 어느 정도나마 자기 반성을 했던 인물들이다. 이러한 유형에 해당하는 인물들은 거의 나타나고 있지 않지만, 채만식이 이에 가깝다고 할 수 있다.

광복 직후 <맹순사>를 발표한 채만식은 1950년 사망할 때까지 약 5년에 이르는 기간동안 12편의 소설작품을 발표하였다. 그리고 그 무렵 쓰여졌지만 발표되지 못하고 나중에 유작으로 발표된 작품까지 포함하면 15편의 작품을 썼던 것으로 보인다. 이들 작품들을 제재면에서 보면 그 당시의 세태를 다룬 작품들과 역사적 사실들을 재평가하여 다룬 작품들로 나누어진다. 이들 작품들은 대체로 현실적 상황에 대한 비판과 풍자가 담겨있다는 점에서 일관된 경향을 드러내 보여주고 있으나, 1948년 전후부터 작가가 갖고있던 세계관의 변모양상이 나타나고 있다. 따라서 이러한 변모양상이 왜 나타나게 되었는지를 등장인물들의 유형을 통해 살펴보고자 한다.

2. 인물들의 양상

미셸 제라파의 말처럼 소설적 서술 양식에서는 '사회가 역사 속으로 들어가며, 동시에 역사는 사회에 침투'하게 된다. 따라서 채만식의 각 작품에 나타난 인물들의 행위는 그 당시의 역사이며 또한 그 시대의 사회 현실이다. 광복 직전까지 허무주의적인 세계관에서 벗어나지 못했던 채만식은 광복 직후에 나타난 사회적인 혼란에 대해 주로 부정적인 인물들을 전면에 내세워 비판적으로 바라보고 있다. 세계에 대한 부정적인 인식이 밑바탕에 깔려있는 채만식의 부정적 세계관은 그가 역사소설을 창작하기 시작하면서 어느 정도 극복되어가고 있다. 채만식의 부정적인 사회적 인식이 긍정적으로 바뀌기 시작한 것은 1948년 정부 수립 이후에 창작된 작품들을 통해서였다. 이러한 변화는 혼란된 사회 환경이 안정을 찾아감에 따라 채만식의 사회인식이 변모했음을 드러내 보여준다.

광복 이후 채만식의 작품에 나타난 등장인물들은 크게 네 가지 부류로 나누어진다. 그 한 부류는 어느 시대나 항상 있는 기회주의자들이다. 이들은 어떠한 상황에서든지 자신들이 이익을 위해 행동하는 인물형이다. 두 번째 부류로는 소극적인 참회자들을 들 수 있다. 이들은 자신이 했던 행위에 대해 어쩔 수 없었다는 상황논리를 전개하면서 그 불가피성을 강조하는 무리들이라고 할 수 있다. 세 번째로는 민족주의자들을 들 수 있는데, 이들은 대부분 극단적인 논리를 제시함으로써 한계를 드러내고 있는 인물들이다. 그리고 네 번째 부류로는 새로운 세대로 희망을 주는 어린아이들이다.

이러한 인물 유형들은 시대의 흐름에 발맞추어 제시되고 있다. 먼저 광복 직후에는 기회주의자들이 그의 작품 전면에 등장하면서 작품의 주인공으로 활동하고 있다. 그러다가 정부 수립을 전후하여서는 기회주의자와 소극적인 참여자, 그리고 민족주의자가 뒤섞여 등장하다가, 마지막 유작에서는 소년을 주인공으로 하여 내일의 희망을 노래하고 있다.

2-1. 기회주의자

채만식이 광복 직후에 발표한 작품들에서 주인공으로 등장하는 인물들은 거의 전부가 기회주의자들이다. 이들은 작품 속에서 이야기의 흐름

을 이끌어가고는 있지만 마지막에는 직접적으로 비판을 당하거나 비꼬
임을 당하는 대상으로 전락하게 된다. 이들을 광복 이전에 발표한 채만식
의 작품들과 비교해보면 결말 부분에서 달라지고 있음을 알 수 있다.
광복 이전에 발표했던 <태평천하> <치숙> 등에서 나타났던 이러한
기회주의적인 인물들은 풍자대상으로 작품의 전면에 크게 부각되어 제
시되면서 끝까지 파멸에 이르지 않고 기존의 기득권을 계속 유지하고
있음에 비해 광복 후에 발표된 작품들에서는 이러한 기회주의적인 인물
들이 마지막에는 파멸하는 결말에 이르게 된다.

1946년 ≪백민(白民)≫3·4호 합호에 발표된 단편소설 <맹순사>에
나오는 맹순사는 기회주의적인 대표적 인물이다. 8년의 순사생활 속에서
그의 아낙에게 유통치마 한벌을 못해준 맹순사의 삶은 그가 재물에 욕심
이 없어서가 아니라 단지 운이 없었던 탓이었다. 그도 나름대로 조금씩은
뇌물을 받아먹은 순사나리였다.

> 이 양복장이나 양복은 한 례에 불과하고, 八년동안 순사를 다니면서,
> 그 중에서도 통제경제가 강화된 二三년, 六十몇원이라는 월급으로는 도
> 저히 지탱해 나갈수 없는 생활을 뇌물 받는 것으로써 보태어 나왔다. 몇十
> 원씩, 돈ㅅ 백원씩 쥐여 주는 것을 사양하다가 못 익이는 체 받아넣기 얼말
> 는지 모른다. 자청해 주는 것을 따담기만 한 것이 아니라, 이순때면 그럴
> 사한 사람을 찾아가서
> 『수히 갚을테니 백원만…』
> 하고 가져다 쓰기도 여러번이었다.
> 술대접을 받기는 실로 부지기수였다. 쌀, 나무, 고기, 생선, 술, 모도다
> 그립지는 아니할만침, 들어도 오고, 청해다 먹기도하고 하였다.

이처럼 그는 적은 것이나마 뇌물을 먹었지만 큰 뇌물을 받아먹지 않았
기 때문에 스스로 청백하다고 생각한다. 이런 의식을 갖고있는 맹순사가
광복이 된 상황에서 더 이상 순사생활을 할 수가 없자, 주위의 눈치를

보면서 집에서 놀고 지낸다. 그러다가 생활의 방도가 막연해진 맹순사는 광복된 새 나라의 순사시험에 응시하여 다만 완장 하나만 달리한 채 다시 순사생활을 하기 시작한다. 다시 순사생활을 하던 중에 지난날의 살인강도범이 자기의 동료로서 오게 되자 자신을 해칠까보아 겁이 나서 다시 시작한 순사생활을 그만 둔다. 이처럼 맹순사는 자신의 이익됨만을 쫓아서 행동하지만 결국에는 패배하는 인물로 끝나고 있다.

<논 이야기>에서는 무지하고 게으르면서도 이기심으로 가득찬 인물인 한덕문이 이러한 기회주의자로 제시되고 있다. 그는 나라가 일본에 빼앗겼을 때에도 별로 아쉽거나 슬프다고 생각하지 않는다. 그 까닭은 그의 가족들이 조선조 말에 권력을 등에 업은 탐관오리들에게 너무나 많은 핍박을 받았기 때문이다. 그래서 그는 일본의 지배 아래서도 게으름과 무능력으로 인해 별다른 피해를 입지도 않고, 그렇다고 혜택을 받은 것도 없이 지내다가 광복을 맞이하게 된다. 따라서 그는 처음 나라가 독립이 되었다는 소리를 듣고도 별로 반가워하지 않는다.

> 독립?
> 신통할 것이 없었다.
> 독립이 되기로서니 가난방이 농루산이가 벼란간 나으리 주사 될 리 만무하였다. 가난방이 농루산이가 남의 세토(貰土＝小作) 얻어 비지땀 흘려 가면서 일년 농사지어 절반도 넘는 도지(小作料) 물고 남어지로 굶으며 먹으며 연명이나 하여 가기는 독립이 되거나 말거나 매양 일반일 터이었다.

그렇지만 일본군이 물러가고 예전에 일본인 길천이에게 팔았던 논이 다시 자기의 소유로 될 수 있다는 소문을 듣고 일본에게서 독립하게 된 것을 매우 기뻐하게 된다. 그러다가 그 땅들은 나라에서 모두 소유하게 된다는 소리를 듣고 스스로 나라없는 백성임을 자처하면서 자신의 이기적인 욕망을 '독립됐다구 했을제 만세 안 부르기 잘했지'라고 해학적으로 표현하고 있다.

<미스터 방>에서는 주요 등장인물인 방삼복과 백주사가 모두 기회주의자로 등장하고 있다. 방삼복이는 남의 집 머슴살이를 하다가 일본을 거쳐 중국 상해 등지를 떠돌아다녔던 인물이다. 그는 고국에 돌아와서 처자식을 데리고 서울로 올라와서 신기리 장수를 하다가 광복을 맞이하게 된다. 광복 직후에 처음 손님이 줄어들자 그는 광복에 대해 반감을 갖는다. 그러다가 수선비를 비싸게 받을 수 있게 되자 이제는 '독립도 할만한 것'으로 여기다가, 다시 재료값이 올라서 소득이 전과 같이 되자 '이런 엠-병헐! 그눔에 경제겐 다 어디루 가 돼졌어. 독립은 우-라진다구 독립을 헌담' 하고 독립 자체에 대한 불만을 드러내고 있다. 이처럼 그는 조국의 독립도 자신의 이익이 되는가 안되는가에 따라 다르게 평가하고 있다. 이러한 그는 미군이 진주했을 때 자신이 알고있는 토막영어를 이용하여 미국장교의 통역관이 됨으로써 일약 벼락출세를 하게 되지만 결국에는 사소한 실수를 빌미로 몰락하게 된다. 그리고 방삼복이와 함께 술을 마시는 백주사도 자신이 다른 사람에게 피해를 준 것은 전혀 생각하지 않고 다만 자신이 입은 피해에 대해서만 관심과 원한을 갖고 있는 인물이다. 따라서 그도 자신의 이익만을 위해서 행동할 뿐 민족의 삶에 대해서는 아무 관심도 두지않는 기회주의 인물로 제시되고 있다.

작품 <도야지>에서는 한 가족 구성원들이 대부분 기회주의적인 인물로 제시되고 있다. 이 작품에서 비교적 긍정적인 인물로 제시되고 있는 아들 문태석이 자신의 아버지인 문영환을 보는 시선은 바로 기회주의적이고 이기적인 인물형의 모습을 그대로 나타내고 있다.

몸에서 교만과 잔인과 야심과, 음험한 모략성, 이것을 다 추리고 나면, 입은 옷만 뱀의 허물처럼 홀쭉하니 처지게 생긴, 부친 문영환. 그 칼날

같이 푸르고 차가운 얼굴. 독기가 뻐져나오는 눈.

　이처럼 작품 <도야지>에서는 작가의 전지적인 시점이나 긍정적인
인물형의 시점을 통해 기회주의적인 인물형을 신랄하게 비판하고 있다.
이 작품에서는 문영환과 함께 그의 아내인 최 부인과 둘째딸인 명자가
이처럼 기회주의적인 인물형으로 제시되고 있다. 이 작품에서 기회주의
적인 인물형에 대한 비판은 마지막에 동물과 같은 처지로 격하시켜 풍자
적으로 표현하고 있다.

　　『그럼 도야지도 낙방인갑쇼? 그럼 도루 실구 가는갑쇼?』
　　최씨 부인의 이번 선거에 그만 낙선이 되어서 쓰자던 도야지도 못쓰게
　　되었노라는 발명에 대한 촌사람의 대꾸가 그것이었다.

　이처럼 문영환이 당선용으로 사용하려던 도야지를 되물리는 과정과
문영환의 국회의원 낙선을 동일선상에 놓고 비판적으로 표현함으로써
기회주의적인 인물인 문영환을 동물의 수준으로 격하시키고 있다.
　광복 이전부터 광복 이후에 이르기까지 한 가족의 변천과정을 그린
작품인 <낙조>에서는 황주 아주머니가 기회주의적인 인물로 제시되고
있다. 채만식이 광복 이후에 발표한 작품 속에서 가장 긍정적으로, 그리
고 가장 바람직한 인물로 제시되고 있는 영춘의 눈을 통해서 그의 어머니
인 황주 아주머니는 기회주의적인 속성과 이기심을 비판받고 있다.

　　오마인 불순한 것이 또 있어요. 오마인, 남조선이 북조선을 치게 되면,
　　공산당을 모주리 잡아 죽이구, 그래서 죽은 형의 원술 갚구, 그리구 뺏긴
　　집이랑 사과 밭이랑, 논이랑 다 도루 찾구 할테니깐, 그래 오마인 밤이나
　　낮이나, 앉어서, 어서 바삐 북조선을 드리 처야지 하구, 노래 부르듯 하는
　　거야요. 그러니깐, 오마인, 남조선이 북조선을 친 그 결과를 관심하는거

지, 아들의 원술 갚구, 뺏긴 재산을 도루 찾구 한다는 것이 문제의 중심이
지, 남조선이 북조선을 치는 사실 그 자체에 대해선 아무런 관심두 홍미두
없거든요. 또 남조선이 북조선을 치는 사실 그 자체에 대해선 아무런 관심
두 홍미두 없거든요. 또 남조선이 북조선을 치는 것이 옳으냐, 옳지 못하
냐 하는 것두 전혀 오마이한텐 문제가 아니구요. ……그러니깐 오마인
결국, 남의 불에 겔 잡자는, 아조 게으르구 이기적인 그런 타산이 안야요?
내 아들은 죽을까 무서니깐 슬멋이 빼돌리구, 남이 필 홀려 주길 기대려
가만이 앉었다 원술 갚구, 재산을 도루 찾구 하는, 덕만 보자는, 교활하구
이기적인……. 그렇잖요, 형님? 형님은 오마이의 그런 맘상과 행동에서,
조선 사람 전체에 배 있는 망국민족의 기질을 발견하신다구 생각지 않으
시나요?

이처럼 아들인 영춘의 눈을 통해서 황주 아주머니의 이기적이고 기회
주의적인 욕망은 여지없이 드러나고 있다. 이제까지 제시된 기회주의적
인 인물형의 특징을 보면 그들은 대부분 배우지 못한 계층에 속하고 있으
며, 직업은 순사나 정치 지망생, 거간꾼 등으로 나타나고 있다. 이들은
그 당시 개인적인 행위여하에 따라 가장 많은 이익을 취할 수 있는 직업
을 가지고 있는 인물형들이라고 말할 수 있다.

2-2. 소극적 참회자

채만식이 광복 이후에 쓴 작품 중에서 서술 시점이 1인칭인 '나'로
제시되고 있는 작품들은 대체로 친일행위에 대한 죄의식의 문제를 의도
적이거나 아니면 노골적으로 드러내고 있다. 이는 작가가 친일문제에
대해 깊이 고뇌하고 있음을 나타내는 것이기도 하다.
작품 <역로>에 나오는 '나'는 자신의 친일행위에 대해 마음 속으로
매우 부끄러워 하고 있으며, 광복된 조국의 어지러운 정치·사회의 환경
속에서도 다만 침묵함으로써 속죄의 길을 걷는 인물이다. 그래서 '나'는

친구 김군과 대화하는 중에 친일행위를 저지른 대가로서 처벌받기를 원하지만 처벌을 하지않는 사회현실과 그러한 현실 속에서 마음 속으로만 죄의식을 느끼는 자신에 대해 자조하고 있다.

이처럼 '나'는 스스로를 자조하면서 어지러운 사회현실과 그 속에서 날뛰고 있는 철면피한 친일파들 그리고 기회주의적인 정치꾼들을 그저 바라보고만 있다. 그런 한편으로 '나'는 떳떳한 사람이 되지 못하기 때문에 침묵으로써 참회하고는 있지만 자신의 친일행위에 대한 죄의식 못지 않게 그 당시의 어지러운 사회 현실에 대해 냉소하면서 거부감을 나타내고 있다.

작품 <민족의 죄인>은 친일행위에 대한 문제를 <역로>에서보다 본격적으로 다루고 있는 작품이다. 이 작품에서도 '나'는 수동적이나마 친일행위에 대해 죄의식을 느끼고 반성하는 인물로 등장한다. 어느날 '나'는 친구 김군이 주관하는 잡지사에서 우연히 만난 '윤'으로 인해 가슴 속에 묻혀있던 죄의식이 들추어지면서 스스로의 행적을 뒤돌아보고 심한 좌절감과 함께 마음의 갈등을 겪게 된다. 결국 '나'는 넷째형의 아들이지만 친자식이나 다름없이 여겼던 조카의 이기주의적인 행동에 대해 나무라면서 죄인으로서 민족에 속죄하는 길은 민족의 다음 세대가 올바르게 자라날 수 있도록 보살펴 주는 길 밖에 다른 길이 없음을 깨닫고 있다.

『당신야 존재가 미미하니깐 이댐에 민족의 심판을 받지두 못하실는진 몰라두, 가사 받아서, 벌을 당한다구 하더래두, 형벌이 죌 속량해 주는 건 아니잖아요?』
『………』
『이를 악물구, 다른 것 다 돌아볼랴 말구서, 저것들 남매 잘 길러, 잘 교육시키구, 잘 지도하구 해서, 바른 사람 노릇 하두룩, 남의 앞에 떳떳한 사람 노릇 하두룩 해줍시다. 아버지루써 자식한테 대한 애정으루나, 죄인으루써 민족의 다음 세대에다 속죌 하는 정성으루나.』
『………』
『어미애비의 허물로, 그 얼인 자식한테까지 미처가서야, 어린것들을 위해 너무두 슬픈 일이 아네요?』

‘나’의 아내가 말하고 있는 민족에 대한 속죄의 길은 또한 바로 ‘나’가 나아가야 할 속죄의 길이기도 하다. 그리고 이 점은 작가 채만식의 변화하는 세계관을 잘 나타내주고 있기도 하다. 현실 속에서 민족에게 한 번 지었던 죄를 벗고 떳떳해지는 길은 없다. 따라서 이상 민족에 대한 죄인으로서 할 수 있고, 또 당연히 해야 할 일이란 다음 세대들이 올바르게 커나갈 수 있도록 잘 보살펴주는 길 밖에 다른 길이 없음을 깨닫고 있는 것이다. 결국 이 작품에서 ‘나’를 통해 제시하고자 한 것은 새로운 세계와 새로운 세대에 대한 강렬한 희망과 기대인데, 새로운 세계는 바로 새로운 세대를 통해서만 이루어질 수 있다는 현실인식이 그 밑바탕을 이루고 있다.

작품 <낙조>는 광복 이후 채만식이 발표한 작품 중에서 친일행위에 대해 가장 신랄한 비판을 가하고 있는 작품이다.

난 양갈보야. 난 ××놈 한테 정존 팔아 먹었어. ××놈의 자식 애뱄어. 그러니깐 난 더런 년야. ……그렇지만서두 난, 누구들처럼, 정신적 매음은 한 일 없어. 민족을 팔아 먹구, 민족의 자손까지 팔아 먹는 민족적 정신매음은 아니 했어. 더럽기루 들면 누가 정말 더럴꾸? 이 얌체 빠진 서방님네들아!

몸을 파는 양색씨로서 미군의 아기까지 밴 춘자가 학교 선생인 '나'를 질타하는 이같은 말을 통해서 민족을 배반한 친일행위는 몸을 파는 육체적 매음보다도 더욱 더럽고 나쁜 정신적 매음행위임을 강조하고 있다. 결국 이 작품에서는 방관자였던 '나'도 간접적인 친일행위자가 됨을 보여주면서, 방관자도 또한 민족에 대한 속죄의 길을 걸어야 함을 암시하고 있다. 방관자 또는 참회자로 나오는 인물들은 대체로 높은 학식을 갖춘 학교 선생님이나 작가 등으로, 행동보다는 생각이 앞서는 인물들로 수동적으로 움직이는 가난한 지식인을 대표하는 인물형들이다.

2-3. 민족주의자

부정적인 인물들만을 내세워서 창작을 하던 채만식은 정부가 수립되던 무렵부터 조금씩이나마 민족주의적인 인물들을 작품에서 제시하고 있다. 그가 제시하고 있는 민족주의자들 중에서 가장 바람직한 인물은 <낙조>에서 등장하는 박영춘인데, 영춘은 그의 가족 중에서도 가장 궁정적으로 그려지고 있는 인물일 뿐만 아니라 채만식이 광복 이후에 발표한 작품들에서 등장하는 인물들 중에서도 <소년은 자란다>에서의 박영호와 함께 가장 바람직한 인물로 그려지고 있다.

영춘은 첫돌에 아버지를 여의고 홀어머니 밑에서 열두해동안 가난 속에서 자라난 인물이다. 그 후 광복이 될 때까지 다섯해동안은 일제 경찰 간부로 있던 형 덕분으로 경제적으로 윤택한 환경 속에서 보내게 된다.

그러나 형이 보내준 일본인 학교에서 일본 아이들의 텃세와 구박 때문에
정신적으로는 더욱 괴롭고 우울한 나날을 보내다가 광복을 맞이하게 된
다. 광복 직후 형의 가족은 성난 동포에게 맞아죽고, 영춘과 그의 어머니
는 남행길에 오른다. 월남해 온 영춘은 바로 국방경비대에 들고 이내
승진하여 소위가 되는데, 그는 이기주의자인 그의 어머니(황주 아주머니)
와 뜻이 맞지않아서 집을 나오려고까지 하고 있다.

> 물론 전 명령 일하에, 총을 잡구 나설 테야요. 삼팔선을 무찌르구, 북조
> 선을 치구 할테야요. 그렇지만 지가 북조선을 치는데에 흔연히 참가하는
> 건, 그것이 통일 독립이라는 우리 조선민족의 지상명령, 그 지상명령을
> 실현하는 수단이라는걸 잘 알구 있기 때문야요. 다른건 없어요. 형의 원술
> 갚는다던가, 그런건 저한텐 문제가 안야요.

영춘은 북조선을 공격하기 바라는 어머니가 나라의 장래보다는 순전
히 개인적인 이익만을 위해 남쪽과 북쪽이 싸우기를 바라는 태도를 이처
럼 비판하고 있다. 이처럼 영춘은 어지러운 환경 속에서도 올바르게 생각
하고 자신의 삶을 개척해 나가는 의욕적인 젊은이로 그려지고 있다.
작품 <민족의 죄인>에 나오는 윤은 일제시대에 대일 협력은 하지
않았지만 극단적인 관념론에 머무르고 있는 민족주의자이다. 그는 신문
사의 정치부 기자로 있으면서 논설을 쓰고 있다가 대일 협력의 자세가
노골적으로 요구되자 신문사를 그만두고 낙향을 함으로써 대일 협력을
거부한 인물이다. 따라서 그는 친일행위를 한 문인들에 대해 매우 비판적
이다.

> 왜놈들의 주구(走狗)가 돼 가지구, 온갖 아첨 다하구, 비윌 맞추구 하면
> 서, 순진한 청년, 어리석은 백성을 모아 놓군, 구린내 나는 아굴지루다
> 지꺼린닷 소리가, 소위 예술가니 평론가니 하는 놈들은 썩어빠진 붓토막

으루 끼적거려 냇닷 소리가, 황국 신민이 되라 하기, 내선—체를 하라
하기, 미국 영국은 도둑놈이요 불의하구 전쟁에는 반드시 지구 멸망할
운명에 있구, 일본은 위대하구 정의요 전쟁엔 반드시 익이구 영원투룩
번영할 터이구 하다면서. 그러니 지원병에 나가구 학병에 나가구 증병에
나가, 일본을 위해 개죽엄을 하라구, 꼬이구 조르기. 굶어 죽더라두 농사
한 건 있는 대루 죄다 공출에 받히라구 꼬이구 조르기. 가족은 유리하구
집안은 망하더라두 증용에 나가라구 꼬이구 조르기……

이처럼 윤은 친일행위자 중에서도 지식인들, 특히 그 중에서도 글을
쓰는 문인들의 친일행위에 대해 더욱 극렬하게 비판하고 있다. 이러한
비판은 광복된 조국땅에서 민족의 죄인으로 부끄러워 해야 할 친일파들
이 애국자인 척 큰소리로 국민들에게 나라 사랑을 외치고, 또 현실적으로
그들이 지도층의 위치에 앉아 득세하고 있는 그 당시의 사회현실에 대한
꾸밈없는 질책인 것이다. 그렇지만 윤은 '웬만한 놈은 죄다 쓸어 숙청'해
야 한다고 강조함으로써 극단적인 민족주의자의 한 단면을 드러내 보여
주고 있다. 또 이 작품에서는 가난한 계층과 부유한 계층간의 갈등과
대일 협력의 차이에 대한 문제를 제기하고 있다. 즉 고향에 돌아가도
먹고 살만한 여유가 있어 대일협력을 거부하고 신문사를 그만둔 윤과
아무 것도 없는 가난뱅이였기 때문에 어쩔 수 없이 신문사에 남아있어서
대일협력을 하게 된 김군과의 논쟁도 민족에 대한 죄의식의 문제와 더불
어 계층간의 갈등이 내포되어 있다. 따라서 김군이 윤군의 말을 반박하면
서 신문사에서 대일협력의 글을 쓴 기자만이 민족의 죄인이고 농사를
지어서 일본군을 위해 공출을 한 농민은 민족의 죄인이 아니냐는 물음은
궤변적인 논리1)이지만 친일문제가 우리 민족에게는 그만큼 해결하기가

---

1) 친일 행위에 대한 문제는 상대적으로 선택의 가능성이 있느냐 없느냐와 자발(능동)적이냐
   강제(수동)적이냐 그리고 그러한 행위로 인한 영향관계에 의해 판단해야 할 성질의 문제
   이다.

쉽지않고 논죄하기가 힘들다는 것을 말해주고 있다. 또 이러한 표현 속에는 고향에 돌아갔지만 굶주림을 견디지 못하고 대일협력을 하게된 작가 채만식 자신의 처지가 투영되어 나타나고 있다. 이 작품에서 尹은 다만 급진적인 사상을 가진 민족주의자로 제시되고 있을 뿐 결코 올바른 민족주의자로 제시되고 있지는 않다. 그리고 작품 속에서 1인칭 화자인 '나'가 윤을 보는 시선도 그리 탐탁하지가 않다. '나'에게 있어 윤은 다만 '그 문장과 구성이 생강하고 서투른 혐의는 없지 못하나 사상만은 대단히 진보적'인 사람으로 비추어 보일 뿐이며, 또 극단적으로 친일파를 배격하는 관념적인 민족주의자로 느껴지고 있을 뿐이다.

작품 <소년은 자란다>에서는 오영만과 오 선생이 민족주의자로 나오고 있다. 그 중 오영만은 <민족의 죄인>에 나오는 尹과 같은 민족주의자의 부류에 드는 인물이다. 그는 이 작품의 주인공으로 나오는 오영호의 배다른 형으로, 그가 살고있던 부락을 일시 점령한 빨치산 부대의 연설에 감동을 받아 그들을 따라가지만 그의 행적은 작품 속에서 거의 나타나고 있지 있다. 이에 비하여 오선생은 소극적으로 일본 제국주의에 저항하고 있는 인물로서, 어린 학생들에게 민족주의 정신을 심어주고자 노력한다.

> 오선생은 일계(日系＝日本人)를 질색으로 싫어하였다. 현공서(縣公署)
> 에서 일본사람 시학(視學)이 오든지 하면 마지못해 인사나 하는 시늉 하
> 고는, 같이 휩쓸려 이야기라도 하고 하기를, 되도록이면 피하였다.
> 　영 헐수할수 없는 경우가 아니면, 일본말을 쓰지 아니하였다.
> 　조선사람끼리 만나서 일본말로 지껄이고 하는 것을 보면
> 「제엔장, 언제쩍 버틈 저대지들 충신인구?」하고, 혼자말로 빈정거리곤
> 하였다. 그런, 일본말을 하기를 좋아하는 사람일수록, 오선생은 일부러
> 조선말로 말을 하고, 창씨(創氏)한 일본 성 대신, 조선성을 부르고 하였다.

이처럼 오 선생은 직접적으로 독립운동은 하지 않지만 우리말을 지키

고자 애쓰면서 자라나는 어린이들에게 우리말을 가르치기에 심혈을 기울이는 인물이다. 광복 후에 고향에 돌아온 그는 정치활동에 뛰어들면서 어지러운 사회환경과 소련과 미국이 일본을 내쫓고 서로의 이익만을 위해 다투는 것을 보고는 '해방을 곤처'해야 한다고 생각하게 되고, 평양과 서울을 오가면서 좌익활동을 하는 바람에 결국 경찰에 붙잡히는 몸이 된다. 따라서 그도 올바른 민족주의자가 되지 못하고 급진적인 민족주의자의 단계에 머무르고 있음을 보여준다. 대체로 채만식의 작품에서 등장하는 민족주의자들은 지식인 계층으로서, 그 당시로서는 높은 학식을 갖춘 사람들이다. 또 이들은 좌경적인 사상을 가지고 있으며, 대부분 급진적인 개혁과 현실타파를 주장하고 있다. 그러나 그들은 현실의 장벽에 부딪쳐서 현실사회에 적응하지 못하고 침묵하거나 아니면 현실에서 패배당하는 인물로 그려지고 있다.

2-4. 새로운 세대, 자라나는 어린이들

광복 이후 발표된 채만식의 작품에서 가장 기대되는 인물로 제시되고 있는 부류는 어린아이들이다. 그는 어떤 작품에서나 자라나는 어린이들에 대해서는 항상 따뜻한 시선을 보내고 있다. 작품 <역로>에서의 '열댓살박이 중학생'을 비롯하여 <도야지>에서의 문태석과 그의 친구들, 그리고 <소년은 자란다>에서 주인공인 오영호와 그의 여동생인 영자 등은 나쁜 어른들과 대비되어 '새조선을 건설하는데 주축이 되는' 인물들로 표현되고 있다.

> 허허허허…… 그동안은 느이가 가엾구 느이한테 면목이 없더니, 하여커나 독립이 돼, 무엇보담두 느일 위해 다행이요 기쁘다. 그렇지만 인제부터 느이가 한일이 크구나. 새조선의 건설은 느이가 해야 할테니깐.

긍정적인 인물로 표현되고 있는 오 선생의 위와 같은 말에서도 나타난 바와 같이 자라나고 있는 어린이들은 모두 다 내일의 세계에서 주인공이 될 어린이들이다. 그들은 각 작품 속에서 순수함과 깨끗함 그리고 희망의 역할을 인물로 제시되고 있다. 이들은 <역로>에서처럼 그들의 눈을 통해 부정적인 어른들의 세계를 비판하게 하거나, <소년은 자란다>에서처럼 자라나는 어린 세대들이 굳굳하게 살아가는 삶의 태도를 보여주는 방법이 사용되고 있다. 또한 어린 세대에 속한다고 보기는 힘들지만 <낙조>의 영춘처럼 어린 세대를 이제 막 벗어난 젊은 세대를 통해 그들의 건강하고 올바른 의식을 제시하기도 한다. 이와함께 이들 어린이들이 제대로 잘 자라도록 뒷받침해주는 일이 어른으로서 가장 중요하고도 필요한 일임을 간접적으로 강조하고 있다.

> 오래도록 어린것들에가 눈이 머겼던 안해는, 한숨을 내쉬면서 말한다.
> 『정히 서울이 싫구 하시다면, 가, 살다 못 살 갑시라두, 가기가 어려우리까만, 저 어린것들이 가엽잖아요? 젤에 교육을 어떻거겠어요? 내명년이면 우선 하날 소학꼴 보내야 하는데 학교꺼지 十리 아네요? 일곱 살박이가 매일 十리 왕복이 무리두 무리지만, 그렇게라두 해서 소하꼴 마처 준다구 중학 이상은 가량이 없잖아요. 무슨 수에 학잘 대서, 서울루던 공불 보내게 되진 못할 것이구……』
> 『………』
> 『시굴서 길러, 소학교나 마처 주구 만다면 천생 농민이인데, 농민이 구태라 나쁠 머리야 없지만, 그래두 천품을 보아, 예술방면으루던, 재조가 있는 게 있다면, 그 방면으루 발전을 시켜 주는 것이 어미아비 도리가 아네요?』

민족의 죄인인 '나'에게 '나'의 아내가 하고 있는 이 말은, 때묻은 기성세대가 해야 할 가장 중요한 일이 바로 자신들의 자식들을 올바로 교육시키는 길임을 말해주고 있는 것이다.

<소년은 자란다>에서의 주인공인 영호는 바로 새로운 세대를 대표하는 인물이다. 그는 아버지와 함께 기차를 타고 남쪽을 향해 가다가 대전에서 그만 아버지를 잃어버리고 만다. 아버지를 잃어버린 영호는 동생 영자와 함께 이리에서 내려, 정거장에서 한달반이 넘도록 아버지를 기다리면서 지낸다. 드디어 갖고있던 돈이 다 떨어져 갈 무렵 영호는 역앞 여관의 심부름꾼이 되어 열심히 여관일을 도와주면서 아버지를 기다리지만 한 해가 다 가도록 아버지는 이리에 오시지 않는다. 드디어 영호는 아버지가 돌아가셨다고 생각하고, 고생하고 있는 동생 영자와 함께 조그만 방을 얻어 하꼬방 장사를 시작하려고 한다. 결국 어린 가장인 영호 앞에는 아직도 험난하고 두려운 현실이 기다리고 있지만 지나온 과거와 마찬가지로 굳굳한 의지를 지니고 어려운 현실을 극복해가려고 하는 의지만을 내보이면서 이 작품은 끝나고 있다.

채만식은 이처럼 어린이들에 대해 강렬한 기대감을 품고 있으면서도 아직 그들의 미래에 대해서는 확신을 갖고 제시하거나 나타내고 있지는 않다. 그러나 민족주의자로 제시되고 있는 <민족의 죄인>에서의 尹이나 <소년은 자란다>에서의 오선생보다도 작가가 궁극적으로 가장 기대를 갖고 뚜렷하게 제시하고자 한 인물은 바로 자라나는 어린 세대들이다. <소년은 자란다>에서의 오영호 남매와 <도야지>에서의 문태석과 그의 친구들, <낙조>에서의 박영춘 등은 바로 작가가 가장 기대를 갖고 제시하고 있는 인물들이다. 채만식이 광복 이후에 발표한 작품들에서 비판과 풍자가 심하게 나타나고는 있지만 이들 자라나는 어린이들에게만은 비판과 풍자를 전혀 사용하지 않을 정도로 새로운 세대에 대해 강한 애정과 희망을 드러내고 있다.

3. 인물 유형을 통해본 작가의식의 변모양상

채만식은 풍자적인 작품들을 통해 현실에 절망하고 삶의 허무함을 드러낸 작가이다. 1939년 5월호 ≪청색지≫에 실린 '자작안내'에서 채만식은 그러한 면모를 스스로 고백하고 있다.

> 그것은, 가령 내 죄가 아니라고 하더래도 책임은 내가 져야만 할 것인데 「소망」에서 은근히 싹이 트더니 앞으로 금년 일년중에 쓰려는 단편 「선인(仙人)의 집」(가칭)이나 「홍보(興甫)의 집」(가칭)이나 「소망 이후(少妄以後)」(가칭)나 「금의 환향(錦衣還鄉)」이나 그리고 장편 「원장(怨章)」(가칭)까지도 뚜렷이 자리를 잡고 앉는 니힐리즘의 독한 호흡이다.
> 나는 그 요기에 지지 않으려고 발버둥을 치면서도(마치 마물에 홀린 듯, 정신은 말짱해가지고도 부지불식간) 글러루 끌려만 들어가는 내 자신을 바라다보면서 몸을 떨고 있다.

이처럼 광복 전에 그는 허무주의에 젖어있어서 그 무렵 발표한 작품들은 허무의식을 강하게 드러내고 있다. 그들 작품들을 보면 무식한 사람이 유식한 사람을 비웃음으로써 반어적이고 풍자적인 효과를 충분히 거두고는 있지만, 그 내면에는 허무주의적인 요소가 깊게 침윤되어 있다. 광복 후 발표한 작품에서는 이러한 허무주의에서 벗어나기 위해 현실을 그대로 드러내 보여주면서 결말 부분에서 극적인 반전이나 풍자적인 표현을 통해 어느정도나마 허무주의적 경향에서 벗어나는 시도를 보여주고 있다.

3-1. 부정적 세계관

채만식이 시도한 허무주의 극복의 양상은 광복 직후 부정적 세계관으로 표출되고 있다. <맹순사> <논 이야기> <미스터 방> <도야지>

등에 등장하는 인물들은 거의 대부분 부정적인 인물들로서, 그들이 저지르는 행위는 개인적인 욕망의 틀을 벗어나지 못하고 있다. 이러한 표현을 통해 당대 현실을 부정적으로 바라보면서 냉소에 가까운 허무의식에서 벗어나려는 시도를 보여주고 있다. 그가 이러한 과정에서 고민했던 문제는 자신이 놓여있는 위치가 민족의 죄인 처지인가 아님 죄인의 민족 구성원 중에 하나인가 하는 문제였다. 이러한 갈등의 표현은 <역로>와 <민족의 죄인>이라는 작품에서 나타나고 있다. 이 두 작품에서는 살기위해 어쩔 수 없이 죄인이 된 처지와 광복 이후에도 아무 죄의식조차 없이 죄를 짓는 사람들을 보면서 느끼는 갈등을 담고 있다.

이처럼 광복 직후 발표된 그의 작품에 나타나는 갈등 양상은 시대에 대한 갈등과 민족에 대한 갈등으로 나누어진다. 광복이 되었어도 일본 대신 미국이라는 다른 민족이 지배하는 상황에 처하게 된 현실 속에서 느끼는 참담함과 현실에 대한 부정적 인식이 작품 전면에 나타나면서 시대에 대한 작가의식으로 표현되고 있는 것이다. 이와함께 일제 강점기 시절의 행위에 대한 죄의식은 민족에 대한 갈등양상으로 나타나고 있다. 민족의 죄인인가 아님 죄인의 민족인가 하는 물음 속에는 속죄할 줄 모르고 광복 이후에 새로운 야망을 위해 날뛰는 정치 모리배들에 대한 환멸감과 시대에 대한 절망감이 함께 담겨있다. 채만식은 이처럼 광복 직후 기회주의자들과 급진적인 민족주의자들에게서 실망하고 당대 현실의 부패와 타락을 몸으로 겪으면서 작품 속에서 현실에 대한 부정적인 인식을 드러내고 있는 것이다.

광복 직후 채만식이 발표한 작품들에서 두드러지게 드러나는 것은 등장인물들이 한결같이 부정적 인물들로 제시되고 있다는 점이다. 이는 작가 채만식이 느낀 현실에 대한 절망감을 단적으로 표현한 것이다. 새로운 기대가 어그러지면 현실을 바라보는 눈은 부정적일 수 밖에 없다. 광복된 조국의 현실이 자신의 기대와는 정반대의 모습으로 나타났을 때 작가로서 그가 택할 수 있는 길은 두 가지 밖에 없었을 것이다. 한 가지는 긍정적 시선으로 현실을 인정하면서 그러한 현실 속에 빠져드는 것이라면, 다른 하나는 현실을 완전히 부정하면서 멀리서 현실을 냉소적으로 바라보는 태도를 내보이는 것이다. 채만식은 이 중에서 현실을 냉소적이고 부정적으로 보는 길을 선택하고 있다. 따라서 그가 발표했던 광복 직후의 작품들에서는 현실 사회가 희극적인 모습으로 제시된다.

광복 직후 처음으로 발표한 작품인 <맹순사>에서는 맹순사와 그의 아내 서분이 그리고 동료순사인 노마, 강봉세 등이 모두 부정적인 인물로 제시되고 있다. 맹순사는 일제시대 순사생활을 8년간이나 하면서 뇌물과 술대접을 받았으나 큰 뇌물은 먹지 않았기 때문에 스스로 청백하다고 생각하는 인물이다. 그리고 그의 아내 서분이는 남부럽게 옷 호사 못하는 사실에 불만을 가진 인물로, 성질이 날카롭고 신경증적인 요망스런 여자이다. 또 노마는 전직이 깡패였고, 강봉세는 살인강도범이다. 이처럼 부정적인 인물들이 광복의 터전에서 한데 어울려 한 막의 희극을 연출하고 있다. 나라가 유지되는 데 근간이 되는 치안을 담당하는 경찰에 대해서 그 조직의 난맥상을 풍자하고 있는 이 작품은 긍정적인 인물이 전혀 제시되지 않고 모두 부정적인 인물들만 제시하여 광복 직후 조국의 현실에 대한 작가의 절망적인 인식을 단적으로 드러내 보여주고 있다.

채만식은 부정적인 현실에다 부정적인 인물들을 투영해 봄으로써 모든 존재가치를 부정하고자 했다. 이러한 작가의 태도는 나라의 존재에 대한 부정적 태도로 나타나고 있다.

> 일없네. 난 오늘버틈 도루 나라 없는 백성이네. 제-길 삼십육년두 나라 없이 살아 왔을러드냐. 아니 글세 나라가 있으면 백성한테 무얼 좀 고마운 노릇을 해 주어야 백성두 나라를 믿구 나라에다 마음을 붙이구 살지. 독립이 됐다면서 고작 그래 백성이 차지할 땅 뺏어서 팔아먹는게 나라

명색야? (<논 이야기>, ≪해방문학선집≫, 284쪽)

<논 이야기>의 주인공인 한덕문의 이 말은 그가 논을 팔게된 근본적인 원인인 '사람이 좀 허왕하고 헤푼 편'에다가 '술과 노름을 쏠쏠히 좋아'한 것에 있음에도 불구하고 그저 나라만을 향해 불만을 드러내고 있음을 보여준다. 그러나 작가는 한덕문이 대변하는 이 말을 통해 백성과 나라의 역할이 무엇인지를 묻고 있다. 백성은 백성된 도리로서 지켜야 할 의무와 책임이 있는 반면에 나라도 나라로서 백성들에게 해 주어야 할 일과 받아들여야 할 일이 있다. 여기에서는 이러한 서로의 관계가 무너질 때 백성은 나라에 대해 애착을 가질·수가 없음을 한덕문이라는 인물을 통해 제시하고 있는 것이다.

한덕문이 나라의 광복을 자신의 이익됨과 결부시켜 생각하는 것처럼 <미스터 방>의 방삼복도 그날그날의 수입결과에 따라 나라의 광복을 평가하고 있다. 그는 나라가 광복되던 1945년 8월 15일에는 독립되었다고 만세 부르며 즐거워하는 군중들 때문에 신을 고치는 사람이 거의 없자 독립에 대해 반감까지 가진다. 그러다가 하루하루 지나면서 신 고치는 삯을 마음대로 비싸게 받아도 간섭하는 순사가 없자 그제서야 독립도 할만하다고 생각한다. 그러나 며칠이 못가서 재료값이 마구 올라 수입이 줄어들자 또 다시 '이런 엠-병헐! 그눔에 경제겐 다 어디루 가 돼졌어. 독립은 우-라진다구 독립을 헌담' 하면서 나라의 독립에 대해 불평을 하고 있는 것이다. 이처럼 철저하게 자신의 이익에 따라 나라의 독립을 평가하는 방삼복과 함께 술을 마시는 백주사도 광복으로 패가를 한 친일적인 인물이다. 이들 두 사람이 마주 앉아 술을 마시며서 전개하는 이야기를 통해 부정적인 세계를 그대로 제시하고 있는데, 이러한 부정적인 세계가 현실에서는 결코 이루어질 수 없는 세계임을 알게 함으로써 풍자성을 띠고 있다.

또 작품 <도야지>에서는 내일의 주인공이 되는 새로운 세대와 기성 세대를 비교시키면서 정치적 현실을 비판하고 있다. 정치 모리꾼인 문영 환과 그의 처 최씨 그리고 둘째 딸인 명자 등 부정적인 인물들과 더불어 서 어느정도 긍정적인 인물로 아들 문태석을 제시하고 있다. 그러나 문태 석도 부정적인 인물형인 부모와 누나 등을 비판하고는 있지만, 그의 행동 은 긍정적이지도 못하고 또 이들에 대한 대안적인 성격을 갖고 있지도 않다. 그는 감정적인 면이 강하고 부정적인 인물들에 대해 매우 비판적이 지만, 현실에 적극적으로 참여하여 개선시키지도 못하고 있으며 단지 그 속에서 방황하는 인물로 제시되고 있다.

앞에서 살펴본 것처럼 채만식은 교육받지 못하고 무지한 인물들을 내 세워 그들의 이기적이고 망국적인 의식구조를 날카롭게 비판적으로 묘 사하고 있다. 그런 반면에 교육받은 지식인들을 내세울 때는 친일행위에 대한 죄의식으로 고뇌하는 모습을 제시하고 있다. 이러한 지식인의 고뇌 를 표현하고 있는 작품이 <역로>와 <민족의 죄인>이다.

<역로>는 광복 이후 사회의 혼란스런 한 단면을 지식인의 눈을 통해 냉소적으로 그리고 있는 작품이다. 이 작품에서는 국민의 민도가 낮기 때문에 개인적인 욕망을 앞세운 지도자들이 나라의 형편을 더욱 어지럽 게 만들고 있고, 국민들은 좌익과 우익으로 갈라져서 다투거나 방관자로 서 구경하고 있는 모습을 그리고 있다. 이러한 상황에서 화자인 '나'는 어느 누구에게도 기대감을 품지않고 단지 냉소적이면서 절망적인 눈길 로 현실을 지켜보고만 있을 뿐이다.

<민족의 죄인>은 <역로>와 같은 계열의 작품으로 민족에 대한 죄의 식 문제를 본격적으로 제기하고 있는 작품이다. 이 작품 속에 등장하는 '나'는 <역로>에서의 '나'에 비해 더 적극적인 자세를 취하고 있다. 즉, 민족에 대한 자신의 죄를 구체적으로 밝히면서 스스로 민족의 죄인 중의 한 사람인가 아니면 죄인의 민족 중의 한 사람인가를 묻고 있다. 김윤식

의 표현대로 개념으로만 존재하는 '민족이라는 추상의 눈'에 의해 판단
되고 비판되어야 할 성질의 물음을 묻고 있는 것이다. 이 작품에서 작가
는 민족의 죄인인 '나'나 급진적인 민족주의자인 '윤'이나 모두 부정적인
시선으로 바라봄으로써 민족의 죄인과 급진적인 민족주의자를 동일선상
에서 비판하고 있다.

　앞에서 살펴본 광복 이후 채만식의 작품들은 광복 이전에 무식한 사람
이 유식한 사람을 비웃음으로써 풍자적인 효과를 얻었던 작품들과는 양
상을 달리하고 있다. 광복 이후에 발표된 작품들에서는 현실을 그대로
제시하면서 결말부분에서 극적 반전이나 풍자 또는 아이러니 효과를 노
리고 있다. 즉, <미스터 방>에서는 방삼복이 사소한 실수로 자신을 구원
해준 미군 소위와 고용관계가 깨지는 극적 결말을 맞고 있고, <논 이야
기>에서는 나라를 다시 찾은 시점에서 한덕문은 스스로 나라잃은 백성
임을 자처하고 있고, <도야지>에서는 문영환의 국회의원 낙선과 도야
지를 되물리는 행위를 동일선상에 놓고 비교함으로써 풍자와 아이러니
의 극적 효과를 노리고 있는 것이다. 그러나 이처럼 서사구조가 단단하지
못한 극적 결말구조는 허구적 서사문학인 단편소설의 범주를 넘어서 작
품을 단지 희극적인 상황 제시로만 끝내게 되는 위험을 내포하고 있다.
이러한 위험에서 벗어나고자 한 작품이 <역로>와 <민족의 죄인>이라
고 할 수 있다. <역로>에서는 계속 냉소적인 자세를 견지한 채 그 당시
의 어지러운 사회현실을 그대로 묘사함으로써 부정적인 세계관에서 벗
어나지 못하고 있지만, <민족의 죄인>에서는 어쩔 수 없이 민족의 죄인
이 되었지만 죄를 참회하는 길을 제시하여 부정적인 세계관에서 벗어나
긍정적인 세계관을 드러내 보여주고 있다. 따라서 <민족의 죄인>은 채
만식의 세계관이 부정적 세계관에서 긍정적 세계관으로 넘어가는 시기
에 창작된 작품이라고 할 수 있다.

3-2. 긍정적 세계관

광복 후의 부정적인 현실에 실망한 채만식이 새롭게 추구한 분야가 역사분야였다. 지나간 역사 속에서 우리 자신을 새롭게 돌아보면서 역사적 상황을 통해 자신의 의도를 드러내고자 한 것이다. 1948년에 발표된 채만식의 역사소설에서는 이전에 등장했던 부정적인 인물들이 차츰 사라지면서 새로운 인물형으로 긍정적인 인물형이 등장하고 있다. 그 무렵 발표한 <옥랑사> <역사> <늙은 극동선수> 등은 우리 민족의 갈등과 극복의 과정이 역사를 통해 나타낸 결과물이라고 할 수 있다.

1948년에 쓰여진 역사소설 <옥랑사>는 채만식이 광복 후에 처음으로 쓴 역사소설인데, 고을 아전의 아들인 선용이라는 평민을 주인공으로 하여 외국의 세력이 우리나라 땅에 마구 들어오던 1890년 무렵부터 1910년 무렵까지의 역사적 상황 속에서 적극적으로 현실에 대처하면서 살아가는 과정을 그리고 있다. 탐관오리들의 행패 속에서 양반의 딸인 옥봉을 사랑하던 끝에 망신을 당한 장선용은 유랑의 길을 떠난다. 그 과정에서 동학농민전쟁에도 참여했다가 서울로 올라온 선용은 때마침 서울에서 해외에 유학갔던 청년들이 조직한 독립협회에서 연 만민공동회 연사들의 말에 감명을 받고 곧 독립협회의 회원으로 가입한다. 그러나 선용이 가입해서 활동을 벌이던 독립협회는 황국협회의 습격을 받고 해산당하게 된다. 한편 옥봉은 출가하였다가 곧 남편을 여의고 홀로 늙은 시어머니를 모시고 사는데, 우연히 이 소식을 듣게된 선용이 옥봉을 보쌈하여 산막으로 데리고 와서 하루밤 같이 자고난 후 남편의 삼년상을 치루도록 다시 옥봉을 마을에 데려다 준다. 옥봉의 일로 충격을 받은 시어머니가 죽자 옥봉은 시어머니의 시묘를 사는데, 그 사이에 선용의 아이인 불명을 낳고 곧 죽는다. 옥봉이 죽은 것을 알게된 선용은 불명을 자기의 본집으로 데려다놓고 절에 들어가 중이 된다. 그후 불명이 병으로 죽자, 선용은 총을 갖고 다니면서 일인들을 죽이다가 나무꾼으로 변장한 일본 헌병의 총에 맞아 옥봉의 무덤 옆에서 죽는다. 이처럼 <옥랑사>의 장선용은 정체된 역사의 소용돌이 속에서 휩쓸려 떠내려간 인물이다. 그는 그 나름대로 민족과 나라를 위한 길을 찾으면서 결국에는 나라를 위해서 목숨까지 바치지만 나라가 제 구실을 하지 못하고 백성들도 제 역할을 하지 못하는 상황 속에서 값없는 죽음을 맞이하고 있는 것이다. 결국 이 작품은 나라의 힘이 약한 데다가 집권층의 만연한 부패가 국가의 파탄으로 이어지고, 국가의 파탄은 민족의 대립과 갈등으로 나타나면서 뿔뿔히 흩어진 민중들의 힘은 아무런 가치도 없이 스러져가고 있음을 선용이라는 인물을 통해 보여주고 있다. 이를 통해 우리의 역사가 진보가 아니라 정체되어 왔음을 보여주고자 한 것이다.

소설 <역사>를 바로 이어받고 있는 작품인 <늙은 극동선수>는 총기좋은 할머니의 입을 통해 한말부터 광복 직후 사회현실까지를 손자들과 더불어 이야기하는 형식으로 제시되고 있다. 특히 이 작품에서는 할머니의 이야기보다도 그 이야기를 듣는 젊은 손자 며느리를 통해 역사적 사실들이 오늘의 현실과 교차되면서 비판받고 있다. 다음과 같은 손자 며느리의 말은 현재의 문제가 과거의 문제가 서로 형태만 달리하였을 뿐 그대로 나타나고 있음을 보여준다.

> 아, 시방 세상에 누가, 관청 같은데 부뜰려 가서, 이녀석들, 느이야 말루 진짜 도적놈 들이니라구. 불쌍한 백성들을 피를 빨구, 나라를 팔구 벼슬을 팔아, 호화롭게 사는 놈 들이야 말루 도적놈이 아니구 무어냐구 디리댔어 보세요. 당장 그 자리서 반죽엄을 당하는 것두 당하는 것이려니와, 빨강이루 몰려 가지구…… (<늙은 극동선수>, 《신천지》4권 2호, 182-183쪽, 1949.2.)

> 조선 놈은 다 그모양예요. 어떻거다 세력을 잡은다치면, 걸 가지구 제

일을 하려들구. 누가 무어라기가 무섭게, 외국 군대 불러 들여, 반대파를
죽이구……. 정치나 국민은 어디루 갔던, 나라나 백성은 뉘놈의 물건이
되건, 뉘놈의 종이 되건, 저이들 세력, 저이들 지체만 할령으루 걸핏하면
외국에다 청병을 해다간, 백성을 도륙하구, 국토를 짓밟게 하구. 순전히
제 한몸, 제한집안 일 하지는 노릇 아네요? (<늙은 극동선수>(≪신천
지≫4권 3호, 216-217쪽, 1949.3.)

서민 가정의 평범한 백성인 손자 며느리의 입을 통한 비판은 새로운
세대의 역사인식과 현실인식이 예전과 달라지고 있음을 보여주고 있다.
그리고 이러한 비판과 함께 오지않는 아들을 기다리는 할머니의 모습을
통해서 이 작품은 올바른 사회가 되기를 바라는 작가의 의지를 강하게
드러내고 있다. 이처럼 이 작품에서는 등장 인물들을 통해 현실비판을
하고 있지만 작품들에 등장하는 인물들의 대화가 밝고 명랑한 점에서
이들 작품들은 작가의 긍정적 세계관을 그대로 반영해주고 있다.
작품 <낙조>에서는 긍정적인 인물형인 민족주의자 '영춘'과 대비시
켜 부정적인 인물형들인 친일파 '박재춘'과 타락해버린 '춘자', 이기주
의자 '황주 아주머니', 그리고 방관자인 '나'까지도 부정하고 비판함으
로써 긍정적 세계관을 드러내 보여주고 있다. 황주 아주머니는 세른 네
살에 남편과 사별한 후 맨몸으로 악착스럽게 일하여 네 자식들을 공부시
킨다. 그 결과 큰 아들인 박재춘은 중학을 졸업하고 바로 순사시험에
합격하여 순사가 된다. 그는 곧 황주 규수와 결혼한 후 창씨도 하고 악덕
한 친일경찰로서 악착같이 돈을 모아 풍족하게 살아간다. 그리고 막내아
들인 영춘은 형이 보내준 일본인 학교에서 조선인이라는 이유로 동료
학생들에게 구박만 받다가 해방을 맞이하게 된다. 해방이 된후 악덕순사
인 재춘은 그동안 핍박받았던 같은 동포에게 맞아죽고 황주 아주머니와
영춘은 남한으로 내려온다. 남한으로 내려온 영춘은 바로 국방경비대에
입대하여 소위로 진급되면서 통일에 대한 기대를 갖고 나날을 보낸다.

그러나 영춘은 이기주의적인 생각에 빠져있는 어머니와 갈등을 겪으면서 집을 나와 혼자 살고자 하고 있다. 한편 방관자인 '나'는 민족의 앞날을 걱정하면서 남북이 골육상쟁의 전쟁으로 인해 큰 피해를 입을 것이라는 내용의 예언자적인 목소리를 내고는 있지만 부정적인 인물형인 춘자에 의해 신랄하게 비판받고 있다.

자기가 데리구 가르치는, 철 없는 어린아이들 더러 왜놈이 되라구 시킨 건 누구신구? 조선 말을 내다버리구, 왜말을 쓰라구 딱딱어린건 누구신구? 하루두 몇 번씩 황국신민 서살 외우게 하구, 걸핏 하면 덴노-헤이까 반사일 불러준건 누구신구?…… 그 뿐인감? 왜놈이 물러 가니깐, 이번엔 왜놈 대신 온 ××놈안에 붙어서, 조선 아이들을 ××놈의 노예를 만드느라구 온갖 짓 다 하구 있는 건 누구신구? (<낙조>, 89-90쪽)

이처럼 방관자인 '나'마져도 철저히 부정되고 난 자리에 다만 민족주의자인 박영춘만이 뚜렷하게 부각되고 있다. 이는 부정적인 인물들과 긍정적인 인물들을 정면으로 대결시켜서 긍정적인 인물들이 승리하도록 함으로써 미래에 대한 희망을 통해 작가의 긍정적 세계관을 드러낸 것이다. 채만식의 유작으로 발표된 <소년은 자란다>는 <낙조>보다도 더 구체적으로 긍정적인 세계관을 보여주고 있다. 이 작품은 아직 어린 소년인 영호가 주인공으로 되어있으며 그가 어느 정도 자립하는 과정까지가 제시되고 있다. 이 작품의 전반부에서는 영호 아버지인 오윤서가 고향을 떠나 만주로 오게되는 과정을 그리고 있다. 만주로 오는 과정에서 오윤서는 영호 어머니를 만나 부부의 인연을 맺는다. 후반부에서는 만주에 온지 20년이 다 되어가는 영호네 가족이 조국의 해방으로 귀국하는 과정부터 시작되고 있다. 귀국길에서 영호 어머니는 만인들에게 피살당함으로써 영호네 가족은 비싼 해방의 대가를 치루고 있다. 기대를 갖고 영호네 가족이 도착했던 서울은 실망만을 안겨준다. 민족주의자 오 선생이 '이거

해방 잘 못 됐어, 잘못돼…… 어서 해방을 곤쳐 해야지, 큰 일 났어'라고
말하는 것처럼 영호네 가족이 기대했던 해방의 모습은 산산조각이 나고
해방된 서울땅에는 기회주의자들과 친일파들이 여전히 득세하고 있다.
나중에는 민족주의자 오 선생이 사상관계로 경찰에 붙잡히게 되고 영호
네 가족은 농사지을 땅을 찾기위해 남행길에 오르는 것처럼 민족주의자
들과 가난한 사람들은 여전히 핍박받는 상태에서 벗어나지 못하고 있다.
남행길에 오른 영호남매는 중간에서 아버지와 헤어지게 되고, 영호는
이리에 내려서 아버지를 기다리면서 지내게 된다. 이 작품은 영호가 완전
히 자립하게 되기까지는 많은 어려움이 있음을 암시하고는 있지만, 혼란
스럽고 어지러운 현실에서도 굽히지 않고 굳굳하게 버티면서 살아가는
영호의 모습을 통해 긍정적인 세계관을 드러내고 있다. 부정적 인물들인
여관집 주인여자와 그의 언니, 그리고 눈딱부리와 빈대머리 등도 이 작품
에서 등장하고는 있지만 그들보다는 영호와 오 선생, 그리고 영호 아버
지, 영호 어머니, 기차간에서 영호에게 도움을 준 양복입은 사람, 시꺼먼
젊은 사람, 촌 영감, 입 합죽한 할머니 등 긍정적인 인물들이 비중도 높고
숫자에 있어서도 훨씬 많이 등장하고 있다. 이처럼 부정적인 인물들은
무시되거나 소략하게 제시되고 있는 반면에 긍정적인 인물들의 삶이 작
품 속에서 구체적으로 나타나고 있다는 것은 작가의 긍정적인 세계인식
이 반영된 결과라고 말할 수 있다.

　앞에서 살펴본 것처럼 채만식이 정부 수립 이후에 발표한 작품들에서
는 어지러운 세태 속에서도 부정적인 인물들이 거의 제거되거나 비판받
고 있는데 비해 긍정적인 인물들이 많이 나타나고 있으며 그들의 삶이
희망을 나타내고 있다는 것은 작가의 긍정적인 세계인식이 그 밑바탕을
이루고 있음을 말해준다.

4. 글을 맺으며

채만식은 다른 어떤 작가들보다도 광복 후에 우리 민족이 놓인 처지에 대해서 문제 제기를 많이 했던 작가이다. 그는 어지러운 세태 속에서도 민족의 장래에 대해 걱정과 희망을 담아 작품으로 발표하였고, 작품 속의 인물들을 통해 자신의 의식을 드러내 보여주고 있다. 앞에서 광복 이후에 채만식이 발표했던 작품들을 인물 중심으로 살펴본 결과 나타난 것처럼 채만식은 광복 전에 풍자를 통해서 부정적인 인물들을 비판했던 광복 이전의 경향에서 벗어나 광복 직후에는 부정적인 인물들에 대해 직접적으로 비판하고 있다. 즉, 광복 이후 작품인 <낙조>에서 영춘은 이기주의자인 어머니를 철저하게 매도하고 있는데 이는 광복 이전에 발표했던 작품인 <태평천하>나 <치숙>에서 이기주의자들이 민족주의자들을 매도하던 상황과는 전반대의 모습으로, 풍자가 제거됨으로써 동일한 현상에 대해 정반대로 표현되고 있는 것이다. 이러한 작가의 현실 비판은 정부 수립 이전과 이후의 작품들에서 조금씩 다른 양상을 보여주고 있다. 즉, 광복 직후에 부정적인 인물들만을 내세워서 그들의 이기적이고 반민족적인 행위를 비판했다면, 정부 수립 이후에는 미래의 주인공이 될 소년들을 내세워서 현실을 비판하면서도 미래에 대해 더 큰 희망을 담보하고 있다.

채만식의 이러한 변모과정은 당대 현실과 밀접한 관련을 맺고 있다. 광복 후에 어지러운 현실 속에서 그에게 남겨진 길이 죽는 셈치고 사는 길만이 유일한 길로 느껴졌을 때 해방된 공간 속에서 많은 지식인들이 느꼈던 비애인 절망감과 부정적이고 냉소적인 자세는 결국 작품 속에서 그의 부정적인 세계인식으로 나타난 것이다. 그후 정부가 수립되고 나서 사회가 조금씩 정돈되어가자 그는 새로운 세계에서 출발하는 어린이들에게 희망을 느끼고 조국의 미래를 그들에게 기대하면서 긍정적인 세계

인식을 드러내 보여준 것이다.

채만식은 당대 현실에 대해 좌절과 절망, 그리고 갈등을 겪으면서 우리 민족 구성원들이 새롭게 나아가야 할 길로 커나가는 어린이들에 대한 희망을 제시하고 있다. 이처럼 그가 궁극적으로 추구했던 길은 죄에 물들지 않은 새 세대의 올바른 성장이었다. 부정적 인물들인 문영환과 같은 기회주의자들과 민족에 죄를 지은 '나' 그리고 급진적인 민족주의자 윤 등을 다 부정하고 났을 때 그가 나아갈 수 있는 길은 단 하나 미래의 희망인 아이들의 세계 뿐이었다. 즉, 그는 자라나는 어린 세대들을 통해 미래의 세계에 대한 희망을 품은 것이다. 이는 현실의 허무감과 부정적인 인식을 극복하기 위한 방법이면서 새롭게 커나가고 있는 어린 세대들만이 깨끗함과 새로움을 기대할 수 있다는 인식에서 나타난 것이다. 이러한 기대감을 그는 <낙조> <소년은 자란다>라는 작품을 통해 민족주의자의 삶과 함께 자라나는 어린아이들의 꿈을 형상화시켜 제시하고 있다. 그러나 <소년은 자란다>의 영호가 아직도 10대의 소년으로 머물러있는 상황에서 끝나고 있듯이 그는 아직 구체적인 확신까지는 보여주지 않고 있다. 그는 이러한 확신과 자신의 긍정적인 세계관을 미쳐 다 펼쳐보이기도 전에 사망함으로써 우리에게 아쉬움을 던져주고 있다.

2부 현대소설의 여러 풍경들

소통 또는 관계의 부재

한　강, 〈아기 부처〉(계간 ≪문학과 사회≫ 99년 여름호)
최병탁, 〈아들의 반란〉(계간 ≪문예운동≫ 99년 여름호)
차현숙, 〈이브의 거울〉(계간 ≪문예중앙≫ 99년 여름호)
이재익, 〈레몬〉(월간 ≪문학사상≫ 99년 7월호)

현대인에 있어 가장 문제시 되는 것은 무엇인가? 아마도 소통의 문제가 아닐까? 소식을 전달하는 속도는 엄청나게 빨라졌지만 서로서로 자신의 생각을 제대로 전달하기 힘들어진 사회 또는 시대가 바로 오늘의 모습이다. 이 소통의 문제는 우선 가족간의 관계에서 출발한다. 가족간에 마음이 서로 원만하게 소통되지 않는다면 남과는 더 말할 것이 없을 것이다. 한 가정을 이루고있는 구성원 중에서 가장 가까운 존재는 누구와 누구일까? 남편과 아내, 또는 아버지와 아들, 어머니와 딸의 관계일 것이다. 이번 여름철에 발표된 작품 중에서 이러한 가족간의 관계에 대해 문제를 제기한 작품들을 살펴보았다.

1. 소통 부재의 의미 또는 사회적 자화상

먼저 눈이 가는 작품으로 한 강의 <아기 부처>(계간 ≪문학과 사회≫,

99년 여름호)가 있다. 이 작품은 부부간에 일어나는 마음의 단절이 가져오는 문제에 대해 아주 선명하게 그려내 보여주고 있다. 약수를 뜨는 작은 동굴 속에 있는 진흙으로 빚어진 아기 부처. 이 아기 부처는 본래의 모습을 갖추고 있는 것이 아니라 동굴 속에 들어가는 사람이 자신의 손으로 주물러서 만들어진 얼굴을 가진 부처이다. 따라서 아기 부처로 상징되는 모습은 바로 오늘을 살아가는 우리들 개개인의 모습들이다.

> 흔들리는 촛불 아래 한 얼굴의 형상이 진흙 바닥에 어렴풋이 드러나 있었다. 남자인지 여자인지는 분명하지 않았으나 성숙한 어른의 얼굴인 것만은 분명했다. 마치 살아있는 듯 나를 빤히 올려다보고 있었다.
> 이걸 왜 아기 부처라고 했을까.
> 눈꼬리가 위로 찢겨진 데다 음흉하게 입꼬리를 들어올린 그 얼굴이, 결코 부처는 아니었다. 나는 손을 뻗어 진흙 얼굴을 주무르기 시작했다. 빤히 올려다보는 듯한 눈을 지우고 다시 빚으려 했으나, 빚으면 빚을수록 눈초리는 더 날카로워졌다.(520쪽)

> 긴 얼굴에 치켜올라간 눈, 빈정되는 입매, 탐욕과 증오에 찬 표정. 빚으면 빚을수록 냉혹하게 굳어가던 얼굴. 마치 생시에 보았던 것처럼 생생한 얼굴이었다.(559쪽)

이처럼 아기 부처의 모습은 자비로운 모습이 아니라 스스로에 의해 빚어지는 모습으로 나타난다. 자신의 마음이 부처의 얼굴로 변모하는 것이다. 천사같이 자비로운 웃음을 지으리라고 생각했던 아기 부처의 모습은 나의 손을 거치면서 아주 매섭고 탐욕과 증오에 찬 모습으로 변모한다. 이는 가까운 이웃인 가족과도 제대로 관계를 맺지못하고 살아가는 삶, 결국 소통의 부재가 만들어낸 모습이라고 할 수 있다. 복잡하고 바쁘기만한 현대인들의 삶에서 우리는 소통의 부재를 많이 보고 느끼며 살아간다. 더 편리해지고 더 가까워진 것 같은데 실제로는 전혀 소통이 이루어지지 않고 있는 사회. 이러한 현대인들의 삶 속에서 가장 중요하고도 문제가 되는 것은 가족간의 소통이 자유롭게 이루어지지 못하고 있다는 점일 것이다. 올바른 소통의 부재는 서로 가까운 사이일수록 그 애증이 깊어지면 살인까지도 하고 싶은 충동을 불러 일으킨다. 어쩌면 죽음이 끝이 아닐지라도 그 순간을 벗어나고 싶은 심리가 살인 또는 동반자살을 유발하고 있는 것일 지도 모른다. 이러한 모습들은 바로 오늘날 우리가 살아가는 현대인의 삶을 말하고 있는 것이다.

> 언쟁 끝에 그와 함께 말없이 차를 타고 달리던 어느날, 그가 모는 핸들을 힘차게 틀어 중앙선을 넘고 싶었던 충동처럼, 두 사람의 운명을 일시에 끝장내버리고 싶었던 무서운 욕망(540쪽)

> 앞이 보이지 않았다.
> 나는 무릎걸음으로 기어 안방을 빠져나왔다. 차가운 거실 바닥에 모로 누워 눈을 감았다.……(중략)……
> 어떻게 된 거야.
> 그의 목소리가 들렸다. 이어 그의 얼굴이 시야에 들어왔다. 방금 때린 뺨을 어루만지려 하는 그의 흰 손을 밀어냈다. 고개를 돌려 안방을 보았다.
> 보였다. 여덟자 원목 장롱이 보이고, 그와 함께 누워야 할 마직 이부자리가 보였다.
> 들어가, 들어가서 누워.
> 그는 내 몸을 일으켰다.
> 그가 허리를 붙안고 이끄는 대로 안방에 들어선 순간 다시 사물의 윤곽이 지워졌다. 내렸던 열이 솟구쳐 올라왔다. 토할 것처럼 명치께가 일렁였다.(541쪽)

그와 내가 같이 몸을 섞고 함께 거주하는 공간인 안방이 '나'에게 까마득한 어둠으로 나타난다는 것은 이미 소통의 단절이 극한 상황에 와 있음

을 말해준다. 이 작품에서는 더 이상 나아갈 데가 없는 공간 – 아니 죽음
만이 존재하는 공간이 안방으로 설정되고 있다. 그 바깥쪽인 거실은 같이
거주하기는 해도 우선 그와 거리를 둘 수 있는 공간이기 때문에 죽음의
세계에서 벗어난 공간, 즉 삶의 공간으로 작용하고 있다. 따라서 안방을
벗어난 공간인 거실에서 안방을 바라보면 안방은 다시 구체적인 현실
속의 공간으로 되살아난다. 이처럼 안방과 거실은 삶의 공간과 죽음의
공간으로 상징되는데, 나는 살고 싶은 욕망으로 안방에 다시 들어가지
않겠다고 다짐하게 된다.

> 너는 저 방에 들어가지 않아, 라고 다시 속삭였다.
> 평생, 다시는 저 이부자리에 눕지 않을 거야. 그러니까 침착해.
> 조금씩 밝아졌다.
> 빛은 빛끼리, 어두운 것은 어두운 것끼리 엉키며 사물들이 차츰 제 모습
> 을 찾아갔다. (542쪽)

> 온전히 사물들이 또렷해졌을 즈음, 나는 내가 돌아갈 곳이 집뿐이라는
> 당연한 사실을 확인하고 있었다.(543쪽)

삶의 이중성은 육체와 정신의 이중성을 의미하기도 하고, 육체의 이중
성을 의미하기도 한다. 육체와 정신의 이중성은 집을 벗어나 새로운 집을
마련하는 일로 나타나고 있다. 그런데도 내가 완전히 밖으로 뛰쳐나가지
도 못하는 것은 경제적인 자립이 안되기 때문이다. 바깥 세계는 경제적인
자립을 하지 못하면 제대로 살아갈 수 없는 세계이다. 따라서 나는 경제
적인 상황을 고려하여 집 밖의 세계에 나의 공간을 조심스럽게 마련하고
자 한다. 단독주택 이층의 방 한 칸. 사월의 둘째 일요일날 이사하기로
계약을 한 곳인 그 곳은 집 밖의 세계에 대한 나의 도전이라고 할 수
있다.

그리고 육체의 이중성은 옷 벗은 모습과 입은 모습으로 대비된다. 발가 벗은 그의 모습은 화상으로 얼룩진 추한 모습을 띠고 있지만, 옷을 입고 방송에 나오는 그의 모습은 완벽함을 자랑하고 있다.

> 방송국 동료들을 비롯한 주변 사람들은 그의 목덜미에 화상 자국이 있는 것을 알고 있었다. 그러나 그 흉터가 그의 얼굴과 목의 앞부분과 두 손을 제외한 몸뚱이 전체를 뒤덮고 있는 것은 알지 못했다. 그의 알몸이 얼마나 붉은지, 배 아랫부분부터 샅까지 돋은 음모들이 그 붉게 뒤틀린 피부에 대조되어 얼마나 검은지 아는 사람은 나 외에 없었다. (521쪽)

> 방금 카탈로그에서 빠져나온 것처럼 훤칠한 키에, 협찬으로 옷을 빌려 입을 필요가 없을 만큼 자신이 직접 고르고 사는 일을 즐기는 세련된 차림……(중략)……정확한 말법에, 은은히 스며나오는 사향에 끌렸을 것이다.(547쪽)

화자인 나와 그는 '보물찾기처럼 발견해낸 그 귀중한 공통점들 ― 강한 성품의 어머니 밑에서 외롭게 자랐다는 것, 그닥 넉넉하지 않은 집안의 태생이라는 것, 피차 누군가로부터 재정적인 도움받기를 죽기보다 싫어한다는 것 ― 에도 불구하고' 결혼초부터 서로가 삐걱거리기 시작하고 있다. 이는 서로가 사랑이 기초가 된 결혼이 아니라 서로간의 아픔을 위로해주는 존재로서 삶이 출발되었기 때문에 나타나는 것이다. 불완전함을 감추기 위해 완전한 것처럼 꾸미는 행위에는 항상 불안이 도사린다. 그가 완전함을 추구할수록 그는 그 불완전함을 강하게 의식할 수밖에 없고, 이는 그에게 끊임없는 시련을 강요하게 된다. 그가 그러한 강박관념에서 벗어나 자신을 온전하게 받아줄 것으로 믿었던 젊은 여자는 실제로 그의 겉모습만을 보고 그를 사랑한 것이다. 현대여성으로 상징되는 이 여성의 가벼움과 당돌함 그리고 지극히 냉정한 태도는 바로 현대 젊은 이들이 갖고 있는 가벼움을 상징하고 있다. 그는 그 가벼움에 취해 그

여자를 향해 날아가 보지만 몸의 이중성, 곧 옷입은 모습과는 다른 발가
벗은 육체의 모습을 알게된 그 여성은 그를 버리게 된다.

　화자인 '나'의 위장이 탈을 일으키는 것도 현실을 제대로 소화해내지
못하고 있는 나의 모습을 상징한다. 겉으로는 아무렇지도 않은 한 가정의
모습 ― 아니 화려하고 부러움의 대상으로 보여지는 한 가정의 모습이
실제로는 정신적이고 육체적인 면에서 전혀 다른 모습을 띠고 있다는
것을 그려내 보여주고 있는 것이다. 이러한 일탈된 나의 모습은 짐승으로
비하시켜 제시되기도 한다.

> 나는 한갓 짐승이었다. 땀에 젖어 산비탈에 엎드린, 누더기 같은 한 겹
> 가죽만 남은 병약한 짐승이었다. 그 가죽 안에서 악취나는 거품처럼 부글
> 거리고 있는 것은 오래 묵은 분노와 후회와 증오, 억울함과 자책과 부끄러
> 움이었다. 그것들이 내 살을 속에서부터 조금씩조금씩 부식시켜왔다.
> (540쪽)

　'나'의 남편인 그가 감기에 걸리지 않기위해 일년을 하루같이 유자차
를 마시거나 네 가지 치약을 사용하는 긴 양치질이나, 작은 실수조차
용납하지 않으려고 똑같은 내용의 발음을 계속 중얼거리는 행위도 완벽
함의 추구에 따른 이중성이 갖는 의미를 나타내 보여준다. 그가 완벽해야
한다는 강박관념에서 벗어나지 못하고 있을 때 느끼는 불안의식은 꿈으
로 형상화되기도 한다.

> 가끔 뉴스센터에 앉아서 물고기처럼 입만 달싹거리는 꿈을 꿔……아무
> 리 입을 움직여도 목소리가 안 나와.(544쪽)

　이에 비해 나는 어릴 때 느꼈던 불안감 ― 천정에 매달린 형광등이 떨
어질까 불안해하는 심리와 비슷한 모습으로 그에 대한 거부반응이 표현

된다.

> 열두 살 즈음이었다. 멀쩡하게 천장에 매달린 형광등이 내 몸 위로 떨어질까봐 강박적으로 겁을 먹은 적이 있었다. ……(중략)…… 형광등이 떨어지지 않을 것이고 내 걱정이 다만 이상스런 불안일 뿐이라는 것을 나는 알고 있었다. 알고 있는데도 그 마음을 멈출 수 없었다. 내가 잠들어버린 사이 어머니가 내 몸을 끌어 형광등 바로 밑자리에 옮겨놓을까봐, 나는 밤새도록 깊은 잠에 못들며 작은 소리에도 흠칫흠칫 눈을 뜨곤 했다.
> 그렇게 초조한 마음으로, 나는 그에게서 되도록 멀리 몸을 피하기 위해 장롱에 바싹 붙어 잠을 청하곤 했다. 그의 손길이 내 가슴으로 뻗어올 것을, 그의 몸이 내 몸 위로 포개어질 것을 겁내며 선잠이 들었다.
> 그렇게 삼 년이 흘러갔다. (550쪽)

이러한 거부반응 속에서 내가 그와 화해를 하기 위해 추구한 방법은 타인이 되는 것이었다. 즉, 마음으로의 진실한 소통을 단절시키는 것이다. 그저 형식적이고 일상적인 대화로만 이루어지는 관계처럼 다른 사람과의 관계로 대치시켜 서로간에 새로운 관계를 설정함으로써 극단적인 소통의 단절에서 벗어나고자 하고 있다.

> 나는 타인의 그것처럼 그의 흉터를 보았다. 타인에게 호의를 베풀 듯이 그에게 호의를 베풀었다.
> 세계가 다른 방식으로 보이기 시작했다. 나는 모든 것을 낯설게, 그리고 오래 바라보았다. 선한 것과 악한 것, 의무와 책임과 방기, 진실과 거짓 따위가 내 눈 앞에서 경계선을 무너뜨려갔다. 나는 그 혼란에 더 이상 놀라거나 당혹스러워하지 않았다. 다만 잠자코 바라보았다. 그 간격이 나를 구해주었다.
> 우리는 더 이상 싸우지 않았다. 나는 더 이상 그를 미워하지 않았다. (543쪽)

　이처럼 그에게서 벗어날려고 시도해보지만 현실에서는 더욱 끊어내기 어려운 일들이 만들어지고 있다. 조카와 올캐가 그의 사인을 부탁한다든가, 어머니의 사위에 대한 기대 등이 가로막고 있는 것이다. 현실에서 벗어나려고 애써보지만 도리어 현실에 발이 묶여서 벗어나지 못하고 더욱 빠져드는 모습은 꿈으로 형상화되어 나에게 나타난다.

　　　발이 떼어지지 않았다. 발바닥에 엉킨 찰진 흙이 떨어지지 않았다. 나는
　　아랫입술을 악물었다. 네 발로 엎드린 채 다리를 뒤틀었다.
　　　떨어져. 당장 내 몸에서 떨어져.
　　　몸부림치면 칠수록 흙은 외려 더 찰지게 엉켰다.(553쪽)

　　　거대한 무덤의 밑바닥 같은 구덩이가 눈앞에 나타났다. 그리로 발을
　　내려딛자 급사면을 따라 마치 빨려들 듯 내 몸뚱이가 굴러내렸다.
　　　흔들리는 촛불 하나가 구덩이의 둥근 안쪽 면에 내 그림자를 여러 겹으
　　로 겹쳐 흔들리게 하고 있었다.
　　　아무런 얼굴도 보이지 않았다. 나는 주춤거리며 촛불을 향해 다가갔다.
　　　아기 부처가 어디 있나?
　　　아기 불상이 어디 있어?
　　　어둠에 채 길들지 않은 눈을 비비려고 모래 묻은 손을 털자, 손가락째
　　모래알이 되어 부슬부슬 허물어졌다. (572쪽)

　지나간 시절의 자신을 뒤돌아보면서 '나'의 어머니가 전해주는 스님의 말을 통해 진실한 소통을 위해 필요한 태도를 이야기하는 모습은 제대로 된 아기 보살의 모습을 만들기 위해 취해야 할 태도가 어떠해야 하는가를 보여준다.

　　　"그 스님이 그러더라. 관세음보살은 내 속에 있다고. 내 몸이 용서하는
　　마음으로 그득해지면 그게 바로 관세음보살이라더라."
　　　다섯 장째 관음초를 베끼는 나에게 어머니가 말했다.(553쪽)

화자인 '나'가 현실세계를 새롭게 인식하면서 돌아옴을 표현하고 있는 끝부분의 다음 구절들은 자연의 변화된 모습에 빗대어 서로간의 잘못된 소통이 아픔을 통해 한 단계 더 높아진 관계로 변모하고 있음을 말해주고 있다.

얼음 풀린 봄 계곡을 향해 허리를 구부린 소나무들을 바라보다가 나는 새로운 사실을 발견했다. 겨울부터 저 날카로운 솔잎들은 초록빛을 띠고 있었다. 그러나 이제 보니 같은 푸른색이지만 분명하게 달랐다. 방금 나온 어린 싹 같은 연푸른빛이 생생하게 차올라 있었다. (573쪽)

2. 물질에 대한 풍자 또는 물질화된 욕망의 모습

가족간의 관계에서 부부 못지않게 중요한 대상은 아버지와 아들, 또는 어머니와 딸의 문제일 것이다. 최병탁의 <아들의 반란>(계간 ≪문예운동≫ 99년 여름호)은 바로 아버지와 아들의 관계를 물질에 대한 욕망의 관점에서 풀어가고 있다. 화자인 '나'는 지금 세 가지 문제에 시달리고 있다. 이 문제들은 아버지와 나의 소통에 문제가 있어 일어나고 있는 문제들이다.

중소기업을 경영하는 은희의 아버지가 환란에 의해 부도를 맞아 집까지 경매처분에 들어가 가족을 길가에 나 앉힐 처지에 들자 자결까지 기도했다는 게 아닌가. 내 두 번째 난감한 처지는 이십만 원밖에 안 되는 카드결제를 석 달째 미루어 오다가 불량고객의 블랙리스트에 오른다는 최후통첩을 받은 일이다. 그리고 또 하나, 보증금 일천오백만원만 있으면 잘 나간다는 네거리 코너의 비디오 대여점을 인수할 수 있는데 쥐뿔이나 두 쪽밖에 없는 내 처지로서 어찌할 바를 모르고 있다는 사실이다.(207~208쪽)

부자지간에 일어나고 있는 소통의 단절은 돈에 대한 인식의 차이에서 발생하고 있다. 그저 모으고 간직하는 데만 의미를 두는 아버지에 비해 나는 쓰고 이용하는데 그 가치를 두고 있다. 이러한 차이는 내가 전혀 돈이 없는 빈털털이이고 아버지는 엄청난 돈을 가지고 있다는 현실적인 상황과 부딪쳐서 갈등을 일으키고 있다. 서로간에 전혀 타협하지 못하는 상황에서 나아가는 방향은 충돌만이 있을 뿐이다. 결국 나는 아버지의 재산을 뺏어올 궁리를 하게 되고 여동생도 이에 동참을 하게 된다.

「오빠, 우리 아버지의 인생 목적은 뭐라고 생각해?」
「글쎄다. 그냥 통장 불리기 아니겠니.」
……(중략)……
「아버진 목적이 없는 인간이야. 아니, 그냥 돈 벌레일 뿐이야. 알았어?
오빠의 장래는 아버지가 이승을 떠나야 비로소 설정될 수 있다는 걸 알아
야 해. 무슨 뜻인지 알겠어?」(209쪽)

물질에 대한 욕망은 가족간의 인간관계도 증오와 원망으로 쉽게 변모시킨다. 아버지를 돈벌레 정도로 인식하기 시작한 자식들은 아버지의 돈을 빼앗기 위해 여러 가지 궁리를 하게 된다. 가족간의 의사 소통 대신에 물질에 대한 치열한 쟁탈전만이 남아있을 뿐이다. 자식들은 결국 새로운 시대에 맞게 전자 기술을 이용하여 아버지의 재산을 뺏으려고 시도하게 된다. 처음에는 예기치않은 돌발상황인 아버지의 교통사고로 인해 잠시 주춤거리게 되지만, 죽음을 기대했던 아버지의 교통사고가 가벼운 찰과상 정도로 끝남을 알게 되자 실망을 하게 된다. 결국 기대했던 유산 상속의 희망을 잃어버리게 된 아들인 나는 문방구에서 산 약속어음 용지에다가 거액의 금액을 적어 아버지에게 보여줌으로써 의미없이 갖고있는 돈은 그저 휴지종이나 다름없음을 풍자하는 것으로 마무리하고 있다. 돈에 대한 풍자를 통해 아버지의 인식이 얼마나 어처구니 없는가를 보여

주고 있는 것이다.

> 나는 스스로 터져 나오는 웃음을 참아가며 용지의 금액란을 한 장 한
> 장 넘겨 금 백억이라는 액수를 적어 나갔다.……(중략)……
> 누워있는 아버지 금오복 씨의 눈은 분명 화가 나있는 빛이었다. 나는
> 다짜고짜 백억짜리 약속어음 아홉장을 꺼내 부채꼴로 펼쳐 아버지에게
> 보이며 자랑했다.
> 「아버지보다 제가 더 부자예요. 갑자기 구백억대 부자가 되었단 말이죠.
> 하지만 일천억이 목표랍니다.」
> 아버지는 의아스러운 눈동자를 굴리며 휴지조각 같은 약속어음의 액수
> 를 헤아려보고 있었다.(221~222쪽)

3. 사회적인 단절 또는 폐쇄된 소통회로

차현숙의 <이브의 거울>(계간 ≪문예중앙≫ 99년 여름호)은 사회적
인 벽의 문제를 다루고 있다. 여기에서는 '나'와 나의 친구인 희주와의
소통 문제가 중심을 이루고 있다. 이기적인 삶을 살아가는 나와 이타적인
삶을 살아가는 나의 벗 희주의 삶이 결국에는 동일한 삶의 형태를 띠고
있음을 깨달아가는 과정을 통해 우리 사회의 차별의식이 어디에서부터
시작되고 있는가를 보여주고 있다.

소통의 문제에 있어 항상 강하고 능동적인 성격을 가지고 있는 '나'는
주는 입장이고 나와 대비되어 수동적이고 나약하기만 '희주'는 항상 받
아들이기만을 하고 있다. 나는 이러한 믿음 아래 희주의 삶 마져도 마음
대로 조정할 수 있다는 생각마져 하게 된다. 실제로 작품 속에서는 나에
의해 조종되고 있는 희주의 종속적인 삶의 모습이 그대로 제시되고 있다.

> 현관문 앞에 서 있는 희주는 내가 들어와, 하면 다시 구두를 벗고 들어올

얼굴을 하고 나를 본다. ……(중략)…… 구체적으로 어떤 남자인지 묻지도
않았다. 관심도 없다. 갖고 싶지도 않다. 하지만 …… 나는 희주가 들어와,
라는 말을 원할지 어떨지 다시 생각해보다 원할 거라는 느낌이 들자 갔다
와, 하곤 화장실로 들어갔다. (133~134쪽)

나는 희주에 대해 이처럼 이중적이고 가학적인 모습을 갖고 살아간다.
어떤 면에서는 약한 자에 대한 학대와 억누름이 화자인 '나'의 삶을 팽팽
하게 지탱하게 해주는 요인이 되고 있다. 희주로 상징되는 나약함에 대해
희주의 의지를 꺾어버리거나 그가 바라는 바와는 반대로 행동함으로써
삶의 쾌감을 느끼는 것이다. 이는 강한 자가 약한 자에게 느끼는 쾌감을
그대로 나타낸다. 나는 학교 시절에도, 그리고 사회에 나와서도 내가 필
요할 때만 희주를 만난다. 따라서 사회에 나와서 이루어진 희주와의 세
번에 걸친 만남은 모두 나의 필요에 의해 이루어진 것이다. 나는 희주를
조종하고 그의 삶을 만들어가고 있는 것이다. 희주는 그를 사랑하던 남자
애가 있었음에도 결국 나의 방해로 그와 헤어지고 나서 중매로 결혼을
한다. 남편도 '괜찮은 경제력과 배경이 있는 집'을 가지고 있으며 '자신밖
에 모르는, 이기적인 성격'의 '부잣집 막내아들다운 자질을 골고루 갖고'
있는 인물이다. 희주에 비해 나는 결혼도 철저한 계산 속에서 하게 된다.
내가 결혼하게 된 남자는 '개천에서 난 용 같은 사람'이다.

　　어려운 환경에서 일류대학을 나온 그는 야망이 있고 무엇보다 계산이
　철저했다. 나는 사실 야망보다도 철저한 계산이 마음에 들었다. 피차 상대
　하기에 닮아서 좋았다. 결혼생활이란 얼마나 철저한 계산을 필요로 하는
　그런 경기인가.(138쪽)

그러나 나의 계산이 어긋났을 때, 즉 내가 애인하고 여행을 다녀와서
달콤한 회상에 빠져있을 때 나타난 남편은 나의 불륜에 대해 분개하면서

나에게 폭행을 한다. 이러한 폭행 장면을 직장 동료들이 보고 있었지만 어느 누구도 말리려고 하지 않는다. 나는 여기에서 남편의 폭력보다 직장 동료들로 상징되는 사회의 눈초리를 더 두려워한다. 여성에게만 가해지는 사회적인 폭력은 남편에 의해 저질러지는 직접적인 폭력보다도 더 고통스럽고 견디기가 힘듦에 대해 고발하고 있다.

> 나는 어느 순간 내 주위에 몰려든 사람들을 보았고 그들 중에 대다수가 회식 자리에 있던 사람들이다. 아무도 끼어들어 나를 매에서 구해내려 하지 않는다. 나는 남편의 주먹보다 그들의 눈이 더 무서웠고, 남편보다 그들에게서 살아남기 위해 악착같이 골목을 뛰어나가 차도로 뛰어들었다. 택시를 타고 나는 희주에게 왔다.(144쪽)

우리 사회는 서로가 서로를 의식하지 않는 것 같지만 한편으로는 너무나 많이 의식하는 사회이기도 하다. 냉정하고 객관적이기 보다는 주관적이고 감정적이기 때문에 대상에 대해 느끼는 방식도 이성적이지가 못하다. 군중 심리와 사회적 관념에 쉽게 구속당하고 통제를 받는다. 같은 상황에 처해지고도 남성과 여성의 처지가 전혀 다른 양상으로 발전하는 것은 이러한 사회적인 관념과 주관적인 처리가 일반화되어 있기 때문이다. 여기에서는 이러한 일반화된 사회적 관념에 대해 문제를 제기하고 있는 것이다. 희수는 나에 대해서뿐만 아니라 모든 사람에 대해 상처주지 않으면서 살아가고자 한다. 이처럼 상처주지 않아야겠다는 생각에서 이루어지는 모든 일들은 항상 그를 삶의 패배자로 몰아가고 있다.

> 난 집안의 반대를 무릅쓸 만큼의 힘이 없어. 그래도 그가 날 좋아하니깐 계속 만날 수밖에 없었어. ……상처주고 싶지 않았거든. ……그때 중요한 게 그거였던 것 같아. 누군가에게 상처를 주지 말아야 한다는 거. 그런데 ……너가 상처를 받고 있었어. 너가……상처받지 않았다면……나는……

더욱 힘들었을 거야. ……너가 상처받았기 때문에 그 남자와 헤어지기가
쉬웠어.(152쪽)

　　희수의 '나'에 대한 태도는 이러한 한 측면을 구체적으로 보여주고
있다. 만남과 헤어짐 자체도 '나'의 필요에 따라 이루어질 정도로. 내가
희수를 철저하게 이용하면서 살아가는 것처럼 한 쪽으로만 일방적으로
이루어지는 소통은 바람직하지도, 올바른 관계를 형성하지도 못한다. 희
수가 나에게 일방적으로 받기만 하는 태도도 그러한 모습의 일환이다.
나는 희수의 삶에 끼어들어 바람난 남편과 이혼하도록 부추키어 희수와
그 남편을 이혼시키고 또 희수의 삶의 모습을 일일이 관리하고 감독한다.
이러한 일방적인 소통의 관계는 강자가 약자를 억누르는 모습을 연상시
킨다. 결국 희수는 부분적으로 이러한 일방적인 소통을 이용해 그가 처한
곤경 – 한 남자에 대한 나와 희수와의 삼각관계를 헤쳐나오기도 하지만,
이러한 일방적인 소통은 희수의 나약함만을 더 키워주고 있을 뿐이다.
　　마무리에 관념이 끼어들어 선명한 이미지를 흐려놓았지만, 이 작품은
우리 사회에서 아직도 문제 제기가 제대로 이루어지지 않고있는 약자와
강자와의 소통 문제를 남성 중심의 사회 속에 놓여있는 여성들의 문제로
확산시켜 구체적으로 제시해주고 있다. 강한 성격의 나와 약한 성격의
희수와의 관계를 중심으로 이루어지고 있는 소통의 문제는 결국 서로
같은 처지에 놓여있음을 자각하는 것으로 끝나게 된다. 적극적이고 계산
적이며 이기적인 나도, 그리고 소극적이며 희생적이고 이타적인 희수도
사회적인 벽 앞에서는 똑같은 처지로 전락하고 마는 것이다. 이는 우리
사회의 폐쇄성을 드러내 보여주는 것이기도 하다. 아직 우리 사회는 사회
적인 소통이 폐쇄회로처럼 일방적인 경우가 대부분이어서 남녀의 행위
에 대한 판단도 공정한 평가가 이루어지지 않고 있기 때문이다. 따라서
이 작품에서 나와 희수의 관계는 남성과 여성의 관계로 환치되면서 남성

중심의 사회적인 틀 속에서 영원한 패배자로 남을 수밖에 없는 여성들의 삶에 대해 문제를 제기하고 있는 것이다.

4. 존재의 가벼움 또는 계급화된 욕망의 모습

이재익의 <레몬>(≪문학사상≫ 99년 7월호)은 젊은이들끼리 만남과 헤어짐의 문제를 다루고 있다. 3일 동안의 만남이 3년 동안의 만남보다 더 친밀감과 깊이가 있을 수도 있는 관계를 레몬과 오렌지로 상징되는 사랑의 관계를 통해 구체적으로 제시하고 있다. 3일과 3년이 동치어가 될 수 있음은 진실한 소통이 단절된 모습을 극명하게 대변한다. 이는 일상적인 의미의 소통은 이루어졌어도 마음의 소통은 전혀 이루어지지 않았음을 보여주고 있는 것이다. 따라서 '그녀와 함께한 3년 동안의 추억 이 3일 동안 거대한 폭풍으로 가슴속에 몰아쳤다'가 가라앉게 된다.

이 작품에서 윤미는 현실에 적극적으로 대응하면서 이를 이용하고 누리려고 하는 인물이다. 따라서 계층화된 사회의 계급 질서를 추종하면서 사회 상층부의 특권을 누리고자 한다. 이에 비해 진이는 파탄을 난 가정에서 살아가는 인물로서 잡초같은 성질과 순수성을 간직하면서 자신의 꿈을 잊지않고 살아가는 인물이다. 이들 인물들이 계층화된 사회 속에서 상층부의 특권을 누릴 수 있는 위치에 놓여있는 '나'와의 관계를 통해 서로 상처를 주거나 위로를 주고 받으면서 살아간다. 내가 윤미와 헤어지는 계기가 되는 상황묘사도 철저한 계산 속에서 살아가는 윤미의 모습과 이런 윤미에게 어정쩡하게 대응하는 '나'의 모습을 그대로 보여주고 있다.

"오빠가 나한테 이럴 수 있어? 응? 지금 뭐 하자는 거야! 난 레코드

가게 주인이랑 사귈 생각 없어!! 미쳤어, 정말……"
　……(중략)……
　참담한 심정으로, 침대 아래 쪽에 떨어져 있는 바지에서 담배를 꺼내
불을 붙였다. 그녀가 고개를 돌리고 매섭게 노려보았다.
　"섹스한 뒤에 담배 안 피기로 약속했지!"
　싸늘한 고함 소리에 정신이 아득해졌다. 조용히 옷을 찾아 입고 호텔방
을 나섰다.(226~227쪽)

　그러나 똑같은 내용의 나의 꿈 이야기에 반응하는 진이의 태도는 전혀
다르게 나타난다.

　"이건 우스운 얘긴데, 난 레코드 가게를 하고 싶었어. 가게 안에서 음악
을 들으며 소설을 쓰는 거야. 마음이 내키면 언제든지 가게 문을 닫고
훌쩍 여행도 떠나고…… 되게 진부하지? 그런데……"
　내 목소리는 떨리다가 사라져 버렸다.
　"그런데?"
　"그런데…… 그건 불가능해."
　"왜?"
　"모르겠어." (223쪽)

　'나'의 꿈에 대해 윤미와 진이의 반응이 이렇게 차이가 나는 것은 현실
에 대한 인식의 차이이며 계층화된 사회에 대한 인식의 차이이다. 윤미와
진이의 반응 차이는 윤미가 결혼 대상자이고 진아는 그냥 친구처럼 만나
는 사이여서가 아니라, 상층부의 특권을 포기하지 않으려는 윤미와 이미
하층부의 삶을 살아가고 있는 진이가 갖고있는 세계에 대한 인식의 차이
가 뚜렷하기 때문이다. 그리고 작품 속에서 '나'가 이야기하고 있는 것처
럼, 내가 꿈을 실천으로 옮기지 못하는 것은 이러한 사회적인 계층의식을
극복할 용기가 없기 때문이다. 즉, 상층부의 특권을 포기하고 장사꾼으로
비하되는 하층부의 삶으로 내려설 자신이 없기 때문이다. 결국 나는 철저

하게 계산적이고 합리적인 관계, 빠르게 변하고 계급화된 사회 속에서
그러한 체제를 유지해갈려고 하는 윤미와 그러한 윤미와 대비되어 하층
민의 삶을 살아가는 진이와의 관계를 통해 선택의 갈등을 겪는다. 그러다
가 엄격한 계층질서에 답답함을 느끼고 윤미와 결별하고 진이를 선택하
게 된다. 그러나 이러한 결별은 새로운 현실 인식이나 깨달음에 의한
것이기보다는 그저 수동적이고 감성적인 선택으로 이루어지고 있다. 이
는 현대 젊은이들의 표피성, 즉 가볍고 지극히 현실적인 인식을 드러내
보여주는 것이기도 하지만, 다른 한편으로는 단단하지 못한 현실 인식을
보여주고 있는 점이기도 하다.

3년 동안이나 겉으로는 원활하게 소통이 이루어졌지만 내면적으로는
자기만의 기호로 표현했던 윤미와 이를 알고 있었으면서도 사회적인 위
치 ― 방송 출연으로 상징되는 상층부 특권의식을 포기하지 못하고 망설
이는 '나'의 모습. 그리고 나와 윤미와의 헤어짐도 나의 의지보다는 윤미
의 의지에 따라 결정되는 모습은 초라해지고 왜소해진 현대 젊은이의
모습이다.

누구의 전화를 기다리는지 모르겠다. 윤미의 전화인 것 같기도 하고,
진이의 전화인 것 같기도 하고, 부담없이 술잔을 기울일 수 있는 친구의
전화인 것 같기도 하다. 어쨌든 나는 무지갯빛 꿈결 속에서 누군가의 전화
를 기다리고 있었다.
이틀째 되는 날 오후, 윤미에게서 다시는 전화가 오지 않을 것 같은
느낌이 들었다. 나는 알 수 있다. 만약 그녀가 우리 사이에 조금이라도
가능성이 남아 있다고 생각했다면 헤어진 뒤 24시간 안에 전화를 했을
거다. 그녀는 그런 여자다.
3일 내내 아침마다 그녀의 얼굴을 보았다. 예전과 전혀 달라진 게 없는
밝은 표정으로 전국의 시청자들에게 인사를 했고, 50분 동안의 프로그램
을 진행하고, 교통 상황 정보를 알려 주고, 좋은 하루의 축복을 내려 주었
다. 난 소파에 앉아 그녀의 얼굴을 마주보고, 그녀의 목소리를 들으며

커피를 마셨다. 그러나 이제 그녀를 볼 수도 그녀의 목소리도 들을 수 없다는 사실을 깨달을 뿐이었다. (227~228쪽)

이틀간이나 윤미의 전화를 기다리다가 전화가 없자 그제서야 헤어짐을 인식하는 나의 모습은 수동적인 현대 젊은이들을 상징한다. 만남과 헤어짐에 있어서도 윤미나 진이가 화자인 '나'보다 더 능동적이고 적극적이다. 항상 꿈을 꾸지만 이를 실천하지 못하는 '나'에 비해 윤미나 진이는 처지가 다를지라도 자신들의 꿈을 실현시키기 위해 철저하고도 적극적으로 상황에 대처하면서 극복해나가고 있다. 이는 오늘날 젊은 여성상의 모습을 상징하고 있기도 하고, 새로운 신세대의 모습을 상징하고 있기도 하다.

(≪문예운동≫ 1999년 가을호, 통권 63호)

사랑이란 이름의 억압과 폭력

최인석, 〈사형수와의 하룻밤〉(계간 《작가》 99년 가을호)
현길언, 〈나의 집을 떠나면서〉(계간 《문예중앙》 99년 가을호)
윤정모, 〈딴나라 사람들〉(계간 《실천문학》 99년 가을호)
김녕희, 〈외줄타기〉(계간 《문예운동》 99년 가을호)

단군 기원 4332년도 저물어간다. 단군이 나라를 세운지 4332년이 되어 가는 요즈음, 문학계를 포함하여 사회 전반적으로 새 천년을 맞이하는 행사로 떠들석하다. 몇 년전부터 정부에서 세계화를 그렇게 부르짖더니 이제 우리도 온 나라가 세계화의 물결에 휩쓸려 들어가는 듯 하다. 예수님이 태어나신지 천년이 지나가고 새 천년을 맞이하기 위해 – 실제로 새 천년은 서기 2000년이 아니라 2001년이 되어야 시작된다 – 분주해진 지구인들을 바라보면서 새삼 종교의 의미를 다시 생각해본다. 서구 기독교의 세계관이 온 누리를 뒤덮고 있는 현대에 있어서 이를 거스른다는 것은 꿈 속에서나 가능한 일인 것처럼 보인다. 사회 각 부분, 특히 정신활동이 주축을 이루는 문화활동에서도 이러한 흐름은 거대한 물결을 이루고 있다. 4332년과 4333년의 차이는 1년이지만, 1999년과 2000년의 차이는 1년이 아니라 천년의 차이가 나는 것처럼 선전하면서 옛 천년의 마지막과 새 천년의 출발로 구분하듯이 우리 사회는 어느 사이 서구적인, 아니

미국적인 세계관에 길들여지고 있다. 우리 소설도 이러한 현실을 벗어날 수 없었나 보다.

그래서인가. 새 즈믄 해를 앞두고 화해와 용서를 다룬 작품들이 눈에 많이 띄고 있다. 새로운 한 해가 새 천년의 시작이라면 지난 천년을 뒤돌아보면서 정리하고나서 새롭게 맞이하는 것이 필요할 것이고, 이는 죽음과의 화해 또는 삶이나 사랑에 대한 새로운 인식도 포함될 것이다. 새로움은 항상 지나간 시간에 대한 반성에서 시작된다. 사람은 누구나 죽음을 앞에 두고는 정직해지고 경건해진다고 한다. 이번 가을에 발표된 작품들에서도 죽음, 그리고 그와 연관된 사랑의 문제에 대해 다루고 있는 작품들이 많이 눈에 띄는 것도 이러한 사회적인 분위기를 반영하는 듯 하다. 삶과 죽음 또는 사랑의 다양한 양식이 문제가 되는 것은 우리 사회의 삶이 얽히고 설킨 실타래처럼 풀기 어렵도록 복잡한 양상을 띄고 있기 때문이라고 할 수 있다. 살인이나 유괴, 또는 굴종과 독립의 길은 나름대로 현실 돌파의 길로서 택한 하나의 방법이 될 수는 있다. 그러나 그러한 방법들이 정당성을 인정받느냐 아니냐는 우리 사회의 풍속과 밀접한 관련을 맺고 있을 것이다.

1. 정신적인 사랑, 그 깊이와 한계

번잡한 일상생활 속에서 지내다보면 우리가 지금 어디에 놓여 있는가 하는 문제는 별나라의 문제처럼 엉뚱하게 들리는 때가 있다. 그러나 현실 속에서 우리가 놓여있는 위치를 제대로 알지못한 채 그저 물결 흐르는대로 바람 부는대로 따르다보면 삶은 허망해지기 마련이다. 이런 면에서 최인석의 <사형수와의 하룻밤>(계간 ≪작가≫, 99년 가을호)은 현대인들에게 지금 살아가고 있는 삶이 어떤 상태에 놓여있는가를 새삼 깨우쳐

주는 작품이다. 신문에서 1단 기사로 작게 보도된 장세규라는 인물과
화자인 나 한유선과의 관계를 통해 이 사회가 갖고있는 불평등한 구조와
천민 자본주의의 모습을 조명하고 있는 이 작품은 왜 우리들이 평범하고
정상적인 삶을 살아가기가 힘든지를 자문하게 해주고 있다. 그리고 엉클
어지고 뒤섞어진 인간들의 어수선한 삶이 가져다주는 의미를 새삼스럽
게 생각하도록 해주고 있다. 지구상에서 유일하게 생존만을 위해 살고
있지 않는 인간들이지만, 현실 사회 속에서 인간들은 서로가 환경을 이루
고 있음을 알지못한 채 서로간에 생존의 터전인 환경을 파괴하고 있다.
너의 환경은 내가 되고, 나의 환경은 너가 될 수밖에 없는 현실 속에서
이것조차 깨닫지 못한 채 살아가는 인간 군상들이 만들어낸 추악한 환경
때문에 서로가 파괴당하고 있는 것이다. 강한 자에 의해서 약한 자가
지배받을 수밖에 없는 환경은 필경 테러리스트를 양산하는 현실을 만들
어내게 된다. 환경에 따라 영향을 받을 수밖에 없는 인간들이 그러한
아주 기본적인 사실도 모른 채 살아가기 때문에 결국에는 인간에서 동물
로 전락하고 마는 것이다.

> 사람은 원래 모두가 다른 모든 사람의 환경이야. 나는 너의 환경, 너는
> 나의 환경. 왜냐하면 사람이란 혼자서는 살 수는 없는 존재니까. 그 환경
> 이 없이는 살 수 없고, 그 환경이 좋으면 그만큼, 나쁘면 또 그만큼 영향을
> 받을 수밖에 없어. 하지만 그 훌륭하고 빼어난 상징을 그토록 많이 만들어
> 낸 인간들이 그 환경에는 너무나 냉혹하고 잔인하고 무심해. 왠지 알아?
> 인간이 짐승에 불과하기 때문이야. (30쪽)

인간은 생존만을 위해 사는 존재는 아니지만 자기자신을 이루고 있는
환경에 대해서 냉담한 인간들은 결국 생존만을 위해 살아가는 동물로
전락해 갈 수밖에 없다. 냉혹한 환경에 대항하는 방식에는 여러 가지가
있을 수 있다. 예술가가 되는 방법도, 테러리스트가 되는 방법도 냉혹한

환경에 대항하는 또는 거부하는 행위라고 할 수 있다. 이 작품에서 화자인 유선의 친구 세규는 항상 테러리스트가 될 것을 꿈꾼다. 이는 현실 사회에서 예술가가 되는 길도 현실의 상징을 어느 정도 용납해야 되기 때문이다. 상징을 벗어나기 위해 상징을 구사할 수밖에 없는 현실도 세규를 옥죄는 또하나의 억압이 된다. 그러한 억압에서 벗어나기 위해서는 '입을 다물고 살아야' 하던가 아니면 '짐승처럼 짖어대기나 하며 살든지' 할 수밖에 없다. 이러한 상징의 억압을 벗어나기 위해서, 세규처럼 철저히 상징을 거부하는 이들에게는 테러리스트가 되는 길만이 오직 유일한 길일 뿐이다. 인간에서 동물로 전락해가고 있는 현대인들의 이기심이 결국에는 테러리스트를 양산하게 되고, 이러한 현실 상황을 통해 작가는 우리 모두에게 현실의 삶에 대해 뒤돌아보게 하고 있다.

> 짐승은 오직 생존을 위해 살아. 인간은 이 별에서 오직 생존만을 위해 살지 않는 유일한 생물체야. 인간은 상징을 위해 살아. 그런데…… 나는 지금 이 별의 상징이 마음에 들지 않아. 국가도 민족도 애국도 명예도 사랑이니 결혼이니 하는 것도, 참이니 거짓이니 진리니 허위니 하는 것들, 대학이니 취업이니 무허가니 아파트니 돈이니 거래니 경제니 하는 것들도, 법이니 범죄니 하는 것들도 사실은 다 인간들이 만들어낸 상징에 지나지 않아. 그런데 그놈의 것들은 하나같이 날 못살게 굴 뿐이야. 나에게 도움을 주는 상징은 하나도 없어. 그놈의 상징이 우리 숨통을 조르고 발목을 칭칭 감아 우리를 쓰러뜨리고…… 몽땅 때려부수고 다시 만들었으면 좋겠어. 이 별, 이라고 그는 말했다. 마치 이곳 아닌 다른 별도 있다는 듯, 그리고 그런 별에 대해 잘 안다는 듯.(28~29쪽)

> 백남준과 이사도라 던컨과 탈코프스키와 이상과……… 다 반역자들이야, 그 사람들은. 사회주의 국가에서 살았지만 탈코프스키는 반역자였어. 그 사람은 소련에서 쫓겨났거든. 그곳의 상징도 마찬가지로 끔찍스러웠나 보지. 그 사람들 모두 예술이라는 게 없었다면 테러리스트가 되는 수밖에 없었을 거야. 아니면 건달이나 범죄자, 알코올 중독자가 되거나.(29쪽)

테러리스트를 꿈꾸었던 세규는 테러리스트가 되지 못한 채 결국 범죄자가 된다. 그의 범죄는 우발적이기도 하고 극단적이기도 하다. 그는 아버지, 어머니가 새벽에 트럭에 치여 즉사하고, 사고를 낸 트럭 운전사는 무보험이어서 보상은 커녕 장례비용을 댈 처지도 못되는 상황을 맞이하고 있다. 이러한 상황 속에서 그가 보인 극단적인 행위는 맹목적이기도 하지만 인간의 참다운 정을 애타게 그리워한 행위이기도 하다. 그에게 죽음을 당한 인물들은 현실을 따뜻하게 감싸안으며 살기보다는 자신의 기분과 사소한 이기심에 농락당하며 살아가는 평범한 소시민들이었다. 따라서 냉정하고 견고한 커다란 벽 앞에서 절망한 세규가 취한 행동은 미친 행위라고 할 수 있다. 미칠 수밖에 없는 상황 때문에 일어난 일이지만 피해를 입은 사람들은 세규가 무작위로 휘두른 칼에 애꿎은 죽음을 당하였다고 할 수도 있다. 그러나 상대방에 대한 배려가 조금만 있었어도 일어나지 않았을 살인 사건이었다. 남에 대한 조그마한 배려도 없이 삭막하게 살아가는 우리 사회의 소시민들, 바로 현대의 우리들 모습에 대해 세규는 칼을 휘두른 것이다.

소시민으로서 살아가던 화자인 내가 결혼식 후 신혼여행길에서 남편의 얼굴을 낯선 남자의 모습으로 인식하는 것도 정신적으로 서로 공감하거나 동화되지 못하는 삶은 타인의 삶이 될 수밖에 없음을, 껍데기만의 삶임을 상징적으로 보여준다.

> 만일 그가 내 남편이었다 할지라도 그는, 적어도 그 순간에는, 나에게
> 낯선 남자에 불과했다. 그 낯선 남자와 나는 앞으로 종신토록 살을 섞으며
> 아이를 낳고 살겠다고 약속했고, 또한 그렇게 살았다. (40~41쪽)

결국 현실 속의 세규는 상징화된 인간들의 법정에서 사형 언도를 받고 죽음을 당하게 된다. 삶이 고통스러웠던 고교시절 한 때, 세규와 하룻밤

을 보낸 적이 있는 화자인 내가 꿈에 세규의 죽음을 선고한 법정에서 엉뚱하게 피고석에 앉아 판사에게 장세규와 하룻밤 같이 보낼 것을 선고 받는 것도, 그리고 내가 그러한 판결을 기꺼히 받아들일 것이라고 말하는 것도 현실은 없고 상징만이 존재하는 거짓된 사회에 대한 항거일 것이다. 인간은 그러나 아무도 상징에서는 벗어날 수가 없다. 그러한 벗어남 과정 자체가 상징을 통하지 않고는 힘들기 때문이다. 그러나 상징이 사라진 사회 – 그러한 사회는 꿈 속에서만 존재할지라고 우리의 삶을 풍요롭게 해줄 수 있을 것이다. 이 작품의 마지막 부분에서 한유선의 바램은 이것 을 선명하게 보여주고 있다.

> 만일 꿈속에서처럼 어떤 판사가 나에게 그와 하룻밤을 보내라고 판결한 다면 나는 기꺼이 그 판결을 받아들일 것이다. 그와 더불어 은행장을 납치 하고 비행기를 납치하고 위조지폐를 만들어 배포하고 세상의 모든 국가 들을 전복하고 다닐 것이다. 그와 나는 참새새끼들처럼 즐겁고 명랑할 것이요, 나의 가슴은 언제나 저 황홀하고 낯선 고동으로 가득할 것이다.
> (42쪽)

2. 가족간에 일어나는 억압적인 사랑 또는 그 속에 담긴 증오

가족간의 사랑은 남녀 사이의 사랑과는 여러 가지로 다른 양상을 보인 다. 가족간의 사랑 속에는 순수한 사랑도 담겨있지만 때로는 애증이 담길 때가 많다. 증오가 사랑으로, 또는 사랑이 증오로 곧잘 변모하는 것이다. 현길언의 <나의 집을 떠나면서>(계간 ≪문예중앙≫, 99년 가을호)는 아 버지와 딸 사이에 생겨날 수 있는 사랑의 문제를 다룬 작품이다. 가족간 의 사랑도 맹목적이 되면 증오보다도 더한 아픔을 남기게 된다. 이 작품에서 평생동안 아버지를 위해 자신을 희생했던 누나가 그동안 아버지의 아픔을 제대로 이해하지 못했던 자신의 행위를 반성하면서 병으로 인한 고통을 못견뎌하시는 아버지를 죽이고 집을 떠나는 모습은 우리 사회에서 사랑이라는 이름으로 저질러지는 많은 폭력과 억압의 모습 중 가족간에 일어나는 또다른 사랑의 모습을 상징적으로 보여준다. 사랑도 이기적이 되면 사랑이 아니라 폭력이 된다. 현대인들은 곧잘 그러지를 않는가. 시골에서 힘든 노동일을 하시는 부모님을 편안하게 모신다면서 아파트의 방 한칸에 가두어놓은 채 제 할 일을 다한 것처럼 생각하거나, 현실 감각이 부족한 부모님을 단지 이웃집의 시선만을 의식해 면박을 주거나 무시하곤 한다. 우리는 너무 가까운 사이이기에 가족끼리는 사랑의 표현이 서투르고 또는 억압의 양상으로 표현되는 경우가 많다. 이 작품에서도 가족 모두가 서로간에 보여주는 사랑의 모습은 너무 가깝기 때문에 일어나는 애증의 모습, 바로 일부 현대인들이 부모님과 가족들에게 베푸는 어긋난 사랑법을 선명하게 보여준다.

> 내가 그렇게 정성을 다해 열심으로 했는데도 아버지께서는 늘 재혼을 생각하신다는 것을 알면서 아버지 곁을 먼저 떠나야 하겠다고 생각했는데, 이미 늦었어. 그때부터 내 의식 속에는 아버지를 사랑하는 감정과 그것을 받아주지 않는 아버지를 미워하는 애증의 감정이 복잡하게 엉클어져 있었지. (286쪽)

어머니의 죽음으로 빈 자리. 이 자리를 초등학교 6학년이었던 큰 딸은 자발적으로 맡아 아버지를 돌보아 드린다. 그러나 큰 딸은 어머니의 역할을 완전하게 대신할 수 없음에도 불구하고 어머니가 돌아가시기 전에 꼼꼼이 남겨 적어둔 식사 준비, 동생들 옷과 학용품 챙겨주기, 아버지 출근 때 입을 옷과 넥타이 양말 속옷 등의 건사 등등 식구들의 의식주를 돌보아주는 것으로 어머니를 대신하여 그 역할을 다하고 있다는 착각 속에 살아간다. 그녀가 아버지의 재혼을 막고 자신이 돌아가신 어머니의 역할을 하기로 마음을 먹게 된 것은 어머니가 돌아가시기 전에 우연하게 마주친 하나의 사건에 기인한 것이었다.

> 초등학교 6학년인 누나가 친구네 집에서 그룹으로 공부를 하다가 밤늦게 집으로 돌아오는데, 옛 중앙청 청사 서쪽 문 건너에 있는 다방 입구에서 젊고 짙게 화장한 여자가 아버지와 어울려 있는 것을 보았다. 주위에 아버지 친구들도 취해 있었다.
> "윤 마담, 우리 성주사 잘 봐줘요. 요즈음 어부인이 몇 달 몸져누워서 옹색하다고. 허허허."
> "언제라도 시간만 내주시면 저야 뭐 즐겁게 받아들이지요. 호호호."
> 아버지 친구들 말에 여자는 깔깔거리며 응수했다.
> 그날 저녁 누나는 취해 돌아온 아버지께 심하게 따졌다. (281쪽)

따라서 어머니의 역할을 대신하는 그녀의 태도는 아버지의 흐트러진 모습에 대한 분노가 내제된 행위라고 할 수 있다. 그녀가 아버지의 재혼을 반대한 것도 어머니가 산후 조리의 잘못으로 시름시름 앓던 때 보았던 아버지의 흐트러진 모습에 대한 복수인 것이다.

그녀의 아버지에 대한 미움은 결국 아버지와 그녀 모두를 파탄으로 이끌고 있다. 그녀가 집을 떠나면서 마지막으로 화자인 나에게 남긴 편지 속에서 밝힌 자신의 심정은 그것을 그대로 반영하고 있다. 결국 아버님에 대한 큰 누님의 사랑은 용서받을 수 없는 폭력이고 억압이었지만 그 속에는 육친애적인, 변질된 사랑의 또다른 모습이 자리잡고 있는 것이다. 살인까지도 사랑이라는 이름으로 저질러질 수 있는 육친간의 끈끈한 애정이.

> ……그날 나는 고통을 못 이기는 아버지를 내 손으로 그 신음을 토하시는 입을 막아버렸다. 한 5분 정도쯤 지났다. 아버지 일그러진 얼굴에 평온

이 감돌았다. 나는 그제서야 안심했다. 장례를 치르고 난 직후에 나는 경찰서를 찾아가 사실을 말했다. 그러나 믿으려 하지 않았다. 이제 나는 이 집을 떠난다. 이 집을 떠남으로써 지금까지 나를 옭아매었던 내 모든 것으로부터도 자유로울 수 있을 것 같다. 나는 아버지 임종 때까지 내 뜻대로 하다가 결국 죽이기까지 했다. 결국 나는 아버지를 억압한 폭군이 었다. (299쪽)

이 작품은 부모와 자식간의 관계에 대해 다시금 생각하도록 해주고 있다. 물질적인 풍요보다도 마음의 평화로움이 더 중요함을, 그리고 아내 를 잃은 아버지에게는 자식의 봉사보다도 아내의 손길이 더 필요한 것임 을 말해주고 있다. 마음이 편해야만 삶이 즐거워질 수 있음을 모르는 현대인들이나, 모든 것을 물질로만 계산하는 것이 익숙해져버린 현대인 들에게 사랑의 참 모습이 어떠해야 하는가를 이 작품은 다시금 일깨워주 고 있는 것이다

3. 남매간의 사랑, 그 멀고도 가까움

윤정모의 <딴나라 사람들>(계간 ≪실천문학≫, 99년 가을호)은 남매 간 이루어지는 사랑의 모습을 통해 내리 사랑의 모습을 그리고 있는 작품 이다. 동생에 대한 누나의 사랑은 혈육의 정과 사랑이 담긴 순수한 마음 이었지만, 동생은 다만 현실의 어려움을 벗어나기 위한 존재로서 혈육인 누나를 필요로 하고 있다. 동생이 몸을 팔아서 자신의 학비를 마련해주는 누나에게 돈을 받아가면서도 항상 누나를 부끄럽게 생각하고 있는 모습 은 바로 이것을 보여준다. 서로 어긋난 이러한 심리는 언젠가 그녀가 동생집에서 나올 때 올케가 그녀에게 내밀은 편지를 통해 갈등의 비등점 을 향해 치닫고 있다.

　　<차마 말을 할 수 없어 편지를 씁니다. 아이들 교육문제도 있고 하니
자주 오지 마세요. 꼭 오실 일이 있으면 차림새를 좀 수수하게 하세요.>
(336쪽)

　　처음으로 미국에서 공부했다는 올케한테 받아본 편지라서 편지 내용
을 보기 전부터 그저 황홀해하는 누나의 마음과 아이들 교육에 방해가
되고 옷차림이 거슬리니 자주 오지 말라는 동생 부부의 편지 내용은 서로
연결될 수 없는 두 줄의 평행선이었다. 동생을 공부시키기 위해 자신의
몸까지 팔아가면서 희생했던 누나가 초라하고 타락한 자신의 모습에 대
해 역겨워하는 동생을 보면서 느끼는 것은 절망감이지만, 그것은 분노의
또다른 모습이다. 동생에 대한 순간적인 분노심은 동생의 아이를 유괴하
게 만들고 있지만, 이는 동생의 애는 내 애도 된다는 단순한 혈육적인
감정보다는 비열한 동생의 태도에 대한 원망과 복수의 심리가 담긴 행동
이었다.

　　"그래, 이 앤 내 거야."
　　아이가 전해주는 따뜻한 체온. 그녀는 그 체온을 깊이 들이키며 몇 번이
고 되풀이한다. 이 앤 내거야. 내 거야……. 입에서 흘러나온 말들이 자신
의 귓문을 탕탕 울릴 때 그녀는 흠칫 어깨를 세우고 주위를 살펴본다.
(327쪽)

　　난 그런 보증 설 수 없어. 그뿐이었다. ……(중략)…… 동생은 현관문을
열어주면서 말했다. 한다면 하는 사람이니 혼자서 해. 난 누나 인생에
아무 상관도 없는 사람이니 다시 올 생각도 말고.
　　상관이 없다구? 어떻게 그런 말을 할 수 있니? 한부모 뱃속에서 태어난
남매지간이 상관이 있고 없을 수가 있는 거야? 더욱이 넌……. (329~330
쪽)

　　그녀가 동생의 태도에 분노를 느낀 것은 그동안 동생에게 베풀어주었

던 남매간의 혈육의 정과 사랑이 배반을 당했기 때문이다. 그녀는 동생을
위해 자신의 몸까지 팔아가면서 평생을 희생했지만, 동생은 그동안 어려
웠던 자신의 처지를 벗어나거나 극복하기 위한 수단으로서만 누나가 필
요했기 때문에 안정된 현실에서는 더 이상 누나가 필요없었던 것이다.
누나가 몸을 팔아서 보내준 돈으로 학교를 다녔고, 결국 그 덕에 안정된
생활을 하면서도 누나를 도와줄 생각을 전혀 하지 않을 뿐만 아니라 수치
스럽게 여기기까지 하는 동생의 모습이나, 동생의 이러한 모습에 절망하
는 누나의 숨죽인 오열은 가족간의 구성원이 경제적인 이유와 신분상의
차이로 해체되고 깨어져가는 모습을 상징적으로 보여준다.

> 누군가가 그녀 손을 잡아채는 순간 아이가 아빠, 하고 달려가고 그녀의
> 얼굴도 환하게 밝아지는 순간 철컥 하고 수갑이 손목을 잡는다. 수갑을
> 채운 남자는 말없이 그녀 등을 밀고 그때 훈이의 목소리가 그녀의 뒷등을
> 곧추세운다.
> "고모! 가지 마, 고모!"
> 돌아보니 제 아비 품에 안긴 아이가 이쪽으로 오려고 발버둥을 치고
> 동생은 그런 아들을 붙잡느라 애를 쓰고 있다. 훈아, 괜찮아, 고몬……
> 경찰이 다시 그녀 등을 밀며 어서 차에 타요, 라고 말한다. (340~341쪽)

아직 어린 조카아이인 훈이는 혈육의 정을 진하게 느끼고 위험에 처한
고모를 걱정하여 울부짖지만 동생은 잡혀가는 누나에 대해 매정한 모습
만을 보여주고 있을 뿐이다. 마지막까지도 혈육의 끈을 놓지 않았던 누나
의 태도에 비해 동생은 누나의 행위를 이해할려는 태도나 마음가짐은
전혀 갖지않은 채 남과 마찬가지로 누나를 단순한 유괴범으로 몰아가는
행위는 철저하게 남매간의 정리를 끊고 미움과 증오만이 남은 모습이다.
이러한 모습을 통해 가족 구성원이 경제적, 사회적인 신분 차이에 따라
해체되어가면서, 남매간이더라도 서로를 이해하지 못하면 결국에는 딴

나라 사람밖에 될 수 없음을 보여주고 있다. 따라서 이 작품은 누나의 동생에 대한 맹목적인 사랑과 동생의 타산적이고 이기적인 사랑의 모습을 대비시키면서, 한편으로는 사랑이란 내리 사랑이지 올라가는 것이 아님을 보여주고 있는 것이다.

4. 이성간의 사랑, 그 굴종과 해방의 길

남녀간의 사귐에서 가장 중요한 것은 무엇일까? 아마도 서로간의 믿음이 가장 중요할 것이다. 이러한 믿음이 깨어졌을 때 사랑의 실체는 분명하게 드러나게 된다. 김녕희의 <외줄타기>(계간 ≪문예운동≫, 99년 가을호)는 이성간의 사랑에 있어 그 실체를 구체적으로 보여주고 있는 작품이다. 은영이 처음 선택한 사랑의 대상은 형욱이었다. 외교관이 되고 싶은 꿈을 가지고 있는 형욱은 먼나라에 대한 동경을 가슴 깊이 품은 은영과 서로 공감하는 부분이 많았고, 그래서 서로 사랑을 나누었고 결혼약속까지 하게 된다. 그러나 콜롬비아 대학으로 유학을 떠난 형욱과는 어느날부터인가 소식이 끊어지고, 기다리다가 지친 은영은 교만과 자존심이 강한 남자인 정민과 결혼을 한다. 정민은 일류대학을 우수한 성적으로 나왔다는 교만함과 상대적인 우월의식이 가득차 있는 남자로서, 직장에서 조직사회의 가치관과 충돌하면서 더 이상 견디지를 못하고 직장을 곧잘 그만 두곤 한다. 이러한 정민의 행위에 대해 은영이 비판을 하자 드디어 은영에게 손찌검을 하는 단계에까지 다다르게 되고, 이에 은영은 견디지 못하고 정민에게 이혼을 요구하게 된다. 이 무렵 갑자기 나타난 형욱은 지난날을 사과하면서 은영과 새출발하기를 원한다. 이에 은영은 갈등을 겪으면서도 지난날 한때나마 꿈꾸었던 형욱과의 새로운 삶을 꿈꿀 무렵, 정민의 아기를 임신했다는 사실을 알게 된다. 전혀 예상치 않았

던 상황에 당황한 은영은 형욱에게 이 사실을 알리자 형욱은 단칼에 베어
내듯 없애버리라는 말만을 하고, 임신 사실을 들은 정민도 전혀 책임감이
없이 혼자 해결하라고 말하면서 서둘러 은영과 이혼을 하고 대기업의
동구라파 지사로 떠나버린다. 뱃속의 아기에 대한 애정을 전혀 보여주지
못하는 두 남자 사이에서 은영만은 식음을 전폐하고 울부짖지만 그 어떠
한 해결책도 나타나지 않는다.

  이처럼 이 작품은 정민과 형욱이라는 무책임한 두 남자 사이에서 고통
을 겪고있는 은영이 한 인간으로서 새로운 자각을 해나가는 과정을 그리
고 있다. 은영은 여성으로서 사랑만을 믿고 살아가지만 첫사랑의 대상인
형욱도, 그리고 현실적이고 이기적인 정민도 은영을 제대로 대접해주지
않고 있다. 정민으로 상징되는 남성의 교만함과 높은 자존심, 안하무인적
인 성격 등은 한 개인의 특성이면서 사회적인 신분이 높은 사람들의 특성
이기도 하다. 그리고 형욱이로 상징되는 자기 중심적인 사고방식은 현대
인들 모두가 어느 정도 갖고 있는 속성을 보여준 것이라고 할 수 있다.
이 작품에서 은영은 정민과 형욱이라는 남자들 사이에서 안정된 두줄타
기를 시도해 보지만 결국에는 그들이 갖고있는 이기심 — 이는 남자들이
갖고있는 이기적인 편견을 상징하는 것이기도 하다 — 속에서 결국 자기
스스로 홀로 설 수밖에 없음을 느끼고, 하나의 독립적인 존재로서 자각해
가는 의식의 성장과정을 그리고 있다.

  "마취를 할 수 없다니 그게 무슨 말이야?"
  따뜻한 위로를 기대했던 은영은 형욱의 완강한 태도에 아연실색할 수밖
에 없었다.
  "미칠 노릇이군. 그럼 생살이라도 찢고 떼버리면 될 것 아냐. 미련하게
아직까지 뱃속에 태아를 키우고 있었단 말야?"
  정민과 이혼하면서, 형욱을 따라 낯설고 먼 미지의 대륙에 가서 새롭게
살아보리라고 품었던 은영의 기대는 여지없이 무너져 내렸다.

"난 지금 아무 것도 가진 것이 없다. 박사학위도 애 저녁에 실패했고, 달러를 가진 것도 아니다. 이 판국에 내가 남의 애까지 평생 끌고 다녀야 한단 말이야? 네 인생을 위해서도 그건 없애버려야 해. 이 악물고 죽는 셈치고 마취 없이 수술해."

구정물을 뒤집어쓴 듯 은영은 모멸감이 끓어올랐다.

뱃속에 든 아기야 자기 핏줄이 아니니까 그렇다고 해도, 목숨까지도 나눠줄만큼 자기를 사랑한 형욱이 아닌가. 적어도 그가 자신의 갈등과 고통을 공감하고 나눠 가지리라 믿었던 그녀는 변질된 형욱의 추악한 이기심과 냉혹함에 치를 떨지 않을 수 없었다.

그녀는 형욱의 잔인한 인간성을 용납할 수 없고, 용서할 수 없었다. 사랑할 수는 더욱 없었다. (283쪽)

은영의 심장병 증세 때문에 낙태수술은 산모의 목숨까지 위험하다는 의사의 진단결과를 듣고도 마취 없이 낙태수술을 받으라고 강요하는 형욱의 태도는 남자의 이기심이 어디까지 갈 수 있는지를 선명하게 보여주고 있다. 형욱의 잔인한 인간성을 용납할 수 없었던 은영은 더 이상 말잔치 뿐인 사랑의 속삭임에 속지 않고 홀로 살아갈 결심을 하게 된다. 형욱이 뒤늦게 은영에게 사과하면서 은영과 은영의 아기를 받아들이겠다고 하지만, 그동안 남자들의 이기적인 사랑에 절망감을 느낀 은영은 남자들에게 기대했던 희망을 포기한다. 은영이 아기를 포함하여 셋이서 새로운 길을 향해가자는 형욱의 전보를 찢으며 창가에 다가가 두터운 커튼을 천천히 내리는 행위는 이를 반영하고 있다.

이윽고 그녀는 누구에게 속삭이듯 나직이 말했다. 인생에는 두 번 다시 건널 수 없는 다리가 있는 법이라고. 그녀는 외줄 위에서 균형을 잡으려는 사람처럼 조심스럽게 거실 창가로 다가갔다. 그리고 두터운 커튼을 천천히 내렸다.(285쪽)

비록 두 줄을 타고자 했지만 결국에는 외줄을 타게된 은영의 모습은 우리 사회에서 여성 혼자 독립하기는 외줄타기와 같다는 작가의 시선을 그대로 보여주고 있다. 따라서 앞으로의 전망은 여전히 불투명한 내일이 기다리고 있을 뿐이다. 은영이 남성에 대한 의존적인 삶의 자세에서 벗어나 독립적인 삶의 자세로 가려고 하고 있지만, 은영의 집 창문의 커튼이 내려진 것처럼 앞으로 은영의 삶은 불확실한 미래 속에 내던져 있기 때문에 역시 어둠 속에 잠겨있을 뿐이다. 은영이 커튼을 내리는 모습으로 상징하는 것은 끝남의 의미가 강할 뿐 새로운 시작의 의미를 보여주지는 못한다. 은영이 모든 것을 포용하면서 같이 살자는 내용을 담은 형욱의 전보를 찢고서 시끄럽게 울리던 오디오를 끄고 자신에게 '인생에는 두 번 다시 건널 수 없는 다리가 있는 법'이라고 속삭이면서 거실의 두터운 커튼을 내리는 것은 새로운 시작이 용기가 필요한 일이면서도 아직은 불안한 출발임을 암시하는 것이기도 하다. 당당하게 내일을 향해 발걸음을 해나갈려는 은영의 모습은 거실 커튼을 내릴 것이 아니라 더욱 활짝 걷어올려야 하는 것이 아닐까.

(≪문예운동≫ 1999년 겨울호, 통권 64호)

나란히 걸어가는 삶과 죽음의 길

김별아, 〈지옥의 사랑〉(《실천문학》 99년 겨울호)
신경숙, 〈그가 모르는 장소〉(《문학과 사회》 99년 겨울호)

거대 담론이 중심을 이루었던 지난날의 소설세계가 1990년대에 들어와서 개인들의 사소한 일상사가 중심을 이루는 세계로 변모하였고, 이러한 미시담론의 세계는 지금도 우리소설의 중심을 이루고 있다. 그러나 사소한 일상사와 거대한 환상의 이야기가 중심을 이루었던 1999년의 소설 흐름에서 보면, 2000년 들어 나타나는 소설의 새로운 흐름은 조금씩 거대 담론의 방향으로 다시 나아가는 것처럼 느껴진다. 부분적으로 느껴지는 이러한 순환와 모습은 우리의 삶이 순환하는 것처럼 문학의 세계도 외피만 달리한 채 같은 모습을 나타내고 있음을 말해주고 있다.

한때 거대 담론만이 가장 가치있는 문학인 것처럼 여겨지던 때도 있었다. 그러다가 사회가 변모되고 개인화되기 시작하면서 그동안 무시되었던 일상의 사소한 행위들이 그 가치를 인정받게 되어가자 문학도 그러한 경향을 보여주기 시작하였다. 미시적인 개인의 일상사를 사회구조적인 문제보다도 앞세우는 이러한 경향은 그동안에 무시되어 왔던 개인들의 삶이 우리 사회에서 거대 담론들의 주제에 대해 새로운 물음을 던지게 된 것임을 말해준다. 개인적인 일상사가 거대 담론들보다 더 중요시 되어

가는 이러한 경향은 변모된 우리 사회의 현상을 반영하고 있다. 이제 새로운 세기를 맞이하면서 나타나는 이러한 현상은 거대 담론과 미시적인 일상사가 휩쓸고 지나간 자리에 서로를 연결시키면서 새롭고도 다양한 모습으로 조금씩 균형감각을 찾아가고 있음을 말해주고 있는 듯하다. 아직도 미시적인 일상과 삶의 형태를 통해 우리들의 삶을 진단했던 지난해의 경향은 올해도 계속되겠지만, 개인들의 미시적인 문제들이 결국에는 사회적인 병리나 인간 존재의 근원적인 문제와 연결되고 삶을 새롭게 인식시켜 줌으로써 또다른 문제 제기로 나아가는 작업이 계속되리라고 본다.

　새해 첫날 신문지면을 화려하게 장식하는 신문문예 당선작품들은 문예지가 별로 없었던 예전같은 인기와 찬사를 누리지는 못하지만 그래도 한해의 문학적 흐름과 방향을 가늠해볼 수 있는 기회가 된다. 새해 첫날 신춘문예에 당선된 소설들을 읽어가면서 새 천년이라는 화두가 그동안 전세계에서 난무하며 우리 사회도 덩달아 들떴던 상황 속에서도 미약하지만 나름대로 제 길을 지켜가면서 조금씩 차분하게 우리가 처해있는 상황을 진지하게 접근하고 있는 작품들을 만날 수 있었다. 우리 민족이 갖고있는 아픔을 사상적 이념과 사랑의 문제를 통해 문제 제기를 하고있는 전유선의 <구스타프 김의 슬픈 바다>와 우리 사회의 중추를 구성하고 있는 40대 직장인의 병리현상을 실직과 신체적인 아픔을 통해서 해석하고 있는 송은상의 <환지통>은 이러한 경향을 예감케 해주는 작품들이라고 할 수 있다.

　이번 겨울에 문예지에 발표되었던 소설 작품들을 살펴보면 우리 사회의 주제가 아직도 성적 담론에 머문 느낌을 갖게 된다. 감추고 가리워졌던 지난날에 대한 울분 때문인가. 아님 영상시대이니만큼 음미하기보다는 뚜렷하게 보여주는 것에 더 의미를 둔 탓인가. 한해를 마감하고 새해를 맞이하면서 각 문학잡지에 발표된 작품들을 살펴보면 우선 왜소해진 현대인들의 모습들이 자주 눈에 띤다. 작고 초라해진 소시민적인 삶과 일상사들. 아내와 자식, 그리고 가정의 문제가 결국에는 사회문제로 이어지고 한 개인의 삶을 구속하는 현대인들의 삶이 미세하게 드러나고 있다. 그러나 그뿐일까. 오늘날 우리들의 삶의 가치가, 의미가 나타내는 것은?

그런 점에서 이번에는 삶과 죽음의 문제를 진지하게 접근해간 김별아의 <지옥의 사랑>(≪실천문학≫, 1999년 겨울호)과 신경숙의 <그가 모르는 장소>(≪문학과 사회≫, 1999년 겨울호)를 살펴보고자 한다.

1

김별아의 <지옥의 사랑>(≪실천문학≫, 1999년 겨울호)은 죽음의 길목에서 삶의 길로 나아가는 상황을 그린 작품이다. 현대라는 시공간 속에 놓인 우리들은 어느 순간이나 항상 죽음을 눈 앞에 두고 살아간다. 이 작품의 주인공처럼 중앙선을 넘어 달려온 트럭에 당하지 않더라도 건널목을 건너다가, 버스나 비행기를 타고 가다가, 다리를 건너다가, 때로는 길을 걷다가 수없이 많은 죽음의 위험 앞에 놓이게 된다. 저 멀리 떨어져 있고 나와는 전혀 관련없다고 생각하고 있지마는 – 그래서 대부분 무신경하게 지내지마는 – 실제로는 항상 죽음이 우리 눈 앞에 놓여있다. 그래서 현대인들은 삶과 죽음이 나란히 가는 세계 속에서 살아가고 있는 것이다. 자신의 의지와는 무관한 돌발적인 상황에 의해서 죽음을 맞이하게 되는 경우에 현대인들의 심정은 어떻게 될 것인가? 남의 일이라고 무시했고 잊어버렸던 일을 자신이 당한다면 어떻게 대응하게 될 것인가. 이 작품은 이러한 상황 – 우리들이 무시하며 잊고 지냈던 상황을 우리 눈 앞에 드러내어 보여주고 있다.

이 작품에서는 중앙선을 넘어 돌진한 트럭에 의해 짖이겨진 차 속에서 끄집어내져 삶과 죽음의 기로에 놓여있는 인물인 이남현이라는 인물이 그 이후 만나게 되는 인물들과 결혼을 약속했던 여자 친구와 자신의 가족들, 그리고 자신을 치료하는 의사와 간호원들을 만나면서 느끼는 감정을 진솔하게 토로하고 있다. 그가 어처구니 없는 사고를 당하여 죽음의 기로에서 헤매이게 되는 것은 순간의 상황변화로 인한 것이었다.

> 에프엠에서 흘러나오는 바흐의 무반주 첼로 선율이 잠시 귓전을 바람처럼 스쳤던가, 그 순간 그는 자신을 향해 맹렬하게 달려드는 물체를 보았다. 제어능력을 잃은 술주정뱅이처럼 비틀거리다 중앙분리대를 넘어, 비어 있던 1차선을 건너뛰어, 자신을 향해 전신을 날리던 검은 물체. 잠시, 그는 죽음이 득달같이 달려오는 것을 본 듯 싶었다. 찰나의 순간, 공중을 나르는 느낌과 함께 그는 커다란 짐승의 아가리 같은 어둠 속으로 까무룩 빨려들었다.(231쪽)

예기치 않았던 사고로 일상에서 일탈되어버린 상황. 더구나 그 상황으로 인해 그는 더 이상 악화될 수 없는 식물인간이 되어버린다. 그러한 상황 속에 빠지게 되면 누구나 절망과 분노만이 남게 될 것이다. 이 작품의 주인공인 이남현은 사고를 당한 이후 의식이 명료함에도 불구하고 전신을 움직이지 못하고 몸의 지각마져 느끼지 못하는 식물인간의 상태에 놓여진다. 그런 상황에서 그는 간호사들과 의사들에 의해 놀림감이 되기도 하고 무시를 당하기도 하면서 인간 이하의 존재처럼 비참함을 느끼게 된다. 이처럼 인간세계에서 한 구성원으로 인정받지 못하는 존재는 인간이 아닌 동물 또는 식물같은 처지로 존재가치가 전락했음을 말해준다. 그런 상황에서 그는 죽음을 맞이하더라도 인간다운 죽음을 맞고자 한다. 그가 죽음을 눈 앞에 두고 떠올리는 똥개의 죽음과 소의 죽음은 식물인간의 처지로 전락했지만 인간다운 죽음을 맞이하고 싶은 그의 심정을 간접적으로 말해준다. 즉 동물이지만 고통스런 죽음을 맞이하는 똥개보다는 경건하게 죽음을 맞이하는 소를 닮고 싶은 것이다.

누군가가 훔쳐온 똥개를 모감주나무에 매어둔 채, 한결같이 웃통을 걸
어붙이고 플라스틱 슬리퍼를 질질 끌면서 하늘을 향해 소주병 나팔을
불고 있었다. 일찍 달아오른 술기운에 얼굴뿐 아니라 가슴팍, 배꼽 위까지
시뻘겋고, 입맛을 쩝쩝 다실 때마다 독한 마늘냄새가 풍겼다. 그들이 누런
똥개를 정부미 자루에 넣고 손바닥에 침을 퉤퉤 뱉을 때면, 섣부른 오줌줄
기가 절로 새어나와 바지를 지렸다. 살덩이에 꽂히는 둔탁한 몽둥이질
소리에 급히 귀를 막고 눈을 감았다. (232쪽)

돼지들이 끝까지 돼지처럼 최후를 맞는 반면 지붕이 높은 우사의 소들
은 언제나처럼 조용했다. 더없이 투명하고 선한 눈망울을 씀벅이며, 소와
눈이 마주칠까 봐 우사 앞에서는 지레 고개를 내리깔았다. 커다란 눈망울
가득 샘물보다 더 맑고 차가운 눈물이 고여 있을 것만 같았다.
아버지의 도끼가 하늘을 빗금으로 갈랐다. 개를 잡는 몽둥이질 소리보
다는 명징하고, 반석을 던져 돌다리를 놓을 때보다는 적이 딸막이는 소리
가 도살장 지붕을 흔들었다.
에그, 모진 거. 뭣 땜에 부질없는 명이 이다지 모질다냐? 빨랑, 빨랑
뒈져버리라니…….
숙달된 아버지의 도끼질도 때로는 사소한 실수를 빚는 법이었다. 단
한방으로 깨끗이 축생의 지옥에서 벗어나게 해주지 못했다는 자책감에
아버지는 주술사처럼 소의 영혼과 대화를 했다. (232쪽)

인간이기에 그는 사고가 난 이후 처음 의식이 돌아왔을 때 죽음보다는
삶의 길을 더 찾고 싶어한다. 그러나 정신적인 의식은 뚜렷하지만 몸통의
감각을 느끼지 못하게 됨을 알게 되면서 사회의 구성원에서 제외된 인물
로 전락했음을 인식한다. 인간들의 세계에서 배척당하고 혼자 떨어진
신세가 된 자신을 '지구와 아주 먼 별에서 폭발하면서 튕겨져나온 운석'
으로 느끼면서 그는 더욱 좌절감을 느끼게 된다. 이러한 상황에서 한
때 결혼을 꿈꾸었던 동거녀도 떠나가고, 자신과 관련없는 사람의 죽음에

는 무관심하고 무신경한 의사나 간호사와 접촉하면서, 또 교통사고의 처리에만 골몰하는 사건 담당 경찰관들의 모습을 보면서 그는 죽음을 맞더라도 경건하게 맞이하고 싶은 최후의 바램을 갖게 되는 것이다. 이왕 죽음을 맞이할 바엔 인간답게 깨끗한 죽음을 맞이하고자 한 것이다. 바로 아버지에게 죽임을 당했던 소같은 죽음을.

그러나 그의 이런 바램마져 가래가 심해져 자유로이 숨을 쉴 수 없게 되어 인공호흡기를 끼게 되면서부터 가질 수 없게 된다. 결국은 식물인간 으로서 자율의지로는 어떠한 행위도 할 수 없게 된 것이다. 그는 인간으 로서 살아가는 것이 아니라 다만 '생명을 저당 잡은 인공호흡기의 까다로 운 비위를 맞추며' 기계처럼 목숨만 부지하게 된 것이다. 그가 문득 식물 도 자살을 한다는 신문 가십란의 기사를 떠올리게 되는 것도 식물인간이 된 처지로서 비참한 죽음보다는 인간다운 죽음을 맞고싶은 욕망의 표현 이다.

> 아무리 습도, 온도, 햇빛이 골고루 갖추어진 환경이라도 죽음을 결심한 (!) 식물은 물을 주면 뿌리의 본능을 온힘으로 거부해 수분을 빨아드리지 않고, 햇빛이 비치는 반대방향으로 고개를 돌리며, 적절한 온도에도 냉담 하게 반응한다는 것이다. (244쪽)

그가 식물의 자살 기사에 암시를 얻어 '안으로부터 문을 걸어잠근 거 부와 폐쇄'의 방식을 선택하는 것은 그의 절망감을 표현한 것이다. 그는 자살하고자 하는 식물처럼 식사와 치료를 거부하고 죽음을 맞이하고자 한다. 이러한 그에게 의사는 그에게 성적인 수치심을 주면서 인간존재로 서의 가치마져 부정함으로써 그의 분노를 불러 일으키고 있다.

> 종교 있어요?
> 그는 고개를 혼들 수도, 큰소리로 대답할 수도 없었기에 입술만 가만히

움직였다.

　없어요.

　안됐군. 젊은 사람이.

　의사는 짤막한 말 한 마디만 남기고 돌아서 다음 침대로 향했다. …(중략)… 의사가 던진 한 마디 말이 날카로운 비수가 되어 폐부를 관통하는 듯했다. ……(중략)…… 의사마저 포기했다는 확신이 들자 그는 자신을 둘러쌌던 사방의 벽이 우르르 무너지는 느낌을 받았다. 유영하는 물고기처럼 민첩하게 움직이고 있는 간호사들, 얼굴 가득 걱정을 담고 환자를 지켜보는 가족들, 귓전에서 맴도는 옆 침대 환자들의 나지막한 신음소리, 흐르는 시간마저 모두 자신과는 상관없는 일처럼 의미를 잃어버렸다.(246쪽)

인간다운 죽음을 맞이하고 싶으면서도, 그래도 한가닥 삶의 희망을 간직하고 있었던 그에게 의사의 무시와 포기는 절망의 극단에까지 나아가게 하고 있다. 그는 의사의 낮고 차가운 '안됐군. 젊은 사람이.'라는 말에 더 이상 삶에 대한 희망을 갖지 않게 된다. 그와 함께 그러한 절망감을 불러 일으킨 의사에 대한 분노가 새롭게 일어나고 있다. 자신을 치료할 환자가 아니라 단지 하나의 동물처럼 또는 하나의 유기체로만 인식하는 의사에 대한 분노는 그를 죽이고 짓이기는 모습으로 형상화된다. 움직일 수 없었던 그에게는 상상의 한계 속에 머문 상태이지만, 인간으로서 할 수 있는 분노와 복수의 극한을 치닫고 있다.

　당신이 정말 의사야? 사람의 목숨을 놓고 흥정하는 인간 백정이야? 어쨌든 나는 아직 죽지 않았어. 당신이 살아 있는 인간의 권리와 존엄을 우롱할 권리는 없어. 당신이 의사가 아니라 당신이 나를 능멸할 이유가 되는 신 나부랑이라 할지라도 말이야!

　그는 꼬깃꼬깃한 가운을 입은 의사의 멱살을 틀어잡아 치올렸다. 그의 불끈 쥔 손에 끌어올려진 의사는 피가 몰려 벌겋게 달아오른 채 숨이 막혀 캑캑거렸다.

당신 목구멍에 구멍이나 뚫어보시지. 뻥 뚫리면 아주 시원할거야.

그는 허여멀건 의사의 면상을 향해 주먹을 날렸다. 우두둑 지끈, 사람의 얼굴을 정통으로 때리면 속을 파 잘 말린 바가지가 부서질 때 같은 소리가 난다. ……(중략)…… 그의 주먹이 정통으로 꽂히자 의사는 입에서 피를 토하며 쓰러진다. 그 선명한 붉은 피에는 흰 이들이 몇 개 섞여 있다. 그는 그래도 분이 풀리지 않아 너부죽이 엎드린 의사를 짓이긴다. 차디찬 손가락을 마디마디 꺾어 분지르고 거만한 눈빛이 게슴츠레 풀릴 때까지 온몸을 흠씬 두들겨 때린다. 의사는 외마디 비명도 지르지 못한다. 의사는 이미 시체처럼 널부러졌지만 그의 발길질은 멈추지 않는다. 이대로 계속 때리면 죽을지도 모른다는 생각이 잠깐 뇌리에 스치지만, 불붙은 삭정이 처럼 일어오르는 가학적인 쾌감이 그의 온몸을 뒤흔들고 있다. 분노는 삽시간에 기형적인 속도로 성장해 살의가 된다. 혈관을 타고 사르륵 사르 륵 기어다니는 벌레는 광란의 흡혈충이다.(251쪽)

사, 살려주시오. 제발!

사내는 스크린의 공포영화에서 막 뛰쳐나온 듯한 형상의 괴물체 앞에서 형편없이 말을 더듬는다. 절대로, 사내는 중환자실의 특수침대에 누워 죽어가던 한 덩이의 예약된 시체와 살아 맞대면하는 일을 상상하지 못했 을 것이다. 그리하여 자신의 무책임한 말 한 마디에 그의 영혼이 어떻게 유린당했으며 마지막 존엄이 어떻게 갈갈이 찢겨나갔는가를 알지 못할 것이다.

물론, 살려주고 말고.

한밤의 정적을 찢는 비명과 탄성에 깨어난 아이들이 눈을 비비며 들어 온다. 그는 아이들의 여린 목덜미를 나꿔채어 올리며 음흉하게 웃는다. 아이들만은 해치지 말아달라고 아비와 어미는 목놓아 애원한다. 잠자리 날개처럼 가벼운 계집아이의 잠옷이 그의 거친 손길에 뜯겨 막 솟아오르 기 시작한 봉긋한 분홍빛 가슴이 드러난다. 사내의 작고 메마른 눈에 절망 적인 공포의 빛이 스민다. 그는 고장난 목각인형처럼 후들거리는 아이들 을 구석으로 던져버리고 사내의 아내에게 다가간다. 그는 사내와, 그 아이 들이 보는 앞에서 잔혹하게 여자를 강간한다. 그의 무참한 몸뚱이를 받아 들이며 여자는 더 이상 저항의 염을 잃고 도륙된 가축처럼 늘어지고, 아이 들은 절규하고, 사내는 악몽을 꾸는 듯 멍청하게 앉아 있다. (253쪽)

죽음을 눈 앞에 둔 사람에게는 분노만이 삶의 의미를 가져다준다. 따라서 분노는 또다른 삶의 의지를 나타내는 표현이다. 죽음을 앞에 두고 삶의 의지마저 잃어버린다면 그는 더 이상 살지 못하게 될 것이다. 식물인간이 되어 현실 속에서는 손 하나 움직일 수 없는 존재가 되었을 때 분노가 아무리 크더라도 상상의 한계 밖으로 나아갈 수는 없다. 따라서 그는 단지 상상 속에서만 복수할 수 있을 뿐, 현실 세계 속에서는 그저 그 의사가 불행해지기만을 기원할 수 있을 뿐이다. 체념과 냉소, 그리고 무심함을 통해 평온한 척 가장을 했지만 그는 분노와 공포, 그리고 증오의 거친 감정 때문에 생존에 매달릴 수가 있었다.

그러한 그가 새로운 깨달음을 얻게 된 것은 또다른 환자를 치료하는 의사의 목소리를 듣고서였다. 지하철 공사장의 노상 철판이 무너지는 사고로 인해 십여미터 밑으로 떨어져내리면서 날카로운 쇠꼬쟁이에 다리를 관통당하고 온몸의 뼈가 자디잘게 부서진 젊은 인부의 귀에 대해 의사가 외친 소리를 듣고서였다.

> 이것 봐. 난 당신을 포기하지 않아. 내가 포기하지 않는데 당신이 마음대로 죽을 수는 없어. 말해 두건대, 내가 포가하지 않은 환자들은 절대로 죽지 않아. 내가 신은 아니지만, 내 환자들은 절대 안 죽어. 내가 그렇다면 그런 거야. 당신은 나만 믿으면 돼.(259쪽)

그에게 절망만을 심어주었던 그 의사가 온 몸의 뼈가 자디잘게 부서진 환자에게 외치는 소리를 듣고서야 그는 그동안 자신에게 했던 의사의 행위가 바로 그의 치료를 위해 자신의 분노를 불러일으키기 위한 치료행위였음을 깨닫게 되는 것이다. 병은 육체와 마음을 함께 치료해가는 행위임을 그가 다시금 인식하는 것도 그리고 새로운 생명을 얻어 죽음의 길목에서 벗어나는 것도 이러한 깨우침의 결과인 것이다.

명의(名醫)란 그런 것이었다. 분노로 상처 입은 사람에게는 분노의 처방을, 희망을 소진하여 쓰러진 사람에게는 희망의 약제를 주던, 그가 세상에서 가장 솔직하고 철저하게 증오하던 대상이 바로 지옥에서도 사랑하여 마침내 살아남는 법을 가장 잘 아는 사람이었다. 그토록 그를 지옥 중에서도 그 밑바닥까지 참혹하게 끌어내려 짓밟았던 벌레는, 분노는, 살아남아 있음의 가장 명징한 증거였다. (260쪽)

2

한없이 작아져만 가고있는 우리 시대 중년 남성의 삶을 그리고 있는 신경숙의 <그가 모르는 장소>(≪문학과 사회≫, 1999년 겨울호)는 현재 우리 사회에서 흔히 볼 수 있는 삶의 모습을 상징적인 장소인 호수라는 공간 속에서 비추어 보여주고 있다. 여기에서 제시되고 있는 호수는 '어디에나 있고 어디에도 없는' 마음의 고향이다. 따라서 호수라는 공간은 어머니의 고향도 되고 나의 고향이 되기도 하면서, 우리들 마음 속에 자리잡고 있는 가장 편안한 동굴 - 의지처이기도 하다. 호수는 그냥 자연물의 대상이 아니라 슬프고 괴롭고 답답할 때 하소연하고 토로할 수 있는 대상이면서 또 한편으로는 위로받을 수 있는 든든한 의지의 대상으로 나타난다.

"처음에는 어린 너를 데리고 이 호수에 올 적에는 마음이 슬프고 서럽고 그런 때만였단다. 다 지난 얘기다만은 고만 죽고 싶을 때면 너를 데리고 여기에 왔구나. 세상이 어디 만만한 게 한 대목이나 있더냐? 그냥 지나가는 일이 없는 게 인생사지마는 유독 나한테만 그래 보이더라. 한 가지도 그냥 지나가지 않았어야. 에누리가 없었어야. 그때마다…… 여기에 와서 마음을 달래보고 그랬구나. 내 마음을 달래기에는 여기가 가장 알맞은 장소였어. 너를 데리고 이 세상을 사는 일이 쉽지 않았더니라. 온통 마음

을 달래며 보낸 평생이었지 싶어야. 달래고 또 달래고…… 또 달래고 그랬
구나. 근데 애야. 요즘은 이상허다이. 내 마음을 달래보고 달래볼 적엔
그저 묵묵히 나를 바라보고만 있던 이 호수가 요즘엔 자꾸 말을 걸어온다.
잘잘거리는 물소리가 꼭 너그 아버지 목소리만 같어야.” (1410~1411쪽)

“아니란다. 네가 찍은 호수들을 보면 마음이 흔들렸어…… 네 사진을
보면 호수가 울고 있는 것 같어서…… 내 가슴도 미어졌다. 눈물이 나려던
적도 있었지야. 네가 찍은 다른 사진을 보면 안 그런데 호수는 그래……
호수를 찍을 때면 무슨 특별한 생각이라도 하며 찍는 게냐?”
“……비밀인데.”
“도저히 말해줄 수 없는 비밀이냐?”
……(중략)……
“어머니 생각을 해요. 이 호수 생각을요. 이 호수에는 우리들의 추억
이 너무 많잖아요. 아버지의 유해를 들고 온 그때부터 여기는 어머니와
저만의 공간 같아요. 어디에나요. 저 나무 밑이나 호수 저 건너나 저 다리
밑이나 어디에나 우리는 텐트를 쳤고 거기서 잤고 물고기를 잡았고……
이 호수 어디에나. 어머니와의 숨결이 안 밴 곳이 없잖아요. 추억이라고
말해버리면 어쩐지 허전할 만큼요. 이 호수는 어머니와 제 생이 배어 있는
곳 같아요. 호수를 찍을 때면 어머니가 떠난 후의 제 모습이 생각나요.
어머니 돌아가신 후에 저 혼자 이 호숫가에 앉아 있는 모습이요. 아마
그 생각이 사진에 스미는가 봐요.” (1420쪽)

아들은 어머니에게서 이 호수를 보고, 어머니는 아들에게서 이 호수를
보는 것이다. 서로간의 결핍을 보완해주는 대상으로 상징되는 관계. 가장
가까운 사람들끼리 이루어지는 관계가 바로 이런 관계일 것이다. 이러한
호수를 상대로 해서 어머니와 아들의 삶이 잔잔하게 제시되고 있다. 어머
니의 결핍은 집안의 난쟁이 내력에 따른 것이었다. 그녀는 그 결핍을
해소할 방도가 없어서 집을 떠나게 되는 것이다. 그녀가 ‘그 마을에서는
젤 잘나서’ ‘그 사람과 혼인해서 그 바닷가 마을에서 오손도손 살 꿈’을
포기하고 그 마을을 떠나게 되는 것은 그 결핍을 풀 길이 없었음을 말해

준다. 결국 그녀는 그 결핍을 남편이 아닌 아들에게서 풀게 되는 것이다. 그것도 친아들이 아닌 남편의 전처 아들에게서.

　　"너를 거둬줘서 고맙다고 했냐……네가 있어서 내가 살았는데? 나는 네가 없었으면 네 아버지하고 살도 안 했다아…… 네 아버지가 살어 계실 적엔 네 아버질 사랑도 안 했다아. 네 아버지가 남아 있는 너와 나를 위해 실낱 같은 아홉 달이나 간신히 붙들고 있는 것을 봄서야 그때야 사랑을 느꼈지야. 이미 늦은 마음이었어야…… 해도 내내 그 힘으로 살은 것도 사실이네…… 너를 키우면서 마음 아팠던 것은 네게 동생도 하나 못 만들어주는 내 처지였어야……"
　　"……"
　　"애야…… 너는 내 호수였어야. 내 호수였어." (1437∼1438쪽)

　　이러한 보완적인 관계가 인간세계에서 가장 바람직한 관계가 아닐까. 서로가 서로를 생각해주고 서로가 서로를 의지하면서 살아가는 세계에서만이 이러한 관계가 이루어질 수 있을 것이다. 부모가 자식에게 보여주는 사랑의 모습도 결국은 이러한 관계라고 할 수 있을 것이다.

　　"너는 어려서 기억이 안 나겠지만 병원에서 처음 네 아버지는 삼 개월밖에 못 산다고 했단다. 그런 네 아버지가 아홉 달을 버티었다. 너와 나 때문 아니었냐. 늦게 본 자식이라고…… 너를 얻느라고…… 이런…… 내가 무슨 말을 하고 있는 건지, 원. 병원에선 기적이라고 했어. 이십 년을 채워야 연금이 나오는데 이십 년을 채우기에 아홉 달이 모자랐단다. 나는 느낄 수 있었다. 네 아버지는 오로지 너와 나에게 연금 혜택을 주고 가겠다는 그 일념으로 삼 개월을 지나 아홉 달을 버티었어. 사람이 그럴 수도 있더구나. 이십 년에서 모자란 아홉 달을 채우시고선 돌아가셨다. 편안히 가셨어. 그날은 마침 새 달이 시작되는 날이었단다. 달력을 넘겨놓고 잠자듯이 가셨어." (1408쪽)

　　문득 어머니가 열어놓은 방문으로 성큼 들어온 봄볕을 이윽히 바라보더니 그들 둘을 무릎 아래 앉혔다. 서약을 하나 받아놔야겠다는 것이었다.
어머니 목소리가 너무나 차분해서 그와 아내는 긴장을 했다. 어머니가
내미는 종이에는 훗날 어머니가 치매에 걸리게 되면 꼭 요양소에 보낸다
는 내용이었다. ……(중략)…… 느닷없는 어머니의 제의에 그보다 더 당황
한 건 그때는 처녀였던 아내였다. 아내는 어머니에게 제가 무엇을 잘못했
나요? 하면서 눈물을 비쳤다. 어머니는 아내의 손을 잡고 말했다. 아니다.
그런 게 아니다. 치매에 걸려서 하는 행동은 아무 의식도 없이 하는 것
아니냐? 그것 때문에 너희들이 상처받을까봐…… 자식이 되어서 어찌
요양소에 보내냐면서 집에 두고 그 고통을 겪는 사람을 내가 많이 봤어.
그 생각을 하면 끔찍해서 그런다. (1411쪽)

사랑은 떠나보내야 그 사랑을 알고 미움은 싸워보아야 그 진실을 알
수 있듯이, 이 작품에서는 우리들 삶에 있어서 겪어야만 하는 인생의
여러 단면이 구체적으로 나타난다. 싸우면서 정이 들고 사랑하게 되는
모습을 그린 옛집에 대한 그리움의 표현도 마찬가지이다.

능곡이란 지명이 있다는 것도 모르고 살 때 어머니는 그곳에 빈집을
구해두었다. 언젠가는 그곳으로 들어가 여생을 보내겠다고 하였다. 재봉
질도 그만두고 마당이나 가꾸면서 살란다, 하였다. 이상도 하지야. 저번
때는 해순 아줌마랑 이런저런 얘기를 하다가 서로 이러이러한 집에서
살고프다고 말을 허는데 헛간이 있고야, 마루가 있고, 마루 밑에 개가
있고, 우물이 있고 마루가 들여다보이는 흙담이 있고…… 마당에 닭이
있고 돼지막이 있고…… 한참 하다보니까는 어디서 많이 본 집 아니냐.
이 집을 어디서 봤드라…… 생각해보니 부새가 우는 밤에 뒤도 안 돌아보
고 떠나와버렸던 그 집이드라. 아버지의 말허리를 잘라가며 허구헌날 잘
랑잘랑대며 싸웠던 그 집이어야. 징글징글허다고 도망쳐온 집인디……그
리도 내가 가장 살고 자픈 집은 그 집이었던가 벼야.(1401쪽)

"외할아버지 돌아가신지도 모르고 너그 아버지 만나 함께 살겠다고 찾
아갔더니 어머니가 그러더라. 너만 곁에 있었어두 니 아베는 3년은 더

살았을 것이다. 싸운 것밖에는 없는데…… 싸운 것밖에는. 아버지를 괴롭힌 것뿐이 없는데…… 내가 그 마을을 떠나구선 곧 돌아가셨다고 하드라. 뭣을 그렇게 싸웠으끄나…… 징허게도 싸웠니라. 징그랍게 싸웠어야. 나는 그때 세상하고 싸울 일을 그때 아버지하고 다 싸워버린 것 같어야. 그뒤론 뭣하고도 싸울 의욕을 상실해버린 것 같어야…… 뭐라 말하겠냐……… 젊어서, 젊어서 그랬다……… 그랬달밖에.” (1422쪽)

현대인들은 누구나 상처받기를 싫어한다. 특히 직장인으로 살아가는 소시민들은 그러한 모습이 더 두드러지게 나타난다. 상처받기 싫어하는 그에 대해 그의 아내가 하는 비판은 그 한 사람에 대한 비판이라기보다는 현대인들의 소심함에 대한 비판이다. 특히 경제가 어려워지면서 동료와 생존경쟁을 해야되는 오늘날의 소시민들은 그러한 성향이 더욱 두드러지게 나타날 수밖에 없다. 서로간의 믿음을 차츰 잃어가고 있는 오늘날 우리 사회의 모습도 이렇게 상처받기 싫어하는 소시민들의 의식이 반영된 탓은 아닐까?

당신은 상처받기 싫어서 누구하고도 깊은 관계를 안맺어요. 심지어 아내인 나하고도. 깊은 관계를 안 맺으니 화낼 일도 없고 싸울 일도 없죠. 사람들은 그런 당신을 부드럽고 대인 관계가 원만한 사람이라고 하지만 막상 당신이 위험에 처했을 때 누가 적극적으로 당신을 변호해줄까요? (1407쪽)

아내와의 이혼 원인이 된 떠돌이 개는 아내의 삶을 상징하고 있다. 그가 아내의 삶에 대해 무심하게 지내게 된 것도 자신의 삶이 너무나 고달팠기 때문이다. 자신의 생존이 위협받는 상황 속에서 즉, 자신의 젊음과 인생을 다 바쳤던 회사에서 세 사람 중 한 사람은 그만 두어야 하는 처지에까지 몰리게 된 상황 속에서 그는 아내에게까지 신경을 써서 생각할 여유를 가질 수가 없었던 것이다. 그러나 아내는 그가 아니었고, 또

아내의 삶은 그의 삶이 아니었다. 그녀는 자신의 삶을 갖지못하고 남편에게 얹혀살아가는 존재가 된 처지에 대해 회의감을 느끼고 그 결과 탈출을 꿈꾸게 된 것이다. 따라서 집을 떠나 자신의 삶을 찾아가고자 하는 떠돌이 개처럼 그녀는 묶여있을 때보다는 형편없이 초라하고 비참하다고 해도 또 한번의 새로운 삶에 대한 기대로 살아가게 될 것이다. 아내가 가출과 이혼을 요구하게 되는 것은 결국 새로운 삶-자기의 삶을 살기위한 노력이다. 그리고 그가 아내와의 이혼에 동의하게 되는 것도 이러한 아내의 삶을 새롭게 인정했기 때문이다.

나도 알아요, 여보. 당신과 함께 있으면 아무 일 없이 무난하게 살 수 있으리란 거요. 당신은 성실하고 검소하고 선량해요. 일도 열심히 하고 사람들과의 관계도 좋아요. 때에 따라 승진을 할 거구 월급도 오를 거구 어쩌면 아이도 하나 더 낳게 될지도 모르죠. 하지만 난 거기에 맞춰 살기 싫어요. 어렵겠지만 나도 다시 디자인 일을 시작할 테고…… 어렵겠지만 나도 내 사랑을 지킬 거예요…… 당신 마음을 들여다보세요. 당신은 나와 이혼하는 게 두려운 게 아니라 이혼한 상태로 살아가야 할 날들이 두려운 거예요. 이혼한 사람이라는 사람들의 눈길도 두렵고 이혼이라는 딱지가 당신의 사회 생활에 끼칠 영향도 두렵고 어머니에게 어떻게 말해야 되는지 그것도 두렵고……(중략)…… 우리는 달라졌어요. 그것을 인정하세요. (1431쪽)

물어보지도 않고 제가 그러니 그 사람도 그럴 거라고. 솔직히 그 사람의 인생이나 그 사람의 욕망에 저는 무관심했어요. 제가 어떤 문제를 일으키지 않으면 우리 가정은 순탄대로라고 여겼지요. ……(중략)…… 얼마나 빗나간 우월감이었는지. 그 사람은 자신의 욕망에 솔직한 거지 죄를 지은 건 아니에요…… 마음이 아프지만 그건 사실이에요. (1434~1435쪽)

3

　문학은 현실을 그대로 그려내 보여주기도 하지만 한편으로는 지나간 시절의 의미와 앞으로 닥쳐올 내일의 참된 모습을 제시하기도 한다. 현실은 항상 우리의 눈 앞에 놓여있기는 하지만 그 현실은 어느 순간 까마득한 과거로 흘러갈만큼 지금 우리 사회는 빠른 변모의 모습을 보여주고 있다. 이렇게 변모하는 모습을 영상처럼 그 순간순간 포착하지는 못하지만 문학은 항상 멀리 내다보도록 도와주고 새롭게 인식시키는 역할을 이제까지 해왔다. 따라서 문학은 오늘보다는 내일을 위해 기록하며 존재하고 있는지도 모른다. 세상을 살아가다보면 때로는 희망만이 가득한 것처럼 보이기도 하지만 어느 순간에는 그 끝을 알 수조차 없는 절망을 맞이하게 되기도 한다. 이러한 상황을 극복할 수 있는 지혜를 문학은 길러주면서 때로는 우리의 무지를 깨우쳐주고 있다고 할 수 있다. 다만 우리가 이러한 문학의 역할을 제대로 인식하지 못하고 있을 뿐이다. 오염되거나 탁해지면 곧 고통을 느끼면서도 맑은 공기의 고마움을 모르고 살아가고 있는 것처럼, 그리고 우리들의 삶과 죽음이 나란히 나아가고 우리들의 희망과 절망도 나란히 흘러가도 그 뜻을 제대로 인식하지 못하고 있는 것처럼.

　새해 초부터 작품보다는 사람에게 문학상을 주었다고 해서 한 문학상의 수상 내역과 그에 대한 비판적인 내용의 기사가 신문 지면을 요란하게 장식하고 있다. 이러한 논란도 역시 우리나라 문학계가 갖고있는 어지러운 풍토의 한 단면을 드러내 주는 일에 불과할 것이다. 오늘날 영상세대가 주류를 이루면서 문학이 살아남을 수 있느냐 없느냐 하는 문제가 자주 화두로 제기되는 것도 문학의 진지성 부족에서 나온 이야기일 것이다. 문학은 세계와 현실에 대한 진지한 탐구와 이를 바탕으로 상상력이 결합되어야만 좋은 작품이 나올 수 있을 것이다. 그리고 이러한 작품으로 현실 세계와 대결해야만 살아남을 수 있을 것이다. 패거리를 형성하여 나누어먹는다는 이야기가 나오는 것이나 작품보다는 사람을 보고 상을 주는 행위가 아직도 이루어지고 있다는 것은 결국 문학 스스로 무덤을 파는 행위만이 될 뿐이다. 작가는 제대로된 작품으로 인정받아야 오래 살아남을 수 있다. 좋은 작품은 작가가 아니라 작품이 말해주기 때문이다.

(≪문예운동≫ 2000년 봄호, 통권 65호)

잊혀져가는 흔적 또는 자취에 관한 보고서

김현주, 〈부엌 없는 여자〉(계간 ≪문예운동≫ 2000년 봄호)
정 찬, 〈시인의 시간〉(계간 ≪내일을 여는 작가≫ 2000년 봄호)
정정희, 〈스카이 블루 핑크〉(계간 ≪작가세계≫ 2000년 봄호)
윤흥길, 〈농림핵교 방죽〉(계간 ≪문학동네≫ 2000년 봄호)

새로운 국회의원을 뽑는 행사가 지난 4월에 있었다. 옳고 그름을 명확하게 따져가면서 이 나라의 바람직한 미래를 만들기 위해 목소리를 높여가면서 한 표를 호소하는 그네들의 모습은 정작 그네들과 우리들과의 거리만을 새삼스럽게 인식시켜 주고 있었을 뿐이다. 전 국민들의 잔치마당이 되어야할 그러한 행사가 어찌보면 그들만의 화려한 말잔치처럼 여겨지는 것도 그들의 말과 행위가 일치하지 않기 때문일 것이다. 역사와 국민 앞에 그들은 또 어떻게 평가받게 될 것인가?

지난날 활발하게 활동했던 인물들에 대한 오늘의 평가는 앞으로의 평가가 어떠하게 될 것임을 암시해주고 있다. 그중 하나의 예로, 국회의장을 거쳐 대통령을 지낸 이승만에 대한 평가를 보자. 그는 건국 이후 처음 개원한 우리나라 국회에서 최초로 불법을 저지르고 국회를 유린한 인물이었다. 그러나 단지 그가 초대 국회의장이었다는 이유 하나만으로 현직 국회의원들의 발의와 동의에 의해서 그의 흉상이 국회에 건립되고 있다.

그들 국회의원들에 의해 이루어지고 있는 몇몇 인물에 대한 이러한 평가
는 과연 우리 역사에서 정당함을 인정받을 수 있을 것인가?

　이러한 면에서 5월에 대한 물음도 또다른 의미로 다가온다. 새싹이
돋고 봄나들이하기 좋은 때인 5월. 이 달에는 이 땅에 살아가는 모든
사람들에게 다 해당되는 기념일이 들어있다. 어린이날과 어버이날, 그리
고 스승의 날. 우리 모두가 부모 또는 자식의 처지에서, 그리고 가르침을
주신 스승과 배운 제자의 처지에서 다시금 지나간 삶을 되돌아보도록
하고 있는 5월. 이 5월에 우리 역사는 민주와 자주, 그리고 통일의 이름과
그 아픔으로 아롱진 5.18을 덧붙여 놓았다. 1980년 5월 18일 이후 어둠
속에서 살아남은 사람들에게 이 5월은 민주와 자유 그리고 통일의 의미
를 다시금 되새겨보도록 해주는 달이 되었다. 오늘날까지도 5.18은 살아
남은 우리들의 삶에 새겨진 주홍글씨처럼, 아직 아물지않은 붉은 생채기
를 남기고 있다.

　그런데 올해는 이 오월의 길목에서 동서간의 갈등이 역사의 평가마저
서로 다른 길로 끌고가려 하고 있다. 동서간 단절된 마음의 벽이 역사
인식에서도 서로간에 대립된 시각으로 변모하면서 상반된 모습을 보여
주고 있는 것이다. 한 쪽에서는 민주의 이름 아래 억압에 항의하다가
죽어갔던 이들을 기리는 행사를 진행하는데, 다른 한쪽에서는 이 아픔의
씨앗을 만들었던 인물의 행적을 드높이기 위해 동양에서 가장 큰 동상
건립 기공식을 성대하게 거행하고 있다. 오늘날의 이러한 상반된 모습들
은 우리에게 역사의 의미를 다시금 묻게 하고 있다. 역사는 강자들만의
기록인가 아님 약자들의 기록이기도 하는가 하는 물음을.

　이제까지 우리의 역사는 강자들만의 기록이 중심을 이루어왔다. 따라
서 약자들의 행위는 항상 부정되고 비판받아왔다. '한'으로밖에 표현할
수 없는 힘없는 자들의 아픔. 힘없는 사람들만이 가질 수 밖에 없는 아픔
의 상처는 이제까지 제대로 한번 치유되지도 못한 채 살아남아 '한'이

되었다. 이러한 마음의 상처는 우리 문학에서 '한'의 정서로 자리잡아왔다. 그리고 이는 우리 민족의 한 특징처럼 말해져 왔다. 또 이러한 잘못된 전통은 그동안 진실인가 아님 허위인가 하는 문제 제기조차 힘들게 만들었다.

'한'으로 표현되는, 마음 속에 슬픔과 분노를 가득담고 있는 아픔의 전통은 바람직한 전통이 아니라 사라져야만 할 전통이다. 잘못된 전통인 '한'의 정서를 치유하기 위해서는 아픔의 상처를 낱낱이 드러내놓아야만 한다. 그래서 밝은 햇볕 아래 잘잘못에 대해 논의가 되어야만 아픔의 상처는 아물 수가 있는 것이다. 또 그래야만 밝고 활달했었던 우리 문학의 본래 기운을 되찾을 수 있을 것이다. 이러한 드러냄을 위해 물음과 문제 제기가 이루어져야 하는 곳은 산문, 그 중에서도 소설일 것이다. 지난 봄철에 발표된 많은 작품들은 우리 사회가 새천년 구호처럼 중심을 잡지못하고 휘청거리듯이 다양한 빛깔의 작품들을 내보이고 있다. 그 중에서도 죽음 또는 사라짐을 통해서 살아남은 사람들에게 아픔과 진실의 의미를 생각해보도록 만든 작품들을 살펴보고자 한다.

1. 일상적 삶 속에 감추어진 아픔과 상처의 기록
– 김현주의 〈부엌 없는 여자〉

5월의 아픔에 대해서 섣부른 감상이나 분노의 표현을 우리는 그동안 많이 보아왔다. 그러나 가슴 깊은 곳에 뭉쳐진 아픔은 가슴 속에 묻혀진 '한'의 정서처럼 쉽게 겉으로 드러나지를 않는다. 그런 면에서 가슴 깊은 곳에서 스며나오는 아픔의 상처를 여성 화자의 낮은 목소리로 들려주는 김현주의 소설 <부엌 없는 여자>(계간 ≪문예운동≫ 2000년 봄호)는 우리의 이웃들이 지난날 겪었던 아픔에 대해서 외면하고자 하는 우리들 모두에게 그때의 아픈 상처를 다시금 들춰내 보여주고 있다.

분노가 아닌 부끄러운 고백으로 서술되고 있는 여성 화자의 진술은 그동안 말은 많았어도 제대로 이루어진 화해 한번 없었던 강자와 약자, 즉 살인을 저지른 자와 죽음을 당한 자 사이의 메울 수 없는 마음의 대치가 오늘날도 계속되고 있음을 말해준다. 제정신을 찾지 못하고 떠도는 여인인 양순이 엄마는 5·18의 희생자이다. 그리고 나를 비롯한 슬기 엄마, 가을이 엄마는 모두 역사의 방관자들이다. 희생자와 방관자만 있고 가해자는 보이지 않아도 우리들 모두가 피해자의 아픔에 죄의식을 느끼는 것은 방관자인 우리들 모두도 결국에는 가해자와 한편이 되었기 때문이다. 정신적인 아픔을 이겨내지 못하고 정신병자가 되어 떠도는 양순이 엄마 – 나중에는 제비 엄마로도 불리는 그녀에 대해 힘을 가진 자들의 횡포는 여전히 계속되고 있다. 즉 그녀가 부양 능력과 키울 능력이 안된다고 애들만을 따로 떼어내서 사회복지시설로 보내는 것으로 책임 회피를 하고자하는 관료적인 태도는 바로 가해자의 또다른 모습이다.

여기에서 방관자는 가해자와 동일한 모습으로 제시된다. 다른 제비 새끼들이 집밖으로 날기 시작했어도 아직 날지 못하는 약한 제비 새끼가 결국 떨어져 죽을 때까지 그 제비 새끼를 위해 받침대를 놓아야겠다고 마음 속으로 생각은 하고 있으면서 실천을 못한 나의 행위는 바로 방관자의 모습이다. 이는 이웃의 아픔을 외면하면서 단순히 음료수 몇 병으로 양심의 질책을 벗어나고자 하는 모습과 동일한 선상에 놓여있다. 그리고 이러한 모습들은 화자인 '나'와 이웃집 아주머니들의 모습일 뿐만 아니라 살아남은 채 바쁘게 살아가는 우리들 모두의 모습이다. 철저하게 위험을 회피하면서 강자의 이야기에만 귀를 기울이면서 이기적으로 행동하고자 하는 '나'의 모습은 살아남은 '나'의 모습이자 바로 오늘을 살아가는 우리들 모두의 모습들이다. 불의에 항거하여 일어났던 사람들에게 동참하지 못하고 도피하여 편안하고 안일한 삶을 추구했던 화자의 모습

은 바로 우리 민족의 아픔을 그들만의 아픔으로 한정시키면서 외면하고
자 했던 사람들인 우리들의 또다른 모습이라고 할 수 있다.

이미 모든 것을 지나간 역사로만 흘려보내는 오늘날의 세태 속에서
'미친 년'으로만 인식되는 제비 엄마의 정신 질환 증세는 살인을 저질렀
던 사람들보다 이를 방관하면서 자신들만을 위해 이기적으로 행동했던
살아있는 우리들 모두에 대한 질책이다. 이러한 질책은 작게는 5·18이
갖는 의미를, 그리고 크게는 우리 민족과 역사가 갖는 의미에 대한 물음
이다.

그 여자는 제게 있어 누구일까요? 왜 이렇게 가슴이 두근거리는지, 떠올
리기만 해도 가슴이 싸하니 아려오는지 모릅니다. 양심이요? 글쎄요. 제
게도 그 날의 아픔이 없는 것은 아니지요. 그러나 그건 전해들은 이야기일
뿐… 그랬어요. 텔레비젼 드라마 '모래시계'에서 본 장면이나 책에서 잠
깐씩 본 것들. 전 말이죠, 구경꾼의 삶을 살았지요. 하지만 제게도 부끄러
움은 있어서 5·18 이야기만 나오면 어쩐지 숨어버리고 싶거든요. 전, 그
자리에 없었으니까요. 살아있는 양심이요? 글쎄, 제게 있는 것은 단지
무어랄까. 영원히 지워지지 않을 마음 속의 죄책감 그런거겠지요. 비난이
요? 누가 말입니까? 역사적인 현장에 없었다는 이유만으로 비난받아야
하다니요. 그러지 않으면 어쩔거예요. 역사라는게 어차피 제 나름의 흐름
이라는게 있어서 그래저래 무분별하게 희생당하는 사람들이 있는게 아니
겠어요.

화자인 '나'의 변명은 그동안 역사의 현장에서 벗어나 있었던 우리들
이 이제까지 해왔던 역사에 대한 변명이다. 참여자가 아니었기 때문에
거리낌이 없다면 공동체는 더 이상 존재할 가치가 없게 된다. 따라서
같은 민족으로 남아있는 한 우리 모두는 지나간 역사적 사실에서 자유로
울 수가 없는 것이다. 한 민족이 공동체를 형성하고 살아가는 한 지나간
역사는 오늘과 바로 연결되어 있기 때문이다. 지나간 역사에 대한 질문은

그래서 필요한 것이고 또 계속되어야만 한다. 이 작품에서는 우리 모두가 회피하고자 했던 아픈 상처를 여성 화자의 조용하고 나긋한 목소리로 드러내 보여주면서 다시금 깨우쳐 주고 있다. 역사에 대한 화자의 물음은 결국은 제대로 된 나라, 한 마음의 공동체 문화가 있는 나라가 되기 위해서는 이웃의 아픔을 외면하는 지금과 같은 삶보다 우리 모두 그 아픔을 직시하는 태도를 보여주어야함을 말해준다.

현대인은 시간의 빠른 흐름 속에서 정신없이 살아가고 있다. 그래서인지 우리 모두는 지나간 삶에 대해 너무 쉽게 잊어가면서 살아가고 있다. 이러한 삶은 과연 가치가 있는 것일까? 이 물음에 대해 대답하기 위해서는 이 작품에서 제시하는 '부엌없는' 여인의 삶이 제대로 된 삶인가를 물어보아야만 한다. 이 작품은 올해 20주년을 맞이하는 5·18의 진행과정과 그 결과를 직접적으로 드러내 보여주지 않으면서도 그 과정에서 피해를 입은 한 여인의 삶을 통해 5·18이 갖는 민족의 아픔을 선명하게 형상화시켜 놓고 있다.

2. 마음을 담은 시어는 하나의 주술
─ 정찬의 〈시인의 시간〉

오늘날 언어는 어떤 의미을 담아낼 수 있는가? 그리고 상대에 대한 투시가 어느 정도까지 가능한가? 한 시인이 시로서 표현한 독재자에 대한 한을 담은 저주는 그 독재자의 죽음과 어떠한 관계를 맺고 있는가를 추적하고 있는 정찬의 〈시인의 시간〉(계간 ≪내일을 여는 작가≫ 2000년 봄호)은 우리들에게 시가 갖는 상징성을 다시금 생각하도록 만들어준다.

이 작품은 독재의 망령으로 어둠이 가득했던 70년대와 80년대를 치열하게 살다가 죽어간 한 시인에 대한 추억담의 성격을 띠고 있다. 그러나 이 작품에서 제시된 시인 강명원은 지나간 시절의 추억 속에서만 머물고 있는 사람이 아니다. 그는 오늘날까지 살아남아 살아가고 있는 우리들 중 한 사람이기도 하고, 때로는 화자인 나 김영일의 한 부분이기도 하며, 때로는 그 시대를 치열하게 살았던 사람들이 느끼는 정신의 일부분임을 암시하고 있다.

처음 화자인 나 김영일은 강명원의 시를 대학신문에서 읽고 그에게 끊임없이 빨려 들어가게 된다. 그래서 끊임없이 그의 주변을 맴돌며 그의 삶을 내 삶처럼 인식하게 된다. 그가 사귀는 여자 친구를 내 여자 친구처럼 느끼고 전혀 질투심을 보이지 않을만큼. 그리고 나의 시도 대학신문에 실림으로써, 강명원와 같은 반열에 설 수 있는 한 사람의 시인으로 인정 받으면서 혼자 자축까지 하게 된다. 따라서 그의 행적을 쫓다가 잃어버리고 주저앉은 술집에 그가 나타나는 것도, 그의 여자를 내가 정신적인 소유에서 시작되어 육체적인 소유에까지 이르는 것도 그와 내가 서로 다른 사람이자 한 사람임을 말해준다.

한 남자의 죽음을 기원하는 샤먼의 주문으로 시작되는 강명원의 시 '아케론 강변에서'는 강명원이 바란 것처럼 한 독재자의 죽음으로 연결 되고 있다. 비록 직접적으로 연관성이 없는 우연에 의한 결과였을지라도. 한 독재자의 죽음을 기원한 강명원의 시 한편. 이 시를 읽고 내가 '소름끼 치도록 싸늘'하게 느끼는 것도 이미 언어의 주술적 효과에 공감했기 때문 이다. 긴급조치가 모든 사람들의 소통을 막고 있을 때 독재자의 죽음을 기원하는 주문을 발표하는 강명원의 태도와 그 표현의 대담함에 후배 시인이었던 나-김영일은 두려움을 느끼게 된다. 하지만 화자인 내가 더 놀란 것은 주문처럼 그 독재자가 정말 보름 후에 죽음을 맞이했다는 것이 었다. 이러한 주술성에 놀라면서 독재자가 죽음을 맞이함에 따라 나는 시를 잃어버리게 된다.

그 이후 강명원은 새로 나타난 독재의 망령에 대항하여 80년 5월의 비극을 담은 유인물을 들고 '햇살 눈부신 서울의 거리'에 나섰다가 결국

끌려들어가 폐인이 되어 정신병원에 갇히는 신세가 된다. 그 상황에서 나-김영일은 '죽음의 의상을 차린 삶과, 삶의 의상을 차린 죽음'을 보면서 두려움 속에서 현실을 견디고 있는 사이 강명원은 그 현실 속에 뛰어들어 스스로 죽음의 길을 가고 있었던 것이다. 한 때는 한 몸처럼 느껴졌던 그와 내가 이제는 가까이 갈 수 없는 거리로 분리가 된 것이다. 즉, 현실속의 삶의 무게가 서로를 잊게 만든 것이다.

화자인 나 - 김영일이 15년의 세월을 지난 뒤에야 그것도 우연히 강명원의 소식을 듣게 되고 그가 처한 현실을 알게 되는 것은 그만큼 현실속 세월에 짓눌려 지냈음을 말해준다. 이 작품에서 현실 속에 찌들려 '나'를 잃어버리고 살아가는 나-김영일의 모습은 현실 속에서 사라져 잊혀졌다가 어느날 문득 죽어가는 모습으로 다가온 '그 - 강명원'과 서로 다른 모습을 띠고 있지만 같은 정신을 소유하고 있는 인물이라고 할 수 있다. 따라서 김영일이 강명원을 잊은 것이 아니라 세월이, 시간이 잊게 만들었음을 말해준다. 세월이 약이라고 말하는 것처럼, 내 속에 남아있던 열정을 잃어버린 삶은 죽어가는 삶이 될 수밖에 없다. 따라서 강명원이 사물을 보는 눈을 잃고 결국에는 앞으로 걸어갈 수 있는 능력까지 잃은 뒤에 죽음을 맞이하게 되는 것은 나-김영일이 시를 잃고 현실에 동화된 삶을 사는 것과 나란히 놓이게 된다.

강명원은 독재자의 죽음을 기원함으로써 그 독재자를 죽게 만들었지만, 그 과정에서 자신을 그 제물로 바치기를 소망했듯이, 이제는 자신도 죽어가는 상황에 처하게 된다. 처음에는 눈이 멀고 귀가 멀다가 차츰차츰 온몸이 굳어가는 병에 걸려서. 강명원이 눈이 멀어질 때 빛이 한꺼번에 사라지는 것이 아니라 천천히 아주 천천히 사라져갔음을 말하는 것은 모든 변화가 급격하게 이루어지는 것 같아도 지나고나서 보면 자연스런 변화의 한 과정임을 말하는 것이다. 그리고 그가 마지막 빛이 꺼지고 세계가 캄캄해지고나서 가슴 속에 담긴 사물들을 하나하나 끄집어냈을 때 그 사물들은 예전에 보았던 그 사물들이 아니라 이제까지 한번도 보지 못한 새로운 형상을 띠고 있었다고 고백하는 것은 이제 그의 정신세계가 무욕의 단계에까지 이르렀음을 말해주고 있다.

> 내 눈이 멀어질 때 빛이 한꺼번에 사라져버린 게 아니었소. 천천히, 아주 천천히 사라져갔소. 나는 저 너머로 사라져가는 사물들을 하나씩 하나씩 집어 가슴 속에 집어넣었소. 물론 욕심대로 다 넣을 수는 없었소. 그래서 마음에 드는 것들만 골랐지요. 마지막 빛이 꺼지고 세계가 캄캄해졌을 때, 난 가슴 속에 집어넣었던 것들을 하나씩 하나씩 끄집어내기 시작했소. 여기서 놀라운 일이 일어났던 거요. 사물들이 변신해 있었던 것이었소. 그것들은 내가 한번도 보지 못했던 형상들이었소. 아시겠소? 전혀 새로운 형상이었단 말이오. 난 그것을 보는 순간 깨달았소. 놀랍게도 그것은 태초의 형상이었소. 누구의 눈에도 닿지 않았고, 어떤 욕망에 의해서도 더럽혀지지 않았던 형상들이 어렴풋한 빛에 싸여 내 눈앞에서 어른거리고 있었소. 이제 아시겠소? 왜 내가 눈먼 시인이었는가를.

그러나 강명원 스스로가 눈먼 시인이었음을 시인하는 모습은 열정도 욕망의 한 변형임을, 그래서 순수에서 벗어나 있음을 말해주고 있기 때문에 다시금 우리들의 인식과 지나간 삶을 생각하도록 만들고 있다. 강명원이 정말 눈먼 시인이었을까. 그가 눈먼 시인이었음을 시인하다보면 이제까지 사회 변혁을 이루었던 젊은이의 모든 행위가 하나의 가식과 거짓으로 매도될 수도 있기 때문이다. 정말 우리들이 젊은 시절 가졌던 열정과 순수를 이처럼 단순히 또다른 욕망의 한 형태로만 보아야 할 것인가? 그 말이 옳다면 사회의 변혁이나 개혁은 순수성을 잃어버린 자들이 저지르는 욕망의 잔치에 불과한 것이 되고 말 것이다. 어쩌면 너무 순수함을 강조하다보니 열정마져도, 순수했던 정열마져도 순수하지 않게 보인 것은 아닌지 모르겠다. 삶은 흑과 백이 아니라 때론 회색빛 속에서 더 진실에 가까이 다가갈 수 있음을 우리 모두 한번쯤 생각해 보았으면 한다.

3. 개인 속에 감추어진 아픔과 상처의 기록
― 정정희의 〈스카이 블루 핑크〉

사회적, 도덕적인 양심문제와 관련없이 일어나는 한 개인의 갑작스러운 죽음에 대해 우리는 어떠한 생각을 하게 될까? 특히 사랑하던 가족 중의 한 사람이 갑작스럽게 죽음을 맞이했다면 나머지 가족들은 어떻게 반응을 할까? 정정희의 <스카이 블루 핑크>(계간 ≪작가세계≫ 2000년 봄호)는 예기치 않았던 사고로 인한 자식의 죽음 앞에서 고통을 겪는 부부의 심리적인 변화와 그 극복의 과정을 세밀하게 묘사하고 있는 작품이다. 이 작품에서는 고통을 느끼는 부부간의 차이와 남녀간의 차이, 그리고 민족간의 차이를 통해 죽음에 대해 느끼는 그 다양한 빛깔을 보여주고 있다.

갑작스러운 교통사고로 잃어버린 외아들. 외아들인 유진을 잃고나서 삶의 의욕을 잃어버린 아내. 아들을 잃은 슬픔을 견디려고 술에 의지하면서 살아가고 있는 나. 이들 사이에서 일어나는 변모된 삶의 모습은 사랑하는 가족을 잃어버린 고통이 얼마나 견디기가 힘든가를 생생하게 보여주고 있다. 아들을 잃은 후 고통을 겪는 가족들의 삶은 크게 남자와 여자의 차이로 나타난다. 먼저 어머니인 아내는 가게일을 포기하고 끝없는 잠에 빠지고, 아버지인 그는 심한 불면증에 시달린다. 그는 불면증으로 고통을 겪으면서 술에 의지하게 되고, 그의 아내는 말을 잃어버리고 끝없는 잠에 몰두하고 있다. 가정의 두 축인 부부가 아들을 잃은 고통을 견디지 못하고 점점 파멸을 향해 나아가고 있는 것이다. 그들의 일상 생활 속에서는 이미 죽고 없는 아들의 삶이 부모인 그들의 삶을 지배하고 있다. 생활 속의 모든 행위들은 아들의 과거 행위와 연결되면서 이야기가 이루어진다. 살아 움직이는 주변의 모든 행위는 이미 죽고없는 유진의 행위와 비교되고, 그들의 꿈 속에서도 죽은 유진은 살아있는 모습으로 등장한다. 즉, 부모들인 그들의 삶은 이미 죽은 아들과 항상 연결되어 있으며, 부분적으로는 살아있을 때보다도 더 생생하게 연결되며 다가온다.

이처럼 변모한 주인 내외의 모습을 보다못한 가게 종업원인 토니는 그에게 '아내를 강간이라도 해서 아이를 가져보라고' 충고하기까지 한다. 험악한 미국땅에서 안심하고 살기 위해서는 자식을 여럿 갖는 것이 안심할 수 있다는 말과 함께…. 맥시코인인 토니의 이 말은 삶과 자식에 대한 민족간의 인식 차이를 뚜렷하게 보여준다. 마음을 쏟고 정을 붙인 대상을 잃어버린 그들에게 다시 새로운 정을 불러일으키는 존재는 또다른 자식이 될 수도 있다. 그러나 더 좋은 환경에서 애를 갖자고 주장하면서 첫애를 지웠던 그의 아내에게는 아직 죽은 아이에 대한 기억만이 생생할 뿐이다. 그러한 상황에서 이 제안은 그녀의 분노만을 불러 일으키게 된다. 그녀의 분노는 '유진은 아직도 바로 여기에 있고, 절대 잊을 수 없으며, 유일한 내 아이'라는 말 속에 그대로 함축되어 있다.

죽은 아들에 대한 아내의 애정을 넘어선 집착의 모습 못지않게 그도 죽고 없는 아들에 대한 기억이 더욱 생생해져가는 경험을 한다. 그러나 서울에 있는 가족들이 그에게 아들을 묻은 땅을 떠나 한국에서 새출발하라고 성화를 부려도 그가 서울로 돌아가지를 않았던 것은 현실의 도피가 모든 것을 해결해주지 않음을 알고 있기 때문이다.

> 견딜 수 없는 건 기억의 양이 아니라 기억의 생생함이었다. 술을 마시다 보면 마치 어제 일처럼, 바로 옆에서 벌어지는 영상처럼 여러 가지 일들이 생생하게 떠올랐다. 그는 강물에 떠밀려 내려오는 빨간 공을 집어들 듯 세세한 기억의 풍경 속으로 빨려들어가곤 했다.

고통의 기억은 양이 아니라 그 생생함이 사람을 더 견디기 힘들게 만든다. 그가 잊고자해서 먹은 술은 기억을 더 생생하게 만들고, 그는 바로 그 생생한 기억 속에 빨려들어가 고통을 느끼고 있다. 그 스스로는 헤어나질 못하고 있는 고통의 늪 속에서. 그러면서 그 고통 속에서 하루 빨리 벗어나 제대로의 삶을 살길 바라고 있다. '누가 와서 아내를 깨워주고 자신의 술병을 깨버렸으면 좋겠다'고 여길만큼. 이처럼 고통스럽게 만들던 정신적인 갈등은 부부가 조금씩 변모하면서 해결의 실마리를 찾게 된다. 자신의 태도에 대한 아내의 침묵이 드디어 분노의 말로 바뀌면서, 그는 이러한 아내의 변화를 다행으로 여기게 되지만 이제는 그가 섬망 증세로 고통을 겪기 시작한다. 대상물에 대해서 착각하고 망상을 일으키는 증상을 그가 나타내자 그의 아내는 비로소 아들을 잃은 아픔과 고통은 자신만이 겪는 것이 아님을 인식하게 된다. 즉, 서로간에 똑같은 아픔을 공유하고 있다는 의식이 그들을 화해로 이끌면서, 고통의 터널을 벗어나도록 하고 있는 것이다.

그가 모처럼 노곤한 잠을 자면서 열다섯살이 아닌 스물다섯살이나 되어보이는 죽은 아들을 꿈에서 만나고 나서 부부가 함께 여행을 떠나고 복권을 사면서 평범한 일상으로 돌아오는 것은 그동안 아들의 갑작스러운 죽음으로 인해 갇혔던 어둠의 긴 터널을 빠져나가고 있음을 말해준다. 그들 부부가 마지막으로 하늘을 물들이고 있는 아름다운 저녁 노을을 바라보면서 저 아름다운 노을도 이미 죽은 유진도 한때 보았던 노을임을 되새기는 것은 마음의 평화를 상징하고 있다.

유진이 보고 간 것 가운데 적어도 하나쯤은 굉장히 아름다운 풍경이 있었고 지금 그들도 그런 풍경 앞에 서 있었다. 그들은 아주 천천히 길고 고통스런 터널에서 빠져나오게 되겠지만 지금 이 순간은 그 터널을 잊고 있었다. 아내는 결국 데스 밸리 근처에서 차를 세우고 커피를 한잔 더 마시자고 청했고 그는 그대로 했다. 하늘은 여전히 스카이 블루 핑크, 아들의 어린시절 그림같이 아름다운 색으로 가득 차 있었다.

아들의 갑작스런 죽음이 가져온 고통의 터널은 자학과 기억 속에 살아가는 삶이었다. 아들을 잃어버린 고통은 끝없이 잠을 자는 어머니의 삶과 불면증과 술에 의지하면서 살아가는 아버지의 삶으로 대비되면서 제시되고 있는데, 여기에서 이들이 겪는 고통의 형태가 다르게 나타난 것은 아들에 대한 사랑의 크기가 다르기 때문이 아니라 아픔에 대한 표현의 방식이 다른 것임을 암시하고 있다. 옛 우리 조상들이 아들을 잃었을 때 어머니는 죽은 자식을 안고 몸부림을 치다 실신을 하지만, 아버지는 먼 하늘만을 쳐다보면서 가끔씩 한덩이의 피를 뱉어내듯이 말이다. 결국 이 작품에서는 남편의 아픔을 이해하게 된 아내가 남편의 여행 제의에 따르고, 그 여행의 과정을 통해 그동안 고통을 겪었던 길고 긴 어둠의 터널을 빠져나오고 있는 것이다. 외아들을 잃은 한 가정의 아픔과 고통을 잘 형상화시켜놓고 있는 이 작품은 현대를 살아가는 우리들이 겪게 될 불안한 삶의 한 단면을 잘 드러내 보여주고 있다.

4. 추억의 뒤편, 묻혀진 기억 하나
– 윤흥길의 〈농림학교 방죽〉

우리는 현실이 고달플 때 추억을 먹고 산다. 현실 속에서 견디기 힘든 문제에 무딪쳐서 고통을 겪다보면 지나간 시절의 한 인물이 생각나는 때가 있다. 그러한 인물들은 그 당시 대부분 무시받고 고통받으면서 묵묵히 자신의 삶을 살아갔던 사람들이다. 이념에 의해, 신분의 차이에 의해, 때로는 경제적인 차이 때문에 고통을 받으면서 살아가는 이 땅의 많은 사람들은 항상 그 고통과 아픔을 삭히면서 지냈다. 결국은 그 아픔의 상처가 모여 한으로 쌓이고 또 쌓여갔다. 이는 오늘날까지도 우리 문학에서 한의 정서를 쉽게 찾아볼 수 있도록 만들고 있다. 그 아픈 상처는 언제쯤 아물 수 있을까?

어느 때고 가해자들은 겉으로 잘 보이지 않는다. 따라서 쉽게 잊혀지곤 한다. 기억의 뒤편, 그 옛날을 생각해보면 그 가해자들의 모습이 보다 선명해지는 때가 있다. 윤홍길이 지은 <농림핵교 방죽>(계간 ≪문학동네≫ 2000년 봄호)은 지난 시절을 뒤돌아보면서 미치지 않고는 제대로 살 수가 없었던 그 시절, 유일하게 가해자가 아니었던 한 인물에 대한 회상이다. 오늘날에도 삶은 때론 미치지 않고는 견디기 힘들 때가 있다. 아직도 우리 사회는 올바르게 살아가고자 하는 사람들이 소외받고 무시받는 때가 많기 때문이다. 윤홍길의 <농림핵교 방죽>은 이렇게 소외받고 무시받았던 한 사람, 예전 국민학교(초등학교) 삼학년 때 담임을 맡았던 박경민 선생을 제시하고 있다.

박경민 선생보다는 별칭인 울새로 불린 선생님. 아픔을 어린애처럼 울음으로 표현했다는 것에서 그의 순진 무구함을 엿볼 수 있게 한다. 영세 중립국인 스위스를 동경하면서 살아갔던 이 울새 선생은 어느 편에도 속하지 못했던 처지 때문에 모함어린 소문 속에 놓이게 된다. 인민학교 교장으로 부역질을 한 자에서부터 병역 기피자, 폐병장이 등의 무수한 소문 속에 그는 놓이게 되는 것이다. 서로 편을 갈라 어느 편이든 들어야만 안심할 수 있었던 시절에 아무 편도 들지않고 살아간다는 것은 살얼음판 같은 삶을 사는 길이다. 그러나 울새 선생은 그러한 상황에서도 삶의 방향을 올곧게 지켜가면서 살아간 선생으로 제시되고 있다.

울새 선생으로 불린 박경민 선생은 학생들과 야외수업 하기를 좋아했다. 아직 어린 아이들에게 그가 가르치는 교육은 진실된 삶의 가치였다. '아무리 하찮은 것이라도 저마다 제 이름 하나씩은 가지고 있는 법'이라며 그저 농림핵교 방죽으로 불리던 저수지의 이름이 '시녀지'임을 얘기해 주거나 이름없이 자라는 한포기 잡초라도 '제대로 된 이름을 찾아서 제대로 된 이름으로 불러줄 수 있게끔 노력'해야 하며 '아무리 쓸모없이 뵈는 풀 한 포기라도 생명이 있는 것들을 장난삼아 함부로 해쳐서는 절대로 안된다'고 강조하는 모습은 바로 산교육을 실천하고 있는 모습이다.

전쟁과 외국 군인으로 혼란스러웠던 당시에 일어난 여러 가지 사건들 - 미군 병사가 운전하는 차를 쫓아다니면서 과자 부스러기를 얻어먹었던 기억이나 미친 여자를 놀리는 모습 등은 그 당시 일상적인 모습들이었다. 또한 흑인 아기의 시체가 방죽에서 떠오르자 애들이 미친 여자가 낳은 아기라며 아기 시체에 대해 돌을 던지는 행위도 그 당시 철모른 어린 학생들의 자연스런 모습이라고 할 수 있다. 그러나 박경민 선생이 철모르고 행동하는 어린 학생들을 주먹으로 후려갈기고 물속에 들어가서 둥둥 떠서 불어터진 시체를 건져서 농림학교 운동장 둔덕 밑을 손으로 파고 묻어주는 행위는 다른 사람과는 다른 심성을 가진 사람만이 할 수 있는 행동이다. 따라서 이십년 동안이나 소식이 두절되고 있는 박경민 선생에 대해 제자들이 그가 이민을 떠났을 거라는 추측하는 것도, 그리고 반장이었던 김지겸이가 선생님이 이 나라를 떠났다면 그것은 이민이 아니라 망명임을 강조하는 것도 다른 사람과 다른 심성의 소유자였기 때문에 하는 말이라고 할 수 있다.

지난해 6월에도 유치원생들이 씨랜드라는 곳에서 화재로 비참하게 죽어갔다. 그 어린이들의 죽음에 대해 공무원들의 사건 처리는 많은 비난을 불러왔고, 드디어 한 가족은 국가대표로서 받았던 훈장을 반납하고 이민을 떠났다. 안심하고 자식을 키울 수 없는 나라라는 말을 남기면서……. 많은 사람들의 만류에도 불구하고 끝내 이민을 떠나고 만 그들도 이민이 아니라 망명을 한 것이 아니었을까. 오늘까지도 아이를 잃은 유족들은 진실이 규명되지 않은 채 시간이 흘러가면서 아이들의 안타까운 죽음이 잊혀짐을 마음 아파하고 있다. 왜 우리 사회는 오늘날까지도 이렇게 많은 사람들에게 한을 심어주고 있는 것일까?

우리 주변에서는 이처럼 한을 품으면서 살아가는 사람들이 아직도 많

다. 그리고 그보다 더많은 사람들이 가슴 속에 분노의 감정을 품고 살아
간다. 힘으로 억누르는 이들에 대한 힘없는 이들의 분노. 정당한 삶을
살지 않는 이들에 대한 분노는 어느 때쯤 사그러질 것인가. 우리의 삶이
팍팍할 때마다 서로 말하는 이민이나 가 버릴까 하는 말은 실제 망명을
의미하는 것임을 이 작품은 말해주고 있다.

(≪문예운동≫ 2000년 여름호, 통권 66호)

용서와 화해, 그 멀고도 가까운 길

박정요, 〈사루비아 사루비아〉(계간 ≪창작과 비평≫ 2000년 여름호)
김남일, 〈자미원에는 어떻게 가는가〉(계간 ≪실천문학≫ 2000년 여름호)
신상미, 〈바람보퉁이〉(계간 ≪문예중앙≫ 2000년 여름호)

통일의 큰 걸음이 지난 6월 15일에 있었다. 남과 북의 정치 지도자들이 만나 새로운 세상을 만들어가기로 다짐하는 행사가 열린 것이다. 이제 그 첫 결실로 광복 55주년이 되는 올해 8월 15일에는 남북 이산가족들의 첫 만남이 있었다. 백 사람의 한정된 숫자였지만 우리 민족의 재통합을 위한 첫걸음을 내딛은 것이다. 민족의 화합에는 서로간의 용서와 화해가 먼저 앞서야만 한다. 6.25라는 이념 대결과 동족 상잔의 아픔을 겪은 우리 민족에게 있어서 누가 가해자이고 누가 피해자인가를 가리는 일은 쉬운 일이 아니다. 그러나 서로간에 피해자일 수밖에 없었던 우리들에게 있어서 용서하고 이해하는 마음이 먼저 앞서야만 우리 민족의 통일은 이루어질 수 있다. 이번 호에서 다루고자 하는 작품들도 한때는 가해자와 피해자로 섰었지만 결국에 가서는 모두 피해자가 되어버린 우리들의 삶에 대해서 다룬 작품들을 살펴보고자 한다.

1. 가해자와 피해자, 그 맺힘과 풀림

가슴 속에 묻힌 상처는 쉽게 지워지지 않는다. 그 상처가 깊으면 서로의 가슴 속에만 남는 것이 아니라 삶 그 자체가 될 수도 있다. 박정요의 작품 <사루비아 사루비아>(≪창작과 비평≫ 2000년 여름호)는 서로 적이 되어 싸웠던 싸움의 상처로 인해 고통을 받는 두 인물이 제시되고 있다. 문수와 동현. 이들은 고등학교 때까지 단짝 친구였다. 동현은 기타에 미쳐 학교 공부를 빼먹고 뒷동산에 올라가 기타를 치던 인물로 고등학교를 졸업하고 음악공부를 한다고 서울의 뒷골목을 헤매다가 군대를 갔다와서 중장비 학원을 다니는 인물이고, 그와 단짝이었던 문수는 어려서부터 그림 솜씨가 뛰어나 온갖 그림대회를 다 휩쓸고 다니다가 장학생으로 뽑혀 대학생이 된 인물이다. 마을에서 유일하게 대학을 다녔던 문수는 군에 입대했다가 늘씬한 허우대 때문에 특수부대원이 된다. 그리고 고등학교를 마치고 음악을 하고자 상경했다가 고생만 하고 군대에 갔던 동현은 고향 근처에서 중장비학원을 다니다 5.18의 열정에 휩쓸리게 된다. 이 두 사람의 삶은 생각하지 않던 5.18 민주화 운동으로 인해 한 사람은 피해자로, 다른 한 사람은 가해자의 위치에 서 있게 된다.

> 동현은 그때 손을 뒤로 묶인 채 트럭에 실려가고 있었다. 자신들을 향해 총을 쏜 적들이 플라타너스 그늘 아래 정렬해 있는 게 보였다. 동현은 그곳에서 벼락치듯 어떤 눈길과 부딪치게 되었다. 너무나 잘 알고 있는 사람의 눈길이었다. 그때의 충격은 너무 세게 때린 못처럼 다시는 돌이킬 수 없는 곳으로 박혀버렸다.

> "친구를 만났죠. 트럭에 끌려오더라구요. 손을 뒤로 묶인 채 시무룩한 얼굴루요. 내가 누구를 향해 총질을 했던 건지 그제야 깨닫게 됐죠. 다시는 고향에 돌아올 수가 없었어요. 물론 그림도 그릴 수가 없었죠."

그들 스스로 선택했다기보다는 그렇게 선택되어진 가해자와 피해자의
길이었지만 그 자취가 너무나 선명하여 서로 그 일로 고통받으면서 살아
가고 있다. 특히 가해자인 문수는 더 큰 고통을 겪고 있다. 동현은 문수를
보고 가슴에 상처를 받고 말지만, 진압군이 되어 총질을 했던 문수는
손을 뒤로 묶인 채 끌려오는 동현의 모습을 보고 비로서 자신이 누구에게
총을 쏘았는지를 알게 되고 다시는 고향으로 돌아갈 수 없는 처지로 전락
했음을 느끼고 있는 것이다. 그 충격으로 인해 문수는 도피처럼 파리를
찾아가지만 마음 속 아픔을 다 풀어내지 못한다. 따라서 그가 파리에서
만난 여자와 도망자처럼 한 결혼생활도 파국을 맞을 수밖에 없게 된다.
가장 가까운 아내에게마저 자신의 아픈 상처를 드러내 보여주지 못했기
때문에 결국에는 그 불신이 서로간의 갈등으로 이어지고 만 것이다. 이러
한 파국의 밑바탕에는 서로 적이 되어 총을 겨누었던 그날의 아픈 상처가
자리잡고 있다. 특히 가해자의 위치에 선 문수에게 있어서 이러한 아픔은
극복될 수 없는 벽처럼 보이기도 한다.

　단짝이었던 친구에게 총을 겨누었던 추억 때문에 고통 속에서 허우적
거리면서 살아가던 문수에게 있어서 과거의 잔영이 현실의 삶을 통제하
면서 고통을 주었다면 동현 또한 피해자로서 과거 때문에 현재의 삶 속에
서 고통을 겪으면서 살아가고 있다. 동현이 군대를 갔다와서 돈을 벌기
위해 중장비 학원을 다닐 때까지는 문수와 어릴적 우정이 지속되고 있었
다. 서로 휴가를 맞추어 같이 놀러갈 계획까지 세웠듯이. 그러나 5.18의
와중에서 주변의 열기에 휩쓸려 도시의 중심으로, 그리고 소요의 중심으
로 휩쓸려 들어간 동현은 단순 가담자로 분류되어 큰 고통을 당하지 않고
풀려나게 되지만 그곳에서 가해자의 일원이 된 문수를 보고 자신이 나아
갈 삶의 지향점을 잃어버리게 된다. 따라서 동현이 고향에 내려와 농사일
을 하면서 아픈 추억을 잊어버리기 위해 술에 의지하는 모습은 현실 속에
서 고통을 겪고있는 모습이다. 그런 고통을 딛고 동현이 정상적이고 적극

적인 삶을 살아갈 수 있었던 것은 전적으로 어릴 적 친구였던 연희의
도움 때문이었다. 비록 아직도 어두운 그 기억의 여파로 불면증에 시달리
면서 때로는 곤히 자는 연희를 깨워 바닷가를 가자고 조르기는 하지만.

　5.18의 피해자였던 동현은 삶이 파탄되어가는 길목에서 고향에 돌아와
농사일을 하다가 연희의 도움으로 새로운 삶을 살아가게 되지만 문수는
가해자로서 가위눌린 삶의 질곡을 헤어나지 못하고 막판인생이라는 염
부가 되어 고향땅을 찾아온다. 문수가 연희로 표현하고 있는 고향의 채취
는 어린 시절 연희와 함께 지냈던 시간에 대한 그리움이다. 연희로 상징
되는 어린 시절의 추억이나 고향은 구원의 대상이 된다. 따라서 고향으로
내려온 동현은 연희를 통해 재생의 삶을 살아가게 되지만 밖으로 도피했
던 문수의 삶은 재생의 기회를 갖지못하고 이미 친구의 아내가 되어있는
연희만을 되뇌이며 가슴 아파하고 있는 것이다. 문수가 마지막 파국을
향해 가는 것처럼 백오십여만원의 돈에 팔려 고향 마을에 있는 염전에까
지 오게 되는 것도, 그리고 삶의 막다른 골목인 염부생활을 통해 자신이
찾고자한 길이 무엇이었던가를 다시금 알고자 하는 것도 죽음의 길목에
서 마지막으로 그리는 망향가일 수밖에 없다. 문수가 삶의 모든 걸 끝장
내고 싶은 욕망 속에서 허우적 거리면서도 고향 근처 염전으로 내려와
염부 생활을 하는 것은 고향의 색깔과 추억을 잊지못했기 때문이다. 그러
나 결국에 가서 고향의 햇빛과 바람을 그리고자 한 욕망을 이루지 못한
채 도망치듯이 떠나는 모습은 이미 끝장난 삶을 살아가는 문수에게 있어
서는 정해진 길일 뿐이다.　이처럼 문수나 동현의 몸 속 깊이 박힌 아픈
상처는 시간이 지날수록 치유되어가는 것이 아니라 그 자체가 하나의
삶을 이루고 있어서 삶의 동반자 역할을 하고 있다. 결국 문수가 동현과
화해를 하지못한 채 도망자처럼 떠나가 버리는 행위도 우리 사회에서
아직도 피해자와 가해자가 얼마나 서로 용서하고 화해하기가 힘든가를
상징적으로 보여준다고 할 수 있다.

2. 월남과 베트남, 그 차이와 화해의 길

우리의 젊은이들이 전장에 참전했던 땅의 이름 월남이 대결의 의미를 담고 있다면 통일된 나라 베트남이라는 이름은 화해의 의미를 담고 있는 표현이다. 전쟁은 우리에게 무엇을 남기는가. '걸레처럼 갈가리 찢긴 베트콩을 든 미군, 잘나낸 머리들을 늘어놓은 채 자랑스럽게 기념촬영을 하는 또 다른 미군들'의 사진들은 월남전쟁의 의미를 우리에게 잘 알려주고 있다. 전쟁으로 인해 변형된 인간들의 시체. '한 몸뚱이에 머리가 둘 달린 아이'나 '머리는 호박만한데 팔도 다리도 없는 아이' 등 기형아들이 포르말린 병 속에 담겨 전시되고 있는 모습은 그동안 민주와 자유를 위해 우리의 젊은이들이 참여했던 전쟁이 어떤 의미를 갖고 있었는가를 묻고 있다.

한때는 자랑스러워 하기도 했지만 이제는 부끄러움으로 많이 인식되는 월남전. 우리의 싸움이 아닌데도 미국에 의해 이끌려 참여했던 전쟁으로 오늘날까지 참전했던 사람들에게 고엽제의 고통을 가져다주고 있는 전쟁인 월남전. 그곳 월남에서 비참하게 죽거나 다친 이들과의 화해를 다루고 있는 김남일의 소설 <자미원에는 어떻게 가는가>(《실천문학》 2000년 여름호)는 가해자도 똑같이 피해자가 되어있는 상황 속에서 우리들에게 있어 화해의 길이 얼마나 힘든가를 보여준다. 이 작품은 지난날 우리가 나라 밖에서 저지른 잔인한 행위에 대한 속죄의 길에 대해서 묻고 있으면서 가해자인 우리의 참전용사들 또한 피해자로서 남을 수밖에 없음을 보여주고 있다.

베트남에 의료 봉사활동을 하러가는 일행에 끼인 은혜와 교회 집사로서 참전용사의 대표로 참가하고 있는 박 사장은 월남전에 대한 인식에서 서로 대척점에 서 있는 인물들이다. 은혜는 치의사회의 부탁으로 한국군에게 학살당한 베트남 양민들의 위령제를 벌이고자 하고 있으며, 월남전에 참전했던 박 사장은 참전용사 대표로 옛 전투의 흔적을 찾아가는 길이었다. 서로간에 치부를 감추려고 하는 우리나라와 월남 당국자들. 그 사이에서 서로를 용서하지 못하고 화해하지 못하는 가해자와 피해자들을 만나 화해을 추구하고 있는 은혜와 치과의사 정광렬. 남편과 이혼한 아픔을 딛고 서서 억울하게 죽은 원혼들을 위로하기 위해 자신의 일을 제쳐놓고 베트남행에 동행했던 은혜나 치과진료의 진료팀을 책임지고 있는 치과의사 정광렬은 지난날 우리의 참전용사들이 행한 잘못에 대해 먼저 용서를 빌어야 한다는 의식을 갖고 있다.

이 작품은 의료 봉사진들과 참전용사 대표인 박 사장 그리고 치의사회의 요청을 받고 화해의 굿판을 벌이고자 하는 은혜를 중심으로 해서 이야기가 전개되고 있다. 은혜의 어머니는 일본인 다카하시와 결혼하였지만 남편이 죽고나자 돌연 심해진 시댁의 구박을 견디다 못하여 다시 부산으로 돌아온 후 억척스레 일하면서 옷가게를 열고 돈을 모으게 된다. 그 무렵 나타난 연하의 평안도 신천 남자에게 마음을 뺏긴 은혜의 엄마는 그 남자와 식도 안 올리고 같이 살지만 어느날부터인가 나타나기 시작한 그의 여섯 동생들의 식생활도 책임져야만 하는 상황에 빠지게 된다. 그런 상황 속에서 결국에는 은혜 아버지의 심해진 술주정과 망가진 가정만이 남게 된다. 은혜는 어린 시절의 어두운 추억 속에서 고통받으면서 또 다른 고통에 시달리는 베트남 피해자들에 대한 화해의 굿판을 준비하고 있다. 은혜는 내내 고생을 하다가 죽어가면서 마지막에 자신의 일생 내내 고통만을 안겨준 아버지의 무덤 앞에 용서의 굿판을 벌여달라는 어머니의 유언을 듣고 한편으로는 당혹해하면서 의아하게 생각한다. 어머니의 유언이 화해의 몸짓인가 아님 분노의 몸짓인지를 잘 이해가 되지 않는 것이다.

참전용사 박민성과 은혜는 탄선넛 국제공항에서 호텔로 가는 버스 옆자리에 앉아 처음 인사를 나눈 처지이다. 월남전을 바라보는 박민성 사장

의 생각은 전쟁에 대한 가치관과 우리의 월남참전에 대한 평가를 담고
있다. '내가 죽이지 않으면 내가 죽는다'는 관점과 '쟤들이 쏘기 전에
내가 먼저 쏜다'는 의식만을 가지고 전쟁에 참여했던 박 사장에게 전쟁의
원인이나 가치는 큰 의미를 갖지 못한다. 다만 어떤 상황에서든지 어떻게
하든 항상 이겨야한다는 의식만이 팽배에 있을 뿐이다. 그는 전쟁을 경험
하지 못한 세대인 은혜나 의사 정의 생각은 단지 감상적일 뿐이라고 일축
한다. 그가 자신의 주장만을 앞세우다가 지겹다는 은혜의 반발에 '전쟁이
뭔지, 총 한번 제대로 쏴보지 않고서 뭘 말한다는 거야? 뭐가 지겹고…'하
면서 반박하는 행위는 경험자들이 갖는 우월의식을 대변하고 있다. 이처
럼 서로 다른 생각을 갖고 있는 이들이 들었던 상처입은 베트남인들의
증언은 담담하지만 피해자들로서 맺힌 원한이 그대로 담겨있다.

> "그게 다였어요. 수류탄이 날아왔고, 다연발 총이 동시에 불을 뿜었는
> 데… 어머니는, 신기해요. 두 다리가 발목에서부터 덜렁 날아가버렸는데,
> 토끼처럼 깡충깡충 뛰어가시는 거예요. 물론 몇 걸음 못 갔지요. 아니,
> 내가 무얼 잘못 본 건지도 몰라요. 하지만 그땐 그렇게 생각했어요. 아주
> 짧은 순간이었는데, 누이는 그 자리에서 시뻘건 창자를 온통 밖으로 다
> 드러낸 채 즉사했고, 나는, 여기 이렇게…."
> 인민위원장 런이 무덤덤한 표정으로 바지를 걷어보였다.
> "이게 그때의 흔적이지요."
> 그가 새삼 무릎 아래가 없는 오른쪽 다리를 가리켰다. 카키색 바지는
> 반으로 접혀 있었다.

이러한 이들의 담담한 진술 뒤에는 아직도 분노를 참지못한 이들의
외침이 담겨있다. 뒷줄에서 듣기만 하다가 주위 사람들의 강권으로 입을
연 해방전사를 남편으로 둔 판 부이 아주머니의 외침은 이를 반영한다.

> "진술? 홍, 진술은 무슨 진술! 당신들이 내 아이들을 죽였어. 생떼같은

내 아이들, 레와 수언을… 난 용서할 수 없어. 가! 가라구!"

피해자들의 이러한 한맺힌 절규는 그러나 가해자인 박 사장의 반박이 뒤따른다. 박 사장은 그가 하사로서 참전했던 월남전에서 치루었던 전쟁은 이들의 주장과는 다르다는 말을 하고 싶어하는 것이다. 이러한 박 사장의 모습은 가해자들의 회피의식을 담고 있다. 가해자들은 자신이 저지른 행위를 쉽게 잊어버리지만 피해자들은 자신이 당한 피해를 오래 간직한다는 진실의 한 단면이 그 속에는 담겨 있는 것이다.

"…(중략)… 그들의 증언? 우리가 아무리 잔인해도 한두 살짜리 갓난쟁이를 일부러 죽여요? 그것도 목을 자르고 창자를 꺼내고? 세상에… 그런 새빨간 거짓말이 어딨어요? 하지만 그것보다…그래요. 난, 그러니까 난 내가 그 사람들과 함께 그 시절을, 그것도 창창한 청춘의 한 시절을 보냈다는 사실을 도무지 인정할 수가 없었던 거예요. 아니다, 난 아니다. 난 절대로 없었다. 내가 있었던 덴 여기가 아니었다. 나는 오직 공산도배의 악랄한 침략에 맞서 자유와 평화를 수호하기 위해 왔을 뿐이고, 당신들이 말하는 모든 그 끔찍한 현장에는 단 한 발짝도 딛지 않았으니까."

이렇게 자신의 가해사실을 부정했던 박 사장도 나중에야 가해 사실을 수긍하게 된다. 그것도 은혜가 위령제를 지내면서 느꼈던 환청과 환상 속에 본 사실을 그에게 추궁한 뒤에야 멋적은 듯 수긍하는 것이다. 이처럼 자신이 저지른 행위조차 부정하던 박민성이지만 월남전에 참전했던 때인 1968년 10월 25일날 자신의 부하였던 강동훈 상병을 죽음의 길로 몰아넣은 사실에 대해서는 고통을 느끼고 있다. 어찌보면 이 사실 때문에 자신의 행위마져 부정하려고 하지만 결국에는 은혜의 추궁에 시인하게 되는 것이다. 자신이 저지른 범죄에 대해서는 은폐하면서 또 한편으로는 자신 때문에 죽어간 강동훈에 대한 죄책감 때문에 괴로워하는 박 사장의 태도는 자신도 결국 이 전쟁의 피해자라는데 있다. 그래서 억울하게 죽은 베트남 사람들에 대한 진상조사와 함께 위령제를 지내고자 하는 의료 봉사단의 활동에 대해 박민성은 격렬하게 반박하는 것이다.

"…(중략)… 진상도 밝혀야 하구요. 하지만 … 그래요, 우습게도, 난 우리가 과연 우리의 아픔에는 얼마나 관심을 보였는지, 화가 나요, 까놓고 말해 우린들 여길 오고 싶어서 왔습니까? 안 오면? 미국에서 밀가루 포대를 안 주면 당장 굶어죽는 판국에 어떻게 안 와요? 어쨌거나 그런저런 사정들을 알아나 줬어요? 가령 고엽제 피해군인들을 어떻게 대접했죠? 그 사람들, 자기들이야 그렇다 치고, 애꿎은 자식들까지 유전되어 기형아에 전혀 손도 못 써보는 희귀한 질병에 걸리는 걸 보고는 정말 미칠 거예요. 우리 동료들도 마찬가지지요. 어떤 이유로든 우리가 오늘날 이처럼 경제성장을 이룬 덴 월남전이 있는 거 아니요? 그때 피를 흘리며 죽어간 우리 동료들의 죽음이, 그들의 피값으로, 목숨값으로 경부고속도로를 건설하고, 결국 근대화가 이루어진 게 아닌가요? 그때 우리들이 받은 돈, 우리들이 목숨을 걸고 싸워 받은 월급이 얼만 줄 아세요? 우린 무조건 최전방이었어요. 미군들이 뒤로 빠지고 그 자리를 맡은 게 우리였다구요. 총알받이죠. 어차피 아무 것도 없으니까 가라는 대로 갈 수밖에. 그런데도 어떤지 아세요? 죽은 놈들은 죽었으니까 더러운 꼴을 안보니 차라리 낫지. 하지만 부상을 당해 수십년 동안 병상에 누워있는 동료들, 휠체어를 끌고 다니는 동료들, 하루도 신경안정제를 먹지 않으면 잠을 못 자는 그들은 어떻게 하죠? 연금? 그 쥐꼬리만한 연금으로 뭘 어떻게 하라고? 따지고 보면 나도…."

우리에게 월남 참전은 어떠한 의미를 가지고 있을까? 박정희의 결단일까? 그가 정권욕으로 미국의 민주화 압력을 막기위해 우리의 젊은이들을 용병으로 내보낸 사실에 대해 우리 모두는 다시 독재의 의미를 생각해보아야만 하지 않을까? 그들의 피와 땀이 담겨진 근대화. 나라가 근대화되었어도 이들에게 단지 고통만이 남아있다면 그 전쟁은 어떤 의미를 띠고 있는 것인지를 다시금 생각해 보아야만 한다. 그 당시 대통령이었던 박정

희가 자신의 독재정권을 계속적으로 유지하면서 미국의 도움을 받기위
해 자청하여 파병시켰던 일이 밝혀진 요즘에는 우리의 용감했던 파병군
인들이 '미국의 용병'에서 '양민의 학살자'라는 오명까지 쓰게 되었고
이제는 '고엽제의 피해자'가 되어 있는 것이다. 진혼굿을 시작하려는 굿
판에서 닥터 정과 은혜가 나누는 대화는 바로 우리의 처지가 얼마나 난감
한지를 대변하고 있다.

> "열심히들 한다고는 하겠지만, 솔직히 낯설어서…."
> "굿이요?"
> "아니, 여기 이런 데서 판을 벌인다는 사실 자체가 … 우리가 왜 이렇게
> 된 거죠? 왜 이렇게 해야 되는 건지. 그렇다고 누굴 탓할 수도 없고…
> 따지고 보면 참전 군인들이야말로 가장 큰 피해자라는 생각도 드는데…."

피해자와 가해자의 중간에서 이들의 화해의식을 치루고 있는 은혜와
치의사인 정광렬. 이들은 가해자들과 피해자들이 아직도 서로 아픈 상처
를 안고 살아가는 모습을 통해 결국에는 똑같이 강대국의 피해자로 남게
되었음을 인식하게 되는 것이다. 그리고 빨치산 토벌에 나선 군경들이
차에 빨치산 머리들을 주렁주렁 매달고 다녔던 시절에 대한 박 사장의
기억 한토막은 베트남의 아픔이 그들만의 아픔이 아니라 결국 우리의
아픔이 됨을 말해주고 있다. 베트남을 떠나는 공항에서 은혜가 어머니의
유언에 대해 새롭게 이해하면서 죽은 아버지와 화해할 수 있음을 암시하
는 것이나, 아직도 자신이 가해자임을 인식하지 못하고 있는 박민성 사장
이 다음에 올 때는 변모되어 있음을 확신하는 것도 상처를 간직한 이들끼
리는 서로간의 아픔을 공유해야만 화해로 나아갈 수 있음을 말해주고
있는 것이다. 이 작품은 화해의 길로 나아가는 은혜의 모습과 과정을 통해
우리 참전용사들이 월남에서 저지른 잘못을 용서받고 두 민족간의 아픔
을 서로 공유하면서 화해를 도모하고자 하는 작가의 의도를 담고 있다.

3. 죽음에 대한 이해, 그 힘든 재생의 길

죽음과 화해는 가능한가. 말없이 사라져버린 애인. 그 애인의 죽음이 믿을 수 없어 떠나보내지 못하고 있는 연홍. 그들의 이별의식과 화해의 과정을 다루고 있는 신상미의 작품 <바람보퉁이>(≪문예중앙≫ 2000년 여름호)는 죽은 이와의 이별이 갖는 의미를 새삼 생각하게 하고 있다. 만화를 즐기는 사람들이 모인 연합동아리의 동기였고 친구의 애인이었던 연홍. 그녀는 지금 잡지와 인터넷 웹진에 장편만화를 분재하는 만화가이지만, 대학시절 만화동아리에서는 순정만화나 그리던 인물이었다. 그리고 만화 동아리 회장까지 역임했던 나는 지금 그저 평범한 회사원에 불과한 상태이다. 7년만에 갑작스레 나에게 전화를 걸어온 연홍은 함께 갈 곳이 있으니 동행하자고 한다. 그래서 연홍을 따라나서 간 곳이 바로 바람보퉁이였다. 바쁜 연말에 시간을 내어서 죽은 친구 애인인 연홍을 따라 나섰지만, 여행을 별로 좋아하지도 않고 또한 결혼을 염두에 두고 사귀던 여자에게 차인 '나'에게 있어서는 내키지 않는 여행길이 된다.

연홍과 함께 떠난 여행길에서 나는 눈 때문에 매우 고생을 한다. 그리고 채석강에 도착하여 해안가 마을 아낙의 굴따는 모습을 구경하다가 그들의 태평스런 모습에 끌려 생굴 한그릇을 사먹고 있는 동안에 방파제를 거닐던 연홍은 사라지고 만다. 조용하면서도 빠르게 전진해 오는 밀물이 채석강에 들어오자 굴따던 아주머니들은 다들 일어나 집으로 돌아가는데 방파제를 거닐던 연홍의 모습은 찾을 수가 없다. 이미 밀물이 들어와서 방파제 계단을 넘쳐 바위턱에까지 밀려온 상황에서 연홍을 잃어버린 '나'는 그가 자살을 하지 않았을까 하는 불안을 억누르며 그를 찾으러 다닌다. 연홍이 바닷물에 잠겨 퉁퉁 부풀어오른 모습을 상상하면서 생시에 꾸는 악몽 속에서 숨이 차게 뛰어다니며 그를 찾아 헤매이던 나는 채석강을 돌아 방파제가 보이는 곳에 가서야 멀리 무인등대 아래 앉아있

는 연홍을 보게 된다. 살아있는 연홍을 확인하면서 이성을 잃을 정도로
화가 나있는 '나'에게 연홍은 잠깐 한눈을 파는 사이에 사람이 죽었다고
생각되어 미치고 싶을 정도의 고통을 자신은 애인인 친구가 이곳에서
사라졌을 때 느꼈다고 말한다. 연홍이 나를 데리고 간 곳은 바로 친구가
사라져버린 장소였다. 공식적으로는 단순한 익사사고로 처리된 친구의
죽음. 죽은 친구와 가까웠던 두 사람 - 애인인 연홍과 나는 이 여행길에서
친구가 죽었던 순간의 가슴아픔을 공유하게 되면서 죽은 친구와 비로소
이별을 하고 새로운 삶을 찾아 떠나게 된다. 아픔은 서로 나누면 그 아픔
이 줄어든다. 자신의 아픔을 혼자 견디기 힘들었던 연홍은 애인과 가장
가까웠던 친구인 나와 함께 그 아픔을 공유하고 나눔으로써 그 아픔에서
벗어나고 있는 것이다.

"내가 꼭 그렇게 했으니까요. 내가 꼭 그랬어요. 물이 들어온 채석강에
서 언덕길을 넘어 여기까지 뛰어왔을 때, 그러나, 여기에는 아무도 없었어
요. 날 선 바람은 너무 차고… 숨이 끊어질 것 같았어요. 불안하고 무서웠
어요. 아니, 그보다는 정말 피곤했어요. 아무리 찾아도 그 사람은 없었어
요. 그 사람은 그때, 여기서 그렇게 죽었어요."

연홍이 나를 통해 애인의 죽음을 다시한번 확인하면서 나와 아픔을
공유하고자 하는 행위는 그를 잊고자 해서였다. 죽은 사람의 죽음을 다시
한번 확인하는 의식을 치룸으로써 비로서 그 아픔에서 벗어나고 있는
것이다. 내가 연홍과 함께 서해을 지키는 수성할미를 모신다는 당집에
올라갔을 때 연홍이 내는 숨죽인 울음소리를 마음으로 듣게 되는 것도
연홍의 아픔을 공유할 수 있었기 때문이다.

그날 수성당에서 연홍은 아무 소리도 내지 않았지만, 나는 종일 울음소
리를 들었다. 바람이 울고, 대가 우는 소리였다. 바람이 불 때마다 땅에서

는 바다가, 하늘에서는 당집을 둥그렇게 둘러싼 대숲이 연신 흔들렸다. 조율하는 첼로 소리와도 같고, 여인의 목울음과도 같은 소리였다. 어쩌면 내가 듣고 있었던 것은 모든 소리를 삼키기만 하고 아무 소리도 내지 않는 연홍이 내는 묵음이었는지도 모른다.

　연홍은 죽은 내 친구를 달이 데려갔다고 말하고는 내 어깨에 기대어 잠이 든다. 이제 비로소 편안하게 그를 떠나보내고 있는 것이다. 내가 연홍이 준 엽서에 동그라미를 그리고, 그 바깥 부분을 까맣게 칠하고나서 그 아래에 동그란 꽃잎이 넉장인 달맞이꽃 한송이를 그려 넣는 행위는 떠남과 만남 그리고 새로운 출발을 상징하고 있다. 애인을 떠나보낸 연홍 과 아픔을 공유하고나서야 나는 비로소 연홍의 아픔을 알게되고 그와 새롭게 사랑하는 법을 배우고 있는 것이다.

(≪문예운동≫ 2000년 가을호, 통권 67호)

닫힌 사회의 정신적인 병리현상에 대한 탐색

정영문, 〈자폐증〉(계간 ≪문학과 사회≫ 2000년 가을호)
김원일, 〈아버지의 아들〉(계간 ≪동서문학≫ 2000년 가을호)
김원일, 〈나는 누구냐〉(계간 ≪문학과 사회≫ 2000년 가을호)
유순하, 〈똥싸는 시어머니〉(계간 ≪한국문학≫ 2000년 가을호)

우리 사회에서 육체적인 장애 못지않게 정신적인 장애를 겪는 사람들
이 차츰 늘어나고 있다. 우리 사회가 아직은 정신적인 가치기준이 제대로
자리잡지 못하고 있기 때문에 정신적인 고통을 겪는 사람이 늘어나고
있는 것이다. 따라서 정신적인 고통을 겪고있는 이들은 대체로 우리 사회
의 환경이 만들어낸 환자들이라고 할 수 있다. 그런데 이러한 사회적
병리현상에 대해 우리 사회의 진단이나 처방, 그리고 치유방법에 대한
논의도 무척이나 혼란스런 모습을 보이고 있다. 특히 사회 지도층들이
다 모여있다는 정치계를 보면 이러한 혼란이 선명하게 드러난다. 한쪽에
서는 현실성이 없는 지고지순한 말만 하고 있는가 하면 또다른 한쪽에서
는 발목잡고 흠집내는 말만을 하고 있다. 이렇게 어처구니 없는 모습들을
보노라면 꼭 아이들 싸움하는 것 같다. 그러나 정치가 어디 아이들 싸움
인가? 우리 모두의 삶과 직결되어 있기에 아이들 싸움처럼 그네들끼리
해결하도록 놓아둘 수가 없다. 그렇다고 온 국민이 다 나서서 옳고 그름

을 따질 수도 없고….

우리 사회의 정신적인 혼란은 근본적으로 원칙에 따라 올바르게 행동하지 않기 때문에 나타나는 현상이다. 올바르게 원칙을 세우고, 이에 따라 사회 각 분야에서 원칙에 따라 시행해간다면 이같은 혼란스러움은 상당부분 줄어들 것이다. 미봉책이나 편법으로만 나아가다보면 언제가는 그만큼 숨겨졌던 불신이 한꺼번에 터져나와 나중에는 걷잡을 수가 없게 된다. 미루지말고 욕을 먹더라도 제때 원칙대로 하다보면 언제가는 해결될 수 있는 것을 자꾸 미루다보면 더 큰 어려움에 다다를 수도 있다.

우리 사회의 정신질환 중에서 대표적인 것은 자폐와 치매라고 할 수 있다. 자폐는 사회 구성원끼리의 소통을 아예 원하지 않고 자기만의 세계 속에서 살아가는 사람들이 갖고있는 정신적인 질환인데, 이들은 자기의 정신세계에서만 들어박혀서 살아갈 뿐 사회와 어울려 살 생각을 하지않는 특성을 보인다. 따라서 이러한 증상은 주로 어린이나 젊은이들에게 잘 나타나는데, 이들은 다른 사람과 관계를 맺지 않거나 못하고 있으며 사회생활도 제대로 하지 못한다. 그리고 또 다른 정신적인 질환으로 정신지체가 있다. 이들은 대부분 유전적인 원인이나 후천적인 질병으로 인해 뇌에 장애가 생겨 청년기 이전에 지능발달이 정지된 상태에 이른 사람들이다. 또한 노인성 병인 치매는 뇌신경 세포의 손상으로 인해 지속적으로 기억력이나 지능이 상실되어가는 상태를 말한다. 치매에 걸리면 말씨나 행동이 느려지며 정신작용이 완전하지 못하여 사회생활을 제대로 하지 못하게 된다.

이처럼 정신적인 결함으로 인해 사회에서 제대로 적응하지 못하는 사람들에 대해 우리 사회는 이들을 방관하거나 따돌리고 있다. 이러한 정신적인 질병을 가진 이들에 대한 따돌림은 우리 사회를 구성하고 있는 사람들의 마음이 닫혀있기 때문이다. 자폐나 정신지체는 한 개인의 문제가 아니다. 또 노인성 질병인 치매도 한 개인이나 한 가족만의 문제가 아니

다. 우리 사회가 다양화되고 노령사회가 되어감에 따라 이러한 정신병들
은 차츰 일반화 되어가고 있는 것이다. 따라서 사회구성원들 모두가 함께
대책을 논의하고 치료해야만 하는 병들이 된 것이다. 우리 사회가 개인의
이익만을 절대적인 가치로 추구하는 천박한 자본주의 형태의 몰골이 강
화되면 될수록 자폐나 정신지체, 그리고 치매처럼 사회적인 약자만이
가지고있는 정신적인 질병은 도외시 되어가기 마련이다. 또 자신의 능력
으로 해결할 수 없는 정신적인 질병을 가진 이들과 함께 살아가는 가족들
도 사회적인 약자로 되어갈 수밖에 없다.

　개인의 능력으로 해결할 수 없는 자폐와 치매 증상은 개인이나 한
가족의 문제가 아니라 그 사회를 구성하고 있는 모든 사람들이 공동으로
책임을 져야할 문제이다. 따라서 이들 질병들에 대해 사회적인 도움이
절대적으로 필요하다. 이번 호에서는 우리 사회에서 차츰 문제가 되어가
고 있는 자폐와 정신지체, 그리고 치매를 다루고 있는 작품들을 살펴보고
자 한다.

1. 자폐와 정신지체, 오직 그들만의 세계

　우리 사회의 환경이 악화되면서 우리는 예전에 전혀 경험하거나 보지
도 못했던 새로운 병들이 많이 나타나고 있다. 그 중 하나가 바로 자폐
문제이다. 정신적으로 문제가 있는 사람들을 지칭하는 이 말이 우리 사회
에서 문제가 된 것은 그리 오래된 일이 아니다. 이들이 다른 사람과 소통
을 원하지 않거나 또는 하지 못한다고 해도 생각하는 능력이나 지능이
뒤떨어져 있는 것은 아니다. 다만 사회가 그것을 제대로 받아들이면 그들
은 그들 나름대로의 삶을 꾸려갈 수 있지만, 도외시하면 그들은 영원히
폐쇄된 어둠 속에서 일생을 보내게 된다. 따라서 우리 사회가 닫힌 사회

의 모습을 띨수록 이러한 환자들은 늘어날 수밖에 없다.

가을에 발표된 많은 작품들 중에서 정영문의 <자폐증>(계간 ≪문학과 사회≫ 2000년 가을호)과 김원일의 <아버지의 아들>(계간 ≪동서문학≫ 2000년 가을호)은 자폐아들과 정신지체아들이 갖고있는 아픔과 고통의 문제를 제기하고 있다. 정영문의 <자폐증>에서는 자폐아들을 대하는 우리 사회의 시각을 아버지와 자폐아인 나, 그리고 수용소 관리자들과 나와 한방에 기거하게 된 또 다른 자폐아의 모습을 통해서 제시하고 있다.

> 조금 후 그는 책상 서랍에서 노트와 연필을 꺼내 뭔가를 적거나 그릴 것처럼 노트 위에 연필을 올려놓은 채로 노트를 바라보며 가만히 있었다. 생각해야만 하는 걸로 생각되는 생각들이 떠오르기를 기다리고 있는 거야, 그가 말했다. 그런데 아무 생각도 떠오르지 않는군. 그는 다시 노트를 덮은 뒤 조용히 그것들을 책상 서랍 속에 넣었다. 그는 책상 서랍의 고리를 쥔 채로 가만히 있었다. 조금 후 그는 다시 노트를 꺼냈지만 아무런 생각이 떠오르지 않은 듯 다시 그것을 서랍 속에 넣었다. 그의 그 행위는 몇 차례나 반복되었다. (<자폐증> 1064~1065쪽)

나와 한방에 기거하게 된 그는 아무 의미없는 일을 반복하고 있다. 때로는 나에 대해서 고문하거나 자신의 과거를 타인의 일처럼 자신에게 말하거나 때로는 나에게 말하곤 한다. 화자인 나와 함께 생활하면서 자기 자신이나 말없는 나를 향해 수없이 기억 속의 삶 또는 환각의 삶을 이야기하거나 무의미한 행위를 반복하는 그의 모습은 사회에서 겪리된 정신질환자들의 삶을 그대로 보여주고 있다. 이처럼 이 작품은 자폐증이 있는 나와 정신질환을 앓고있는 또 한 사람이 한 방안에서 지내면서 겪는 정신적인 고통이 중심내용을 이루고 있다. 자폐아인 나 또한 한 가족인 아버지에게서 버림받고 수용소같은 곳에 갇힌 후 같은 방 동료에게 고문 당하면서 그 환경에 익숙해져가고 적응되어가고 있다. 이 작품에서 자폐아인 내가 가장 가까운 육친인 아버지에게 버림받았다는 것은 세상의 모든 사람들에게서 버림받았음을 말해준다. 따라서 '나'는 아버지를 포함하여 이 세상의 어느 누구도 믿지 않으며 그저 자신의 생각 속에서만 빠져 있게 된다. 그러므로 아버지가 화자인 '나'에게 해주는 말인 '또 찾아올테니 그 사이 잘 지내라'는 말은 그저 형식적이고 의례적인 인사로 전락하게 된다.

나의 방 동료인 그는 심한 정신적인 압박감을 받고 있다. 대체로 심한 강박관념 속에 빠져있는 사람들은 그의 자학행위처럼 스스로 자신의 살을 찌르는 등의 행위를 통해 강박관념을 해소시킨다.

> 조금 후 그는 벌떡 일어나, 침대를 내려간다. 그는 뒷걸음질을 쳐 다시 그의 자리로 돌아간 후 서랍에서 면도날을 꺼내 화가 난 표정으로 그의 손바닥을 예리하게 긋는다. 그것은 최근 들어 그가 종종 하는 짓이다. 그의 손에서 붉은 피가 흘러내린다. 나의 혈관 속을 흐르는 이 붉은 액체는 머리를 풀어헤친 나의 언어들이지, 그는 말한다. (<자폐증>1077쪽)

정신병은 자기 스스로 그 증상을 느끼고 있다면 언젠가는 완치가 될 수 있을 것이다. 그러나 대부분 스스로 아무렇지도 않다고 느끼고 있기 때문에 그 증상을 치료해야만 한다. 이 작품에서 부분적으로 화자가 자신의 증상을 잘 알고 있는 것처럼 표현되고 있는데, 그런 측면에서 살펴본다면 이 작품은 정상인을 가두어둔 병든 사회의 한 단면으로 읽혀질 수도 있다.

정신지체아 문제를 다루고 있는 김원일의 <아버지의 아들>은 부분적이나마 정신질환을 가진 사람들에게 그 해결의 실마리를 제시하고 있는 작품으로 읽힌다. 자기만의 세계 속에 살아가는 자폐아들에 비해 정신지체아들은 유전적인 원인이나 후천적인 질병으로 인해 뇌에 장애가 생겨

청년기 이전에 지능발달이 정지된 상태에 이르렀기 때문에 주로 유아나 어린아이들의 행동수준에 머무르게 된다. 이 작품에서는 정신지체아이며 정상아보다 모든 면에서 미숙한 종수가 청소능력에서만은 정상아들보다 성실하고 정직하게 행동하는 모습을 통해 정신지체아들도 이 사회에서 할 수 있는 일이 있음을 보여주고 있다.

> 출발할 버스를 기다리는 사람, 마중 나온 사람들로 복작되는 휴게실에, 종수가 있다. 김씨는 걸음을 멈추고 눈을 크게 뜬다. 군청색 작업복을 입고 고속도로 마크 붙은 모자 쓴 종수가 바퀴 달린 큰 쓰레기통에 재떨이통을 비운다. 재떨이통을 제자리에 놓자, 걸레로 재떨이통 그물망을 깨끗이 닦는다. 이어, 주위에 늘린 담배꽁초와 휴지를 비질로 쓸어모아 쓰레받기에 담아 쓰레기통에 비운다. 반짝반짝 잘 닦인 구두를 신은 종수는 이제 누구의 눈치도 살피지 않고 묵묵히 일하고 있다.(<아버지의 아들>95쪽)

이 작품에서 정신적 미숙아로 어머니와 아버지에게 고통만을 안겨주었던 아들 종수는 아버지 친구인 강씨의 소개로 고속터미널 청소부로 취직하여 청소원으로서 능력을 인정받고 성실하게 일을 한다. 종수의 아버지는 종수가 일하는 모습을 보면서 한가닥 위안을 받고 있다. 아내도 병으로 잃고 자신마저 암에 걸려 얼마 살지 못하게 된 김씨는 정신지체아인 아들 종수가 경쟁이 치열한 현실 사회에서 어떻게 살아갈 수 있을까를 걱정하다가 성실한 청소능력을 인정받아 정식사원으로 임용됨으로써 조금은 안도하면서 죽음을 맞이하고 있는 것이다.

항상 모자라다고만 생각하게 되는 이들 정신지체아들에 대한 문제는 관심에서 더 나아가 사회 구성원의 일원으로 이들을 받아줄 때 해결될 수 있다. 이 작품에서는 종수라는 정신지체아의 성실성을 통해 우리 사회에서 이루어지고 있는 정신지체아들에 대한 편견을 불식시킬 수 있는 한 방법을 제시하고 있다. 또 한편으로는 정신지체아인 종수의 성실한 자세를 통해 정신지체를 가진 아이들에 대한 우리 사회의 인식 변환도 기대하고 있다.

2. 치매, 그 속에 담긴 애증의 모습

미국 대통령을 지낸 레이건이 치매에 걸려 고생한다는 신문기사를 보면서 치매를 노인들의 천국이라는 선진국들 사람들의 새로운 병으로만 인식하던 때가 있었다. 그런데 어느 사이 처치곤란한 이 병이 우리 사회와 가정에 들어와서 일상화되면서 주변 사람들에게 고통을 주고 있다. 치매 증상이 한 가정의 문제에서 사회의 문제로 인식되기 시작한 것도 벌써 여러 해가 지나가고 있다. 그러나 정작 힘없고 고통받는 사람들의 메아리없는 외침처럼 그저 한 순간의 안타까움으로만 지나쳐왔다.

치매는 우리들의 인내를 시험하는 질병이라고 할 수 있다. 우리 사회에서 한 개인이 지탱할 수 있는 인내의 한계를 시험하는 듯한 치매환자와 그 고통을 함께 겪을 수밖에 없는 그 가족의 관계. 이 관계를 통해 우리는 한 사회, 그리고 한 국가의 의식수준과 그 존재의미를 생각하게 된다. 치매는 치매를 당한 그들만의 문제가 아니라 바로 우리들의 문제이며 우리 사회의 문제이다. 이러한 문제 의식이 없다보니 우리 사회는 아직도 그들만의 문제로만 바로보고 인식하고 있는 것이다. 유순하의 <똥싸는 시어머니>(계간 ≪한국문학≫, 2000년 가을호)와 김원일의 <나는 누구냐>(계간 ≪문학과 사회≫ 2000년 가을호)는 치매가 주는 고통을 가족이나 타인과의 관계 속에서 다루고 있다. 며느리와 시어머니의 갈등을 넘어 한 인간과 인간의 갈등을 드러내 보여주고 있는 유순하의 <똥싸는 시어머니>는 치매가 한 가정과 가족 구성원들을 얼마나 힘들게 하고 파탄의 위험에 빠뜨리는지를 선명하게 보여준다.

인내, 가정화목, 아이들의 장래, 남편과의 관계, 신앙적 신념, 도덕적
부채감… 하여튼 이 모든 현실적 고려사항들을 당장 모조리 작파해버리
고, 소리라도 냅다 버럭 내지르고 싶었다. 그게 아무 소용없는 자해 같은
짓에 지나지 않는다 할지라도 그렇게 마음놓고 발버둥질이나마 버르적거
려보고 싶었다.(<똥싸는 시어머니> 59쪽)

이러한 극한 상황 속에서 위선같은 도덕심만이 며느리인 그를 지탱하
고 있지만, 그 고통의 길이 자신을 옭매이고 숨막히게 할 때마다 그녀는
시어머니의 죽음을 간절히 바라게 된다. 이렇게 서로가 갈등을 겪으면서
극한으로 치닫곤 하지만 마지막까지 충돌을 일으키지 않는 것은 며느리
의 '알량한 도덕심' 덕분이다. 그리고 시어머니가 숨을 거두는 마지막
길에 며느리가 화장을 해주는 행위는 비록 시어머니의 유언에 가까운
부탁 탓이기는 하지만 죽은 자와 산 자의 또다른 화해 방식이라고 할
수 있다.

나는 잠깐 망설이다가 께름찍하여 버리려던 것이 아닌, 새로 사온 화장
품과 화장 도구를 들고 다시 시어머니 방으로 갔다. 시어머니는 내내 같은
모습이었다. 나는 그 곁에 앉으려다가 밖으로 도로 나가 화장실에 들어가
수건함에서 새 수건을 꺼내 더운 물에 적셔 꼭 짜서 들고 다시 시어머니
곁으로 돌아와 그 옆에 한쪽 무릎을 세우고 앉아 그 얼굴을 공들여 구석구
석 말끔하게 닦아내는 것으로부터 화장을 시작했다.(<똥싸는 시어머니>
84쪽)

화자인 '나'는 죽은 시어머니와 화장을 통해 진정으로 화해하고 있다.
극한적인 고통을 가져다주면서도 끊임없이 신경을 곤두세우게 했던 시
어머니에 대해 화자인 '나'가 새로 자신이 쓰려고 사온 화장품으로 죽은
시어머니의 얼굴화장을 해줌으로써 진정으로 화해를 하고 있는 것이다.
김원일의 <나는 누구냐>는 귀부인으로 행세하면서 양노원에서 지내

던 점아가라는 한 여인의 삶을 다루고 있다. 점아가는 18살 되는 해에 '하루 세 끼 감투밥'을 먹을 수 있고, '건빵을 배가 터지도록 먹을 수' 있으며 다달이 월급도 받는다는 방물장수 아주머니의 너스레에 빠져 부산에 있는 건빵 공장에 취직을 한다. 부모의 곁을 떠나 살기 시작한 점아가는 부산의 건빵 공장 포장부에서 이태를 일한 후, 직속상관인 모리과장이 제과점을 개업하자 점아기에서 경자로 이름을 바꾸고 모리가 운영하는 제과점 종업원으로 근무하게 된다. 그곳에서 모리와 같이 지내던 중 시장에 나갔다가 일본군에 의해 강제로 정신대로 끌려가서 남양주까지 가게 된다. 일년이 지나 해방되던 해 10월에 고국으로 돌아오게 된 한경자는 다시 만나게 된 미군과 동거하다가 미군이 경자의 곁을 떠나면서 미군과의 사이에서 낳은 토미를 미국에 입양시킨다. 전쟁 중에 부산의 시장에서 사촌언니를 만나고 그녀와 함께 제과점을 차려 생활하던 경자는 미국에 입양한 아들의 초청을 받고 미국에도 가보지만 견디지 못하고 곧 돌아오고 만다. 이제는 사촌언니도 죽고 조카들도 다 성장하고 나자 남은 돈을 정리하여 양노원으로 들어온 경자는 옛날의 화려했던 시간만을 회상하고 자랑하면서 많은 시간을 공들여 화장하는데 보낸다.

> 노파가 아침마다 공을 들여 하는 화장 시간은 짧게 잡아도 시간 반을 넘긴다. 노파는 어떤 땐 화장을 끝내고 거울을 통해 자신의 얼굴을 오랫동안 바라본다. 거울 속에 자신의 모습이 판에 찍힌 듯 박혀 있으니, 그네는 그 모습이 지금의 자기 모습이라고, 자신에게 우긴다. 화장 탓이 아니야. 화장으로 늙음을 감춘 게 아니라고.(<나는 누구냐> 993-994쪽)

나중에 치매에 걸려 헛소리만을 하면서 죽음을 기다리는 신세가 된 그녀가 치매에 걸려서 내뱉는 헛소리를 통해 그녀의 과거는 하나하나 벗겨지게 된다. 3억원이라는 큰 돈을 주고 양노원에 들어온 점아가는 그 동안 매일 화장을 하면서 자신은 귀족 출신임을 자랑하고 또 항상 공들여 자신을 꾸몄지만, 치매에 걸리게 되자 무시해왔던 이웃들에게 그동안 숨겨왔던 자신의 고통스럽고 부끄러웠던 삶을 그대로 드러내 보여주고 있는 것이다. 결국 그녀가 치매에 걸리기 전에 매일 한 시간 반이나 걸려 늙고 쭈거러진 얼굴에 화장을 했던 것은 자신의 과거를 화려하게 덧칠하고 싶은 심리의 표현이었음을 말해주고 있다. 이 작품에서는 일제 강점기에 한 시골처녀가 도시로 팔려와 일본인들에게 농락을 당하다가 결국에는 정신대로 남양까지 끌려가고, 일본의 항복으로 겨우 고국에 살아 돌아와서는 미군과 동거하면서 밀수품 장사를 통해 돈을 벌고 늙어서 양노원에 들어와 살다가 치매에 걸려 죽어가는 과정을 통해 일제 강점기와 미군정 시대를 거쳐오면서 찢어지고 갈라진 우리네 여인들의 힘들고 고통스렀던 삶을 보여주고 있는 것이다. 또 이를 통해 우리 민족의 굴곡과 고통으로 얼룩진 역사도 드러내 보여주고 있다. 한 여성의 파란만장한 삶을 통해 우리 민족과 여인네들이 겪은 고통을 그려보여주고 있는 이 작품은 우리의 현대사가 화장을 통해 감추고 싶을만큼 고통스럽고 아픈 과거임을 드러내 보여주고 있는 것이다.

3. 이들 작품들이 갖고있는 의미와 그 한계

우리 사회에는 여러 가지 문제들이 많이 있다. 그러나 한 개인의 잘못이 아니라 우리 모두가 잘못하여 만들어진 문제는 우리 사회 구성원 모두가 나서서 해결해야만 한다. 그래야만 함께 살 수 있는 공동체 문화를 형성할 수 있다. 의리를 중심으로 하거나, 지역이나 학연을 중심으로 하는 작은 공동체를 말하는 것이 아니라 우리 민족의, 그리고 우리 나라의 공동체 문화를 건설하고 이끌어가기 위해서는 우리 모두가 그 해결을 위해 나서야만 한다.

우리 사회의 혼란상은 정신적으로 믿고 따를 만한 사람이 없다는 점에서 발생하고 있다. 사회적으로 믿고 따를 만한 사람이 우리 사회에는 눈에 띄지 않는 것이다. 한 종교의 지도자로서, 또는 한 집단의 우두머리로서 잘 이끌어가는 사람은 많으나 우리 사회의 큰 일꾼으로서 믿음직하고 정신적인 지도자로서 믿고 따를만한 사람이 없는 것이다. 아니 존재하고 있는데도 아무도 제대로 알려주지 않아서 이렇게 어수선한지도 모르겠다. 결국 서로간의 소통을 담당하는 언로와 언론이 제 구실을 못하기 때문이 아닐까?

나와 관계가 없으면 그만이라는 잘못된 풍토가 우리 사회에 널리 퍼지기 시작한 것은 아마도 자본주의가 급속하게 자리잡게 시작한 때인 경제 개발 5개년 개발이 시작된 이후가 될 것이다. 돈으로 모든 가치를 평가하려는 이러한 풍토는 자본주의 국가인 미국의 영향력이 세계화의 물결을 타고 일반화하면서 우리사회에서도 주류로 자리잡게 되었다. 이제는 물질적인 가치를 갖지못하면 아무 의미가 없다는 극단적인 평가마져 우리 사회에 휩쓸고 있다. 정신을 무시하고 물질만을 중시하는 이러한 현상은 우리 사회를 급속하게 붕괴시킬 것이다. 집단을 파편화시켜 각 개인으로 나누어버리는 이러한 현상은 결국 약자는 강자에게 영원히 지배당하는 역사를 만들어내게 될 것이다. 이러한 불행한 사회를 만들지 않기 위해서 우리는 지금부터라도 약자들에 대해 관심을 기울여야만 한다. 사회적인 약자들인 노약자와 정신질환자들에 대해 우리 사회 구성원들이 모두 조금씩의 관심을 기울인다면 우리 모두가 바라는 화목한 공동체 사회가 만들어질 것이다. 미움과 질시만이 판치는 사회가 아니라 서로 믿고 고마워하는 사회적 분위기가 형성될 것이다.

사회가 정신적으로 올바로 서있지 못하면 육체도 마찬가지로 무너지게 된다. 따라서 육체적인 건강 못지않게 올바른 정신력을 키울 교육이 중요하게 된다. 올바른 교육만이 이러한 무너짐을 막아줄 수 있는 것이다. 이러한 교육은 학교 교육뿐만이 아니라 사회교육도 필요하다. 사회 재교육이 활발하게 이루어지고 서로간의 정보가 공유되어야만 아픔도 괴로움도 혼자만의 일이 아닌 우리 모두의, 사회 모두의 일이 될 수 있는 것이다. 따라서 자폐나 치매는 자폐증을 가진 사람들이나 노인들만의 문제가 아니다.

특히 우리 사회의 편견은 서로간 대화의 벽을 가로막고 결국 그 자신만의 정신세계로 도피하게 만들고 있다. 이와함께 조금만 이상하면 외면하고 따돌리는 우리 사회의 병리적인 현상도 이러한 질환을 양산하는데 한몫 하고 있다. 우리 사회의 냄비현상과 신체나 정신 장애자에 대한 편견은 한 가족이나 몇몇 사람들의 인식에 따른 문제가 아니라 학교에서 잘못시킨 교육 때문에 나타난다. 서울에서 이름난 명문고등학교 옆에 장애인 학교가 들어선다고 대통령 후보자들이나 정치적 지도자들까지 나서서 반대를 하면서 똘똘 뭉치는 모습은 우리 사회의 정신질환이 한 개인의 문제가 아님을 말해준다. 즉, 우리 사회 구성원들 대부분이 편견의 늪에 사로잡혀 있음을 말해주고 있다. 몇해 전에 일어난 이 사건처럼 우리 사회를 이끌어가는 사람들이 그러한 편견 속에 사로잡혀 있는 한 우리 사회의 이러한 고질병은 쉽게 치유되지 않을 것이다. 따라서 이들 병은 한 개인이나 가정의 병으로만 바라볼 것이 아니라 사회적인 병으로, 그리고 우리 모두가 해결해야할 책무로 이 문제를 제기해야만 할 것이다. 아울러 작품 <자폐증>에서 화자인 '나'가 스스로 '나는 심각한 자폐 증상을 보이고 있다'고 말하는 것처럼 자폐아가 자기 스스로 병의 심각한 상황을 인식하고 있다는 표현은 너무 지나친 표현으로 보인다. 자기 자신에 대해 이러한 진술을 할 정도이면 자폐아라기보다는 자신의 정신상태와 주어진 환경조건에 대해 정상인보다 더 명확하게 파악하고 있으며 균형잡힌 시각을 갖고 있는 인물이라고 할 수 있을 것이기 때문이다.

정신지체아의 문제를 다룬 <아버지의 아들>도 그러한 한계성을 보여주고 있다. 우리 사회에서 개인적인 능력인 청소 등의 행위를 통해 정신지체아들의 문제가 어느정도 해결될 수 있을 것인가? 아니 제대로 해결될 수가 있을까? 한 두 사람의 운좋은 취업보다는 우리 사회 구성원들이 정신적인 장애아들에게 대하는 인식의 변환이 더욱 시급하고 필요한 행위일 것이다. 단순히 정신지체아 한 개인의 노력으로 문제를 해결하기에는 너무나 버거운 것이 우리의 현실이다. 따라서 이 작품의 마지막 부분에서 그래도 친근했던 여동생에게 정신지체아 아들인 종수의 미래를 부탁하면서 미래를 밝게 그려보이는 것은 작가의 한가닥 희망에 불과한 것이 될 것이다. 약자인 이들에게 더욱 차갑고 매섭기만 한 우리 사회에서 이들의 삶이 언제까지 평탄하게 유지될 수 있을지는 아무도 장담할 수가 없는 것이다. 따라서 현재 우리 사회에서 정신지체아들이 받는 고통과 우리 사회 구성원들의 이해 수준을 생각하면 이 작품이 현실을 얼마나 제대로 반영하고 있는지 조금 의문이 생긴다.

치매에 대해 다룬 작품에서도 서술의 일관성이 부족한 점(<나는 누구냐> 1006-1007쪽 아들에 대한 회상부분)을 지적할 수 있다. 또 제 정신을 가지지 못한 사람이 그것도 단칸 샛방에서 벽에 똥을 바르면서 살아있는 가족들에게 고통을 주는 내용이 신문기사나 텔레비젼으로 보도되고 있는 오늘날의 현실에서 보면 이 작품은 무척이나 온건하다. 이 온건함이 이 문제를 그저 한 가족의 문제, 남편과 나 그리고 시누이 가족들의 문제로 한정시키고 있는 것은 아닐까. 이 작품에서 주제의식을 좀더 강화시켜서 치매가 우리 사회의 닫힌 면을 드러내 보여주는 한 사례로, 그리고 우리 시대의 문제로 부각시키지 못한 점이 조금 아쉽게 느껴진다.

위에서 살펴본 작품들은 우리 사회의 정신적인 문제에 대한 작은 문제 제기에 불과할지도 모른다. 그러나 이러한 문제 제기를 통해 우리들의 삶이 과연 제 길을 가고 있는지 우리 모두 살펴볼 필요가 있다. 나의 일이 아니면, 나의 가족일이 아니면, 나의 친구일이 아니면 나서지 않는 오늘날의 끼리끼리 문화(작은 공동체 삶)로서는 우리가 밝은 미래를 맞이할 수 없는 것이다. 한민족 공동체의 삶이 제 길을 찾아가는 방법은 우리 이웃의 아픔에 외면하지 않고 동참하면서 그 문제의 해결을 위해 함께 힘쓰는 것이 될 것이다. 이러한 공동체 의식이 확산되어야만 우리의 정신도 그리고 가치 판단도 제 자리를 잡아갈 수 있을 것이다.

(≪문예운동≫ 2000년 겨울호, 통권 68호)

인연의 끈에 얽매인 삶의 여러 모습들

신경숙, 〈부석사〉(≪창작과 비평≫ 2000년 겨울호)
최인석, 〈모든 나무는 얘기를 한다〉(≪창작과 비평≫ 2000년 겨울호)
문순태, 〈나는 미행당하고 있다〉(≪문학사상≫ 2001년 1월호)
한승원, 〈수방청의 소〉(≪문학사상≫ 2001년 1월호)
성석제, 〈황만근은 이렇게 말했다〉(≪동서문학≫ 2000년 겨울호)

이승에서의 만남과 헤어짐은 어떤 빛깔을 띠고 있을까. 사랑하는 어린 조카가 천사가 되어 하늘나라로 떠난 다음날. 하늘에서는 눈이 펑펑 내렸다. 집 앞을 나서니 눈 속에 발이 푹푹 빠졌다. 눈 쌓인 산을 오를 때처럼 앞 사람의 발자국을 따라 걸어가며 난 문득 어린 조카의 죽음을 떠올렸다. 자식의 몸뚱아리가 한줌의 재로 변해버릴 때 동생은 울다가, 몸부림치다가, 멍하니 정신을 잃어갔다. 죽은 조카가 한줌 재가 되어 서해안이 바라다보이는 고향의 선산자락에 흩날리듯 뿌려진 다음날, 하늘에서는 눈이 펑펑 내렸다. 신문과 방송에서는 32년 만의 폭설이라면서 모든 교통수단들이 마비되고 농가가 피해를 많이 입었다고 보도했지만, 나는 한줌 재가 되어 산자락에 뿌려진 조카의 뼈가루 위에도 흰눈이 소복히 쌓여 조금은 포근하겠구나 하는 생각을 했다. 그리고 문득 재가 되어 흩날리던 모습과 자식을 잃은 아픔을 견디지 못하고 넋을 놓고있던 동생을 떠올리면서 인연의 끈은 어디까지 연결된 것인가를 생각해 보았다.

　이번 겨울에 발표된 작품들을 살펴보니 인연의 끈으로 얽매여 고통을 겪는 사람들의 삶을 다룬 작품들이 많이 눈에 띄었다. 이번에는 이들 작품들을 중심으로 이야기를 나눠보고자 한다.

1. 인연의 끈으로 엮어진 새로운 출발

　신경숙의 <부석사>(《창작과 비평》 2000년 겨울호)는 인연을 중심으로 만남과 헤어짐의 근원을 추적하고 있는 작품이다. 이 작품에서는 젊은 남녀가 사랑하는 애인과 동료에게 버림받고 괴로워하다가 우연한 만남을 통해 인연의 실타래를 풀어가면서 새로운 삶의 길을 향해가는 모습을 그리고 있다. 인연은 칼로 무를 베듯이 쉽게 끊어지질 않고 문득문득 떠올려지면서 질기고 질긴 모습을 띤다. 그 과정에서 지난날 각각의 연인들과 겪었던 인연들은 끊임없이 연결되면서 때로는 상처를 헤집기도 하고, 때로는 새로운 삶에 대한 욕망을 불러일으키기도 한다. 우리네 삶이 얼키고 설킨 채 엮어지고 있는 것처럼 서로의 상처는 서로의 위안이 되고, 서로의 위로는 서로의 상처를 아물게 하고 있는 것이다.

　이 작품에서 그녀는 P로부터 배반을 당하고 난 뒤에 아무렇지도 않게 잘 돌아가는 세상사의 일들이 미워져서 정돈된 사물들을 망가뜨리고 싶어한다. 믿음에 대한 배반감이 안정된 현상에 대한 분노로 표출되고 있는 것이다.

> 　이후 그녀는 질서정연하게 잘 맞추어져 있는 것이면 모조리 어깃장을 놓아버리고 싶은 충동에 시달렸다. 신발장의 신발을 아무렇게나 섞어놓았고, 식당에 가면 나란히 놓여 있는 젓가락을 흐트러뜨려놓아야 직성이 풀렸다. 길가에 나란히 서 있는 가로수가 참을 수 없어 도끼로 나무둥치를

찍어내는 상상을 하기도 했다. 바둑을 두는 사람들을 보면 바둑판을 뒤엎
어버리고 싶었고, 넥타이를 단정하게 맨 정장 차림의 남자들을 보면 다가
가서 풀어버리고 싶어 손가락이 굼질거렸다. 예의를 지키기 위해 망설이
며 한번도 해보지 못한 일을 확 저질러버리고 싶은 충동에 좌충우돌하던
나날이었다.

(신경숙, <부석사>)

　그녀는 차를 주차시킬 때도 항상 삐딱하게 주차시켰고, 또 바퀴가 항상
바로 서 있질 않고 좌우로 향해 있도록 해두기도 한다. 관리실에서 오피
스텔 앞에 관상용으로 철쭉이나 국화분을 서너 개 나란히 줄세워 놓았을
때도 그중 하나를 바깥으로 쑥 빼놓거나 안쪽으로 쑥 들여놓는 짓거리를
몰래 하곤 한다. 질서정연한 세상을 어긋장내고 싶어하는 심리가 이처럼
간접적으로 표출되고 있다. 그녀가 차를 항상 삐딱하게 주차시키고 바퀴
를 어긋나게 해 놓는 것이나 정돈된 화분을 흐트려 놓는 것도 믿음을
배신당한 분노의 표현이다. 그러면서도 그녀는 아직도 P에 대한 인연을
잊지못하고 수시로 마음이 흔들린다.

　그녀는 P의 약혼기간 동안조차도 P의 변심을 받아들이지 못하고 있었
다. P에게 연락을 하지 못했던 건 P의 변심을 기정사실화하고 싶지 않아
서였다. 그의 변심을 확인한 뒤 자신이 받을 상처에 대해 감당할 자신이
없어서였다. 살았다고도 죽었다고도 할 수 없는 심리상태로 그녀는 그
시간들을 견디고 있었던 것이다. 그런데 그것이 P에게는 그의 약혼 소식
을 듣고 단 한번도 연락을 취하지 않은 독한 사람으로 받아들여지다니.
그녀는 어처구니가 없었다. P가 그들의 관계 뒤처리까지도 그녀에게 전가
하려 했다는 생각. …(중략)…그때껏 자신은 인생을 살지 않고 그저 느껴
만 왔다는 모멸감. …(중략)…무엇을 근거로 P와 자신의 사이에는 그런
속물적인 것과는 다른 무언가가 있다고 생각했을까. 인정하고 싶지 않지
만, 다른 사람이 모두 그래도 나와 너는 그렇지 않아, 라고 믿고 싶었던
저변에는 돌연 다른 얼굴이 되는 생에 대한 두려움이 있었을 것이다. 다른

사람들과는 다르다는 허영을 벗자 일어날 수 있는 일이 일어난 것이었다.
(신경숙, <부석사>)

　많은 사람들이 자기 중심으로 세상을 볼 때는 자신을 남과 다르다고 느낀다. 이 작품에서 그녀도 P에 배신을 당하기 전까지는 그렇게 생각한다. 그러나 P에게 배반을 당하고 나서야 다른 사람과는 다르리라고 생각했던 P와의 관계가 사실은 다른 사람과 조금도 다르지 않음을 새삼 느끼게 되는 것이다. 그러면서 차츰 P를 극복할 수 있는 힘을 얻게 되는 것이다. 마음의 상처가 어느정도 아물어갈 무렵 그녀는 산길 중턱에 있는 양노원 옆을 지나다니다가 호기심을 억누르지 못하고 담을 넘어 양노원을 살펴보게 된다. 그곳에서 그녀는 병들고 굶주린 개 한 마리를 발견한다. 주인이 없는 것처럼 보이는 그 개는 그녀를 따라오고 그녀는 얼떨결에 개를 아파트로 데려와서 보살펴주게 된다.

　이 작품에 등장하는 그도 그녀 못지않게 믿음에 대한 배신으로 마음에 상처를 입은 인물이다. 그 또한 사랑하던 K에게 버림받고 아끼던 직장 동료에게마져 모함을 받고서야 세상을 조금씩 알아가고 있다. 예전에 그는 서해의 을왕리에 놀러가서 친구들을 증인으로 하여 사랑하는 K와 손가락에 반지를 하나씩 끼워주는 조촐한 약혼식까지 치루었었다. 그러나 그가 군에 입대했을 때 K는 그와의 관계를 정리하고 다른 남자를 사귀면서도 그가 휴가를 얻어 만날 때마다 항상 살갑게 대하곤 한다. 수없이 약속을 어기고 자신을 무시하는 K의 행동에도 그는 계속 미련을 갖고 지낸다. 그러다가 그는 해안의 군 부대에 있을 때 어머니의 임종을 맞이했고, 어머니의 임종을 치루고나서 찾아간 K의 집앞에서 K가 다른 남자에게 자기에게 했던 행동을 그대로 똑같이 하는 모습을 보고 더 이상 K에게 기댈 것이 없음을 알게 된다. 그래서 몰두했던 자연다큐였고 차츰 인정을 받아가는 중이었는데, 함께 일하면서 믿고 의지했던 동료 한 사람이 자신을 모함하여 곤경에 빠뜨린 사실을 알게 된다. 그는 또다른 배신을 겪게 된 것이다. 처음 K에게 배신당했을 때처럼, 함께 마음을 나눴던 동료가 그를 배신했음을 알고나서는 배신에 대한 실체를 모를 때보다 더한 무력감을 겪게 된다.

> 그날 당장엔 그저 머리가 복잡할 뿐이더니 다음날부터 그는 무기력해졌다. K의 재생된 필름 같은 행동을 지켜본 후에 그에게로 엄습해왔던 증상과 같았다.

(신경숙, <부석사>)

이처럼 삶의 구렁텅이에 빠져 허우적거리던 그들은 산길에서 우연히 마주치게 된다. 양로원 아래 밭에서 서리를 하던 그 남자를 그녀가 보게 된 것이다. 그것을 인연으로 하여 그녀는 그와 함께 가끔 서리를 하게 된다. 사랑하던 사람들에게 배반을 당한 그와 그녀는 상추서리를 매개체로 해서 인연의 끈이 맺어지고, 그들 사이에 놓여있는 바람이라는 강아지로 인해 그 끈은 더욱 단단히 묶여지게 된다. 그 강아지는 그의 동료가 버리려던 것을 불쌍하게 여겨 데려왔다가 더 이상 키울 수가 없어 산길 양로원에 그가 가져다 놓은 것이었고, 그녀는 호기심에 양로원에 들어갔을 때 그곳에서 따라오는 강아지를 보고 어쩔 수 없이 데려와 키우게 된 것이다. 이처럼 그와 그녀를 감싸고 있는 인연의 끈은 몰래 하던 밭서리가 함께 밭서리하는 동료로 발전하고, 서로가 서로를 차츰 의식하는 단계로 나아가다가 함께 여행하면서 인생의 길을 함께 가는 단계로까지 발전하고 있다. 이렇게 새로운 인연으로 맺어진 그들은 자신들을 배반했던 사람들에게서 일방적으로 일월 일일 방문하겠다는 부담스런 약속을 받게 된다. 그녀는 그녀 생일날에 이제는 대학교수가 된 P가 보낸 생일카드와 일월일일날 방문하겠다는 일방적인 약속의 글을 받으며, 그는 자신을 모함했던 박PD의 일방적인 방문약속 전화를 받게 된다. 그녀는 부담스럽고 일방적인 옛 남자의 약속을 피하기 위해 그에게 부석사 여행을 제의하였고, 그도 또한 자신을 곤경에 빠뜨린 박PD와의 부담스런 만남을 피하기 위해 같이 여행길에 나서게 되는 것이다.

바늘과 실을 가져왔느냐는 표현으로 상징화되고 있는, 유치하지만 천진한 발상 – 이는 꿈꾸는 삶을 살아가는 사람들의 희망이기도 하다 – 으로 시작된 부석사 여행길. 그 여행길에서 그와 그녀는 서로의 상처를 핥아주면서 상처를 치유해간다. 그와 그녀가 갖고있는 상처는 질긴 인연의 끈과 미련이다. P에게 철저하게 배신당했으면서도 그 인연의 끈을 끊지 못하고 살아가는 그녀. 그리고 가장 가까웠던 사람들에게 연이어 배신당하면서 삶의 의미를 잃어가는 그. 이 두 사람은 무량수전 뒤에 실과 바늘이 드나들 만큼 두 개의 부석 사이가 떠있다는 곳을 찾아 떠난 부석사 여행길에서 길을 잃어버린다. 그들이 길을 잃어버리고 차를 돌리다가 차 바퀴가 빠지는 사고를 당해 차에서 내려 앞길을 살펴보니 바로 앞이 낭떠러지였다. 그 절벽 앞에서 그녀는 비로서 ‘그에게 부석사에 가자고 인터폰을 넣기 전까지 그녀는 자신이 P라는 낭떠러지 앞에 서 있는 것’을 느낀다. 그와 그녀가 잘못 들어간 길 앞이 바로 낭떠러지였듯이 그들의 지난날 사귐은 낭떠러지를 예비하고 있는 사귐이었던 것이다. P는 이미 세속적인 이익을 위해 그녀를 버리고 교수의 딸을 택하여 결혼한 사람이면서도 끈질기게 인연의 끈을 이용하여 그녀를 흔들어놓고 있으며, 그녀 또한 자신을 배신한 P에 대해 분노하고 증오하면서도 한편으로는 은근히 기다리는 마음을 가지고 있었던 것이다. 이처럼 자신을 배반하고 다른 여자의 남편이 된 그를 아직도 기다린다는 것은 또한번의 절망을 가져오게 되며, 바로 앞에 낭떠러지를 예비하고 있는 모습인 것이다.

끈질기게 인연을 내세워 다가오는 대상들을 끊어내지 못한 그들은 부석사로의 여행을 통해 삶의 새로운 길과 희망을 꿈꾸게 되면서 서로에 대한 이해의 폭을 넓혀가게 된다. 그녀는 P와는 달리 모든 음식을 달게 먹는 그를 새삼 다르게 느끼게 되며, 그는 '나무뿌리가 점령해버린 옛집'에 그녀와 함께 갈 꿈을 꾸는 것이다. 여기에서 폐가가 된 그의 집은 과거의 삶을 상징하는 잃어버린 삶의 장소이다. 따라서 그가 그녀와 함께 그곳에 가보는 꿈을 꾸는 것은 새로운 삶의 길을 찾아가고픈 마음을 표현한 것이다. 차 안에서 그들이 어슴프레 밝아오는 아침을 맞이했을 때 들리는 종소리는 부석사가 멀리 있는 것이 아니라 아주 가까이 있음을 느끼게 해주는 것이면서, 찾는 길이 멀리 있는 것이 아니라 항상 우리 가까이에 있음을 말해주고 있다. 즉, 항상 삶의 고통을 극복하는 길은 내 마음에서 멀리 떨어져 있는 것이 아니라 바로 가까운 곳에 있음을 말해주고 있다. 따라서 부석사라는 상징어린 장소는 고정된 특정한 지역의 절이 아니라 마음만 있으면 언제나 가까이 갈 수 있는 장소로 바뀌어지고 있다. 이로써 우리는 애써 극복해야 할 대상은 남이 아니라 바로 나임을 새롭게 인식하게 되는 것이다. 믿었던 이들에게서 배반당한 인물들의 삶과 인간으로서의 정리를 세밀하게 잘 표현하고 있는 이 작품은 우리가 꿈꾸는 이상적인 삶이 서로 떠있다는 부석사의 돌처럼 불가능하게 여겨지는 삶이기는 하지만, 그래도 믿음을 갖고 나아가야 할 길임을 암시하고 있는 작품이기도 하다.

2. 벗어날려고 해도 벗어날 수 없는 숙명의 끈

최인석의 <모든 나무는 얘기를 한다>(≪창작과 비평≫2000년 겨울호)는 80년대를 치열하게 살았던 장수호라는 한 인물의 삶을 통해 죽을 때까지도 벗어날 수 없는 질긴 인연의 끈인 연좌제의 고통을 보여 주고 있다. 유능한 카피라이터인 장수호는 대학시절 과격한 학생운동가였고,

그로 인해 감옥살이도 했으며, 위장취업을 했던 공장에서 만난 여공과
결혼하여 금실 좋게 살고있는 인물이다. 그는 자유주의자처럼 생활하면
서도 밤새워 일에 몰두할 정도로 한편으로는 강한 책임감을 갖고 있다.
그리고 또 한편으로는 다른 사람들과는 달리 자연에 대한 외경심도 가지
고 있다. 현실에 적극적으로 참여하면서 살아가던 장수호가 골드카피
메달을 수상하고 직원들을 집으로 초대했을 때 그의 집 복충 거실에는
소나무·감나무·사과나무·단풍나무 등 나무들이 가득하고 마루바닥
에는 흙과 먼지, 그리고 나뭇잎과 떨어진 과일들로 가득차 있다. 그가
아파트 거실을 나무로 치장하여 숲 속에 있는 것처럼 꾸민 것은 거짓된
도시의 삶에서 벗어나고픈 욕망의 표현이다. 장수호는 삭막하고 열정을
잃어버린 도시, 그리고 출구마져 막혀버린 도시에서 자연으로 돌아가고
싶은 마음의 표현을 현실적 상황에 맞추어서 자연의 숲 속처럼 꾸미고
사는 것이다.

그러다가 그는 한번도 만나본 적이 없는 아내 영선의 막내 숙부가
6.25동란에 월북했다가 모종의 임무를 띠고 남파되었다는 정보가 입수되
었다는 이유로 아내와 함께 안기부로 불려가 혹독한 고문을 당하게 된다.
그후 그의 아내인 영선이 고문의 여파로 뱃 속의 아기도 잃고, 출산 능력
마져 잃어버린 후 그는 도시에서 사라져버린다. 현실의 불만스러운 삶을
극복하고자 노력하면서 자기식대로 살아가던 그가 사회에서 사라진 까
닭은 도피가 아니라 사회에서 내쫓긴 것이다. 연좌제의 사슬이 그를 옥죄
고 있었던 것이다. 겉으로는 폐지되었다고 말해지면서도 안으로는 끊임
없이 우리들을 옥죄고 있는 사슬과 끈질긴 감시의 눈길이 결국 그를 진짜
숲속으로 내쫓고 있는 것이다.

그 뿐만 아니라 주변에 있는 사람들까지도 그와 연관된 사람들은 심리
적인 억압을 받게 된다. 내가 어머니의 수술비와 입원비 등 치료비 때문
에 장수호에게 빌리게 된 천만원도 때에 따라서는 공작금으로 변질될

수 있음을 알고 두려워하는 모습은 이를 잘 나타내고 있다.

> "너 나한테 빌렸던 그 돈, 잘못하면 공작금으로 오인받아 조사받게
> 될지도 모르겠다."
> 술김에도 나는 모골이 송연해졌다. 아홉시 뉴스에 종종 간첩단이네 지
> 하당이네 하는 사건들이 터져 공안검사들이 연락책이니 자금책이니 하는
> 직함을 써붙인 조직표를 그려놓고 기자회견을 하는 광경이 방송되던 시
> 절이었다. 그런 방송을 볼 때의 느낌이란 반신반의, 그리고 두려움이었다.
> 세상이 온통 간첩으로 우글거리는 것은 아닌가 하는 두려움, 그리고 어쩌
> 다 제수 없으면 나 같은 별볼일 없는 자도 저런 조직표에 이름이 내걸리게
> 될지도 모른다는 두려움이 그것이었다.
>
> (최인석, <모든 나무는 얘기를 한다>)

단순히 어머니의 치료비 때문에 장수호에게 빌렸던 돈 천만원이 장수
호가 연좌제의 고통을 겪게 되면서 나를 두렵게 만들고 있는 것이다.
조금만 의심스러우면 붙잡아가던 시절에는 모든 것이 공작으로 이루어
졌다. 이러한 상황은 우리사회에서 사상이라는 이름 아래 우리들의 삶이
얼마나 억눌려지고 억압되어 있었는지를, 또 우리네 삶이 얼마나 허약한
토대 위에 놓여있었는지도 선명하게 드러내 보여준다.

장수호가 마음 고생을 하는 사이 세속적인 삶을 살던 나는 이십평짜리
전세 아파트에서 사십오평짜리 아파트를 사서 이사갔으며, 차를 2년마다
바꿀 궁리나 하면서 늦게 들어오는 남편에게 불평하던 아내는 다단계판
매에 빠져 오억의 빚을 지고 환상을 쫓는 삶을 살아간다. 결국 나는 아내
와 이혼하고 아이들을 형집에 맡기게 된다. 아내와 이혼을 하고 가정법원
에서 나오던 날, 나는 형집에 있는 아이들의 전화를 받고나서 회사에
휴가원을 내고 목적지 없이 여행을 떠난다. 그리고 무작정 택한 강원도
여행길에 들린 정선읍내 장터에서 나는 송이버섯을 팔고있는 장수호 선
배를 다시 만나게 된다.

세상을 버리고 살아가는 장수호 선배를 만나 그의 산골 집에서 하루밤을 같이 지내면서 나는 장 선배의 아들들을 보고 형집에 맡긴 아이들을 떠올리며 바로 데려올 생각을 한다. 건강한 삶을 살고자 들어온 깊은 산속 – 감시당하고 통제당하는 사회에서 벗어나고자 세상을 버리고 들어온 깊은 산 속에서도 장수호는 감시의 눈길은 피하지 못하고 있었다. 즉, 우리네 세상의 연좌제가 끈질기게 그를 놓아주지 않고 있는 것이다. 내(김중호)가 장수호의 가족들과 헤어져서 산길을 내려오는 길에 만난 경찰관의 의심스러운 눈초리나, 처음 만난 나에게 반말로 무례하게 묻는 물음 속에는 바로 감시자의 눈길을 담고 있는 것이다. 또 내가 무례한 그 경찰관에게 고분고분하게 대응하는 모습은 감시당하는 자의 초라함과 함께 우리 사회에 존재하는 제복의 위력을 보여준다. 제복의 힘에 눌려 그 경찰관의 무례함과 부당함을 당당하게 거부하지 못하고 있는 것이다. 이 작품의 끝에서 말하고 있듯이 연좌제로 인한 질긴 인연의 끈과 함께 제복입은 이들의 당당함은 우리 사회가 아직도 옳고 그름의 분별력에 의해 지배되는 사회가 아니라 제복의 힘에 의해 지배되는 사회임을 암시하고 있다. 그리고 장수호가 그의 아내와 함께 세속을 벗어나 산 속으로 들어가고 난후 출산능력을 회복하고 두 아이까지 갖게 되는 것은 인간의 의지보다 자연의 재생력이 훨씬 크고 강함을 암시하면서 건강한 삶의 의미를 되새기도록 해주고 있다.

항상 감시당하는 장수호 같은 인물에 대비되어, 끊임없이 남을 감시해야 하는 감시자의 삶을 그리고 있는 문순태의 <나는 미행당하고 있다>(≪문학사상≫ 2001년 1월호)는 감시자가 결국에 가서는 자기 자신을 감시하는 상황으로 변모하고, 그래서 쫓기는 자가 되어가는 모습을 보여주고 있다. 70년대 초부터 20년동안 박 목사를 미행 담당하였던 나는 정보팀장에게 그를 미행한 결과를 끊임없이 보고하고 그 덕으로 아들들을 미국에 유학보내고 여유있게 살아간다. 그러다가 문민정부가 들어선

93년부터 끄나풀 노릇은 끝이 난다. 나는 그 사이 고2가 되어 갑자기 성적이 떨어진 자식을 미행하여 만화방 출입이 원인이었음을 알아내기도 했고, 일정한 시간마다 나들이하는 아내를 미행하여 정기적으로 사형수를 면회하고 있음을 알게 되기도 했다. 그러나 사회가 변하여 끄나풀 노릇은 끝이 났어도 나의 미행습벽은 그대로 남아 조금이라도 이상한 사람을 보게 되면 무의식적으로 미행을 하게 된다. 남을 불신해야 정상적으로 평가받는 삶을 살던 나는 문민정부가 들어서서 일거리가 없어졌지만 미행습관은 그대로 남아있는 것이다. 나는 습관적인 미행 중독증에서 벗어나기 위해, 그리고 세상의 안정이 두려워져서 미국에 있는 두 아들집으로 떠나게 된다. 미국에서 아들집을 오가며 생활하던 나는 며느리들이 실버타운에 들어가도록 권하자 아들과 며느리에 대한 분노심에서 귀국하여 공항 가까운 곳에 13평 아파트를 얻는다. 그러나 친구도 없고, 겨우 찾아낸 고향 친구마져 나를 피하며 만나려하지 않는다. 그동안 내가 자식들을 먹여살리고 공부시켰다는 자부심으로 살았던 때의 행위들이 올가미가 되어 나를 옥죄기 시작한 것이다. 이제는 자식들에게마져 버림받고 고국에 돌아온 처지에서 친구도 없이 지내면서 낯선 전화에도 두려움을 느끼게 된다. 그리고 어느날 나도 알지못하는 그 누군가에게 쫓기는 신세가 되었음을 느끼게 된 나는 나를 미행하는 인물인 미행자를 찾기위해 노력하다가 나 스스로가 미행자였음을 알고 몸서리친다. 이처럼 이 작품은 닫힌 사회 속에서는 미행자나 미행당하는 자나 결국 모두가 피해자가 됨을 말해주고 있다.

3. 부모와 자식간의 질긴 인연의 끈

　부모와 자식간의 관계는 어떤 관계일까? 인연의 질긴 끈으로 이어진 부모와 자식간의 관계를 한승원의 <수방청의 소>(≪문학사상≫, 2001년 1월호)에서는 아버지와 아들의 관계를 통해 대를 이어가고자 하는 우리네 종족보존 의식과 우리 사회 가족의 의미를 조명하고 있다. 아들은 한때 잘 나가던 은행원이었다. 그가 취직한 날 아버지는 동네에서 크게 마을 잔치를 크게 베풀 정도로 그는 아버지의 자랑이기도 했다. 그러나 그가 은행에서 퇴출당하고나서 자신있게 투자했던 주식에서마져 결국 큰 손해를 보고난 후 자본이 딸린 그는 주정뱅이 폐인이 되어 고향의 아버지에게 온다. 그러나 이미 아버지에게 있어서 폐인이 된 아들은 짐의 역할만을 할 뿐이다. 그가 마지막 기댈 언덕으로 아버지를 찾아와 아버지의 마지막 재산인 소를 팔아달라고 청하지만 아버지는 손자 녀석을 생각하며 냉정하게 거절한다. 아버지는 자식들에게 밭 한 이랑이라도 물려주기 위해 노력하다가 얼어죽은 그의 아버지가 결국에는 자식을 위한 희생자였음을 떠올리며 이미 실패한 아들보다는 아직 공부 중에 있는 손자에게 마지막으로 기대고 있는 것이다.

> 아버지에게 암소 열두 마리는 희망이었다. 가급적이면 사료 사용을 줄이고 볏짚과 풀을 베어다가 먹이고 있었다. 팔십이 내일모래인 그로써 그렇게 하기란 결코 쉬운 일이 아니었다. 그는 사력을 다해 악을 악을 쓰고 있었다. 혹한이 몰아치고 있는 허허벌판 한가운데서 그는 자기의 가엾은 피붙이 하나를 위해 모닥불을 피우고 있었다. 그의 피붙이가 어느 날 그 모닥불을 향해 허위허위 달려올 것이었다. 그때를 대비하고 있었다. 하늘이 도왔는지 암소 다섯 마리가 새끼를 뱄다. 사람은 하늘이 도운다 싶을 때 참으로 열심히 해야 하는 것이었다. 그놈들이 탈 없이 몸을 풀게 하려고 그는 최선을 다했다. (한승원, <수방청의 소>)

손주가 가는 길은 집안을 이어가는 길이면서 또 집안을 일으킬 수 있는 길이기도 하다. 따라서 아들보다는 손자에게 기대는 심리는 조상에 대한 후손의 도리를 다하고자 하는 마음임을 나타낸다. 아들에게 더 이상 기대할 것이 없게 되었을 때, 아버지는 마지막으로 기대할 수밖에 없는 손주를 위해 준비하고 있는 것이다. 여기에서 그가 소를 키우는 행위는 길잃은 손주에게 길을 안내하는 한가닥 모닥불이 되는 길이다. 때문에 그는 악을 쓰면서 이 모닥불을 피워올리고 있는 것이다. 아들이 부모 앞에서 자살하겠다는 협박하는데도 버틸 수 있는 힘은 아직 무한한 가능성을 가진 손주가 있기 때문이다.

끊임없이 이어지는 인연의 끈은 우리 사회를 지탱하고 있는 힘이면서 또한 옥죄이고 있는 틀이기도 하다. 그 틀이 우리 사회의 발전을 위한 틀인지 아니면 정체를 가져오는 틀인지는 우리 모두 생각해 보아야만 할 것이다. 한번의 요행수를 위해 아버지의 마지막 재산마져 뺏어가려는 아들의 행위 또한 이 틀에 기대고 있기 때문이다. 이 작품은 우리 사회 가족관계가 어떠한 의미를 띠고 있는지를 다시 한번 상기시켜 주고 있다.

4. 우리 사는 세상과의 인연, 그 믿음의 끝

성석제의 <황만근은 이렇게 말했다>(≪동서문학≫ 2000년 겨울호)는 우리 사는 세상이 얼마나 삭막하고 믿음이 사라져버린 사회인지를 황만근이라는 인물의 삶을 통해 조명하고 있다. 황만근은 정신적으로 조금 모자라고 덜 떨어진 인물이다. 그는 동네 사람들에게 끊임없이 조롱 당하고 이용당하면서도 성실하고 끈질기게 자신의 성의를 다하면서 삶을 살아간다. 그러나 이러한 그의 삶도 결국에는 그를 이용하고자 하는 면장의 행위로 인해 비참한 최후를 맞고 있다. 농민 궐기대회에 경운기를 끌고 가서 투쟁하자고 선동한 면장도, 그리고 어느 누구도 경운기를 끌고 나오지 않았지만 황만근만은 우직하게 그의 경운기를 끌고 군청에서 열리는 농민 궐기대회에 나갔다가 최후를 맞고 있는 것이다.

다음날 새벽, 민씨는 새벽녘에 잠깐 동네 어귀에서 탈탈거리는 경운기 소리를 들었다. 탁, 탁, 탁…… 시동이 잘 걸리지 않는 모양이었다. 탁닥, 닥, 타닥, 탁, 탁, 탈, 탈, 탈, 탈, 탈탈탈탈……. 그 뒤에도 궐기대회 가는 집마다 경운기를 끌고 나오려면 온 동네가 시끄럽겠다고 생각했지만 웬일인지 다른 경운기 소리는 더 이상 들려오지 않았다. 경운기 소리가 아득히 멀어져 가는 소리를 들으며 민씨는 까무룩히 잠이 들었다.
(성석제, <황만근은 이렇게 말했다>)

한 동네에 사는 다른 사람들은 영악해야만 살아갈 수 있는 우리네 세상사를 이미 알고 있었기 때문에 경운기를 끌고 나가지 않은 것이다. 결국 우직하고 순진한 그만이 경운기를 끌고 갔다가, 돌아오는 길에 논옆으로 굴러떨어져 얼어죽게 된다. 황만근의 죽음은 면장의 요청에 따른 것이기도 하면서 그의 아들과 어머니, 그리고 이웃 사람들의 요청에 따라 이루어진 것이기도 하다. 황만근을 항상 무시하면서 필요에 따라 이용만 해먹는 사람들은 그의 어머니와 아들, 그리고 동네 사람들 모두이기 때문이다. 이들은 결국 우리 사회를 구성하고 있는 구성원 모두임을 암시한다. 따라서 우리 사회의 구성원들이 순진하고 우직한 인물인 황만근을 죽인 것이 된다.

황만근의 죽음은 우리 사회에 대한 하나의 경고처럼 들린다. 항상 남에게 주기만 하면서 살던 그의 순박한 믿음이 우리 사회에서는 아직 용납되지 않음을, 그리고 그러한 죽음에 대해 가족을 제외하고는 어느 누구하나 제대로 알아주지 않음을 비판하고 있는 것이다. 고전작품의 전과 찬 형식을 부분적으로 택하고 있는 이 작품은 기리어야할 사람은 제대로 기리지 않으면서 기릴 가치조차도 없는 사람을 기리기에 바쁜 요즘 우리 사회의 현실에 대한 비판처럼 들린다. 아무도 그의 죽음에 대해 책임지지 않고

누구 한 사람 진정으로 슬퍼하지 않는-아버지를 잃은 아들의 슬픔도
의례적인 수준의 것으로 격하되는-그래서 다만 궁금함으로만 남은 그
의 최후는 결국 한 사람의 성실함이 무참하게 배반당하고 내동댕이쳐지
는 오늘날 우리네 삶의 한 단면을 고발하고 있다.

(≪문예운동≫ 2001년 봄호, 통권 69호)

삶의 뿌리, 그 깊이와 넓이

전성태, 〈永流〉(≪동서문학≫ 2001년 봄호)
이혜경, 〈대낮에〉(≪창작과 비평≫ 2001년 봄호)
하성란, 〈별 모양의 얼룩〉(≪창작과 비평≫ 2001년 봄호)
강건임, 〈민자 바우어〉(≪한국소설≫ 2001년 봄호)

　우리의 삶은 무엇에 바탕을 두고 있을까? 돈, 정, 인간애 등등 여러 가지를 이야기 할 수가 있을 것이다. 한쪽에서는 삶이 재미없어 자살하는 사람이 있는가 하면, 한쪽에서는 삶이 너무 힘들어서 자살하는 사람도 있다. 삶이 재미없다고 생각하는 사람들은 경제적인 고통보다 정신적인 고통 속에서 죽음을 생각한다. 그러나 삶을 힘들게 느끼는 사람들은 정신적인 고통보다 경제적인 문제에서 더 큰 고통을 느끼고 죽음을 생각한다. 다 같은 죽음이라도 방향은 전연 다르다. 우리 나라에 경제한파가 닥친 후 우리 주변에서는 경제적인 파탄으로 고통받는 사람들이 부쩍 많아졌다. 더 이상 기댈 곳도 없는 이들이 희망마져 잃어버리게 되면 삶에 대한 의욕 또한 잃게 되기 마련이다. 아직 우리 사회는 인간다운 삶을 지탱할 수 있도록 도와주는 사회 복지가 입으로 말하기에 부끄러울 정도로 미약하다. 그 결과 지금 우리 사회는 물질이 정신을 잠식하면서 인간성마져 바뀌어지는 경우가 많아지고 있다.

신자유주의 덕인가. 이제는 생존의 문제가 심각한 사회문제를 넘어 일상화된 문제가 되고 있고, 자본의 분배도 이십대 팔십이 아니라 십대 구십을 향해 나아가고 있다. 이런 상황에서 왜 사는가, 어떻게 살아야 하는가 하는 물음에 대해 누구 하나 속 시원하게 대답해주지를 않고 있다. 백성들의 대표자들이라는 국회의원들은 국민들을 위한다는 입발린 말만을 앞세운 채 자신들의 욕망만을 위해 뛰고 있고, 나라 살림은 갈수록 있는 자와 없는 자로 양분되어지고 있다. 이러한 사회에서 우리들의 삶은 어디에 바탕을 두고 있으며, 어떤 삶이 바람직할 것인가.

이번호에서는 이처럼 삶의 뿌리가 흔들리는 삶을 살아가는 인물들을 다룬 작품들을 살펴보았다. 이들 작품들에서는 우리 사회가 갖고있는 문제들에 대해 다양한 형태로 문제 제기를 하고 있으면서 우리가 지향해야 할 곳이 어디인가를 묻고 있다.

1. 정신적 욕망과 물질적 욕망의 대립

전성태의 <氷流>(≪동서문학≫ 2001년 봄호)는 자본주의라는 물질화된 삶에 패배당한 사람이 결국에는 그 물질적 속성을 이기지 못하고 매몰되어 가는 모습을 그리고 있다. 우리 사회에 경제적인 한파가 닥친지도 꽤 지났는데 아직도 우리 주변에서는 삶의 터전을 잃어버리고 삶 자체를 포기하거나 내팽게친 사람들이 많이 있다. 삶의 포기는 우리 사회의 뿌리를 흔들리게 하고 불안하게 만든다. 그 밑바탕에 천민자본주의만이 판치는 우리 사회의 잘못된 풍토는 없는 자들을 더욱 슬프게 하거나 막다른 길로 몰고 간다. 이렇게 중간층이 없이 양분되어가는 우리네 삶의 터전을 바라보다보면 사회가 통합되지 않는 이유가 경제적인 편차가 너무 크기 때문임을 알 수 있다. 인간에 대한 예의는 서로간의 믿음이 존재할 때 빛을 발할 수 있다. 서로간의 믿음이 사라져버린 사회의 모습은 삭막한 사막 한 가운데에 서 있음을 느끼게 할 뿐이다.

잡지사 프리렌서 르뽀 작가로 활동중인 창규는 '노숙자가 되기 일보 직전의 그런 사람'에 대한 르뽀기사를 작성하라는 잡지사 오 선배의 지시를 받고 여기저기 농성장을 찾아다니며 마땅한 인물을 찾고 있다. 그러다가 우연하게 마주치게 된 권씨. 창규는 그와 술잔을 나누면서 수첩에 한 사내의 기막힌 사연들을 채워 넣는다. 르뽀의 제목으로 '사십대 실직 가장 권씨의 하루'라는 가제목까지 생각해놓은 상태에서, 창규는 권씨에게 잡지에 싣기 위해서 집을 방문하여 사진 촬영을 해야 한다는 뜻을 내보인다. 그러나 권씨는 아내와 상의를 해야 한다는 이유로 나중에 연락을 주겠다는 말을 남기고 떠나가고, 창규는 잡지사로 돌아와 빈 회의실에서 권씨와 나눈 이야기를 정리하기 시작한다. 그러나 다시 전화를 걸어온 권씨는 집을 보여주는 대가로 아내가 보상을 요구한다는 이야기를 한다. 난감해진 창규는 돈에 찌들려 삶의 터전을 잃어버린 권씨가 인간의 자존심도 잃어버리고 천민자본주의 행태에 매몰되어버린 모습을 보고 자신의 미래가 걸린 르뽀 기사를 포기하게 된다.

사업이 망하고 날품팔이 일거리도 없어져버린 권씨가 창규에게 돈을 요구했던 것은 인간의 자존심을 버린 천민자본주의의 발가벗겨진 모습이다. 모든 것을 돈으로 환산하면서 삶을 이어가는 모습은 제대로 된 인간의 삶이라고 할 수 없다. 단지 동물적인 목숨을 이어가는 존재일 뿐이다. 돈에 휘둘려 인간다운 삶을 잃어버린 사람이 다시 돈에 매몰되어 버리는 모습은 우리 사회 비극의 한 단면이다. 그런 사회의 모습을 이 작품에서는 실업자 권씨를 통해 보여주고 있는 것이다. 자본주의 사회에서 패배당하여 쫓겨난 사람이 결국 그 자본주의 속성에 매몰되는 모습을 띠게 될 때 희망은 그 어디에서도 찾을 수가 없는 것이다.

이 작품에서 물질에 매몰되어가는 권씨의 모습과 대비되어 제시되는 상징적 인물은 창규가 어렸을 때 얼마동안 창규네 집에서 일을 도와주었던 오씨이다. 머슴으로 생각하는 어린 아이 창규와 잠깐 신세진 처지로만 행동하는 오씨의 대립과 갈등은 인간의 존재 가치에 대한 인식의 차이를 드러낸다. 오씨가 비록 돈이 없어 창규네집 식객 노릇을 하지만 자존심을 지키면서 살아가고자 하는 모습은 물질에 구속당하지 않으려는 태도임이 분명하다. 이에 대해 오씨를 머슴으로만 인식하려고 했던 어린아이 창규와는 갈등을 일으킬 수밖에 없다. 그리고 이 갈등은 창규에게 오씨를 새롭게 보도록 작용하게 된다. 어른이 된 창규가 새삼 그를 다시 떠올리는 것처럼.

창규가 삶의 터전을 잃고 절망에 빠져 있는 권씨에게 돈을 건네지 않고 기사 작성마져 포기하고자 하는 것은 인간답게 살고자하는 의지의 표현이다. 그가 실업자인 권씨의 돈 청구 거절을 통해 지키고자 하는 것은 물질을 중시하는 세속적 욕망의 포기이다. 자신의 삶이 안정을 찾을 수 있는 길마져 포기하고 창규가 권씨의 취재기사마져 포기하고자 하는 것은 마지막 자존심인 인간다운 삶을 살고싶기 때문이다.

> 그는 만약 권씨가 다시 전화를 걸어온다면 먼저 없던 일로 하자고 말하리라 결심했다. 그래야만, 그는 숨을 쉴 수가 있을 것 같았다. 그는 한껏 웅크린 새벽의 도심을 바라보며 숨을 깊게 들이마셨다.
>
> — 전성태, <氷流>

창규는 물질적인 욕망에 빠지지 않고 자신을 지켜보려고 하지만 그 자신도 가난한 살림을 벗어날 길이 뚜렷하게 없는 것처럼 아직도 현실은 암담하기만 하다. 밤늦게 집에 들어가던 창규가 오천원밖에 없는 돈 때문에 영등포 다리를 달려서 건너고, 이어 합승했던 택시기사에게 호주머니 돈이 다 떨어질 때까지 동네 공원을 맴돌도록 요구하는 것은 돈으로 모든 것을 환산하려는 이 사회에 대한 힘없는 서민들의 반항이다. 그러나 이러한 반항은 그보다 앞서 내린 택시 승객이 한 행위처럼 신자유주의 – 천민자본주의 사회에 대한 슬픈 외침이 될 뿐이다. 다음날이면 속이 쓰리고 아프게 될 수밖에 없는 서민들의 처지로서는…. 결국 택시 기사의 말처럼 미친 짓이나 하다가 마는 신세일 뿐이다. 그가 있는 돈을 다 택시비로 써버리는 것은 조금 있으나 없으나 마찬가지인데도 그 조금에 매몰되어 가는 인간이 되고 싶지 않은 표현일 뿐이다. 따라서 권씨가 다시 전화를 걸어온다면 없던 일로 하고자 하는 창규의 다짐은 제대로 된 사회, 최소한 자존심을 인정받는 사회에서 살고픈 외침이다. 숨 쉬고 살아가는 사회. 그러한 사회는 물질 못지않게 정신이 제대로 존중받는 사회가 될 것이고, 우리가 추구해야 하는 사회의 모습일 것이다.

2. 무섭고도 질긴 인연의 끈

가족의 의미는 어떤 뜻을 담고 있는 것일까. 우리에게 있어 가장 가까운 관계는 가족일 것이다. 더구나 부모와 자식간의 관계는 천륜이라는 말처럼 인간의 힘으로는 뗄려고 해 보아도 뗄 수가 없는 관계라고 한다. 이러한 관계가 끊어지지 않는 외줄에 묶여있다면 어떻게 해야 하는가.

이혜경은 <대낮에>(≪창작과 비평≫ 2001년 봄호)라는 작품을 통해서 우리 사회에서 일어날 수 있는 극단적인 아버지의 모습을 그려 보이고 있다. 고아처럼 자라난 것으로 알고 있던 남편에게 어느날 갑자기 나타난 아버지라는 존재. 김경선이라는 이름을 가진 아버지라는 사람은 보통 가정의 아버지와는 전혀 다른 모습을 띤 아버지였다. 착하고 함부로 거친 말을 쓰지 않던 시누이가 '그 인간'이라는 험악한 말로 아버지를 표현하는 것처럼 아버지의 행위는 일반적으로 인식하는 아버지의 모습이 아니라 인간의 탈을 쓴 야수의 모습을 갖고 있다.

당신, 내가 희영이 보는 앞에서 이유도 없이 당신을 마구 때린다면, 그것
도 모자라서 팔 자르겠다고 당신 팔을 도마 위에 올려놓고 칼 들고 팍팍
찍어댄다면 어떻겠어? 당신 옷을 갈기갈기 찢은 다음 몸에 석유를 끼얹는
다면? 그 앞에서 성냥을 그어대며 웃는다면? 그걸 보면서 겁에 질려서
우는 희영이를 마당에 내던진다면?
　　　　　　　　　　　　　　　　　　　　　　　– 이혜경, <대낮에>

이처럼 자식인 남편의 표현을 통해서 드러나는 남편의 아버지 김경선
의 모습은 악마 바로 그 자체이다. 자식 갖기를 바라지 않았던 남편의
모습은 바로 이런 아버지에 대한 두려움을 나타낸다. 아들이 아닌 딸을
낳았을 때 안도했던 남편의 모습도 아버지의 존재에 대한 두려움에서
기인하고 있다. 이제는 너무 늙어서 더 이상 존재 가치가 없어진 아버지
가 천륜을 내세우면서 이제 막 경제적인 안정을 찾아가는 아들의 집으로
들어오고자 하는 모습은 인간의 정리가 나아가야 할 바를 묻고 있다.
이처럼 남편의 아버지 김경선은 자신을 감추고 변장시켜주는 탈바지를
수시로 편리할 때마다 쓰고 다님으로써 인간 사회의 구속에서 벗어나고
자 한다. 대전 유성구청 사회복지과 직원이나 종교단체에서 사회복지
업무를 맡은 사람이 하는 말처럼, 인간사회의 규범은 이러한 탈을 쓴
사람들에게 여러 가지로 편리함을 가져다 주고 있다.

"이렇게까지 하시는 심정, 저희도 어느 정도는 이해합니다. 성장기의
상처는 지워지기 어렵지요. 그렇지만 죄는 미워해도 사람은 미워하지 말
라는 이야기가 있지 않습니까?"
패륜을 꾸짖는 듯하던 지난번 사내와 달리, 종교단체에서 사회복지 업
무를 맡고 있다는 그는 말소리도 나직나직했다.
"며느님께서도 힘드시죠? 무조건 모셔가시라는 건 아닙니다. 오래 헤어

져 있던 사람들이 함께 사는 게 어디 쉽겠습니까? 하지만 한번 만나보시
기나 하면 어떨까요? 아버님께서도 옛일을 뉘우치면서 우시더군요. 사는
게 너무 힘들어서 식구들에게 몹시 굴었다고 하시면서요."

– 이혜경, <대낮에>

 충효의 도리를 강조하거나 인간의 도리를 말하는 종교인의 말에는 사
회적인 규범과 종교인의 신념만이 담겨있을 뿐 한 개인이 겪는 삶의 과정
은 끼어들 틈이 없다. 대전 사회구청과의 직원이 아내인 나를 설득시키고
자 하는 이야기는 그저 일반론일 뿐이다. 일반론적인 관념을 제시하는
공무원들의 인식과 관념에서 우리의 현실을 제대로 보지못하는 공무원
들의 세계를 보았다면 나의 억측일까? 며느리가 되는 나에게 있어서는
그들이 내세우는 도리는 부모 자식관계에서 당연히 이루어져야 하는 모
습으로 제시된다. 따라서 그들과 마찬가지로 정해진 삶의 틀에서 살아가
는 나도 남편을 설득시킬 생각을 할 정도로 어릴 때 남편이 겪은 악몽은
다른 사람들에게 한때의 일로만 처리된다. 그렇지만 이들의 설득이나
말에도 남편이 흔들리지 않는 것은 아버지의 삶을 인간의 삶으로 볼 수
없기 때문이다.

 삶은 남이 살아주는 것이 아니라 자신이 사는 것이다. 아버지가 아닌
야수의 속박을 벗어나기 위해 자신의 삶을 포기할려고까지 했던 남편이
살아온 삶의 과정을 아내를 포함한 남들은 잘 이해하지 못할 수 밖에
없다. 사람들은 일상적인 삶의 틀만을 상상하면서 모든 다른 이들도 일상
의 틀로 내려오기를 요구한다. 이러한 일상의 틀을 이용하면서 또 인류의
틀을 앞세워서 남을 속여가면서 살아가는 이가 바로 김경선이다. 인간의
탈을 쓴 야수의 모습을 가진 아버지를 갖고있는 남편은 아버지와의 인연
을 끊기위해 끈임없이 노력하지만 어느 새 아버지의 그림자는 남편의
삶 근처에서 어른거린다. 따라서 남편의 고통을 이해하면서도 혹시나

하는 마음과 그래도 천륜을 앞세우고자 하는 나의 모습은 바로 우리 사회에서 존재하는 규범의 틀이 갖고 있는 갈등을 드러내 보여주고 있다. 내가 남편의 고통을 이해하게 된 것은 아버지의 출현으로 인해 남편이 정신적인 충격으로 공황장애를 일으키고 자살의 욕망에 시달리는 모습을 지켜보면서부터이다. 그제서야 비로서 거머리처럼 달라붙는 사회적 규범에서 남편과 함께 벗어나려고 시도하는 것이다. 사회적인 규범에서 벗어나기 위해, 악몽에서 벗어나기 위해서는 나라는 존재 자체를 말살할 수 밖에 없다. 그 길은 이른바 실종신고다. 끈질기게 따라붙는 유령의 모습처럼 끊고 끊어도 달라붙는 존재에게서 벗어나기 위해 화자인 나의 가족은 실종된 존재로 살아가고자 실종신고를 하러 동사무소에 간다.

이처럼 이 작품은 포악했던 아버지, 그리고 이제는 교활하기까지 한 아버지의 모습을 통해 우리 사회의 부모 자식관계를 다시 한번 생각하도록 하고 있다. 아버지에게서 도망치기 위해 주민등록마져 말살하려는 화자인 나와 남편의 심리는 부모와 자식간의 관계가 어떠해야 하는지를 우리 모두에게 다시 한번 묻고 있다.

3. 가슴에 묻은 죽음, 그 아픔의 깊이

불의의 화재로 딸을 잃어버린 부모의 심정은 어떠한 모습을 띠고 있을까? 자식이 부모보다 먼저 죽으면 우리나라 사람들은 그 자식을 가슴에 묻는다고 한다. 자식을 가슴에 묻은 사람들이 자식이 죽은지 일년만에 다시 모여 화재가 난 현장으로 추모를 하러 가는 모습을 그리고 있는 하성란의 <별 모양의 얼룩>(≪창작과 비평≫ 2001년 봄호)은 왜 일찍 죽은 자식들이 부모의 가슴에 묻혀있는지를 구체적으로 보여주고 있다. 유치원생들이 자연으로 놀러갔다가 어른들의 탐욕으로 일어난 화재에서

아까운 목숨을 잃은 사건을 소재로 하고 있는 이 작품은 다시 한번 찾아
간 화재 현장에서 부모들이 겪는 아픔을 여실히 보여준다. 이미 흉물스런
건물의 잔해는 다 치워지고 다만 잡풀만이 무성하게 자리잡은 그곳 화재
현장에서 부모들은 간단하게 제를 지내고 다시 서울로 돌아온다. 돌아오
는 길에 들린 구멍가게에서 술주정꾼이 그들 부모들에게 들려주는 이야
기는 이들의 가슴에 새로운 불을 지피게 만들고 있다.

> "대단했습죠. 여기서 불기둥이 다 보였으니까. 그런데 말입죠. 불이 나
> 기 바로 전이었던가, 그러니까 열한시 근처였을 겁니다. 노란 옷을 입은
> 꼬마 하나가 요 앞을 울면서 지나가더란 말씀입니다."
> 사내의 말에 여자들 몇이 동시에 입을 열었다.
> "노란 옷이라뇨?"
> "그렇다니까요. 요 동네 아이가 아닌 것은 확실했습죠. 요 동네 애들이
> 야 빤하죠. 위아래로 노란 옷을 입고 있어 눈에 뜨기도 했굽쇼. 저쪽 신작
> 로 쪽으로 걸어가더라구요."
> 맥을 놓고 있던 사람들이 하나둘 사내를 에워쌌다. 샛별유치원 아이들
> 도 위아래 노란 원복을 입고 있었다. 불은 밤 열한시경에 났고 그 아이는
> 야영장에 불이 붙기 직전에 이 가게 앞을 지나고 있었다. 여자 하나가
> 신음소리를 내며 주저앉았다.
> "기억하시겠어요? 그 아이가 어떻게 생겼던가요?"
> 누군가의 목소리가 가늘게 떨렸다.
> "글쎄요. 어두워 얼굴을 확실히 볼 수는 없었지만, 어디 가냐 했더니
> 대답은 하지 않고 엄마를 부르면서 걸어가길래 여자아이 같았는데……
> 그리고 잠시 후 불기둥이 치솟았거든. 그러니 애한테 신경을 쓸 수가 있
> 나."
>
> — 하성란, <별 모양의 얼룩>

낡은 구멍가게 술주정꾼 아저씨의 한 마디 말에 죽은 아이들의 부모들
은 모두들 기대와 흥분에 휩싸인다. 더구나 머리가 짧았다면 남자아이일

수도 있다는 훈이 엄마의 말에 남자 아이들의 부모들도 한 가닥 동아줄이라도 잡는 심정으로 술주정꾼에게 달라붙게 된다.

이처럼 가게 술정정꾼에 의해 일어난 파문은 술주정꾼의 아내가 등장하면서 거짓임이 들통나게 된다. 자식들을 가슴에 묻고살아가는 이들에게 술주정꾼은 이들의 아픈 상처를 들쑤시면서 생채기를 내고 있는 것이다. 이 생채기는 헛된 희망을 낳아 당시 아이들의 관리를 맡았던 유치원 김선생을 찾아내게 하고, 그에게 헛된 강요를 하는데까지 나아가게 된다. 남의 상처를 건드리면서 즐기는 이들이 많은 사회는 불행하다. 우리 사회에 이러한 술주정꾼이 얼마나 많이 있는가. 같이 울어주고 공감은 못해줄망정 옆에서 남의 일이라고 눈썹 하나 까닥하지 않고 웃고 즐기는 사람들은 공동체 문화를 허물어뜨리는 인물들이다. 우리 사회가 깊이 뿌리박지 못하고 뿌리까지 자주 흔들리는 것도 이처럼 잘못된 일에 대해 인식조차 하지 못하고 그저 한갓 즐거움의 대상이거나 골려주고자 하는 대상으로 여기는 사람들이 많기 때문일 것이다. 가게에서 만난 술주정꾼 아저씨의 한 마디 말에 휘둘리는 부모들의 모습은 바로 가슴에 묻은 자식들이 살아 나와 상채기를 주고 있는 모습이다. 이미 죽은 삶이 살아있는 삶에 영향을 미치고 삶을 조종하고 있는 것이다. 모두다 거짓말인 줄 알면서도 아니기를 바라면서 매달리는 모습들은 기적을 바라서기보다는 채 꽃피어보지도 못한 삶에 대한 안타까움이 담겨있다.

누구나 삶에 대한 꿈이 있다. 특히 어린아이들이 갖는 꿈은 순수하고 해맑다. 이러한 꿈들이 채 피어보지도 못한 채 사그러지고만 화재사고는 부모들의 가슴 속에 영원히 아픈 상채기를 심어놓고 고통을 가져다준다. 이러한 고통은 조그만한 실마리에도 쉽게 동화되고 끓어오르며 타오르게 된다. 그래서 여자는 조그마한 실마리라도 잡기 위해 예전 자신의 애가 다니던 유치원에서 담임을 맡았던 김선생을 찾아내고 김선생이 녹화해둔 비디오 테이프를 함께 보면서 딸아이의 모습을 다시 확인하게 된다. 여자는 그 테이프에서 아무 특징이 없는 딸아이의 노란 원복 앞가슴에 있는 얼룩을 찾아내게 되고, 이를 통해 딸아이의 죽음을 다시 한번 확인하게 되는 것이다. 그러나 여자는 딸아이의 죽음을 다시한번 확인하고서도 악착같이 야영장에서 그 가게까지 걸어가보고자 하는 무모한 시도를 한다.

> 뒤에서 남편이 다람쥐를 쫓을 때처럼 가볍게 클랙슨을 울려댔다. 하지만 여자는 숲으로 도망치지 않았다. 조금씩 조금씩 발을 떼어놓았다. 누가 뭐라든 여자는 그 아이가 자신의 아이였다고 믿고 싶었다. 일년이 넘도록 집으로 돌아오지 않은 건 아이의 좁은 보폭 때문이라고 믿고 싶었다.
> 아이가 그 걸음으로 돌아오려면 아직도 수많은 시간을 기다려야 할 것이다.
>
> — 하성란, <별 모양의 얼룩>

가슴에 묻혀진 죽음은 죽어있는 존재가 아니라 끊임없이 살아나와 삶의 의미를 일깨우는 존재이다. 조금씩 조금씩 발을 떼면서 아이가 아직도 돌아오지 않는 것은 좁은 보폭으로 상징되는 우리 사회의 인식의 폭이 좁기 때문이다. 우리 사회가 이웃의 아픔을 내 아픔처럼 인식하고 함께 어울려 살아가게 될 때 아이는 좁은 보폭을 크게 하여 환하게 웃으면서 돌아오게 될 것이다.

4. 존재가치를 잃어가는 가부장의 세계

현대인의 삭막해진 가족 관계를 제시하고 있는 강건임의 <민자 바우어>(≪한국소설≫ 2001년 봄호)는 피를 나눈 형제간에도 물질적인 관계가 먼저 앞서는 삭막해진 현대인의 모습을 그리고 있다. 독일에서 고생을 한 누나는 나에게 남은 유일한 피붙이이다. 독일에 간호원으로 파견되어 독일인들의 똥오줌을 받아내며 모은 돈으로 나를 대학까지 공부시킨 누나는 마지막 여생을 보내기 위해 고향땅 근처에 터전을 마련하고자 한다. 그 일을 맡아서 하던 나는 결국 사기꾼에게 걸려 사기를 당하고 누나가 그동안 모았던 모든 돈을 다 잃어버리게 된다. 누나의 일을 대행하며 누나에게 도움을 줄려고 했던 나는 결국 아내의 강요에 이끌려 빈털털이가 된 누나를 삭막한 사막생활로 여기는 독일로 다시 떠나가게 하고 있다. 그 과정에서 나는 누나가 자신의 집에 빌붙어 살까봐 노심초사하는 아내의 등쌀에 밀려 어쩔 수 없이 누나에게 냉담하게 행동하면서 갈등 속에 빠져들고, 삶의 비애까지 느끼게 된다.

내가 누나의 시선을 피해 쳐다본 집안 벽에 걸려있는 커다란 액자 속에는 총이로 만든 '봉산탈'이 네 개가 들어있다. 이제까지 내뜻대로 제대로 살아보지 못했던 내가 사자탈을 쓰고 날카로운 이빨을 내보이는 상상을 하는 것은 자신을 억누르는 존재에 대한 분노의 표현이다. 내가 분노를 표현한 대상은 공개적으로 나를 무능교사 취급하는 교장, 아내와 관계가 의심스런 백화점 외제매장의 소사장, 그리고 내반의 말썽쟁이 김일곤, 이성균 등이다. 그러나 내가 정작 미워하고 있는 대상은 바로 아내다. 나약한 나는 분노의 대상을 정확하게 찾아내어 대결하지 못하고 그 주변인물들에서만 맴돌고 있는 것이다. 나약하고 심약한 인물들이 갖고있는 이러한 모습은 억눌림이 일상화된 사람들에게서 나타나는 특징이다. 따라서 나를 억누르는 존재는 아내가 된다.

아내는 소사장과 육체적인 사랑까지 즐기면서 나를 억누르고 무시한다. 현실의 삶에서 이미 패배해버린 나의 삶은 항상 아내에게 매여있게 된다. 따라서 독일에서 모은 돈을 다 정리해 귀국했던 누나가 사기꾼에게 걸려 모든 돈을 다 잃어버렸을 때도 누나에 대한 모든 결정권을 아내가 쥐고 있는 것이다. 아내가 누나를 쫓아낼 궁리를 하게 되는 것은 아내에게 있어 이제는 돈도 없고 희망도 없는 남편의 누나가 눌러앉게 되면 자신의 행동은 철저하게 제한받게 되기 때문이다. 이미 경제권을 잃어버린 나는 내 주관을 잃어버리고 아내의 지시에 따라 행동하는 행동대장 같은 모습만을 보여준다. 이 작품에서 나는 겉으로 영악한 아내를 앞세우고는 있다. 하지만 결국은 나도 같은 공범자로서 갈데없이 외로운 누나를 고생만이 기다리는 독일로 다시 돌려보내는 역할을 하고 있는 것이다. 이처럼 자신의 이익을 철저하게 계산하는 아내와 이에 무능력하게 대응하는 나를 통해 이 작품은 우리네 삶의 이기적인 단면을 그리고 있다.

탁자 밑에 누나가 정오 선물로 가져온 독일제 레고 바구니가 눈에 띈다. 노란색 바구니는 어느새 사막으로 바뀌고 그 사막 위에 여자가 다시 나타난다. 사자는 여자의 바로 앞에 쓰러져 있다. 여자가 천천히 사자에게 다가온다. 사자가 숨을 헐떡인다. 방금 전의 목소리가 속삭임보다 더 가까이, 바로 귓속인 것처럼 울린다.

하지만 미래란 지금 내쉰 숨에 이어지는 들숨 하나에 불과해. 그조차도

지금까지의 호흡이 없었다면 불가능한 거야. 넌 네가 가진 과거의 것들이
부끄럽고 초라하다고 덮어서 지워버리고 싶은 모양인데, 아니지, 그것들
이야말로 네가 붙들어야 할 동아줄이라구. 넌 절대로 우리를 버려서는
안 돼.

－강건임, <민자 바우어>

　물질이 지배하는 모습과 우리 사회의 변모된 모습을 그려 보여주고
있는 이 작품은 물질화된 욕망이 인간성을 어떻게 변모시키고 있는가를
드러내 보여주고 있다. 현대판 고려장의 모습을 약간 엿보이게 하는 이
작품은 인간의 물질적인 욕망이 남매간의 인간애를 어떻게 말살시키고
있는지도 말해준다. 따라서 이미 누나를 떠나보낸 자리에서 헛된 주문처
럼 들리는 이 목소리는 바로 사막처럼 삭막해진 우리들에게, 우리 사회에
내리는 경고이리라.

(≪문예운동≫ 2001년 여름호, 통권 70호)

흔들리는 가족관계와 윤리적 한계

김혜림, 〈수달〉(≪내일을 여는 작가≫ 2001년 여름호)
문순태, 〈문고리〉(≪문예중앙≫ 2001년 여름호)
이혜경, 〈고갯마루〉(≪세계의 문학≫ 2001년 여름호)
유금호, 〈하노이, 흐리고 가끔 비〉(≪현대문학≫ 2001년 7월호)

소설이 우리들에게 가져다주는 가치는 여러 가지가 있을 것이다. 삶에 대한 새로운 인식, 인간의 가치에 대한 인식, 삶의 즐거움과 보람, 존재의 깨달음 등. 이 모든 것은 허구성을 뛰어넘어 진실이 담겨있어야만 가치있는 작품으로 남게 될 것이다. 오늘날 우리들의 삶에서 가장 크게 영향을 미치는 관계는 가족관계이다. 가족들의 관계에서 일어나는 여러 가지 일들. 이 관계는 인간공동체의 시작이며 또한 끝이기도 하다. 출발이 잘못되면 끝이 좋을 수가 없듯이 끝이 문제라면 시작도 문제가 될 것이다. 무더위가 끝나가는 계절에 그저 선풍기 바람으로 더위를 쫓아내면서 한 가족간의 관계에서 일어나는 여러 가지 문제를 다루고 있는 작품들을 살펴보고자 한다.

1. 한 개인의 벅찬 운명, 그 삭막한 삶의 길

김혜림의 작품 〈수달〉(≪내일을 여는 작가≫ 2001년 여름호)은 정신지체아와 치매환자를 둔 가족의 삶과 부모를 잃은 수달 남매의 삶을 대비시키면서 바람직한 삶의 길에 대해 묻고 있는 작품이다. 이 작품의 주인공인 나는 유명 고등학교 영어교사 출신으로 자신을 위해 가족의 반대를 무릅쓰고 결혼을 해준 남편에게 화실을 마련해주기 위해 학교를 그만두고 고액강사를 하면서 생활하고 있다. 이처럼 내가 남편을 위해 희생한 것은 오빠인 수창이가 정신지체아였고 나중에는 어머니마저 치매에 걸렸어도 불평없이 받아준 남편에 대한 배려였다. 아버지가 돌아가시고 수창이와 어머니가 한집에 살게되면서부터 남편의 희생과 아이들의 고통은 심해져만 간다. 결국 어머니는 '나'와 가족들의 희생을 더 이상 지켜보기가 힘들자 수창이를 구파발에 있는 '행복한 집'에 맡긴다. 어머니가 수창이를 '행복한 집'에 맡기고 와서 '수창이는 인제 이 세상에 없다'라고 결연히 말하면서 잊으라고 말했을 때 '나'는 고통에서 해방된 기쁨으로 가득차게 된다.

어머니는 스스로를 병신 자식을 둔 죄인으로 규정하고, 가슴에서 희노애락의 샘을 파 내버림으로써 평생동안 감정 표현에 인색한 사람이었다.
"말도 안돼."
나는 교활하게 그렇게 말했다. 어머니가 수창이를 '갖다 버린' 것에 대해 강하게 반대하는 것처럼. 하지만 그 순간 나는 이루 말할 수 없는 해방감을 느꼈다. 내 어깨를 짓누르고 있던 거대한 바위가 제거되는 찰나였다. 어머니 앞만 아니라면 만세라도 부르고 싶었다.

이처럼 나와 나의 가족은 정신지체아인 오빠 수창이와 연결된 삶을 통해 고통을 겪고 있다가, 수창이가 행복한 집으로 떠난 후 잠시 평온을 찾게 된다. 그러나 채 한 해도 지나지 않아 어머니에게서 치매증세가 나타나기 시작하자 또다른 고통으로 시달리게 된다. 어머니의 치매는 나에 대한 불만으로 표출된다. 어머니는 자신이 수창을 '행복한 집'에 맡기고 왔음에도 불구하고 딸인 나에게 수창을 갖다버렸다는 죄목을 씌워 포악을 부리기 시작한다. 오빠인 수창이 가져왔던 고통에서 겨우 벗어났던 나는 '행복한 집'에 다녀오면서 수창이 다시 집으로 들어올까 하는 두려움과 함께 암에 걸려 죽거나 하지도 않는 수창에게 절망한다. 또 치매에 걸린 어머니에게서 집을 팔아서까지 나를 대학에 보낸 까닭이 수창을 위해서였다는 말을 듣고 난 나는 또 한번 전율하게 된다. 그리고 어머니의 치매증상이 더욱더 심해져 집안에 온갖 행패를 부리게 되자 나는 어머니의 빠른 죽음까지 기원하게 된다.

> 어머니는 이미 내 어머니가 아니었다. 나도 자식이기를 포기했다. 어머니의 발작을 누르기 위해서는 나 역시 어머니 이상으로 포악을 부려야 했다. 하지만 어머니가 밖으로 나가려고 현관의 안전장치를 풀려고 할 때의 가공할 완력은 내 온 몸을 던져도 이겨낼 수가 없었다. 그때마다 나는 어머니에게 머리채를 휘어 잡히곤 했다. 나는 하루빨리 어머니가 죽기만을 빌었다.

이처럼 정신지체로 고통을 가져다주는 오빠 수창이와 치매라는 병에 걸린 어머니의 행패는 그네들의 죽음을 바라는 나의 마음으로 표출된다. 7살 언저리에서 정신적인 성장이 멈춰버린 정신지체아인 오빠와 치매에 걸린 어머니의 행위로 인해 나는 오빠와 어머니의 빠른 죽음을 기원할 정도로 정신이 피폐해져 가고있는 것이다. 이러한 나의 행위는 동생을 잃어버린 수달의 행위와 대비되어 치매에 걸린 어머니의 외침인 '짐승만도 못한 년!'으로 상징화되고 있다.

이 작품에서는 어린 수달 형제의 삶과 인간의 삶을 교차시키면서 바람직한 가족의 관계 설정에 대한 물음을 제기하고 있다. 수달이 보여주고 있는 삶은 인간들에 의해 만들어진 인공의 삶이긴 하지만, 그 속에는 인간들이 할 수 없는 동물간의, 형제간의 애정이 그대로 살아있다. 그러나 정신지체아인 수창의 삶은 어머니에게 매달려 사는 불행한 삶이다. 그래서 어머니의 죽음과 함께 수창의 삶도 끝나가고 있다. 또 어머니도 정신지체아인 아들에 의해 자기의 삶을 잃어버린 존재로서, 아들을 위해 자신의 삶을 던졌지만 결국 아무런 해결책도 제시하지 못한 채 허망하게 죽음을 맞이하고 있을 뿐이다. 어머니가 걸린 치매는 죽음으로 가는 한 과정으로 고통을 더 심화시키는 역할을 하게 된다. '나' 또한 정신지체아 오빠인 수창이의 삶에 매어져있는 존재로서, 고통 속에서 삶을 살아간다. 결국에는 오빠와 어머니로 인해 망가져 가는 삶을 살아가다가 남편마저 자신에게서 떨어져가면서, 나는 고통에서 헤어나지를 못하게 된다.

어머니가 죽은 후 한 달이 지나 내가 수창이 머물고 있는 '행복한 집'에 찾아갔을 때 수창은 밥도 먹지 않고 차츰 죽어가고 있었다. 그럼에도 수창을 데려가라는 총무의 제의를 거절하고 다시는 푸른 방을 수창에게 내줄 수 없다고 다짐하는 것은 마지막 안식처인 가정을 지키고픈 몸부림이다. 결국 어머니의 죽음과 함께 수창에게서 죽음의 그림자를 보지만 수창의 굴레에서 벗어나기 위해 '나'는 혈육의 정을 끊고 수창을 버리게 된다. 그러나 결국 이러한 삶의 자세는 정신지체아인 수창이에게 평생을 바친 어머니의 삶과 같음을 인식하게 된다. 나 또한 '평생 좋은 친구 하나 없이 혼자서 모든 것을 안으로, 안으로만 쌓고 홀로 그것들을 삭이며 살았던 고독한 여인'이었던 어머니의 삶을 그대로 답습하고 있음을 깨닫게 되는 것이다. 그나마 어머니와 다른 점은 '나'에게는 마지막 기댈 언덕인 남편이 있다는 사실뿐임을 새롭게 느끼게 된다. '내'가 지하실 화실에서 다른 여자와 잠을 잔 남편의 일을 잊으려고 노력하는 것도 삶에 절망하지 않으려는 몸부림이면서 가족의 해체를 막기 위한 마지막 몸부림이다. 그리고 '푸른 방'을 남편의 화실로 꾸미고 남편을 집으로 불러들일 계획을 하는 것도 마지막 희망인 가족의 해체를, 가장의 부재를 두려워하고 있음을 말해준다.

'푸른 방' – 이 작품에서 이 방은 남편의 화실 또는 아이들의 공부방 등 한 가정의 삶에 있어서 중요하고 필요한 공간이다. 따라서 이 작품에서 주요 장소로 등장하는 공간인 푸른 방은 희망을 담고싶은 상징적인 공간이다. 그 방은 처음 정신지체아 오빠의 방이었다가 치매에 걸린 어머니의 방이 되었고 어머니가 죽은 이후 아이들이 거주하고 싶은 방이 되었다. '나'는 그 방을 남편의 화실로 꾸며 남편이 들어와 살 방이 되기를 바라고 있다. 그러나 정신지체아 오빠인 수창의 방이었다가 치매에 걸린 어머니의 방이 되었을 뿐 아직까지 정작 희망을 꿈꾸는 공간으로서 제 역할을 하지 못하고 있다.

이 작품에 등장하는 '행복한 집'도 역설의 의미를 담고 있다. 이곳은 우리 사회 속에 섬처럼 존재하는 공간으로, 사회 속에 있으면서 사회에서 격리되어 있는 공간일 뿐이다. 행복한 집은 정신지체아나 모자란 아이들이 생존을 이어가는 공간이며 사회에서 버림받고 가족에게서 버림받은 사람들이 모여 사는 공간일 뿐이다. 결국 푸른 방이 아직도 희망을 간직한 공간으로 자리잡지 못하고 있는 것처럼 행복한 집도 현실에서는 결코 행복한 사람들이 사는 집이 아니다. 그리고 이 작품에서 푸른 방은 다만 희망만을 나타낼 뿐 희망을 간직한 공간으로 자리잡을 가능성이 희박한 것처럼, 앞으로도 행복한 집은 행복한 사람들이 사는 집이 될 수 없음을 암시하고 있다.

2. 순종과 일탈의 도구, 문고리와 식탁의자

문순태 <문고리>(≪문예중앙≫2001년 여름호)는 남편을 일찍 잃어버린 어머니와 가족에게서 소외당하는 딸의 삶이 문고리와 식탁의자를 중심으로 서로 대비되면서 제시되고 있다. 극렬한 좌우 대립 속에 체포를 피해 산으로 도망간 아버지 때문에 유일한 피붙이인 딸과 함께 살면서 어머니는 항상 문고리 단속을 철저히 한다. 그러다가 나이든 딸이 시집을 간 후에는 문고리가 떨어져 나가도 관심을 두지 않은 채 어머니는 편안하게 지낸다. 그동안 어머니는 딸이 시집을 갈 때까지 이웃들의 재가 요구와 자신의 갈망을 억누르고 항상 단단히 잠근 문고리로서 자신을 억누르며 세상을 살아온 것이다. 따라서 문고리는 자신과 이웃을 소통시켜주고 연결하는 고리이면서 또한 차단하는 구실도 하고 있다. 그런데 남북회담으로 대통령이 북에 갔다온 후 남·북간의 이산자 일부가 가족을 만나는 일이 일어나자 갑자기 어머니는 혼자 자는 것을 두려워하며 잃어버린 문고리를 찾고 있다. 혹시 행방불명된 아버지가 북으로 올라가 살아남아서 이산가족에 끼어서 내려올 수도 있지 않을까 하고 어머니는 생각하고 있는 것이다. 어머니가 문고리를 중심으로 자신의 외로움과 슬픔을 단속해 왔다면 '나'는 식탁의자를 중심으로 아픔을 드러내고 있다.

결혼 15년만에 18평의 낡은 연립주택에서 새로 지은 32평 아파트로 이사하게 된 '나'는 남편과 두 아이들이 앉아있는 네 개의 식탁의자에서 삶의 만족감을 느낀다. 32평 아파트와 네 개의 식탁의자는 '나'에게 평화와 희망을 주는 공간이며 도구이다. 이러한 공간과 도구가 이사온 지 세 해째부터는 제 구실을 하지 못하게 된다. 이 작품에서는 갑자기 문고리에 집착하고 있는 어머니와 식탁의 의자에 집착하는 딸의 모습이 대비되면서 제시된다.

요즈막 어머니는 전화를 할 때마다 습관적으로 문고리를 사오라고 성화였다. 그동안 방문 걸어 잠그지 않고도 혼자서 잘 살아온 어머니였는데, 갑작스레 노망이 들었는지 문고리 타령인가 싶어 짜증이 끓었다. 한달 전엔가도 장대비가 퍼붓던 날 밤에 혼자 사는 어머니가 걱정되어 거듭 자반뒤집기를 하다가 전화를 걸었더니 버릇처럼 문고리가 없어 무서워 죽겠다고 했다.

식탁의자가 하나씩 비기 시작하자 나는 몸을 떨어가며 차례대로 그것들을 베란다 창고 속에 처넣어버렸다. 네 식구가 오불오불 둘러앉아서 함께 밥을 먹었던 때의 기억조차 희미했다. 언제부터인가 식탁은 세 개의 의자로 충분했고 다시 나 혼자 밥 먹을 때가 많아 두 개를 채우는 날도 드물었다. 화가 난 나는 먼저 남편의 의자를 치웠고 두 번째 아들의 것을, 그리고 세 번째는 딸의 의자를 치웠다. 한동안 나는 의자 하나만을 놓고 살았다. 최근에야 세 개의 의자를 창고에서 다시 꺼내 제자리에 놓았다. 그제야 나는 비로소 끼니를 찾아 밥을 먹게 되었다.

처음에는 남편이 식탁의자를 비우게 되고, 이어 재수생 아들인 영백이 그 의자를 비우게 된다. 그리고 마지막으로 딸 지현이마저 의자를 비워두고 집을 나가 혼자 살고 있다. 식탁의 빈 의자를 바라보던 '나'는 화가 나서 제구실을 하지 못하는 그 의자들을 다 치워버린다. 제 기능을 하지 못하게 된 의자이지만 그 자체마저 무시하게 되자 '나'의 삶도 제 길을 가지 못하고 방향을 잃어버리게 된다. 의자를 치워버린 후 '나'마저도 식탁에 앉아 밥을 먹지 않게 되는 것이다. 그후 다시 그 의자들을 창고에서 꺼내 제자리에 가져다놓은 후에 비로소 '나'도 끼니를 찾아 밥을 먹고 있다. 그리고 이미 주인을 잃어버린 식탁의 의자를 보면서 '나'는 그제서야 시골의 어머니를 생각하고 어머니를 모셔서 같이 살 생각을 한다.
고향의 어머니를 모시려고 가는 길에 주차장에서 만난 같은 아파트 주민이며 헬스클럽을 운영 중인 1302호 남자의 친절한 미소와 유혹은 '나'의 마음을 산란하게 한다. 1302호 남자와는 주차장에서 일어난 차 접촉사고를 통해 알게 된 사이이다. '나'는 그의 요청으로 차를 마시고 저녁을 한번 한 사이 뿐이지만 아내와 이혼을 하고 고등학생인 딸과 함께 살고있는 그 남자는 '나'에게 계속적인 호감을 보이고 있다. 어머니를 만나러 시골에 가 있는 동안에도 1302호 남자는 나에게 휴대폰으로 계속 전화를 걸어온다. 그러자 어머니는 나의 마음이 박 서방에게서 멀어져가고 있음을 느끼고 서둘러 시장에 나가 문고리를 사오고 있다. 그동안 딸에게 몇 번이나 문고리를 부탁하였지만 딸은 서울로 모셔갈 생각에 문고리를 사오지 않고, 딸의 마음도 외간남자로 인해 산란스러워져감을 느끼자 읍내까지 나가 두 개의 문고리를 사오는 것이다. 그리고 그 중 하나는 자신의 문에 달고 하나는 딸에게 전해주면서 간직하도록 한다. 이미 남편의 얼굴을 잊어버린지 오래되었고, 다 늙어서 다른 사람들의 꼬임이 있지도 않을 것이지만 어머니는 자신의 마음도 추스리면서 또 딸에게는 외간남자의 꼬임에 넘어가지 말라는 주문이 그 문고리에 담겨 있는 것이다. 즉 서울로 가기를 거절하면서 어머니가 딸에게 전해주는 그 문고리에는 박서방에게서 멀어져 가지 않기를 바라는 어머니의 마음 이 담겨져 있다. 문고리를 집어들면서 내가 비녀목에 달린 문고리가 아니 라 스스로를 일으킬 수 있는 버팀목으로 생각하면서 비로소 남편에게 먼저 전화를 걸고 서로간의 관계를 확실히 하고자 다짐하는 것도 어머님 의 마음을 일부분 받아들였기 때문이다. 이 작품에서 문고리는 결국 폐쇄 적인 여성의 자아를 드러내는 도구이면서 새로운 탈출을 꿈꾸게 만드는 도구로 제시되고 있다. 그러나 그러한 상징성이 구 세대인 어머니를 통해 서는 구체적으로 드러나고 있지만 화자인 '나'에게 있어서는 너무 막연 하게 제시되고 있다. 즉 현실을 탈출하는 상징성을 드러내는 도구로서 제 기능을 발휘하지 못하고 있다.

3. 치열한 생존의 길, 그 빛과 그림자

이혜경 <고갯마루>(≪세계의 문학≫ 2001년 여름호)는 대립적인 가 족 사이에서 거멀못 노릇을 하는 '나'의 삶을 그리고 있는 작품이다. 평안 했던 한 가족이 급작스런 아버지의 죽음으로 인해 흔들리지만 강인한 어머니의 노력으로 안정을 찾는다. 그러나 큰오빠의 무모한 투기로 인해 집안은 망하게 되고 결국 고향 땅을 떠나 서울로 오게 된다. 아버지를 대신한 큰오빠의 헛된 꿈 앞에 엄마의 야무짐은 아무 소용이 없게 되는 것이다. 집안 재산을 다 탕진했어도 큰오빠에 대해 집안의 가장으로 깍듯하게 대접하는 어머니의 행위는 가족의 끈을 유지시키는 기능을 한다. 결국 마지막 남은 집의 권리증까지 훔쳐서 팔아먹은 큰오빠 때문에 가족들은 고향을 떠나 서울로 오게 된다. 낯선 서울에 정착한 어머니와 가족들은 '서울 거지'가 되었다는 어머니의 말처럼 고생을 해가면서 삶을 이어간다.

이러한 가족관계에서 중화를 시켜주던 어머니마저 경제적인 고통 속에서 숨을 거두게 되자 가족들은 뿔뿔이 흩어지게 된다. 서걱거리는 가족관계. 집안의 재산을 다 말아먹은 큰오빠와 사이가 나쁜 작은 두 오빠 사이에서 막내이며 유일한 여동생 노처녀인 나는 거멀못 노릇을 한다. 남자 형제들은 단지 어머니의 제사를 통해 한 가족임을 확인할 뿐, 서로간의 유대관계를 전혀 가지지 못한다. 이러한 삶의 모습은 서로간의 미움이 커져서 이내 남남이 되어 가는 우리시대 가족들의 한 단면이다. 고생하던 어머니가 죽었어도 큰오빠는 아직 정신을 못 차리고 시집 안간 누이동생에게 손을 벌려 새차을 사면서 자랑할 생각만을 하는 존재이다. 어려움 속에서 집념을 가지고 공부하여 안정을 이루게 된 동생들에 있어 큰형은 이미 존재가치를 잃어버린 존재일 뿐이다. 그 사이에서 나는 형제간의 충돌을 이완시켜주고 서로 떨어지지 않게 하는 거멀못 구실을 하면서 지낼 뿐이다.

경제 한파를 맞이하자 나는 잡지사 기자에서 지국의 학습지 판매원으로 전락하는 처지로 내몰린다. 회사에 감축이 있을 거라는 이야기가 나돌고, 신입기자들이 이에 반발하다가 월급 많이 받는 직원들을 1순위로 잘라내어 경비 절감 효과를 거두겠다는 회사의 방침에 따라 금방 수그러든다. 그리고는 나이든 선배들을 바라보면서 안쓰럽게 여기는 그네들의 태도는 생존경쟁의 치열함이 가져오는 삭막해진 인간관계를 보여준다.

'나'가 젊은 신입사원들의 태도에 대해 '쓸쓸했을 뿐 노엽지는 않았다'는
것은 '나'도 젊은 시절 무심결에 선배를 그렇게 대했던 경험이 있기 때문
이다. 현재는 나이로 인해 그렇게 내쫓기는 처지가 된 '나'이지만 젊은
시절 '능력없는 직원들에게 일자리를 주는 시혜를 베푼다'고 생각하는
사장의 태도가 역겨워 사표를 낸 적이 있었다. 사표를 내고 난 후 직장
선배와 나눈 이야기와 선배의 태도를 보며 당혹해하던 기억 때문에 '나'
를 쓸쓸하게 했을 뿐 노엽지는 않은 것이다.

> 아무 대책 없이 사표를 내고 책상을 정리한 뒤, 직장 선배와 차를 마시다
> 가 내가 문득 물었다. 선배는 여기 그냥 계실 건가요? 그냥 선배의 거취가
> 궁금했을 뿐이었다. 지방대 출신의 특별한 재능도 없던 그 선배는 성실성
> 하나로 버티고 있었다. 선배는 대답하지 않고 한참이나 창 밖을 내다보았
> 다. 통 유리창 밖으로 사람들이 서로 부딪치며 쓸려가고 있었다. 좁고
> 긴 코가 왠지 음울해 보이던 선배의 뺨에, 화장으로 가려지지 않는 기미가
> 번져 있었다. 묻는 게 아니었다. 그 적막한 옆얼굴을 보며 입술을 깨물었
> 지만, 쏟은 말을 쓸어 담을 수는 없었다. 그런 의도로 물은 게 아니라고
> 해명하는 것조차 변명으로 여겨져 침묵을 고수할 수밖에 없던 푸른 나이
> 였다, 그때 나는. 한참만에 선배가 말했다. 그래, 넌 떠나라. 하지만 난
> 못 떠나. 난 이젠 떠날 수 없어…… . 눈자위가 번실거렸다.

무심결에 한 '나'의 말에 대한 그 선배의 모습은 우리 시대 치열한
생존경쟁에서 탈락한 이들이 겪는 서럽고 아픈 상처의 모습을 그대로
보여준다. 사회가 경제적인 수준에 따라 계층화 되어가고, 한 가족이 미
움으로 분화되어 가는 모습을 보여주고 있는 이 작품에서는 봉건적인
삶과 현실적인 삶이 대립되어 나타나기도 한다.

이 작품에서는 서로간의 갈등관계가 네 가지 형태로 나타난다. 하나는
형제간의 갈등이다. 또 다른 하나는 집성촌과 타양받이의 갈등이다. 그리
고 고참사원과 신입사원의 갈등과 지사장과 나와의 갈등이 있다. 형제간

의 갈등이나 집성촌에서 타양받이가 받는 서러움에 비하면 고참사원과 신입사원의 갈등과 지사장과 나의 갈등은 직접적으로 나에게 작용하고 있다. 내가 지방의 학습지 지사로 발명받아 내려간 곳에서 만난 인물, 명재. 그곳에서 아직까지 미친데기로 불리는 명재는 집단촌인 고향에 들어온 타향받이의 아픔과 슬픔을 상징한다. 그리고 집성촌인 그곳에서 당숙을 사랑했다가 매를 맞고 미쳐버린 명재와 타향받이를 받아들이지 않는 완고한 집단촌의 고루한 모습은 우리 민족의 닫혀진 삶을 상징한다. 명재를 바라보면서 느끼는 연민과 안타까움은 경쟁에서 탈락한 나에게로 전이되고 이어 형제들에게 따돌림받고 있는 오빠에게로 전이된다. 그러나 서로간의 생각이 다른 것처럼 서로 처지가 같을 지라도 인식하는 거리는 끝없이 멀 뿐이다. 내가 오빠에게 명재 이야기를 해줄려다가 포기하고 마는 것도 오빠와 명재는 같은 처지에 놓였지만 동류의식을 공유하지 못하고 있기 때문이다. 이웃에 피해를 입히고 자신을 속이다가 가족들과 주변 사람들에게서 따돌림받게 된 오빠와 집성촌에서 이름없는 타성받이로 집성촌 처녀를 사랑한다고 몰매를 맞고 정신이상이 되어버린 명재는 그 존재가치와 처지가 같을 수 없기 때문이다. 결국 이 작품은 한 가족의 몰락과 우리 시대 치열해진 일자리의 다툼, 형제간의 우애를 통해 멀어져가는 인간관계를 다루면서 폐쇄된 집성촌 여인네와 사랑을 나누었다가 몰매를 맞고 미쳐버린 명재라는 인물을 통해 닫혀진 우리 사회의 한 단면을 고발하고 있다.

4. 추억이 깃든 자리, 또다른 우리의 삶

유금호의 <하노이, 흐리고 가끔 비>(≪현대문학≫ 2001. 7.)는 아버지와 형으로 이어진 우리 민족의 슬픈 역사를 담고 있다. 일제강점기를 살아온 아버지는 일본인에 의해 저질러진 전쟁의 피해자이다. 그러나 자신에게 피해를 입힌 그 대상보다 자신이 머물렀던 그 고장에 대한 향수에 젖어있다. 이러한 아버지의 모습은 월남전에 참전했다가 팔 하나를 잃어버린 배다른 형의 모습이기도 하다.

친엄마로 알고 살았던 어머니가 새엄마임을 알고 나서, 집을 떠나 떠돌던 나는 10년이나 지난 어느 날 찾아온 배다른 형과 만나게 된다. 그 형은 이미 월남전에 참전하여 손 하나를 잃어버린 채 살고 있었다. 그 형의 권유로 어머니의 무덤을 이장할 때 그 무덤에는 아무 것도 묻혀있지 않았다. 그래서 그 무덤의 흙을 조금 파서 아버지의 무덤 옆에 옮겨 평장을 한다. 그 후 형과 소식은 끊어지고 지낼 때 어느 날 형과 함께 살다가 얼마 안되어 헤어진 여자한테서 형이 실종된 것 같다는 전갈을 받고 형이 사는 아파트로 간다. 이미 비어 있은 지가 오래된 형이 살던 아파트에서 베트남 여인과 함께 찍은 사진을 발견하고 그 사진을 근거로 하여 형이 베트남으로 그 여인을 찾아 떠났음을 짐작하게 된다.

실종된 배다른 형을 찾아 나선 베트남 길. 그곳에서 나는 아버지의 영상과 형의 영상을 본다. 일본군으로 남양도에서 해방을 맞이했던 아버지와 월남전에 참전했다가 팔 하나를 잃어버리고 사랑하던 여인을 찾아 다시 베트남으로 간 형. 나는 아버지가 죽기 전까지 전쟁을 치루었던 남양군도에 가보고 싶어했다는 이야기를 형에게서 들었을 때 거머리에 물어뜯긴 아버지에게 여자가 거머리를 끄집어내주는 환상을 떠올린 것처럼, 형이 포탄이 떨어지는 속에서 월남여자와 동물처럼 뒹구는 모습의 환영을 떠올리기도 한다. 이처럼 이미 잊혀졌다고 생각했던 아버지나 형과 나 사이에 가족의 관계와 삶의 질긴 인연이 스멀스멀 다가온다. 결국 나는 몇 달이 지나도록 돌아오지 않는 형을 찾아 베트남으로 향했지만 형을 찾지 못하고 돌아온다. 그 이후 나에게 베트남에서 여행업을 하는 박 사장에게서 전화가 온다. 기대하지는 말라는 말과 함께. 다시 찾아간 베트남에서 나는 옛 애인을 잊지 못해 다시 베트남으로 옛 애인을 찾아왔던 한 한국인에 대한 이야기를 듣게 된다. 구체적인 말을 듣기 위해 그곳을 찾아갔다가 이미 그 한국인은 그곳에서 죽어 그곳 풍습대로 매장되었음을 알게 된다. 매장된 무덤을 찾아간 나는 그 무덤이 곧 형의 무덤임을 알고 성묘를 하고 돌아온다. 결국 베트남에서 여행사 사장으로 있는 박 사장의 도움으로 형의 무덤을 찾게 된 나는 그곳에서 형이 왜 그곳에 오게 되었는지를 깨닫게 된다.

이 작품은 전쟁의 아픔 속에서 살아온 우리 민족이 겪는 아픔과 슬픔을 통해 가족의 의미와 사랑의 의미를 묻고 있다. 또한 우리가 단순히 미개하다고만 여겼던 또 다른 땅에 살고있는 우리의 이웃들이 행하는 죽음의 의식과 받아들이는 행위를 통해 민족 간의 이질성에도 불구하고 사랑의 마음이 죽음까지도 넘나들게 하고 있음을 보여준다. 그러나 너무 개인적인 상황 설정으로 전쟁을 이야기하고 있기 때문에 전쟁의 아픔이 구체적으로 드러나 있지 않다. 따라서 전쟁의 아픔이 개인의 아픔으로 전락됨으로써 전체적으로 작품의 주제가 구체화되지 못하고 있다. 즉, 이 작품은 전쟁을 사변화시킴으로써 전쟁의 의미와 한 가족의 비극적인 삶에 대해 구체적인 의미를 담아내지는 못하고 있다.

5. 우리 시대의 가족상, 그 모습

주 5일 근무제가 곧 실시된다고 한다. 한 가족의 다정한 모습은 한 나라의 건강함을 상징하기도 한다. 서구 사회가 이미 주 5일 사회로 접어든지 오래되었는데도 우리나라에서는 노동자들이 주 5일만 근무하는 제도를 공산주의의 냄새가 짙은 정책으로 몰아붙이는 정치가들이 있다. 그네들의 천박한 개념 인식도 문제이지만, 삶의 질보다는 양으로 인간의 존재를 평가하는 그네들의 인식에 더 큰 문제가 도사리고 있다. 특히 그러한 인식에 젖어있는 사람들이 우리 사회에서 큰 기업을 경영하거나

경영했던 사람들이라는데 아픔이 있다. 그네들은 같은 민족으로서 공동의 삶을 추구하기보다는 그들만의 행복을 추구하는 것으로 보이기 때문이다. 그들의 의식은 철저하게 경영자편이고 자본축적의 논리에만 매달려 있다. 그들이 내세우는 자본주의 사회는 천민 자본주의 모습일 뿐이다. 한번 기득권을 갖게 된 이들이 영원히 그 기득권을 놓지 않고 유지하려는 그러한 태도는 조선시대 완고했던 양반제도의 변형된 모습처럼 보인다. 있는 자와 없는 자를 뚜렷하게 구분 짓고 주종의 관계를 설정하는 태도는 양반과 평민을 구분 짓고 그 완고한 틀에서 영원히 지배하며 누리려고 했던 양반들의 모습에서 한 걸음도 벗어나지 못하고 있다.

가족의 문제가 자꾸 사회문제가 되는 것은 아직 우리 사회가 그 해결책을 제대로 제시하지 못하고 있기 때문이다. 한 가족이 해결하지 못하는 문제는 결국 사회가 나서서 해결해야 한다. 그런데 아직도 우리 사회는 한 가족의 문제로만 인식하기 때문에 그 안에서 곪고 썩어가게 된다. 한 가족의 문제도 개인이 해결하기 힘든 문제일 경우에는 사회적인 합의로 해결책을 찾아야만 한다. 그래야 공동체 사회로서 나아갈 수가 있다. 우리 사회가 병든 모습에서 벗어나기 위해서도 이미 사회문제화된 치매와 정신지체, 소년소녀 가장들의 삶을 우리 이웃의 삶이고 우리 자신의 삶으로 인식하는 마음자세가 필요하다. 20대 80의 사회가 아니라 30대 70 아니 50대 50의 사회가 되도록 하기 위해서는 나의 행복 못지 않게 남의 행복도 인정해주는 자세가 필요하기 때문이다. 그래야만 공동체 사회가 제 기능을 하게 되고, 국제화 시대에 살아남을 수 있을 것이다.

(≪문예운동≫ 2001년 가을호, 통권 71호)

욕망의 뿌리, 그 길찾기

정 윤, 〈숨어있는 밤〉(≪문예운동≫ 2001년 가을호)
이승우, 〈책과 함께 자다〉(≪문예중앙≫ 2001년 가을호)
우애령, 〈학자〉(≪창작과 비평≫ 2001년 가을호)
이병천, 〈귀싸대기를 쳐라〉(≪실천문학≫ 2001년 가을호)

우리 사회에서 자신만이 할 수 있는 길을 찾는 것은 어느 정도 고통을 감내해야만 한다. 너그럽지 못한 시선과 관습적인 굴레를 벗어나는 행위는 때로는 죽음과도 같은 고독이나 또는 몰매를 각오해야 하기 때문이다. 그리고 그러한 사회 분위기는 그동안 길들여지고 습관화된 복종의 문화가 새삼 왜 문제인지를 묻기조차 어렵게 하고 있다. 이번 호에서는 이처럼 어려운 환경 속에서도 자신만의 삶을 추구하는 인물들의 삶을 다룬 소설작품들을 다루어 보고자 한다.

1. 자신만의 길, 또는 자아찾기

자신만의 길은 어떤 길인가. 자신만의 길을 찾기 위해 가정마저 버린 여인이 겪는 아픔과 고통. 정 윤의 작품 〈숨어있는 밤〉(≪문예운동≫ 2001년 가을호)에서는 가족이라는 굴레와 질서라는 이름 아래 자신의 능력을 숨겨가며 살아왔던 삶의 틀에서 벗어나서 자유로움을 맛보았지만 자식과의 이별에 따른 아픔 속에 괴로워하는 여인의 삶을 그려 보여주고 있다. 현대에 접어들면서 우리 사회는 겉으로 남녀평등을 말하고 있지만 내면으로는 조선조의 유교적인 질서와 서양의 남녀 평등 사상이 아직도 갈등을 일으키면서 잠재된 아픔으로 자리잡고 있다. 이 작품에서 '가문을 위해 머리좋은 며느리를 원하긴 해도 무언가 자신의 일을 하겠다는' 며느리는 원치 않는 쟁쟁한 집안으로 시집간 도연이가 아이 셋을 낳으면서 시집과 남편만을 위해 봉사하는 삶을 살다가 쓰러져서 병원에 입원하게 된다. 병원에서 퇴원한 후 도연이는 정물화처럼 지내다가 견디지 못하고 결국 남편과 이혼을 한다. 이혼 후 도연은 자신의 길이라고 여겼던 글쓰는 일에만 몰두하면서 활기찬 새로운 삶을 살아간다. 그러나 새엄마와 함께 살고있는 초등학교 6학년 막내 아들이 다녀간 후 도연은 괴로움에 시달린다. 나는 친구인 도연의 아픔을 위로한 후 집으로 돌아오는 길목에서 아스팔트 사이에 낀 너른 녹지대를 바라보면서 그곳 자연 속으로 넘어가고 싶은 욕망에 시달린다. 인도와 녹지대 사이에 놓여있는 낮은 철책은 도덕율이라는 사회적인 규범으로 정해놓은 경계선을 뜻한다. 결국 나는 이 녹지대의 유혹으로 그곳에 발을 디디게 되고 환상 또는 마음 속의 숨어있는 욕망을 분출하면서 하룻밤을 보낸다. 내가 녹지대에서 보낸 하룻밤은 환상이기도 하고 다른 한편으로는 실상이기도 하다. 자신의 바램이 무엇인가를 찾기 위해 떠난 환상여행. 그 길에서 나는 처녀로 나를 낳았던 어머니의 삶을 조금씩 이해하게 되고 남편과 화해의 길을 가게 된다. 이 작품에서 남편과 가정의 굴레 속에서 자아마져 잃어버리고 답답해하면서 살아가다가 만난 낯선 나그네는 자신의 분신이면서 또 다른 자아이기도 하다. 자연과 지낸 하룻밤을 통해 새롭게 삶의 의미를 찾아가는 나의 모습은 자아를 찾기 위한 몸부림이다. 따라서 나의 친구인 도연이의 삶과 그 옆에서 친구로서 지켜보면서 자신의 삶을 역겨워만 했던 나는 결국 같은 모습을 띠고 있다.

친구인 도연의 자유가 부러웠지만 행동하지 못하고 지켜보기만 했던 나는 도연이가 자식과의 인연 속에서 괴로워하자 또 다른 아픔과 갈등을 느끼게 된다. 자식과의 관계 때문에 괴로워하는 친구의 아픔과 갈등은 그녀의 삶에 공감하고 있던 나에게 또 하나의 갈등을 불러일으키고 있는 것이다. 결국 나는 하루밤의 일탈이라는 환상 또는 열병을 앓고 나서 가정이라는 울타리로 돌아오게 된다. 남편과의 새로운 화합은 옛날에 결혼하지 않았던 처녀로서 나를 낳았던 어머니의 인고와 아픔을 새롭게 이해하게 되면서 남편과의 화해의 길을 걷게 만들고 있는 것이다.

> 다급하고 거친 남편의 손 끝에서 영주는 비로소 마음만이 아닌 육체를 거쳐 나오는 쾌감의 절정을 맛보았다. 영주는 조금 알 것 같았다. 엄마는 선택한 한 길을 나름대로 주인이 되어 살아낸 것이다. 때로 여성이라는 나약한 모습과 모성이 부딪치기는 했어도. 영주는 삶이라는 것이 이렇게 대단하지 않을 수도 있는 것이라고 자신에게 끄덕였다. 육체의 행위를 통해 관통하듯 느끼는 삶의 진리는 이렇듯 단순한 거라고 인정했다. 고상한가 하면 때론 유치하기도 하고, 새로운 것이 아니라 낡아빠진 것일 수도 있으며, 밖이 아닌 바로 내 안에서 샘솟을 수도 있다는 것을.
>
> — 정 윤, <숨어있는 밤>에서

우리 사회에서 여인네들은 가정을 벗어나면 모두 탈선과 일탈로 매도한다. 그러나 그동안 감추어졌고 억눌려왔던 여인네들이 갖고있던 자신들의 꿈은 어디에서 찾을 수 있을 것인가. 결국에는 일탈이나 환상의 모습으로 나타날 수 밖에 없다. 친구의 삶을 통해 외면으로 기울어졌던 나의 시선이 내면으로 옮아오면서 일으키는 갈등과 하룻밤의 일탈 후에 깨닫게 되는 새로운 삶은 결국 다른 것이 아니라 동전의 양면같은 삶임을 새롭게 인식하도록 해준다. 이 작품에서 내가 어머니의 삶을 이해하게 되고 남편을 새롭게 받아들이게 되는 것도 이러한 새로운 인식이 낳은 결과이다. 그러나 남편과의 육체적인 화합을 통해 이루어지는 인식은 이러한 새로운 인식이 끝이 아니라 또 다른 출발임을 말해준다. 결국 그러한 인식은 자아의 확산에까지는 이루지 못하고 다만 어머니의 삶에 대한 이해로 드러난 것처럼 아직은 불안한 미래를 암시하고 있다.

2. 자신의 길, 또는 삶의 방식

이승우의 <책과 함께 자다>(≪문예중앙≫ 2001년 가을호)는 우리 사회에서 자신만의 길을 가기가 얼마나 힘든가를 보여주고 있다. '천장까지 온통 책으로 뒤덮여 발을 들여놓을 틈도 없는 방안에 잠든 듯 죽어있는 한 남자'의 모습은 바로 우리 사회에서 책 속에 묻혀사는 삶이 어떤 대접을 받고 있는가를 극명하게 보여준다. 이러한 삶은 살아있어도 죽어있는 것처럼 보이는 삶이기도 하고, 죽어있어도 살아있는 것처럼 보이는 삶이기도 하다. 우연히 죽은 자의 이름으로 책을 받아보게 된 나는 책을 받아보면서 새로운 세계를 알게 되고 무기력한 일상의 삶에서 벗어나게 된다. 아무도 그 가치를 알아주지 않는 일을 혼자 외롭게 지탱해가던 책배달꾼은 이미 죽은 사람을 대신하여 책을 받아보고 있는 나를 찾아와서 하루밤을 자고 나서 사라져 버린다. 그리고 우연히 신문의 5단기사에서 그의 사망기사를 보게 되는 것이다.

> 천장까지 온통 책으로 뒤덮여 발을 들여놓을 틈도 없는 방 안에 잠든 듯 죽어있는 한 남자에 대한 기사가 11월 16일 아침에 배달된 지방신문에 실렸다. 책 말고는 덮고 자는 이불 한 채와 두 끼 분량의 밥을 지을 수 있는 아주 작은 전기밥솥과 그릇 몇 개와 후줄근한 옷가지들과 밥상으로도 쓰이는 듯한 앉은뱅이 책상이 전부였다.
>
> — 이승우, <책과 함께 자다>에서

책 속에 묻힌 채 죽어버린 책배달꾼의 삶은 결국 책을 외면하고 살아가는 현대인들의 종말을 암시하고 있다. 그가 가지고 있는 최소한의 생존조건은 그만큼 열악했던 삶을 증언해 주고 있다. 이처럼 목판인쇄부터 시작하여 3대째 좋은 책을 선별하여 꾸준히 보내주는 작업을 하던 책배달꾼의 삶은 결국 아무도 알아주지 않는 외로운 죽음으로 끝나버리고 만다. 사회가 어떻게 변할지라도 자신만의 길을 외롭게 걸어가는 책배달꾼이 책 속에 파묻혀 죽어있는 모습은 '책을 단순히 사물로만 인식하지 않는 사람'의 모습이면서 현대화라는 이름 아래 파편화되어가는 현대인들의 맹신적이고 무관심한 모습이기도 하다. 옳음에 대한 추구와 현실에서의 비애가 그 내면에 깔려있는 이 작품은 사회의 외면 속에서도 자신만의 길을 추구해 가는 장인 정신이 무엇인가를 알려준다.

그러나 책 배달조합에서 일방적으로 한 주일에 세 권씩 책을 배달해주는 행위나 그곳에서 추천한 도서들을 읽어야만 하는 모습은 전통의 상품들이 현실에 적응하지 못하고 몰락해 가는 모습을 생각나게 한다. 책 배달조합의 존재와 책 선별 노력은 그 당위성에도 불구하고 결국 강요의 형태를 띠게 되고 신청자가 줄어들다가 결국에는 아무도 남아있지 않게 되기 때문이다. 마지막 구독자가 이미 죽고 없는 성목경이라는 것은 결국 구독자가 한 사람도 없음을 말해준다. 이 작품에서 아내와 갈등을 일으키다가 결국에는 이혼으로 끝나고 마는 나의 삶은 책배달꾼이 현실사회에 적응하지 못하고 자살하는 일과 대비되고 있다.

그녀는 빚을 내서 주식 투자를 했고, 부동산을 샀다 팔았다 했고, 사업설명회장을 쫓아다니며 엔젤투자니 뭐니 하는 걸 했고, 그렇게 해서 돈을 모았다. 그녀의 돈 모으는 방식도 방식이지만, 돈에 대한 과도한 집착이 마음에 들지 않았다. 나는 이만하면 되었다 하고 수시로 말했고, 그녀는 아직 아니라고 입버릇처럼 말했다. 돈이 눈앞에 보이는데, 손을 뻗어 따기만 하면 되는데 어떻게 그만 두느냐고 그녀는 말했고, 나는 그래도 손을 뻗지 말라고, 누군가 필요한 사람이 손을 뻗어 따게 놔두라고 사정했다.
　　　　　　　　　　　　　　－ 이승우, <책과 함께 자다>에서

　그 사람의 주검은 사망한지 최소한 20일 후에 발견되었습니다. 그런데
검시관의 의견에 의하면, 죽기 20일쯤 전부터 아무 것도 입에 대지 않았습
니다. 물 한 모금도 마시지 않은 것 같다고 합니다. 아마도 성목경 씨,
죄송합니다, 한정태 씨를 만나고 온 날부터 음식물 섭취를 중단해버린
것 같습니다.
　　　　　　　　　　　　　　－ 이승우, <책과 함께 자다>에서

　아내의 삶과 전혀 어울리지 못하고 갈등만을 빚어내던 나의 삶이 결국
에는 이혼으로 마감을 하는 것처럼, 더 이상 독자를 확보할 수 없는 상황
을 맞이한 책배달꾼은 마지막 독자를 만나 하룻밤을 지내고 나서 죽음
속으로 도피하고 있는 것이다. 진지하면 현실에서 어울리지 못하고 따돌
림 받아서 결국에는 외로움 속에 살아가야만 하는 오늘날의 새로운 장인
모습을 그리고 있는 이 작품은 우리 사회의 미래에 대한 암울한 경고로도
읽힌다. 자기만의 길을 추구하는 자의 아집과 현실사회에 대한 거부와
인간에 대한 절망이 어우러지면서 외롭고 비참한 종말을 향해 가는 책배
달꾼의 모습은 다른 면에서 보면 우리 사회의 단절과 소통의 부재를 제시
하고 있다.

　내가 죽은 책배달꾼처럼 책을 쌓아놓고 잠을 자는 행위는 한편으로
능력있는 아내를 거부하는 모습이기도 하고, 책배달꾼에 공감하고 시대
적 흐름을 거부하는 몸짓이기도 하다. 그리고 내가 죽은 책배달꾼의 부장
품을 실어오고, 이어서 '책배달조합의 선정 원칙에 따라 책을 세 권 고르
고 설화아파트 106동 605호 성목경' 앞으로 책을 보내는 행위는 책배달
꾼의 정신을 이어받고자 하는 강렬한 몸부림이다. 그러나 이미 죽고 없는
성목경에게 책을 보내는 모습은 아무 의미를 갖지 못하는 행위이며 패배

가 예정되어 있는 행위이기도 하다. 결말에서 이처럼 패배를 예상하고 행하는 나의 행위는 또 다른 응석이 될 수 있을 뿐이다. 오늘날 우리 사회에서 책의 역할은 줄어들었다고는 해도 아직 끝나기에는 시간이 많이 남아있다. 따라서 책의 죽음에 대한 선포보다는 희망을 노래해야만 한다. 비록 같은 결과를 가져온다고 할지라도 이미 죽어버린 성목경이라는 독자보다는 새로운 독자로 살아있는 나인 한정태를 드러내 보였다면 희망의 싹을 드러내 보여줄 수 있었을 것이다.

3. 왕따의 길, 그 외로움

우애령의 작품 <학자>(≪창작과 비평≫ 2001년 가을호)는 당진 시골에서 숨이 차게 바쁜 농사철에도 사서삼경만을 찾으면서 유학자의 티를 내는 김주사의 삶을 그리고 있다. 김주사는 가장임에도 불구하고 집안일은 마누라에게 맡겨놓고 민족이나 학문의 길만을 대뇌인다. 처음에는 마을 사람들도 언젠가는 이 마을을 빛낼 인물로 김주사를 여기지만 텔레비젼이 들어와서 요란스럽게 떠들면서 신문명을 알려주기 시작하자 인류이나 천륜만을 찾는 김주사의 말을 더 이상 받아들이지 않는다. 이에 김주사는 세상이 말세가 되어서 그렇다는 말로 자신을 위로하지만 세상은 이제 더 이상 그를 거들떠보지도 않는다.

이처럼 마을 사람들의 따돌림 속에서 자신만의 고집과 선비임을 내세우며 외롭게 지내던 그곳에 심 선생이 내려온다. 심 선생은 강남에서 의상실을 하는 마누라 덕분에 생활의 여유를 갖게 된 사람이다. 그곳도 심 선생이 자기 마누라에게 '사람들에게 부대껴서 글 한줄 쓸 수 없다고 불만을 토로하여' 마누라가 당진 시골에 땅과 집을 마련해준 덕분으로 오게 된 곳이다. 세상을 피해 내려와 살던 심 선생은 김주사가 세상의 흐름을 외면하고 살아가는 모습을 보면서 자신의 삶과 닮아있음을 느끼게 된다. 결국 오줌사태로 고생만 하던 김주사네 댁이 병을 치료하러 올라간 서울 딸네집에서 죽게 되자 김주사도 딸이 보내준 차를 타고 쓸쓸하게 서울로 떠나게 된다.

> "아이구. 이 까마귀 고기 정신을 부아. 김주사 어른께서 저헌티 선생님 드릴 책들을 방안에 남겨놓았다구 쓰실 책이 있으시믄 죄다 가져 가시라구 당부하셨시유."
> 심선생은 고개를 끄덕이고는 잠깐 그 자리에 선 채 망설였다. 그러고는 김주사네 집 쪽으로 가지 않고 그대로 자기 집으로 가는 길을 따라 걸었다.
>
> — 우애령, <학자>에서

김주사가 떠나면서 심 선생에게 남겨놓은 책의 모습은 시대에 뒤처진 삶의 흔적을 상징한다. 심 선생이 김주사 손때가 묻은 낡은 책을 보거나 만질 기분이 들지 않아 그대로 자기집으로 가는 것은 심 선생도 시대와의 흐름을 무시할 수 없는 처지에 놓여있음을 말해준다.

시대를 무시하고 거스르는 삶의 길은 어떤 길인가. 사회의 흐름을 외면하면서 자신만의 길을 가고자 했던 한 유학자의 삶을 통해 이 작품에서는 가치있는 삶이 어떤 삶인지를 새삼스럽게 묻고 있다. 조선조 선비의 자태를 본따고자 하는 김주사의 삶은 그러나 실질적인 유형의 가치가 존재하지 않기 때문에 결국에는 공리공론에 머물렀던 조선조 유학자들의 삶을 연상시키기도 하지만 끝까지 양심을 지키고자 하는 모습을 통해 현대 조류라는 물결에 휩쓸려 떠내려가는 전통의 모습을 나타내기도 한다. 또 현대 속에서도 자신만의 삶을 살아가고자 했던 한 인물과, 아내와의 갈등 속에서 시골로 도피해온 심 선생의 삶을 비교하면서 도피적 삶이 갖는 한계와 소시민의 비애를 담담하게 보여주고 있기도 하다.

4. 현실 참여의 길, 그 한계

이병천의 <귀싸대기를 쳐라>(≪실천문학≫ 2001년 가을호)는 천민
자본주의 세계에 몰입된 우리나라 사회에서 소시민, 또는 사회적인 약자
가 할 수 있는 행위의 한계를 잘 드러내 보여주고 있다. 어찌보면 어린애
장난같은 귀싸대기 때리기. 조직화된 사회상황 속에서 시청 청소계에
소속되어서 청소부 일을 하면서 밑바닥 삶을 살아가는 4 사람의 청소부
원들이 모여 '귀싸대기과'를 결성하고 우리 사회에 해를 끼치는 인물들
을 찾아서 응징하기 시작한다. 첫 번째 응징대상은 도로공사장에서 십장
아래 소속되어 오장으로 있는 정병억이라는 인물로, 그는 자신의 이익만
을 챙기면서 길거리에 차안 재떨이를 터는 몰상식한 악덕업자이다. 그리
고 두 번째 응징한 인물로는 안기문이라는 악덕사채업자 남편이다. 이들
은 '귀싸대기과'의 나에게 얼결에 귀싸대기를 얻어맞고 퉁퉁 부은 얼굴
로 경찰에 신고를 해보지만 범인은 알 길이 없고 경찰 또한 범인들이
일지매나 홍길동을 모방하고 있음을 알고 더 이상 찾을 생각을 하지 않게
된다.

> 어쨌거나 귀싸대기 한 대에 저 멀리 나가떨어지면 그 자리에서 바로
> 무릎을 끓고 우리에게 잘못했다고 빌거나 다시는 그런 일을 하지 않겠다
> 고 즉석에서 다짐하는 이들도 더러 없지는 않았다. 믿지 않는 이들도 많겠
> 지만, 그럴 때면 우리 역시 가슴이 몹시 아팠다는 점을 고백한다. 물론
> 그것 때문에 우리가 그 멋진 일을 잠시 접고 파업을 하기로 한 건 아니었
> 다. 때마침 괭이갈매기처럼 눈매가 매서운 사내 하나가 쓰레기 하치장에
> 나타나 이것저것 탐문하고 갔다는 정보를 입수했던 것이다. 또 다른 소식
> 에 의하면 경찰에 고발된 우리들의 행각은 단 두 건에 지나지 않는다는,
> 다행인지 불행인지 모를 얘기도 들린다. 어쨌든 큰 목소리 최씨와 나는
> 아예 그 참에 청소 일을 그만두고 말았다. 비교적 얼굴이 덜 알려졌을
> 연장자 이씨와 박씨는 그대로 남았는데 그 편이 경찰 동정을 파악하는

데 더 유리할 것 같다고 판단한 때문이다.

– 이병천, <귀싸대기를 쳐라>에서

기껏해야 귀쌈때리기 밖에 할 수 없는 소시민의 분노. 그리고도 몇 번 화풀이처럼 저지른 일 때문에 경찰의 단속을 피해 직장마져 그만둔 약자들의 삶은 우리사회의 갈등이 얼마나 깊이 내제되어 있는가를 말해 준다. 천민자본주의 사회 속에서 살아가는 소시민은 억울함을 당해도 분노를 표출할 길이 막혀있어 귀쌈때리기라도 해야만 분노가 풀릴 수 있는 것이다. 비록 청소부라는 가장 낮은 신분의 삶을 살아갈지라도 정의 의 마음들이 살아있는 4명이 비밀결사처럼 '귀싸대기과'를 결성하고 강 자에 대한 응징에 나서는 모습은 우리 사회의 있는 자들에 대한 경고이기 도 하다. 이 사회를 검게 물들이는 이들에 대한 4인의 청소부들이 응징하 는 것은 귀쌈때리기이지만 한편으로는 물리적인 힘으로 폭발하고 있는 강한 분노를 나타낸다. 이 작품에서 어쩌면 사소하고 하찮기까지 한 귀쌈 때리기가 의미를 갖게 되는 것은 아직도 우리 사회가 약자들에게는 정신 적인 고통 뿐만 아니라 육체적인 고통에 대해서도 전혀 배려하는 능력을 갖추지 못하고 있는 사회이기 때문이다. 따라서 비록 귀쌈때리기는 하찮 은 행위일지라도 그들의 신분에서 문제가 될 경우에는 직장을 그만두어 야 할지도 모르는 엄청난 모험이며 가치가 있는 행위가 된다. 오늘날까지 도 우리 사회에서 사회적인 울분을 대신 풀어주는 행위인 귀쌈때리기가 하나의 희극으로 끝나지 않고 그 의미를 갖게 되는 것은 아직도 우리 사회가 있는 자와 없는 자들의 갈등이 깊기 때문이다.

5. 아직도 끝나지 않는 싸움

우리 사회에서는 많은 사람들이 자신만의 길을 가는 다른 사람들에게 너그럽게 대하지도 못하고, 잘 이해하지도 못한다. 조금만 달라도 주목하면서 따돌림시킨다. 어릴 때부터 이루어지고 있는 이러한 현상은 우리 사회의 건전한 발전을 가로막고 있는 것은 아닌지 생각해 보아야만 한다. 오늘날까지도 시대에 따르기를 거부하면서 전위적인 활동을 하는 사람들의 어려움은 물론이거니와 조금만 색다르게 생활하고자 하는 사람들마저도 주목의 대상이 되고 왕따의 대상이 되는 경우가 흔하다. 그러한 환경 속에서 뛰어난 인물이 배출되는 것은 무척 어렵다. 아기 장수 설화도 결국은 그러한 잘못된 환경에 대한 아픔의 노래일 것이다. 어린이 시절부터 이루어지고 있는 잘못된 교육풍토 — 각박하고 여유없이 경쟁 의식만을 기르면서 개성보다는 집단적 특성만을 강조하고 있는 지금의 우리 교육은 결국 이러한 아픔을 계속해서 양산하게 될 것이다. 이제까지 개성이 뚜렷했던 많은 사람들이 이러한 환경을 극복하지 못한 채 쓸쓸하게 삶을 끝마치지 않았는가. 김소월도 그 풀 수 없는 외로움에 젖어 자살을 했고, 이중섭과 천상병은 쓸쓸하게 시립병원에서 행려병자가 되어 우리 곁에서 사라져갔다. 이제는 우리 모두 여유를 가지고 좀더 다른 삶을 살고자 하는 이들과 다른 빛깔로 표현하고 있는 이들에 대해 이해의 폭을 넓혀가야 할 것이다. 그러기 위해서는 학교 교육도 달라져야 할 뿐 아니라 소설가들도 외롭게 자기 길을 걸어가는 사람들의 삶에 대해서 더 진지하게 관찰해야만 한다. 그리고 이를 바탕으로 하여 더욱 다양한 모습의 형상화도 필요하다. 이러한 노력이 계속된다면 우리 사회는 세계에 대한 인식의 폭이 넓혀지고 더욱 다양한 결실로 열매를 맺게 될 것이다.

(≪문예운동≫ 2001년 겨울, 통권 72호)

현실세계와 환상의 세계

서숙희, 〈새를 위하여〉(≪월간문학≫ 2002년 1월호)
이명행, 〈숨결〉(≪문학과 사회≫ 2001년 겨울호)
김현주, 〈숨은 길〉(≪문예중앙≫ 2001년 겨울호)
이평재, 〈앤디를 위하여〉(≪현대문학≫ 2002년 1월호)

1.

경제적인 한파를 겪으면서 우리 사회는 안정된 기반이 많이 흔들리고
생존의 경쟁은 더욱 치열해지고 있다. 그리고 있는 자와 없는 자의 구분
이 분명해지면서 우리 사회는 더욱더 보이지 않는 갈등의 늪에 빠져들고
있다. 이른바 나와 남의 구분이 더욱 분명해지고 있는 것이다. 근대적
특성이라고 말할 수 있는 이러한 구분이 지금 문제가 되는 것은 개인들의
무분별한 욕망들이 개성으로 포장되거나 솔직함으로 포장되면서 현실에
서 강력한 힘을 발휘하고 있고, 현실의 삶에서 강인하게 행동하지 못하는
약자들은 더욱더 현실세계에서 쫓겨나서 존재가치를 잃어가고 있기 때
문이다. 이번 호에서 다루고자 하는 작품들은 이러한 현실 속에서 벗어나
지 못한 채 괴로워하거나 아님 환상의 세계로 도피하여 또 다른 모습을
보여주고 있는 작품들이라고 할 수 있다.

2.

　서숙희의 <새를 위하여>(≪월간문학≫, 2002년 1월호)는 한때 유망한 소설가였지만 현실의 삶에서 패배하고 낙오된 삶을 살아가는 남편과 남편에게 자신의 꿈을 기대하면서 살아왔던 아내의 삶을 그리고 있는 작품이다. 그녀의 남편은 경제적인 한파가 몰아치는 상황에서 자신의 미루어둔 꿈을 이루겠다고 직장을 그만둔 뒤에 소설쓰기만을 전념하기로 한다. 이러한 상황에서 그녀가 수입이 신통치 않은 밤까는 일을 부업으로 하면서도 버틸 수 있었던 것은 남편이 하고자 하는 일이 자신의 꿈과 연결되어 있기 때문이었다. 그것은 남편이 소설가로서 성공하는 길이었고, 한때나마 그녀 자신이 꿈꾸던 일이기도 했다.

　　남편이 참말로 좋은 글을 써준다면 그것은 그녀에게 무엇과도 바꿀 수 없는 기쁨이 될 것이었다. 그리고 그것은 바로 그녀가 내밀하게 도달할 수 있는 자신의 꿈이었다. 남편이 곧 전보다 훨씬 뛰어난 글을 쓸 것이라는 믿음과 희망을 그녀는 버리지 않았다. 그 믿음과 희망이야말로 그녀가 지탱할 수 있는 마지막 지팡이이고 버팀목이었다.
　　　　　　　　　　　　　　　　　　- 서숙희, <새를 위하여>에서

　그러나 2년동안 고민만 하면서 글 한편 쓰지 않고 시간을 보내던 그녀의 남편은 결국 글쓰는 일을 포기해 버리고 만다. 한때는 유망한 신인 소설가로 이름을 얻었던 남편은 자신의 능력을 회의하면서 고민하다가 스스로 능력없음을 선언하고 막노동판으로 나가고자 하고 있는 것이다. 결국 그녀는 남편에게 의지했던 자신의 삶이 허상이었음을, 이제는 되돌릴 수도 없는 길이 되었음을 알게 되자 날개꺾인 새가 되어 절망하게 된다. 남편이 단지 소설가라는 이유 때문에 희망을 갖고 살아갈 수 있었고, 경제적인 고통도 인내하면서 살아갈 수 있었던 아내에게 있어 남편의 전업 또는 현실과의 타협, 그리고 남편 자신에 대한 패배행위는 삶의 의미를 잃게 만드는 행위였다. 결국 그녀는 남편의 좌절로 인해 앞으로의 삶에 대한 의미를 찾지 못한 채 나아갈 길에 대한 방향감각을 잃어버리고 있다.

이 작품에서 그녀는 완전히 남편의 삶에 얽매여서 살아가고 있다. 따라서 그녀의 삶 또한 남편의 삶이 패배하면 당연하게 함께 패배하게 되어 있다. 현진건의 '빈처'를 연상시키기도 하는 이 소설의 한계는 우리 주변에서 흔히 볼 수 있는 삶의 모습을 그리고 있지만 이를 통해 보여주고자 하는 뚜렷한 지향점이 없다는 점이다. 현실적인 삶의 고뇌는 드러내 보였지만 그 지향점을 보여주지 못하고 있기 때문에 그녀의 삶이 갖고있는 의미가 선명하게 드러나지 않고 있는 것이다.

3.

오늘날 내가 살아가는 삶은 진정 나의 삶일까? 그리고 제대로 된 삶일까? 이러한 의문은 누구나 한번쯤 하게 된다. 자신이 걸어가는 길이 외롭다고 느껴질 때 사람들은 뒤돌아보게 되는 것처럼. 그리고 앞서가는 이가 아무도 없고 또 뒤따라오는 이도 없을 때 스스로 자신의 길에 대해 다시금 생각해보게 된다. 진정 내가 살아가는 길이 제대로 된 길인가 하고. 급속하게 변모하는 삶 속에서 우리는 누구나 삶에 얽매여서 자유롭게 살지 못하고 있다. 하루가 예전의 하루가 아니고, 한달이 예전의 한달이 아님을 느껴가면서 우리는 그 변화의 속도감에 길을 잃고 있는 것이다. 그런 경우에 뒤따라가려고만 하지 말고, 뒤에 남아서 앞서 가고 있는 사람들의 모습을 천천히 바라보는 것은 어떨까? 그러다가 앞서가는 사람들의 길이 제대로 된 길이라 느껴질 때 뒤따라가도 될 것이다.

이명행의 소설 <숨결>(≪문학과 사회≫, 2001년 겨울호)은 이렇게 외로운 삶을 살아가는 사람들이 서로 소통하는 모습을 그리고 있는 작품이다. 오늘날을 살아가는 현대인들은 모두다 어느 정도의 정신적인 질환을 안고 살아간다고 한다. 정신적인 질환을 갖고 살아가는 사람들은 모두다 외로움에 젖어 살아가는 지도 모른다. 의사라고 해서 예외는 아닐 것이다. 사회와 또는 이웃과의 불화 속에서 살아가는 치과의사인 나와 사랑하는 사람이 죽어 고통을 겪는 약사인 그녀 사이에 이루어지는 소통은 서로의 고통을 감싸안는 일이다. 이들의 소통은 남들이 다 자는 새벽 2시에 이루어지고 있다. 단지 전화선으로만. 일상생활에서 제대로 소통을 하지 못하고 살아가는 그들은 남들이 다 잠든 시간에서야 비로소 전화선을 통해 소통을 하고있는 것이다. 이처럼 문명의 이기로 인해 소통이 단절되어버린 삶의 모습 속에 문명의 이기를 통해 소통이 이루어지는 역설적인 모습이 제시된다. 새벽 2시에 불면증에 시달리는 나에게 잘못 걸려온 전화. 그 전화는 잘못 걸린 전화가 아니라 현실에서 길을 잃어버린 여인의 의도적인 전화였던 것처럼, 우연과 필연이 뒤섞인 세계가 바로 현대사회임을 말해준다. 이렇게 인연이 되어 나누게 된 사연들은 현대인의 외로움에 대한 호소이다. 현실 속의 그녀는 매일 나에게 치주염 치료를 받으러 오고 밤마다 새벽 2시에 전화를 걸어 나의 불면증을 치료해 주는 것이다. 그녀가 지니고 있는 치주염은 우리 사회에서 아픔을 지난 사람들이 겪고 있는 고통을 나타낸다.

치주염 환자의 경우는 스트레스에 절어 있는 경우가 많다. 대체로 사랑을 잃었거나 해고를 당했거나, 원만하지 못한 인간관계로 고통을 받고 있었다. 계속되는 좌절감과 무력감, 슬픔은 두뇌 세포로 하여금 면역 시스템을 교란할 화학 물질을 생산해내게 하고, 저항력이 떨어지면 그것은 심장병을 일으키든지, 위염이나 요추, 통증, 대장염, 치주염 같은 것을 부추기는 것이다.

– 이명행의 <숨결>에서

현대사회의 강자들은 약자들이 갖고있는 시간을 무력화시킬 수가 있다. 정신없이 흘러가는 시간의 흐름 속에서 약자들의 아픔이나 고통을 받는 자의 아픔에 대해서는 관심을 기울일만한 여유가 약자들에게는 없기 때문이다. 따라서 약자들 스스로 그 아픔을 해결하거나 고칠려고 노력을 해도 시간은 기다려주지 않고 흘러가면서 결국에는 그러한 노력을 하는 행위마저도 무기력하게 만들고 지치도록 만들고 있는 것이다. 이 작품에서 사랑하는 이를 잃은 아픔을 겪고 있는 그녀와 삶의 의미를 전혀 찾지 못하면서 불면증의 고통을 겪고있는 나는 서로 다른 아픔을 간직하면서 살아가는 약자들이다. 그리고 서로 전화통화를 통해서 아픔의 상처를 위로 받고 있는 것이다. 이처럼 약자들은 '흩어지면 소멸'하기 때문에 이 세상에서 살아남기 위해서는 '필요할 때는 엮어 있어야' 한다. 그리고 '뭉쳐서 몸집을 커다랗게 부풀려' 그들의 '적들에게 대항해야' 살아남을 수가 있다. 따라서 접속은 그들에게 있어서 '유일한 저항'의 수단으로 자리잡게 된다. 내가 그녀와의 전화에 매달리는 것도 이렇게 소멸되지 않고 살아남기 위한 저항이고 몸부림인 것이다. 현실 사회의 소외의식과 외로움을 드러내고 있는 이 작품은 오늘날 이웃과 단절되어 가면서 자꾸만 왜소해져 가는 현대인의 안타까운 몸부림을 그려내 보여주고 있다.

4.

약자들은 현실에서 몸부림을 치는 것만이 유일한 돌파구일까. 김현주의 다음 작품은 현실의 삶에서 벗어나 또다른 세계 — 현실이면서 환상이기도 하고 환상이면서 현실이기도 한 삶의 모습을 그려보여주고 있다.

김현주의 <숨은 길>(≪문예중앙≫, 2001년 겨울호)은 다른 사람들과 소통되지 않는 삶의 길에서 환자가 되어버린 나의 모습을 그리고 있다.

아는 사람과 소통되지 않는 상황 속에서 어느날 나는 남의 기억 속으로 들어가는 길을 안내받게 된다.

- 김현주, <숨은 길>에서

자신이 아닌 남으로 살아가는 삶은 어떤 것인가. 나라는 존재는 없어져 버리고 남의 기억만이 선명하게 남아 내가 남이 버린 삶의 모습. 현실의 불완전한 세계 속에서 자신을 기억하지 못하는 삶을 살던 나는 완벽하게 타인이 되어 새로 태어나고 싶어진다. 그래서 나는 4번을 누르게 되고 이어 나는 다른 이의 기억 속으로 들어가게 된다. 타인의 기억이 내 뇌세포에 접목되어 나의 정신으로 된 후 처음에는 남의 기억들이 낯설고 이물스러워서 나는 고통을 겪는다. 그러면서 이미 나의 기억이 된 그 여자의 기억 속으로 들어가 과거의 삶을 회상하게 된다. 기억을 잃기 전에 사진 찍기를 좋아했던 나는 남편과 그 여자 그리고 내가 찍힌 한 장의 사진을 놓고 기억의 틈새에서 헤매이고 있다. 그 속에서 그 여자의 모습과 남편의 석연치 않은 행동, 그리고 내가 길을 잃고 헤매면서 그 여자는 실종되고, 이어 남편과 아이들의 교통사고와 나에게 그 여자를 맡기고 몽골로 스케치 여행을 떠나버린 그 여자의 남편과의 사이에서 이루어졌던 오후의 정사까지도 기억이 난다. 이러한 모습들이 사고를 당해 병원에 입원해

있는 나의 기억 속에 언뜻언뜻 비춰지면서 나는 현실과 단절된 채 살아가
고 있는 것이다.

5.

오늘날 현실 속에서 길을 잃고 방황하는 많은 사람들은 가정의 해체와
이웃들과의 관계단절로 인해 아픔을 겪고 있다. 또 남에게 뒤처질까 하
여 남을 뒤따라가다가 어느날 길을 잃어버리기도 한다. 현실에 발붙이고
살지만 이처럼 현실적인 삶이 힘들거나 어렵게 느껴지면 환상 또는 꿈의
세계로 도망가고 싶은 때가 많이 있다. 특히 강자에 대한 숭배가 판치는
요즈음 같은 세태는 우리들을 환상의 세계 속으로 이끌기도 한다. 그러나
환상 속이라고 다를 것인가. 환상도 단지 현실의 연장선에 놓여있을 뿐
이다.
　꿈과 현실의 차이는 무엇일까? 가능한 것과 가능하지 않은 것의 차이
인가 아님 있는 것과 없는 것의 차이인가. 과거에는 그저 환상 속에서
머물기만 했던 그 세계가 이제는 과학이라는 이름 아래 현실로 변화하는
모습을 보여주기 시작하고 있다. 과학의 발전은 우리의 현실 인식을 무색
하게 만들면서 꿈과 현실을 뒤섞어놓은 경우가 많아지고 있는 것이다.
물론 과거에도 예술은 그러한 일에 항상 앞장서서 선도를 해왔다. 해저
2만리라는 소설은 잠수함을 만들게 했고, 미켈란젤로의 그림은 비행기를
만들게 했다. 이렇게 한때는 꿈 속에서만 머물렀던 세계가 어느 사이
현실로 이루어져 왔던 것이다. 그리고 거기에는 내일에 대한 희망과 신념
이 담겨 있었다. 그러나 이제는 물질적인 욕망만이 이 세계를 지배하는
상태에서 과학이라는 이름 아래 무모한 일들이 많이 벌어지고 있다.
　인간의 생성원리를 찾아나선 과학자들은 이제 인간조직 세포의 배열

구조를 파악하여 마음대로 인간의 형태를 조작할 수 있는 단계에까지
이르고 있다. 이제는 인간의 세포들을 만드는 과정에 대한 분석도 거의
끝나가고, 그 염기서열을 조사하여 그것을 변형시키거나 조작하여 인간
도 아니고 동물도 아닌 기괴한 존재를 연구라는 이름 아래 행하는 시대가
되어가고 있다. 어쩌면 인간이 갖고있는 욕망은 신의 경지에 오를 때까지
끊임없이 불타오를지도 모른다. 물론 이러한 연구 작업들이 인간의 질병
을 치료하기 위한 방법이라는 미명 아래 저질러지고 있지만 언제 어디서
인간이 가진 욕망과 호기심이 작용하여 변형된 인간을 만들어낼지 알
수가 없다. 신의 경지에 올라서서 인간이 지닌 동물적인 속성마져 변화시
켜가면서 새로운 인류를 만들어내는 장난을 하는 일이 일어나지 않는다
고 누가 보장할 것인가.

　이평재의 <앤디를 위하여>(≪현대문학≫, 2002년 1월호)는 이처럼
과학문명의 발달이 가져오는 어두운 그림자에 대해서 말해주고 있는 작
품이다. 이 작품은 이러한 과학자의 욕망이 만들어낸 인간의 모습을 그리
고 있다. 과학잡지사의 사진을 담당하고 있던 나는 영장류센터 소장을
인터뷰하러 가서 소장인 알 박사를 훌륭한 인물로서 기사화 시켜 널리
알리는 역할을 한다. 그때 나는 그곳에서 연구원으로 있는 구규의 안내를
받게 되는데, 신경정신과 전문의인 구규가 동물실험을 하는 연구소에서
근무하고 있다는 사실에 호기심을 느끼다가 그와 사랑에 빠지게 된다.
그리고 그와 동거하면서 알게된 여러 가지 사실들은 과학의 이름 아래
저질러지는 범죄행위이며 강자들의 갖고있는 극한을 모르는 탐욕적인
삶의 모습이다. 그러나 이러한 삶의 모습도 오늘날에는 과학의 발달로
포장되어 그럴듯하게 사람들에게 선전되기 마련이다. 과학의 발달은 이
미 분야가 다른 사람들과의 의사소통을 막아놓고 있기 때문이다. 내가
알 박사를 인터뷰하고 그를 널리 소개하는데 기여하고 있는 것도 소통의
단절이 가져온 또하나의 모습일 뿐이다. 그리고 그곳 영장류 센터에서

만들어진 인간인 앤디는 부모가 없는 다음 세대의 인류를 암시하고 있다.

> "실험실에서 사람을 만들었는데 그게 저 여자아이란 말이야? 이름이
> 앤디이고?"
> "그냥 사람을 만든 게 아니라 실험용으로 쓰기 위해 계획적으로 탄생시
> 킨 아이야."
> "뭐라고? 어떻게 그럴 수가 있는 거지? 난 도무지……."
> "믿기 힘들겠지만 사실이야. 여성의 몸에서 채취한 난자에 해파리의
> 발광 유전자를 끼워넣어서 오 년 전에 연구소 실험실에서 인공적으로
> 탄생시킨 아이야. 나중에 보면 알겠지만 빌리처럼 박수를 칠 때마다 손톱
> 에서 붉은빛이 흘러나와. 그게 해파리의 유전자를 넣었기 때문에 나타나
> 는 발광반응이야."
>
> — 이평재, <앤디를 위하여>에서

이처럼 사회적 강자들이 벌이고있는 탐욕스런 행위는 인류의 삶을 결
국에는 멸망의 길로 몰아넣을 지도 모른다. 지금처럼 과학이라는 이름아
래 맹목적으로 이기적인 결실만을 추구한다면 얼마든지 가능한 일이 될
것이다. 알 박사에게 쫓기게 된 구규에게 나는 앤디와 함께 도망가자는
말을 하지만, 구규도 나도 행동하지 못하는 것은 이미 사회적인 강자인
알 박사에게 쫓기는 신세가 되어버린 약자들에게 있어 더 이상 숨을 곳이
없기 때문이다. 나와 구규는 쫓기는 자가 되어 잘못된 현실을 고발하려고
하지만 힘이 없기 때문에 진실은 영원히 묻혀질 수밖에 없다. 욕망의
주체가 힘을 갖고 있으면 대상은 자신들의 진실을 드러내지 못하게 된다.
세상은 힘이 있는 자의 편이고 그 힘을 이용하는 자의 편이기 때문이다.
더구나 거기에 육친간의 애증이 끼어있으면 더없이 나약해지고 초라해
지기 마련이다. 이 작품에서 구규와 알박사, 그리고 나와 어머니의 관계
가 서로 대비되면서 동일성을 띠고 있는 것도 그 때문이다. 그러나 이
작품에서는 이러한 현상 또는 욕망의 세계로 치닫고있는 현실에 대한

경고를 하고 있을 뿐이고 그 이상의 의미를 담아내지는 못하고 있다. 마치 마지막 사이렌 소리가 그들을 잡아가려고 오는 소리일 수도 있고 현실의 암담함에 대한 경고일 수도 있는 것처럼 그들은 단지 희망의 싹이 없는 절망의 늪 속에서 헤매이고 있을 뿐이다.

6.

우리 사회에서 정신적이거나 경제적으로 약자인 이들이 겪는 아픔은 쉽게 치유되지 않는다. 또 다른 사람들에 의해서 치유될 수도 없다. 결국에는 스스로 치유할 수밖에 없다. 그들에게 고통을 가져다주는 대상은 보기에는 크게 보여도 결국 아무 것도 아닌 경우가 많다. 마치 눈덩이처럼 말이다. 눈덩이는 처음 조그마하게 뭉쳐져서 아무 것도 아닌 것처럼 시작되어, 뭉치다보면 어느 사이 상당한 크기로 뭉쳐진다. 그리고 일정 크기 이상 뭉쳐진 상태에서는 이제 가만히 밀기만 하여도 한없이 커져가게 된다. 특히 비탈진 길에서는 그냥 놓아두어도 저절로 굴러가면서 한없이 커져가게 된다. 여론이나 민심도 때로는 이러한 모습을 보여주기도 하며, 사회의 흐름도 이러한 모습을 보여주기도 한다. 그러나 가만히 멈춰서서 살펴보면 그 속에는 아무것도 담겨있지 않은 그저 뭉쳐진 덩어리임을 알게 될 수가 있다. 그리고 햇볕에 쬐면 그냥 무너져내리는 물 같은 존재라는 것도 알게 된다.

결국 약자들이 이 세상을 제대로 살아가기 위해서는 변화에 흐름에 너무 민감하게 반응하기보다는 한발짝 뒤로 물러서서 지켜볼 필요가 있다. 정의와 민주라는 이름 아래 미국 대통령인 부시가 벌이는 테러와의 전쟁은 정의가 아니라 힘을 앞세운 또 다른 테러임을 볼 수 있듯이 …. 자신만이 옳다는 주장은 누구나 할 수 있다. 그러나 남의 처지에 대한 이해는 그만큼 하기가 힘이 든다. 참고 견디면서 인내심을 가지고 지켜보지 않으면 이해하기가 힘들기 때문이다. 특히 내가 힘을 가지고 있을 때는 더욱 그렇다. 약육강식이 일반화되고 강자의 논리가 정의의 이름으로 포장되어 전파되고 있는 모습을 보노라면 천년전의 역사가 다시 반복되고 있음을 느끼게 된다. 문명화된 세계 속에서 살아간다고 하면서도 원시사회의 모습과 다름없이 이루어지고 있는 인간들의 만용과 오만을 보다보면 인류의 진보에 대한 생각도 달라지게 된다. 즉, 진보가 아니라 반복이나 퇴보로 느끼게 된다. 강자의 인내가 필요한 요즈음, 강자의 횡포만이 자리잡고 있는 것 같은 이 세계가 한편으로는 역설적인 세계처럼 보인다. 어쩌면 요즈음 같은 현실에서는 실제 우리가 살아가는 모습보다 가상세계가 모습이 더 현실처럼 느껴지는 것도 당연하지 않을까 하는 생각을 해본다.

(≪문예운동≫ 2002년 봄호, 통권 73호)

새로운 시도와 서사의 길

이병천, 〈반달곰뎐〉(≪21세기 문학≫ 2002년 봄호)
송기숙, 〈북소리 둥둥〉(≪문학동네≫ 2002년 봄호)
조용호, 〈왈릴리의 고양이나무〉(≪문학동네≫ 2002년 봄호)
구효서, 〈검은테떠들썩팔랑나비〉(≪라쁠륨≫ 2002년 봄호)
이현수, 〈토란〉(≪창작과 비평≫ 2002년 봄호)

1.

이병천의 중편소설 <반달곰뎐>(≪21세기 문학≫, 2002년 봄호)은 판
소리를 그대로 문자로 정착시키고 있다. 본래 조선조 영정조 시대에 판소
리가 소설로 정착하면서 다듬어져서 문어체로 바뀌어졌는데, 이병천은
이를 다시 구어체로 환원시켜 표현하고 있는 것이다. 판소리체는 서민들
의 문학이면서 양반층까지 아우렀던 조선조 말의 문학이었다. 이러한
문학의 전통을 소설문학에서 이어받아 판소리체 소설을 거쳐서 채만식
의 풍자소설까지 내려왔는데, 이병천은 이를 작품 전체에 걸쳐 새롭게
변이를 시도하면서 옛 판소리로 환원시키고 있다. 판소리가 판소리계
소설로 변이를 해왔다면, 이병천은 <반달곰뎐>에서 과거 판소리계 소
설의 전승을 추구한 것이 아니라 거꾸로 원형의 복원을 추구하고 있는
것이다. 판소리가 판소리계 소설로 정착하여 전수되면서 조금씩 변형을

거쳐 왔는데, 채만식에 이르러서 풍자의 형식으로 변형되어 이어지다가 이병천에 와서는 예전에 구창되었던 판소리로 다시금 복원되고 있는 것이다. 이러한 새로운 틀의 수용과 제시도 그 틀에 내용이 제대로 담겨있지 않으면 그 틀마져도 별로 가치를 인정받지 못하게 된다. 틀과 내용이 아우러져서 한 몸이 되어야만 제대로 형상화가 되었다고 할 수 있다. 소설 <반달곰뎐>에서는 하나의 줄거리를 통해 동물의 삶과 인간의 삶이 교직적으로 교차한다. 지리산 자락의 동물왕국에 살고있는 동물들의 모습이 반달곰을 중심으로 하여 구수한 판소리 가락을 통해 제시하면서 우리 시대 부패관료들의 모습과 대비되면서 제시되고 있다. 여기에서 우화처럼 제시하고 있는 동물들의 삶은 강자에게 억눌리고 쫓기면서 살아가는 힘없는 서민들의 삶을 동물들의 삶으로 환치시켜 놓고 있는 것일 뿐이다. 그리고 이 작품에서 제시되고 있는 부패한 세무공무원들의 모습은 오늘날의 타락한 관료들의 삶을 상징하고 있다.

소설 <반달곰뎐>은 먼저 '대도무문'이라는 말과 공자의 행적, 그리고 알렉산더의 행적을 첫머리에서 제시하고 있다. 이어 서울 장안에 살고있는 구장환이라는 작은 도둑집안의 내력이 소개된다. 장환의 증조부는 독립군들을 일본 순사들에게 밀고하여 먹고살던 일제시대 밀정으로, 중국놈집의 새끼 돼지를 서리하다가 붙잡혀서 매타작을 당해 맞아죽은 인물이었다. 시일이 지나 그때 일을 증언할 사람들이 사라지자 구장환의 아버지는 이웃 노인 서넛을 백미 몇 가마와 쇠고기 두어근을 가지고 구슬려서 증인으로 내세우고 자기아버지가 일본 헌병부대와 맞닥뜨려 전투 중에 장열하게 산화했다고 꾸며서 독립투사를 만들었고, 구장환은 우국지사의 자손이라고 하여 그 덕으로 공무원으로 특채되어 세금 도둑질을 하게 된다.

순풍에 돛 단 배일거나, 밤길에 초롱을 주운 것이냐. 그것도 아니라면

물괴기가 물을 만난 셈인가, 범이 날개를 단 것이더냐?…… 장환으 일자리가 백성 혈세(血稅) 앉어 받고, 삐딱하게 받고, 긁어 받고, 훑어 받고, 때려 받고, 욕해서 받고, 두드려 받고, 살살 달래서 받고, 눈 부릅떠서 받고, 안 받는 체 허다 받고, 봐준다고 받고, 올려 받고, 깎아서 받고, 갈퀴질로 받고, 당그래질로도 받고, 봉투로도 받고, 궤짝으로 받고, 푸대로도 받고, 현금으로 받고, 카드로도 받고, 요상허게 통신(通信)으로도 받고, 날짜보다 앞댕겨 받다가 받다가 나중에 받을 때는 연체료까장 합쳐 받고……근무 시간 넘으면 일허기 싫어서 안 받고, 국경일도 안 받고, 명절에도 안 받고, 일요일도 안 받는 디라서 참으로 살 판이 난 게 아니냐?

이렇게 세무공무원 생활을 하던 구장환은 '장마에 또랑 넘쳐나드끼 풍덩 풍덩 헝게로 속담에 죽 떠먹은 자리란 말 있드끼 어떤 놈이 한 바가지 퍼가도 표시 없고 두 바가지 퍼가도 흔적 없거늘 앞으로 빼도 남고 뒤로 빼도 채워지는 그 이치를' 일찍이 터득하고 도둑질을 하기 시작한다. 그래서 '아침에 받아놓은 세금을 괜히 만지작만지작 만지작거리다가 주머니에 넣었다가 쌈지에 넣었다가 서랍에 넣었다가 봉투에 넣었다가 저녁에 나올 때는 제 손때 묻혀서 제 지갑에 넣고' 나오게 된다. 그리고 '서류 한 두어 줄만 위조헐작시면 그 나락이 지 쌀밥이 되고 그 세금이 지 재산되는' 일을 사십이 되도록 하게 된다.

한편 지리산 동물왕국에서는 표범 대왕이 모든 동물들을 모아놓고 대왕자리를 내어놓는다고 선포한 후 너구리의 추대를 받아 반달곰이 새왕으로 등극하게 된다. 새로 왕위에 오른 반달곰은 새로운 세계를 만들기 위해 노심초사하는데, 시간이 지나 나라가 안정되자 동물 대신들은 먼저 죽은 아내를 못잊어하는 대왕에게 새로 왕비를 간택하도록 주청을 한다. 그래서 선택된 왕비가 중국 숭산에서 먹이를 찾으러 내려왔다가 조선까지 팔려와서 방사된 반달곰 중 한 마리 – 동생 반달곰이었다. 한편 인간들이 살고있는 서울에서는 세금 도둑이 들통나서 부패공무원 색출이 벌어지고 이에 벌벌 떨던 세무공무원들은 논란 끝에 그들을 대신하여 동료 세무공무원 한명을 지목하여 그를 희생양으로 내세우기로 한다. 이 희생양으로 선택된 인물이 바로 호로자 구장환이었다. 호로자는 결국 '징계인지 휴가인지 모를' 정직 삼 개월을 받고 지리산 자락으로 곰을 잡으려 떠나게 된다. 지리산 자락에서 온갖 동물들을 잡았던 호로자 일행은 마지막으로 곰을 잡고자 한다. 결국 동물왕국의 왕 부부는 인간들에게 쫓겨 도망치게 되는데, 왕과 다른 길을 택하여 도망치던 새 왕비인 어린 반달곰은 도망치는 길에 절벽을 만나게 되고 더 도망치지 못하고 호로자의 창을 맞고 죽음을 맞이하게 된다. 죽어가면서 반달곰은 자신을 찌른 호로자를 붙잡아 절벽으로 내팽게치고 죽음을 맞이한다.

이처럼 인간세계와 동물세계를 아우르면서 서술되는 이 작품은 삶의 참된 가치가 무엇인지를 우리들에게 묻고 있다. 오늘날 우리 사회는 물질에 맹신을 하는 모습으로 변질되어 가면서 천박한 자본주의 문화가 자리잡고 있다. 이처럼 우리 사회의 모습은 물질적 가치 숭상이 지나쳐서 이제는 정신적 가치를 찾아보기 힘든 상황에까지 이르고 있다. 돈에 대한 가치 숭상이 지나치다보니 인간의 본질에 대한 인식 자체가 변화해가고 있는 상황에까지 이르고 있는 현재의 세태에 대해 이 작품은 판소리체 문체로 풍자를 하고 있는 것이다.

조선시대 판소리 '춘향뎐'에서는 당시 사람들에게 남녀의 평등함과 사랑의 가치 그리고 여성의 지조를 강조하고 내세웠다면 이 작품에서는 동물만도 못한 인간들의 삶이 과연 어떤 가치를 지니고 있는지를 반문하면서, 이제는 우리도 물질만 숭상하는 타락한 삶을 이겨내고 정신적인 가치를 존중하면서 순박하게 살아가야 함을 강조하고 있다. 물질화되어가고 세속화되어버린 오늘날의 세태를 지리산 동물세계의 모습과 대비시켜 제시하고 있는 이 작품에서 인간들에게 쫓겨서 더 깊은 산 속으로 숨거나 아니면 비참하게 죽어가는 반달곰에게서 우리는 정신의 가치가 물질적 가치에 억눌리고 쫓기는 모습을 보거나 상상할 수 있을 것이다. 또한 호로자로 비하시켜 불려지는 구장환의 삶과 그리고 그의 동료들이 피해를 입지 않기 위해서 그를 희생양으로 내세우는 데 동참하는 모습을 통해서는 오늘날 우리나라 관료층의 타락상과 이기적인 행위를 상상할 수 있을 것이다.

이 작품은 마지막 부분에서 여리고 순수한 어린 반달곰이 인간들의 이기적 욕망에 의해 안타깝게 죽어가는 모습과 또 두루미가 자지러진 울음으로 그 상황을 슬퍼하는 모습을 통해 우리 사회에서 순수함이 사라지고 또한 정신적인 가치마져 몰락해가는 현상을 암시적으로 그려보이고 있다. 그리고 반달곰이 궁지에 몰려 비참하게 죽으면서도 호로자를 죽이고 나서 죽어가는 것은 모든 것을 물질적인 가치로만 평가하는 오늘날의 세태가 계속되면 정신적 가치의 존재의미도 사라지게 되고 결국에는 인간적인 존재가치도 함께 사라지게 될 것임을 암시하고 있다.

2.

공동체적인 생활 속에서 어울리면서 살아가는 삶의 모습과 외따로 떨어져 소외감에 젖어있는 삶의 모습은 어떠한 차이점을 가지고 있는 것일까. 송기숙의 <북소리 둥둥>에서 공동체적인 삶의 터전에서 살아가는 한 인물의 생애를 드러내 보여주고 있다면, 조용호의 <왈릴리의 고양이 나무>는 외로움에 젖어서 고독하게 살아가고 있는 한 인물의 삶의 모습을 보여주고 있다.

송기숙의 <북소리 둥둥>(≪문학동네≫2002년 봄호)은 민중의 강인한 저력과 질긴 삶의 인연을 드러내고 있는 작품이다. 이 작품은 5.18때 뛰어난 활약을 벌이다가 모진 고문을 받고 풀려난 후 풍물패를 이끌면서 살아온 유기수라는 인물에 대한 보고서이며, 우리네 서민들의 끈질긴 삶의 저력을 드러내 보여주는 작품이기도 하다. 이 작품에서 화자인 김명호는 차를 운전하다가 우연하게 농두렁에 앉아있던 노인을 보고 낯이 익은 느낌을 받는다. 그리고 서너달이 지나서야 20여년전 광주민주화운동 때 크게 활약했던 유기수 노인이었음을 떠올리고 그의 행적을 추적하게 된다. 유기수는 5.18 광주민주화운동 때 각목과 돌을 공급하면서 큰 활약을 벌였던 인물로, 그는 나중에 군인들에게 붙잡혀서 조사를 받는 과정에서 데모대를 도와준 일과 함께 6.25때 북에서 남으로 월남했다는 이유로 간첩혐의까지 받고 심한 고문을 받는다. 그는 감옥에서 풀려나서도 고문의 휴우증으로 인해 엄청난 고생을 하게 된다. 그 후 어느정도 몸을 추수리게 된 그는 그가 살던 지역에 풍물패를 만들어서 활동하면서 생활하던 중에 5.18 부상장애 보상금을 받게 되어 그 돈과 전세금을 합쳐 새로 집을 장만하지만 빚보증을 잘못 섰다가 모두 날린 후에 시골로 쫓기듯이 낙향하여 살고 있다. 화자인 김명호는 5.18 때 그의 뛰어난 활약을 떠올리며 그가 낙향해서 산다는 고장까지 찾아가서 그를 만나게 되는데, 그곳에서 동네 사람들과 한 가족이 되어 공동체 문화를 이루어가면서 살아가는 그를 만나고, 또 그와 한 가족처럼 지내는 우리네 서민들을 만나게 된다. 이처럼 이 작품에서는 억압받으면서도 끈질기에 삶을 이어가는 그의 모습을 통해 우리 서민들의 강인하고 끈질긴 삶의 의지를 드러내 보여주고 있다.

조용호의 <왈릴리의 고양이나무>(≪문학동네≫ 2002년 봄호)는 나무처럼 살아가다가 가여운 고양이들의 부모가 되어있는, 모로코에 살고 있는 한 교포여인의 삶을 다루고 있다. 그녀는 모로코로 유학갔다가 그곳에서 만난 남편과 그곳에서 살다가 남편이 죽은 후에도 그곳에 혼자 남아 살고 있는 여인이다. 그녀가 떠나온 고국에는 홀로 계셨던 어머님마져 돌아가시고 이제는 남아있는 가족이 아무도 없다. 따라서 그녀가 떠나온

고국땅에 돌아갈 생각을 하지 않는 것은 이제 고국에는 그를 아는 사람이
아무도 없고, 반겨줄 사람도 없기 때문이다. 그리고 그녀가 모로코에 남
아있는 것은 그녀에게 있어 이 세상의 유일한 위안자로서 함께 지냈던
남편의 체취가 아직은 남아있는 곳이기 때문이다. 이처럼 그녀는 사람들
의 체취를 그리워하면서 살고 있지만, 이제 그녀에게는 의지할 대상이
아무도 없다. 단지 그 사이 우연히 집에 들어온 길잃은 고양이가 그녀의
친구가 되고 있을 뿐이다.

　인간다운 삶은 어떠해야 하는가. 서로가 서로에게 정을 나누면서 살아
가는 길이 제대로 된 삶일 것이다. 그러나 그러한 길을 걸을 수 없을
때 어떻게 행동해야 하는가. 그녀의 삶은 이러한 소외감을 구제적으로
드러내 보여주는 하나의 풍경화이다. 외로움을 견디기 위해 서로 부부가
되어 살던 삶에서 한 사람이 죽고 외롭게 남은 그녀는 기댈 데가 없어서
고양이에게 기대어 정을 붙이면서 살아가고 있는 풍경. 고양이들이 잔뜩
매달려 있는 고양이 나무. 외로움에 지친 그녀는 하나의 나무가 되어있
고, 고양이는 그녀에 의지해서 살아가는 존재로 등장한다.

　나무와 고양이. 나무와 고양이는 서로 어울리는 존재가 아니다. 그녀가
말한 고양이 나무는 현실에 존재하는 것이 아니라 그녀의 상상 속에 존재
하고 있는 대상물일 뿐이다. 그러나 외로움은 이러한 상상을 현실화시킨
다. 따라서 서로간에 어울리도록 강요받고 있는 것이다. 나무는 단지 그
곳에 뿌리박힌 채 머물러 있을 뿐이고 고양이는 그 나무에 휴식과 안식을
의탁하고 있을 뿐이어서, 서로 같이 체온을 나눌 수는 있을지 몰라도
정신까지 교류할 수는 없을 것이다. 그래도 같은 공동체에서 어울리지
못하는 소외된 존재들에게 있어서 그나마 서로 기댈 언덕이 될 수 있다는
것은 삶의 큰 위안이 될 것이다. 이미 핵가족화가 된 서구 뿐만이 아니라
지금 핵가족화가 되어가고 있는 우리들도 이제는 이웃과 정을 나누지못
한 사람들이 외로움에 젖어서 그녀처럼 길잃은 고양이들에게나마 정을

붙이면서 살아가는 모습을 많이 볼 수 있다. 불신과 소외감은 어쩌면 쌍생아처럼 한 길을 가고 있다. 믿음을 상실한 현대인의 삶은 이처럼 삭막한 관계로서 나타나고 있을 뿐이다. 따라서 이 작품은 소외감을 통해서 공동체 삶이 가지고 있는 중요한 가치를 다시금 인식시켜 주고 있다.

3.

우리가 보거나 기억하고 있는 사실은 어디까지가 진실인가? 구효서의 <검은테떠들썩팔랑나비>(≪라쁠륨≫ 2002년 봄호)는 우리의 기억에 대해 묻고있는 작품이다. 우리는 때로 분명히 인식하지만 때로는 엉뚱하게 인식하기도 한다. 자신이 중요하게 생각하는 것과 남이 중요하게 여기는 것이 서로 다르게 나타나기 때문이다. 같이 나무에 올라갔고 앉아서 이야기하면서 술을 마셨다고 생각했던 나무가 이미 없어져있는 나무였다고 한다면 스스로의 기억에 대해 의심을 하게 될 것이다. 그러나 유독 그 기억만이 분명하게 느껴진다면 우리는 자신에 대해 차츰 의심하고 이제는 스스로의 기억조차 믿지 못하게 될 것이다.

우리의 두뇌 속에서 기억되는 것은 한정이 되어 있다. 이들 기억들은 나이가 들어갈수록 까막득히 멀리 달아나기도 하고, 때론 서로 뒤섞이기도 한다. 또 어떤 경우에는 한두가지 이미지들이 아주 선명하게 다가오는 경우도 있다. 그러나 자신의 그러한 기억과 인식을 남이 믿어주지 않을 때는 어떻게 해야 하는가. 이 작품에서는 서로 인식하는 방법과 생각의 차이에 따라 사람마다 다르게 사물을 보는 모습과 기억의 차이에 대해 이야기하고 있다.

일반적으로 우리는 기억의 과정을 통해 확신을 갖거나 믿음을 갖게 된다. 그러나 이러한 확신이나 믿음이 때때로 엉뚱한 결과로 연결되거나 전혀 다른 인식을 하도록 만들기도 한다. 예전과는 달리 자꾸만 복잡해져 가는 현대사회에서 우리는 때때로 잊혀졌던 사물들을 되살려 기억하기도 하고, 이미 사라졌던 존재도 실제처럼 느끼기도 한다. 이러한 혼란 또는 착각의 현상을 겪으며 생활하는 어지러운 시대 속에서 우리는 살아가고 있는 것이다. 또한 사람들은 자신과 다른 믿음을 가진 사람들이 많을수록 자신의 믿음을 의심하게 된다. 그래서 결국에는 자신의 믿음을 상실하게 되는 것이다. 따라서 이 작품은 우리가 분명히 보고 느꼈던 사실도 다른 사람이 다르게 느낄 수 있음을 보여주면서 그러한 경우에 어떻게 해야 하는가 하는 물음을 우리들에게 던져주고 있다.

4.

삶의 동반자로서 가장 가까운 거리에서 살아가는 사람은 부부일 것이다. 그래서 부부싸움은 칼로 물베기라는 말도 있지 않은가. 그러나 부부도 서로가 미워하면 한없이 거리가 멀어져서 남보다도 못하게 된다. 따라서 갈등이 깊어진 부부는 가족이라는 끈에 얽매여서 서로 끊지못하는 질긴 인연 때문에 괴로운 삶을 살아가는 존재로 자리잡게 된다. 이현수의 <토란>(≪창작과 비평≫ 2002년 봄호)에서는 평생동안 갈등을 풀지못하고 살아가는 부부의 이야기를 하고 있다. 작품 속 화자의 시부모로서 '그'와 '그녀'로 제시되는 이들 부부는 서로가 이해하기 위해 노력하기보다는 서로의 결점을 찾기 위하여 애를 쓰고 있다. 이미 갈등의 골이 깊어져서 서로 따로 떨어져 살고 있는 이들 부부를 화해시키기 위해 아들인 남편과 며느리인 나는 무척이나 노력을 한다. 아들 앞에서 덜익은 수박을 내팽개쳐 깨뜨리는 억센 이미지로 다가오는 시어머니인 그녀의 모습에 비해 시아버지인 그는 장래 며느리감 앞에서 서정주의 '국화 옆에서'를 외우는 다감한 모습으로 나에게 다가온다. 이들이 별거에 가까운 생활을 하는 상태까지 이르게 되자 이러한 상황을 걱정하는 남편과 상의하여 이들을 화해시킬 방법을 찾고 있다. 이 작품에서 나의 시아버지가 되는 '그'에 대한 나의 시어머니가 되는 '그녀'의 미움은 주로 음식을 통해 제시된다. 즉 그는 '지 성질을 못 이겨 파르르 넘어가는 자발없는 사내'이며 '가만둬도 제물에 익는' 시금치로 비유된다. 이처럼 사람이나 모든 사물을 음식에 비유하여 표현하는 그녀는 음식 솜씨가 아주 뛰어난 사람이다. 그녀가 가족들 모르게 하는 은밀한 행동에는 그녀만의 꿈이 담겨져 있다. 그녀의 꿈은 틈나는 대로 아파트 모델하우스에서 부엌을 보며 즐기는 것으로 나타난다. 이처럼 그녀는 가족들 모르게 그녀만의 꿈을 가지고 키워가고 있다. 우연하게 그런 그녀가 갖고있는 꿈을 알게된 나는 그걸 이용하여 '그녀'와 '그'를 화해시키고자 한다. 그리하여 남편의 생일을 빌미로 하여 서로 모르게 초대함으로써 화해의 빌미를 삼고자 한다. 이처럼 그녀가 끔직히 아끼는 남편의 생일을 빌미로 시부모님들인 그와 그녀를 초대하여 화해를 추구하지만 그녀의 그에 대한 미움이 사소한 음식 다툼으로 인해 결국 파탄을 맞이하고 있다. 풍성한 음식상이 사소한 다툼으로 인해 엎어지고 결국에는 눈요기로 끝난 것처럼 이 작품 또한 풍성한 볼거리가 많지만 맛까지 음미하기에는 아직 부족함이 느껴진다.

5.

길이 있다. 그 길을 누군가가 걸어간다. 그가 그 길을 걸어가는 것은 그 사람 나름대로의 까닭이 있다. 그 모습을 있는 그대로 표현하다보면 하나의 서사가 된다. 그리고 그 까닭을 하나하나 인과관계에 따라 연결시켜주면 하나의 작품이 될 것이다. 그러나 좋은 작품이라면 이것으로 끝나지를 않을 것이다. 그 과정에서 삶의 의미나 존재의 가치를 드러내거나 또는 행위의 의미를 은밀하게 드러내 보여줄 것이다. 요즈음에 발표되는 많은 소설들은 행위만 있을 뿐 그 의미가 희미하거나 아님 잃어버리고 있다. 물론 새로운 시도로 서사의 틀마져도 깨버리고자 하는 새로운 시도도 있다. 그러나 그 시도가 성공하기 위해서는 틀을 깨는 작업에도 의미가 담겨있어야만 할 것이다. 한편의 소설이 보고서가 아니라 문학작품이 되기 위해서는 그 속에 '서사의 의미'가 담겨있어야 하기 때문이다.

지난 계절에 발표한 많은 작품들은 삶의 모습을 다양하게 표현하고 있다. 그러나 풍성하게 느껴지는 이 많은 작품들에서 대부분 삶의 모습들이 풍경으로만 끝나고 있다는 생각이 드는 것은 나의 읽기가 부족했던 탓인가. 삶의 풍경을 넘어서서 여운에 이르기까지는 그 속에 담겨있는 의미들이 너무나 미약하기만 하다. 삶의 풍경은 비극적이거나 희극적이거나 그 자체로 아름답다. 그러나 그것이 비록 아름답다고는 해도 풍경만으로는 삶의 의미를 새롭게 제시하지는 못한다. 풍경은 다만 한 장의 사진일 뿐이다. 따라서 우리들에게 새로운 여운을 남겨주기 위해서는 풍경 그 자체로만 끝나서는 안될 것이다. 풍경을 넘어서서 좀더 깊이있는 삶의 의미가 담겨있어야만 가치있는 작품으로서 남을 수 있게 될 것이다.

(≪문예운동≫ 2002년 여름호, 통권 74호)

공동체 삶이 무너져가는 여러 모습들

홍희담, 〈문밖에서〉(≪창작과 비평≫ 2002년 여름호)
김영하, 〈이사〉(≪문예중앙≫ 2002년 여름호)
오수연, 〈마니아〉(≪문예중앙≫ 2002년 여름호)
안 광, 〈성난 타조〉(≪작가세계≫ 2002년 여름호)
유금호, 〈겨울바다, 잠시 비 내리고〉(≪문예운동≫ 2002년 여름호)

1.

1980년의 광주는 살아남은 사람들에게 어떻게 인식되고 있을까. 사람들마다 인식의 강도나 처지는 다르겠지만 나와 관련이 적을수록 그저 남의 일로만, 아니 이 세상의 일이 아닌 것처럼 인식하는 사람들이 많아져가고 있다. 20년전 과거의 일이라고 해서 나와는 관계없는 옛일로 치부하고 잊어버리는 이러한 인식의 확산은 결국 우리의 삶을 수없이 많은 조각들로 파편화시키고 서로간의 대화마져 단절시키는 닫힌 사회를 만들어가게 될 것이다. 되풀이되는 역사의 기록을 또다시 기록하지 않기 위해서는 그 문제를 회피하기보다는 구체적으로 파고들어서 드러난 문제들을 하나하나 치유해야만 할 것이다. 과거의 숱한 아픔이 오늘날에도 반복되고 있다는 것은 그러한 행위가 한번도 제대로 치유된 적이 없었기 때문이다. 남의 고통을 나의 고통으로 인식하며 살다간 한 인물의 초상을 그리고 있는 홍희담의 <문밖에서>(≪창작과 비평≫, 2002년 여름호)는 우리를 과거 20여년전 광주의 세계로 이끌고 간다. 그리고 그 세계가 그리 먼 세계가 아니며 그때 일어난 일이 그리 먼 옛날의 일이 아님을 말해주고 있다. 또 그때 일어난 일들이 아직까지도 제대로 정리되어 있지 않고 그저 슬픈 기록으로만 남겨져 있음을 아프게 증언하고 있다. 이 작품은 과거의 한 자락이라고 할 수 있는 그때의 일을 남의 일이 아니라 내 일처럼, 그리고 남의 아픔이 아니라 내 아픔처럼 여기면서 살아간 한 사람에 대한 보고서이다. 거기에는 같은 민족으로서 느끼는 죄책감과 함께 같은 여인네로서 전혀 다른 세계를 살다 죽어간 한 인물에 대한 죄책감이 자리잡고 있다.

수환의 어머니인 영신은 위암으로 죽으면서 서류봉투 하나를 친구인 연희에게 남긴다. 그 서류 속에는 얇은 공책과 신생아의 양말 한쪽, 그리고 면사포를 쓴 여자의 흑백사진이 들어있다. 그리고 공책에는 1980년 광주에서 임신 8개월의 몸으로 집앞 골목에서 남편을 기다리다가 게엄군이 정조준한 총에 맞아 그 자리에서 죽은 여인인 최미애에 대한 사건이 기록되어 있다. 수환의 어머니 영신은 80년 5월 시가전이 격렬할 때 도시를 빠져나와 본당 신부가 소개해준 시외의 과수원 별채에서 남편과 젊음을 즐기면서 수환을 임신했었다. 오월이 끝난 후 열흘이나 더 지나서야 광주로 돌아온 영신은 새로 태어날 아기를 위해 태교를 하면서 지내다가 해산날이 다가와서 병원에 들렀다가 우연히 친구인 연희와 마주치게 되고, 연희의 집에 같이 갔다가 오월에 죽은 사람들에 대한 기록들을 보게 된다. 연희는 교회 목사와 함께 오월에 죽은 사람들을 조사하고 있었던 것이다. 죽은 최미애의 집을 연희와 함께 방문했던 영신은 그 집에서 아기 양말을 몰래 가지고 나오게 된다. 그후 수환이 태어나지만 영신은 수환을 멀리하면서 미워하게 된다. 자신이 환락 속에서 시간을 보내고 있을 때 고통 속에서 죽어간 이들에 대한 죄스러움 때문에.

　"네 엄마도 그랬지. 주위가 상처투성이인데 네 엄마같이 심성이 고운 사람이 혼자 행복해지면 오히려 이상한 거지."

　"………."

　"죄의식과 행복해지면 안된다는 심리가 널 미워하는 것으로 나타난 거야."

　"죄의식은 제가 태어난 것과 관련이 있는 것이 아닌가요?"

　"그 때는 숨쉬고 있는 것조차 부끄러웠어."

　죽은 이들에 대해 남아있는 이들의 죄스러움은 이렇게 한 두 사람의 상처로만 남겨져야만 할까? 남들은 불의에 대항해 싸우고 있을 때 자신의 안전만을 위해 도피하여 젊음의 쾌락만을 즐겼던 그녀가 그들의 아픔을 이해하게 되면서 자신이 낳은 자식마져 부끄러움과 미움의 대상으로 여기게 된 아픈 현실이 그들만의 아픔으로만 끝나서는 안될 것이다. 집단성의 주술 속에서 각 개인의 삶은 그저 한 파편처럼 매몰되어가는 현대 사회의 모습은 바람직한 미래의 모습이 아닐 것이다. 아직도 너의 아픔과 나의 아픔이 선명하게 구분되는 우리 사회는 우리의 삶이 아직도 미개의 수준에 머물고 있음을 말해주고 있다. 개별적인 내가 공동체적인 삶을 나타내는 말인 우리로 변모하지 못하고 있으면서 단지 말만 일상화되어 버린 텅빈 세계가 그 속에 자리잡고 있는 것이다.

　힘의 우세로 무참하게 죄없는 사람들을 죽인 사람들은 침묵하고 있는데, 힘이 없어 숨죽이며 살았던 사람들만이 자신의 죄를 고백하고 참회하는 모습은 약자만이 자신의 잘못을 고백하는 모습이다. 이러한 모습은 전도된 가치관이 우리 사회를 지배해가고 있으며, 잘잘못을 구분하지 않는 삶이 일상화되어가고 있는 현실을 아프게 질책하고 있다. 이 작품은 약자의 아픈 고백을 통해 이러한 삶의 모습을 나직한 목소리로 들려주고 있는 것이다.

2.

한 소시민의 가정이 이사를 통해 겪었던 어려움과 믿음이 상실된 모습을 그리고 있는 김영하의 <이사>(≪문예중앙≫, 2002년 여름호)는 우리 사회에서 계층별로 갖고 있는 인식의 차이와 성실한 소시민이 이사를 하면서 겪는 어려움이 그대로 제시되고 있다. 요즈음은 전화만 하면 견적을 내주고 아침에 옛집에서 출근했다가 저녁때 새집으로 돌아오면 예전 그대로 가구가 놓여있고 단지 집만 바뀐 채 모든 물건들이 그대로 옮겨져 있다는 환상을 심어주는 포장이사라도 이사짐 회사를 잘못 선택하는 경우에는 큰 낭패를 당하게 된다. 이 작품에서는 그러한 낭패 속에 숨어있는 우리 사회의 천민의식과 믿음이 상실된 현실의 모습이 오롯이 담겨져 제시되고 있다. 결혼 후 처음 이사를 하게 된 진수는 5년만에 갖게된 새집에 대한 꿈에 부풀어서 새 가구들도 사고 집도 새단장을 한 후에 포장이사업체를 선정한다. 진수가 이사를 가던 날은 엘리베이터 교체 공사까지 겹쳐서 이삿짐 직원들의 불평을 들어가면서 진수와 진수 아내는 죄지은 것도 없이 죄인이 되어 인부들의 당치않는 말을 응대해 가면서 이사짐을 옮기기 시작한다. 견적을 낼 때 만약 이사짐을 옮기면서 마음에 들지않는 직원이 있으면 사람을 바꿔준다는 말을 들었던 진수는 혹시나 하면서 이삿짐 회사로 전화를 걸어보지만 아무도 전화를 받는 사람이 없다. 그러한 진수의 모습을 보고 이삿짐 인부인 노란 조끼는 더욱 기고 만장하여 거칠고 위태롭게 일을 해 나가다가 결국 새로 도착한 집에서 진수와 멱살잡이까지 하게 되지만, 이삿짐을 길에 내놓고 지낼 수 없었던 진수와 진수 부인은 그들에게 사정하면서 이삿짐을 옮기게 된다. 이러한 내용으로 이루어져 있는 이 작품에서는 우리 사회에서 서로간에 믿음이 상실되고, 자신의 이익만을 계산하면서 살아가는 현대인들의 모습들이 곳곳에서 제시된다. 특히 상대방의 약점을 알고 이를 이용하면서 거친

말투와 위협적인 행위를 하는 이삿짐 회사 인부인 노란 조끼의 모습 속에
는 서로간의 약점만을 노리고 싸우는 동물적인 삶의 모습이 그대로 담겨
있다. 이러한 갈등의 결말은 우리가 아끼던 전통이 깨지는 모습으로 제시
된다. 즉, 진수가 애지중지하던 가야토기가 없어졌다가 결국에는 아파트
바닥에 떨어져서 잘게 부셔져있는 형태로 발견되는 모습에서 상징적으
로 제시되고 있다.

　오늘 하루 일당만 받으면 된다는 노란 조끼의 인식은 물질로만 맺어져
있는 삭막한 현대인의 의식을 대변하고 있다. 그래서 성실하게 일할 것을
기대한 진수의 생각은 오늘날의 삶을 제대로 살아보지 못한 미개한 사람
으로 전락하게 된다. 물질이 중심이 된 세계에서는 모든 대상들이 단지
물질적인 가치로만 평가되고 있을 뿐이다.

　　아파트 나무에 걸려서 다리 두 군데하고 갈빗대 석 대 부러지고 끝났으
　니까. 그 새끼 죽었어봐. 이사고 나발이고 다 끝이라고. 우리 젊은 사장님.
　이사에서 제일 중요한 게 뭔지 알아? 그는 진수의 대답을 기다리지 않고
　스스로 답했다. 사람이 안 죽어야 되는 거야. 사람 죽으면 이사고 나발이
　고 그냥 요대로 주저앉는 거라고. 흐.

　노란 조끼의 말을 들은 진수는 이삿짐이 안전하게 옮겨질 때까지 이삿
짐 인부들이 그저 죽지않기만을 기대한다. 진수의 바램처럼 인부들은
아무 탈없이 무사하게 되지만 그 대신 그동안 애지중지 해왔던 토기가
없어져 버린다. 1500년 동안 무덤 속에서 지내왔던 가야토기. 뚜껑이
없고 목이 짧으며 귀가 두 개 붙어있는 4-5세기 가야시대의 양이단경호
토기는 진수가 인사동에서 사들고 온 것이다. 진수가 사들고 왔던 그
토기는 예전 살던 집에서 새집으로 옮겨지는 과정에서 없어져 버린 것이
다. 진수는 예전에 살던 아파트까지 다시 가서 찾아보지만 못찾고 되돌아
서 나오다가 아파트 앞 화단에서 잘게 부서진 토기 조각들을 발견하게

된다. 결국 포장 이삿짐 직원들의 무신경과 불성실함으로 인해 가야토기는 아파트 화단으로 떨어져 무참하게 부서져 버린 채 나중에야 진수에게 발견되고 있는 것이다. 이처럼 이 작품에서는 우리 사회 구성원들간의 믿음 상실이 우리의 전통이 깨져나가는 모습으로 제시되면서 오랜 세월을 거쳐왔던 가야토기가 결국에는 산산조각이 나서 아파트 화단에 버려지는 모습으로 상징화되고 있다. 진수는 이미 잘게 부서진 토기 한 조각을 들고와서 신문지에 싸서 책상서랍에 고히 모셔놓는다. 그리고 거기에서 오래된 진한 흙냄새를 맡고 있다. 타틀라마칸에서 날아온 황사 냄새이기도 하고 천오백년 전의 무덤에서 끌려나온 토기조각에서 나는 냄새이기도 한 진한 흙냄새를. 이러한 진수의 행위는 우리 주변에서 차츰 사라져가고 있는 우리네 전통들을 지키고자 하는 안타까운 몸부림으로 비쳐진다. 하찮은 일상사의 하나라고 여겨졌던 이사를 통해 이 작품은 현대라는 사회 속에서 한 소시민의 가정이 겪는 삶의 어려움을 통해 우리 사회의 정신 질서가 올곧게 자리잡지 못하고 있는 혼란스런 단면을 잘 드러내보여주고 있다.

3.

남에게 치근덕거리는 수준은 어디까지 용납이 될 것인가. 그리고 우리 사회에서 공동체의 구성 요소로 가장 기본적인 자세는 무엇인가 하는 물음을 묻게 만드는 오수연의 <마니아>(≪문예중앙≫, 2002년 여름호)는 정신병에 걸린 한 여인을 내세워 그 이웃들이 당하는 고통을 적나라하게 보여주고 있다. 미친 여자인 십팔호집에 사는 정식이 엄마를 중심으로 그 이웃에 사는 사람들이 당하는 고통을 그리고 있는 이 작품에서는 정신적으로 집착에 빠져있는 한 인물이 저지르는 행위에 대해 대책이 없는 우리 사회의 슬픈 모습이 적나라하게 제시된다. 무료정신병원은 없고, 한 가족으로서는 감당하기 힘든 한달 150만원씩 지불되는 병원비 때문에 환자들을 내팽게치고 있는 우리 사회의 후진성과 이웃집 일을 그저 단순한 흥미꺼리로만 생각하는 천박한 사회 현상들이 곁들여져 제시되고 있는 이 작품은 한 정신병자에게 당하면서 살아가는 여러 인물들이 각자 위치에 따라 대응방식이 다르고, 생각하는 방향도 다른 모습들을 다양하게 제시하고 있다. 또한 아들에게는 맹목적으로 희생하는 모습을 보이고 있는 어머니의 모습을 통해 우리 사회의 잘못된 인습과 남아선호사상까지도 비판적으로 제시된다. 이처럼 정신병 환자에게 휘둘리면서 살아가는 사람들의 다양한 모습을 통해 이 작품에서는 우리 사회가 갖고있는 소통의 문제와 매몰된 인간성, 그리고 공동체 사회가 무너져가는 모습들이 간접적으로 제시되고 있다.

"애는 꼭 하나마나 한 소리만 해. 현실이 어디 그래? 고소하면 뭐 선고 꽝꽝 때리고 잡아 가둘 줄 알아? 일 년도 걸리고 이 년도 걸리고, 예로부터 소송 한번 걸리면 집안이 망한댄다. 그동안 그 미친년 더 발악을 한 텐데 그 꼴을 어떻게 당해?"
어머니는 염소처럼 목소리를 떨며 이죽댔다.
"그 여자랑 싸운 사람들 이제껏 한둘이 아닌데 아무도 고발 안했어. 제발 좀 용서해 달라고 십팔호한테 다들 빌었대잖아. 그 사람들이 뭐 너만큼 법 모르고 자존심 없어서 그랬겠어? 본격적으로 원수져봤자 좋을 게 없으니까 그렇지. 그 여자가 병원에 끌려간대도 평생 거기 있겠니? 정신 병자들은 정신병원에서 나와 자기를 병원에 넣은 사람들한테 복수하다가 다시 정신병원에 들어가고, 나와서 또 그 짓 하고, 죽을 때까지 괴롭힌대."

사회적 문제가 되는 일도 개인의 처리에만 맡겨두는 사회는 제대로 된 사회가 아니다. 그러나 그런 일이 다반사로 이루어지면 사람들은 자기 본능에 의해 사회적인 상황 속에서 자신들에게 편리하고 이익이 되는 방향으로 일을 처리하게 된다. 법을 믿을 수 없고 제도적인 장치를 믿을 수 없으니까 그냥 수긍하면서 피해를 덜 당한 생각만 하게 되는 것이다. 나의 일이 아니니까 상식적으로만 생각하고, 그 환자만이 가지고 있는 특별한 사정은 아예 이해조차 하지 않으면서 삶이 이루어지는 사회는 소통이 단절된 사회이다. 그러한 단힌 사회에서는 일반적인 상식으로 생각조차 할 수 없는 끔찍하고 기괴한 삶의 형태가 더욱 기승을 부리기 마련이다. 따라서 나의 일이 아닌 남의 일일지라도 많은 문제를 야기할 수 있는 사건은 그 원인과 고통을 함께 밝혀서 치유하고자 하는 노력이 계속되지 않는다면 그러한 현상은 치유되지 않을 뿐만 아니라 나중에는 일반적인 현대병으로 인식하게 될 것이다.

이 작품에서는 정신병에 걸린 이웃 여자에게 고통을 당하는 모습들이 나의 어머니로 대표되는 인물이 당하는 고통과 미친 여자와 이웃하여 살아가는 집들이 겪는 고통을 통해 제시하고 있다. 이들의 고통은 제정신 못차리게 미친 듯이 변모하는 사회 속에서 체념하면서 살아가거나 아님 더 나아가 아예 그들과 비슷하게 변해가고 적응해가면서 살아가는 사람들의 모습을 상징한다. 제 정신이 아닌 인물들이 모여서 저지르는 행위 때문에 국민들은 분노하고 억울해하고 때로는 슬퍼하지만, 어떻게 대응할지를 몰라 쩔쩔매는 우리 사회의 슬픈 모습들은 작품 속에서 바로 이웃에게 고통을 당하면서도 이를 극복하지 못하고 쩔쩔매는 나약한 이웃들의 모습과 너무나 닮아있다. 나의 일이 아니면 관심조차 두지 않고 나와 관련되어 있지 않으면 회피하려고만 하는 오늘날 우리네 삶의 슬픈 모습이, 닫혀진 한 사회의 모습이 한 가정의 고통 속에서 뚜렷하게 드러나고 있는 것이다.

4.

 '검은 깃털'이라는 이름의 타조와 수입양식업자인 나의 대결과 함께 타락한 세계에 편승해가면서 교활해져가는 나의 모습을 그린 안광의 <성난 타조>(≪작가세계≫, 2002년 여름호)는 우리 사회의 일그러지고 타락한 모습을 제시하고 있는 작품이다. 우선 줄거리를 보면 직장에서 쫓겨난 나는 수입업자들이 꾸민 어용 심포지엄을 보고난 아내의 간청에 의해 타조 기르기를 시작하기로 하고, 남아프리카에서 수입해온 타조를 온 정성을 다해 키우게 된다. 처음 나는 타조들을 실수로 죽게 만들기도 하지만 3년째 접어들면서 타조들의 말을 이해하게 되고, 그 후부터 한 마리도 죽이지 않고 여든 두 마리의 새끼 타조를 부화하게 된다. 그래서 처음에는 엄청나게 벌리는 돈 때문에 금방 돈방석에 앉는 환상을 품게 된다. 그러나 얼마 지나지 않아서 많은 타조들이 성숙하여 몸무게 팔십킬로그램으로 불어난 후까지도 타조고기나 가죽이 전혀 팔려나가지 않자 나는 고민에 빠지게 된다. 그래서 타조들에게 교미를 금지하도록 하고, 식량도 하루 두 끼만 준다. 반발하는 타조들을 무시하면서 돌아서던 나는 타조들의 우두머리 역할을 하는 '검은 깃털'이라는 이름을 가진 수컷타조의 항의를 받는다. 사냥나온 군수의 사냥개 두 마리를 찢어 죽인 전력을 가진 '검은 깃털'은 나의 그러한 조치에 강한 발발을 한다. 나는 '검은 깃털'에게 농장의 사정을 들어 이야기하지만 다른 타조들과는 달리 '검은 깃털'은 거부의 모습을 내보인다. 이에 분노를 느낀 나는 '검은 깃털'에게 나의 강함을 보여줄 생각을 하게 된다. 그날 저녁에 타조알로 요리를 하기위해 시멘트 바닥으로 떨어트리지만, 단단한 타조알은 쉽게 깨지지 않는다. 그러한 단단함을 보면서 나는 생각한다.

 단단하다는 것은 미련하다는 것이다. 유연하지 못한 모든 것들은 죄이

며 벌이다. 빨리 변화하지 않으면 죽는다. 나도 평생직장인 줄 알고 소처
럼 일하다 퇴직당했다. 저 미련한 타조들을 보아라. 날개를 접고 땅으로
내려왔지만 그 후로는 땅바닥에 재빨리 적응하지 못하고 우스꽝스럽고
볼품없는 새로 변했다. 비대한 몸통, 실룩대는 엉덩이, 커다란 눈은 항상
불안에 떨며 긴 목을 곧추세워 사방을 경계하다가 맹수라도 나타날라치
면 시속 육십 킬로미터로 도망가는데 이력이 붙은 억세고 못생긴 두 다리
를 가졌다.

　현대사회의 재빠른 변화를 수용하지 못한 사람들은 우리 사회에서 퇴
출당하고 있다. 그 중에 한 사람인 나도 직장에서 소처럼 일하다가 결국
강제로 퇴직당한 처지이다. 이러한 내 모습을 팔리지 않는 타조를 보면서
다시 하게 된다. 그리고 시멘트에 떨어트려도 깨지지 않는 단단한 타조알
을 드릴을 이용하여 구멍을 뚫어서 쉽게 요리를 하면서 현실에 적응하지
못하고 직장에서 쫓겨난 분풀이를 타조에게 하고 있는 것이다. 그러다가
타조들의 우두머리인 '검은 깃털'이 자신의 지시를 어기고 암타조와 교
미하는 모습을 보게 되자, 나는 무시받고 있다는 생각에 자신을 능멸하고
있는 '검은 깃털'을 응징할 방법을 찾게 된다. 그와 함께 며칠 째 전화를
받지않고 있는 아내가 어떤 사내와 체온을 나누고 있다는 생각을 하게
된다. 그리고 아내와 이혼을 할 때 자신의 재산을 나누어주기 싫어서
흥신소에 전화를 걸어서 아내의 불륜 현장을 포착해 달라고 부탁한다.
'검은 깃털'이 교미를 하는 장면을 보고 온몸이 뜨거워진 나는 군청 소재
지에 있는 다방에 전화를 걸어 미스 주에게 티켓을 끊어 오도록 한다.
차를 가지고 온 미스 주와 관계를 가지면서 제대로 힘을 발휘하지 못해
미스 주의 비아냥까지 듣게 되자 자신의 남성이 모멸받은 수치심까지
겹쳐서 나는 '검은 깃털'을 용서하지 않겠다고 한다. 나는 올가미로 '검은
깃털'의 목을 낚아채어 울타리 쇠말뚝에 묶고 분노심에 불타 몽둥이로
온 몸을 매질한다. 그 분노 속에는 다방레지의 조롱과 아내의 나에 대한

모욕 등이 담겨있다. 그 후 나는 아내와 이 사회에 복수하기 위한 방법으로 흥신소 직원을 고용하여 아내의 불륜을 조사하도록 하여 불륜현장을 담은 사진을 건네받은 나는 보험 설계사로 일하는 군수 부인 때문에 고액 보험을 들었던 기억을 떠올리고 흥신소 직원과 다시 은밀한 거래를 한다. 그날 밤 '검은 깃털'과 다른 타조들이 나를 공격하는 환상 때문에 공포감을 느낀 나는 '검은 깃털'을 죽이기로 한다. 죽음을 목전에 둔 '검은 깃털'은 죽기 전에 자신이 잊혀지지 않게 해달라는 부탁을 하고 나는 그 약속을 들어주기로 하고 동맥을 끊어 죽인다. '검은 깃털'의 시체를 냉동고에 넣은 후 나는 단란주점에 가서 술을 먹고 여관에서 잠을 잔다. 그날 흥신소 직원은 나와의 약속처럼 농장에 불을 질러 농장은 전소되고, 나는 보험회사에서 보상금을 넉넉하게 받아 그곳에 삼층짜리 모텔을 지어, 타조 파라다이스라고 이름 짓는다. 모텔을 장사가 잘 되었고, 아내와도 흥신소 직원이 가져다준 사진을 근거로 하여 위자료 없이 이혼하였다. 그리고 '검은 깃털'과의 약속을 지키기 위하여 모텔의 입구에 성난 타조의 모양을 한 '검은 깃털'의 박제를 세워놓는다.

이 작품은 우리 사회에서 변화하는 새로운 조직에 적응하지 못하고 밀려서 도태된 존재들이 타조로 상징되고 있다. 날개를 가졌지만 날지도 못하는 존재. 자연에 살았지만 인간에게 붙잡혀 사육당하는 존재. 그러나 우리들 인간도 강한 자들에게 약한 자들은 도태되거나 붙잡혀서 사육당하는 처지로 변모되고 있는 것은 마찬가지이다. 세계가 하나의 세계로 되어갈수록 강한 자와 약한 자들은 뚜렷하게 구별되고, 많은 약자들은 강자들에게 사육당하면서 길들여지고 있는 것이다. 약자의 대표노릇을 하는 '검은 깃털'도 같은 약자들의 세계에서는 강자로 군림하지만 그것은 제한된 세계 속에서 가능할 뿐이다. 그리고 이 약자들을 지배하는 나 또한 약자들을 마음대로 조정할 수 있지만 강자들에 의해 지배되는 세계 속에서는 또다른 약자로 전락하고 있을 뿐이다. 그래서 강자들이 지배하는 세계인 이 사회의 조직에서 쫓겨난 나약한 존재일 뿐이다. 결국 강자의 힘을 역이용하여 충분한 잇속을 챙기는 나의 모습은 약자가 강자로 되어가는 과정이 비리와 손을 잡을 수밖에 없음을 드러내 보여주고 있어서 타락한 사회의 슬픈 단면을 드러내 보여주고 있을 뿐이다. 이처럼 서로가 서로를 억누르면서 살아가는 존재들의 모습을 통해 약육강식이 판치는 세계를 그리고 있는 이 작품은 고향을 그리워하다가 고향에 가지 못한 채 살해당해 박제의 모양으로 전시되고 있는 '검은 깃털'의 삶을 통해 약자들인 지배받는 존재들의 한계와 슬픈 처지를 선명하게 보여주고 있다.

5.

월남전 참전이 우리에게 가져다준 아픔에는 어떤 것이 있을까? 월남에 남겨진 2세들의 문제인 라이따이한 문제와 더불어 우리 내부의 아픔으로 남아있는 것이 참전군인들이 겪는 고엽제로 인한 문제일 것이다. 유금호의 <겨울바다, 잠시 비 내리고>(≪문예운동≫ 2002년 여름호)에서는 고엽제로 고통을 받다가 죽은 두 사람의 삶을 화자의 넋두리를 통해 간접적으로 드러내 보여주고 있다. 이 작품에서 간접적으로 등장하는 두 사람의 고엽제 환자 중에서 한 사람은 월남에서 돌아온 후 병의 증세가 나타나자 고통을 이기기 위해 술로 시간을 보내면서 어머니의 삶마저 갉아먹다가 죽었고, 다른 한 사람은 젊은 시절 건강하게 보냈던 월남의 삶을 그리워하다가 죽었다. 고엽제로 고통받는 형의 술주정이 보기싫어 집을 떠났던 이 작품의 화자는 많은 시간이 지난 후 다시 집에 돌아와보니 온몸을 병든 형에게 갉아먹혀 폭삭 삭아버린 어머니만이 남아있음을 알게 된다. 그동안 그의 어머니는 고엽제에 걸려 고통받는 아들의 아픔을 온몸으로

받으며 살아온 것이다. 마치 알를 낳고 마지막에는 입구를 막아 새로
깨어난 새끼들의 먹이가 되어 죽는 거미처럼. 이 작품의 화자는 고엽제로
고통받는 형의 모습이 보기 싫어 그곳에서 도망쳐서 살았고, 그와 마주앉
아 있는 젊은 친구는 죽은 아버지의 유해나마 아버지가 건강하게 지냈던
월남땅으로 흘러가도록 바닷가에 유해를 뿌리기 위해 온 것이다. 이 두
사람의 모습은 고엽제로 인해 고통을 받던 이 땅의 많은 가족들에게 남겨
진 하나의 슬픈 정경일 뿐이다.

이러한 모습을 배경의 한 모습으로 제시하고 있는 이 작품은 화자의
힘들고 고통스런 일생이 화자의 넋두리로서 제시된다. 사는 게 힘들어서
자살하려고 했던 일과 소록도에 갔던 일, 소록도 중앙리에서 굼벵이처럼
사는 사람들을 보고 삶의 욕망을 되찾은 일, 그리고 하역장에서 노무자로
일하다가 아내를 얻어 지낸 일, 그 아내와 서울에 와서 살려고 했다가
아내를 연탄가스로 보낸 일 등이 넋두리처럼 제시되고 있다.

우리 사회와 우리 경제에 직접 간접으로 영향을 준 월남참전. 그 당시
경제부흥은 다른 무엇보다도 그들이 흘린 피가 그 바탕을 이루고 있을
것이다. 그러나 우리 사회는 경제부흥의 공로자인 참전군인들의 힘든
삶이나 병으로 인한 고통에 대해서는 무관심으로 대응해오고 있다. 전체
를 위해 희생한 대가가 개인 또는 그 가족의 고통으로만 남게 된다면
앞으로 누가 이 사회를 위해, 이 나라를 위해 목숨을 버릴 것인가. 고엽제
로 고통을 받았던 가족들의 삶을 통해 간접적으로 월남 참전군인 가족들
의 삶을 드러내 보여주고 있는 이 작품은 우리 사회의 아픔들이 서로
어울려 화해의 길로 나아가지 못하고 한 개인이나 가족의 슬픔으로만
남아있는 우리 사회의 슬픈 정경을 드러내 보여주면서 우리에게 이 문제
에 대해 다시 생각하도록 해주고 있다.

(≪문예운동≫ 2002년 가을호, 통권 75호)

삶에 대한 다양한 인식들

표명희, 〈3번 출구〉(계간 〈창작과 비평〉 2002년 가을호)
정   인, 〈오래된 선물〉(계간 〈21세기 문학〉 2002년 가을호)
김종성, 〈하얀 불꽃〉(계간 〈문학과 경계〉 2002년 가을호)

지금 우리 사회는 1년이라는 기간동안 옛날 100년에 해당하는 변화가 이루어지고 있다. 급변하는 세계 속에서 사람들은 현실에 적응하기 위해 힘들게 걷고 있다. 지금 걷고있는 길이 올바른 길인지 아닌지도 구별할 시간마져 갖지 못한 채 대부분의 사람들은 빠르게 변모하는 이 세계에서 낙오하지 않으려는 몸부림만을 보여주고 있다. 이러한 모습들이 과연 제대로 된 삶의 모습일까. 아마도 우리 사회에 자리잡고 있는 이러한 혼돈스런 모습은 새로운 질서를 잡아가려는 몸부림인지도 모르겠다.

이번 호에서 다루고자 하는 몇몇 작품들에서 보여주는 것도 우리 사회의 급변하는 환경 속에서 살아남고자 몸부림치는 다양한 삶의 모습들이라고 할 수 있다. 급속하게 변모하는 우리 사회의 모습은 우리의 삶의 형태마져도 변질시켜가고 있다. 이렇게 변모하는 삶 속에서 서민들이 자신의 길을 제대로 간다는 것은 무척이나 힘이 들고 때로는 고통스럽기까지 하다. 이번 호에서 다루고자 하는 작품들에서는 이러한 모습들이 내부적으로 단단하게 고착되어 있는 사회적인 인식에 의해 억눌림 당하는 모습으로 나타나거나, 아직도 옛 허물처럼 저 멀리 던져두었던 이념의 흔적으로 남겨지기도 한다. 또 자본의 논리에 억눌려서 진실의 세계가 더 이상 자리잡을 공간을 찾지 못한 채 방황하는 모습으로 다가오기도 한다. 즉, 이들 작품들에서는 이렇게 현실을 극복하지 못한 채 방황하거나 현실에 억압당하는 모습을 통해 우리 사회의 병리현상에 대한 진단을 하고 있는 것이다.

1. 잘못된 사회 인식에 희생당하는 슬픈 모습

잘못된 사회적 가치관에 희생당한 병자의 모습을 그리고 있는 표명희의 <3번 출구>(계간 <창작과 비평> 2002년 가을호)는 사회적 환경에 적응하기를 거부하다가 결국 패배당하는 아픔이 어떤가를 보여주고 있다. 이 작품에서 표현되지 않은 1번 출구와 2번 출구가 우리 사회에서 흔히 볼 수 있는 일상적인 출구를 암시한다면, 3번 출구는 새로운 출구를 암시하고 있다. 즉, 이 작품에서 제시하는 3번 출구는 안개만이 자욱한 아직 분명하지 않은 미래를 나타내고 있는 것이다.

이 작품에서 화자로 제시되는 '나'를 중심으로 하여 사회적인 병리현상이 일상적인 출구의 형태로 제시된다. 나의 어머니가 하는 말처럼 '혼기 찬 딸년을 두고 있는데'에서 보여주는 의식 – 여자는 나이를 먹으면 시집을 가야 하는 풍토가 1번 출구라고 말할 수 있을 것이다. 그리고 강아지처럼 '영리하며 늘씬한 몸매와 미모까지 갖춘' 존재로 가격이 매겨지는 사회현실은 2번 출구가 될 것이다. 이러한 출구는 현재 우리 사회에서 살아가는 모든 사람들이 인정하면서 나아가고 있는 출구일 뿐이다. 따라서 제1의 출구도 아니고, 제2의 출구도 아닌 제3의 출구가 상징하는 것은 주어진 현실을 거부하면서 자기만의 길을 오롯이 가는 모습이 될 것이다. 이러한 3번 출구는 새로 만들어가면서 나아가야 하는 출구이기 때문에 무척이나 힘들고 고통스런 길이 될 것이다. 이처럼 이 작품에서는 주어진 사회적인 환경에 따르지 않고 자신이 바라는 새로운 출구를 찾아가는 인물의 행위를 통해 우리 사회의 병리현상을 드러내고 있다.

우리 사회에서 현재 여성의 대한 평가를 대표하는 기준은 인물이다. 물론 겉으로야 이러한 기준을 내세우고 있지는 않다. 그러나 은밀하게 조직적으로 이루어지는 평가의 기준은 인물이 중심자리에 자리잡고 있다. 이러한 사회적 평가를 거부한다면 어떻게 될까? 이 작품에서는 이러한 사회적 평가기준을 거부하면서 자신만의 기준을 갖고 삶을 살아가던 '나'라는 인물이 결국 사회적 평가에 굴복하여 비참하게 파멸되어가는 과정을 그리고 있다.

이 작품에서 주인공인 '나'로 나타나는 이정하는 외모를 중시하는 사회적 관념에 순종하는 어머니의 요구를 무시하면서 자신의 능력을 믿고 행동한다. '나'는 직장에서 학력과 외모의 부족함에도 불구하고 능력을 인정받으면서 '전문대 출신 최연소 디자인 팀장'으로 승진까지 하게 된다. 이러한 승진 결과는 명문대 출신 동료들과의 사직소동으로 번져가게 되고, 결국에는 나마져도 사직소동을 일으키지만 직장상사인 박 실장의 도움 아래 사직 파문은 가라앉게 된다. 그후 박 실장의 개인적인 배려에 나는 그와의 사랑을 꿈꾸어 보기도 하지만, 나중에 협력업체인 광고사 디자이너에게 그 자리마져 빼앗기게 된다. 결국 믿음과 사랑의 대상이었던 직장 상사 박 실장에 대한 분노는 내가 만들고 있던 캐릭터의 결함을 완벽하게 보완하기 위한 작업을 하도록 한다. 즉, 캐릭터의 좌우 대칭을 완벽하게 맞추고자 하는 것이다. 이처럼 나는 캐릭터마다 좌우의 대칭을 완벽하게 맞추기 위해 지우고 또 지우는 작업을 반복한다가 결국에는 자신을 농락했던 박 실장에게 외장하드를 던지고 회사에 사표를 낸다.

그리고 퇴직금으로 얼굴 성형 수술을 한다. 성형 수술을 한 직후에 수술한 얼굴의 좌우 대칭이 맞지 않음을 느끼는 나의 모습은 영원히 가까워질 수 없는 현실과 이상의 괴리를 나타내면서 '나'의 자아가 갖고 있는 이중성을 상징한다.

> 나는 차의 씨이드미러를 바깥쪽으로 움직여 각도를 조절한다. 역시 집안에서 보던 거울과는 확연히 다르다. 귀 뒤로 넘긴 머리를 다시 앞으로 내려본다. 왼쪽 얼굴선이 자연스레 가려진다. 수술 후 내 가르마는 오른쪽으로 자리를 바꾸었다. 29년 동안 한자리를 지키고 있던 머리카락이 하루 아침에 반대방향으로 바뀌자 수만개의 모근이 반항이라도 하듯 머리 밑이 쑤시며 아팠다. 가느다란 머리카락과 모근, 미미해 보이던 그것들이 시퍼렇게 살아 있음을 내게 처음으로 일깨워주었다. 수술 후 안면 윤곽선은 분명 부드럽게 둥글어졌다. "아주 성공적인 수술입니다." 확신이 찬 어조로 '달걀 모양의 곡선' 운운하던 의사 장의 말투는 꼭 파마를 하고 났을 때의 동네 미용사 같았다. "자격증 따기가 힘들어 그렇지 의사나 미용사나 장치인 건 매한가지 아니냐." 엄마는 의사와 미용사의 차이와 공통점을 명쾌하게 지적했다. 물론 나도 그 일이 파마 정도였으면 가벼운 마음으로 병원을 나왔을 것이다. "좌우 균형이 맞지 않은데요……" 한참 거울을 들여다보던 내가 미심쩍게 말했다. 전신마취 대신 굳이 부분마취를 하겠다고 우겼던 만만치 않은 환자여서 의사 장도 조금은 긴장하고 있었다. "한달쯤 지나야 제대로 된 얼굴을 볼 수 있어요. 부기가 완전히 가라앉은 다음에요."
>
> ─ 표명희, <3번 출구>

'나'가 얼굴을 성형 수술한 후 '수만개의 모근이 반항이라도 하듯 머리 밑이 쑤시고 아팠다'는 느낌은 현실적인 아픔을 나타내면서 또한 현실에 굴복하여 나의 자아가 겪는 고통을 상징한다. 그리고 성형외과 의사나 간호원의 확정적인 대답에도 불구하고 '나'의 얼굴에서 좌우 대칭이 제대로 이루어지지 않았다고 느끼는 모습은 현실을 극복하려고 노력했던 자아와 현실에 굴복하게 된 자아의 갈등 양상을 나타내고 있다. 따라서 이러한 갈등과 모순은 현실세계에서 제대로 받아들여지지가 않게 될 뿐이다. 현실적 상황에 대한 거부는 현실에서 따돌림 받는 존재로 전락하게 됨을 나타낸다. 이러한 상황은 결국 성형외과 의사의 소개로 정신과 의사에게서 정신치료를 받는 처지로 전락하게 된 '나'의 모습으로 나타나고 있다. 이처럼 이 작품에서 주인공의 행위는 사회적인 인식을 뛰어넘지 못하고 방황하는 데서 끝을 맺고 있다.

어머니로 대표되는 가정과, 직장 동료 및 상사로 대표되는 사회, 그리고 이익집단을 대표하는 성형외과 의사와 정신과 의사의 행태는 우리 사회의 다양한 표정 속에 숨겨져있는 잘못된 가치관을 반영한다. 그러한 잘못된 가치관이 자리잡은 사회 속에서 정상적인 가치관을 가진 인물이 현실에 적응하기에 얼마나 어려운가를 보여주고 있다. 그만큼 우리 사회에 자리잡고 있는 인식의 벽은 완강하고 강고하다는 것을 나타내고 있다. 또한 정상적인 출구는 별 의미를 갖지 못하고 있거나 막혀 있는 우리 사회의 잘못된 상황을 암시하면서, 우리 사회에서는 학교에서 배운 것처럼 정상적인 인식을 갖고 살아가기가 얼마나 힘든가를 정신병원에 다녀야만 하는 주인공의 모습을 통해 역설적으로 보여주고 있다.

2. 이념과 관념에 희생당하는 가족애의 모습

육친애마저도 이념에 의해 변질되고, 관념의 쇠사슬에 묶여서 마음마저 차가워져버렸던 지난날의 삶의 흔적을 그리고 있는 정인의 <오래된 선물>(계간 <21세기 문학> 2002년 가을호)은 이념이 피를 나눈 한 가족을 어떻게 갈라놓고 있는가를 잘 보여주고 있다. 1970년대와 1980년대를 살아온 사람들은 당대 집권층의 권력욕이 우리 민족의 인간성을 어떻게 말살시켰는가를 잘 알고 있을 것이다. 갈등을 넘어 증오의 모습으로 서로를 인식하도록 만들었던 지난날의 흔적은 오늘날까지도 그 잔영이 남아 있어서 우리를 괴롭히고 있다. 그때 이념의 차이라는 주장 아래 혈육을 서로 증오하게 만드는 삶은 한반도에 사는 모든 사람들에게 정치적인 신념을 선명하게 나타내도록 만들었었다. 따라서 자신의 삶조차도 선택에 따른 것이 아니라 이미 만들어놓은 이념의 굴레에 갇혀서 행동마져 자유롭지 못한 존재로 살아가던 시절이었다. 이 작품에서는 그 당시의 삶을 잘 보여주고 있다.

일본으로 돈벌러 떠난 삼촌. 그 삼촌은 일본에서 돈을 많이 벌었지만 조총련의 간부로 남쪽에 살고있는 가족과는 이미 이념의 가치를 공유하지 못하는 존재이다. 그러나 가족의 애증은 그대로 살아남아서 형제들끼리도 서로간에 애증이 교차하게 된다. 남쪽에 살고있는 어머니마져도 이념의 덫에 갇혀서 만날 수가 없고 바로 옆에 온 혈육마져도 만나지 못하는 고통. 이 고통은 전화선을 통해 단지 울음으로만 전달되어 온다. 우여곡절 끝에 이루어진 형제간의 만남도 이념에 의해 단절된 응어리는 풀지 못한 채 또 다른 갈등만 야기하고 만다.

> "그런 문제는 서로 말하지 말자. 피차에 수십 년 동안 살아온 세계가 다르니. 사람들은 다, 나름대로 자신만의 이유를 가지고 사는 거다."
> "이유는 무슨 이유요? 우리가 올 때라도 좀 떼놓으면 안 됐소?"
> "그럴 수는 없다. 더 이상 말하지 마라."
> 너무 단호한 때문이었을까. 둘째 외숙이 벌떡 일어나 밖으로 나가 버렸고 작별을 위해 마시던 술자리는 그때부터 난장판이 되어 버렸다. 다음날 아침, 모두들 납덩어리 같은 가슴을 안고 떠날 차비를 하여 나왔을 때, 경악할 만한 광경이 마당에 펼쳐져 있었다. 마당 한가운데에 부서져 버림으로서 아무런 위엄도 없이 되어 버린 살집 좋은 사내의 사진이 갈갈이 찢어져 바람에 나풀거리고 있었다. 외숙모가 비명을 지르며 달려나가 사내의 찢어진 초상화를 가슴에 그러모았다. 큰 외숙은 그 자리에서 그만

뒈! 라고 비명을 지르다시피 고함을 치며 둘째외숙의 멱살을 잡고 뺨을
후려갈겼다.
　"너희가 무엇을 안다고 감히 이따위 짓을 하느냐? 너희가 내가 어떻게
살아왔는지를 아느냐? 나는 부모, 형제가 안 그립고, 그 땅이 안 그리웠는
줄 아느냐? 하지만 이왕 이렇게 살아온 세월을 어찌한단 말이야? 너희가
진정 내 형제라면, 이렇게 살아야만 했던 형의 처지를 이해하려고 애써
주어야 하는 걸, 어찌 이렇게 무례하기 짝이 없는 짓을 한단 말아야? 나라
고 억울한 게 없었겠어? 어서 다 가 버려. 다신, 다신 안 보고 싶어."
- 정인, <오래 된 선물>

　형제간의 만남마져 파탄을 맞게 만들었던 이념의 굴레는 세월이 흐르
면서 해빙의 분위기에 의해서 늦게나마 형제간의 만남을 갖게 된다. 그러
나 이러한 뒤늦은 만남은 갈등의 골이 깊었던 만큼이나 현실에서의 만남
으로 이어지지 못하고 만다. '서로를 용서하기 위해, 용서받기 위해' 만나
는 시간이 필요했지만 세월은 끝내 그들의 만남을 기다려주지 않았던
것이다. 이념이 그동안 우리 민족에게 가했던 고통이 얼마나 컸던가를
보여주고 있는 이 작품은 아직도 우리 사회가 넘어야 할 이념의 문제가
결코 쉬운 문제가 아님을 보여주고 있기도 하다.

3. 물질 중심의 세계관에 희생당하는 인물의 모습

　어느 땐가 천민 자본주의라는 말이 한참 떠돌았던 적이 있다. 모든
가치가 물질적인 이익을 위해 재평가되는 사회적인 병리현상을 지칭하
는 표현으로 사용된 천민 자본주의에서 정의나 진실 따위는 쓰레기통에
던져넣어야 할 가치로 존재하게 된다.
　김종성의 <하얀 불꽃>(계간 <문학과 경계> 2002년 가을호)에서는
진실을 보도하고자 하는 신념을 가지고 기사를 쓰고자 노력하는 신문사

차장인 정인규가 등장하고 있다. 그는 김 국장으로 대변되는 자본의 논리에 대항하여 진실을 드러내고자 노력하는 인물이다. 어느날 그는 김 국장의 부당한 지시를 받게 되자 귀에 이상을 느끼게 되기 시작하고 그런 현상은 김 국장의 부당한 지시가 있을 때마다 계속된다.

> "정 차장, 꼭 이런 기사를 내보내야 하나? 지금 백광원자력발전소 5·6기 추가 건설 문제와 핵폐기장 부지 선정 문제로 백광군 전체가 시끌시끌한데."
> 김 국장이 언성을 높였다.
> "이미 소문이 쫙 났는데, 우리 신문이 이런 기사를 안 내보내면, 한전으로부터 돈 먹었다는 의심을 받게 됩니다."
> 인규가 사무적인 어투로 말했다.
> "그건 또 그래. 중앙지도 보도를 하는데 지역신문인 우리 신문이 우리 지역의 이슈를 보도하지 않는다는 건……."
> "꼭 보도해야 합니다."
> "정 차장, 이렇게 하면 어떨까. 이 기사서 방사능 오염 이야기만 빼면 어떨까?"
> 김 국장이 책상 위에 놓여 있는 기사에서 '내 마음 속에선 방사능 오염 쪽으로 생각이 모아졌어요'와 '아무래도 그때 남편이 방사능에 피폭된 거 같아요'를 붉은 펜으로 빼버리라는 표시를 했다.
> "그럼 기사의 핵심이 흐려지잖아요."
> "아직 방사능오염 때문이라는 결론이 난 거는 아니잖아. 자자, 결론이 날 때까지, 방사능오염 이야긴 빼버리고 보도하자고."
> — 김종성, <하얀 불꽃>

인규가 김 국장의 부당한 지시를 받을 때마다 느끼는 귀의 이상한 증상은 잘못 나가고 있는 우리 사회에 대한 병리적인 반응을 상징한다. 백광원자력발전소 5·6호기 추가건설과 핵폐기장 건설 반대 운동을 하고 있는 지역 주민들이 겪는 무뇌아 출산에 대해 기사를 쓴 그에게 김

부장이 내리는 '원전 안전성에 무게 중심을 두어, 지역 주민들이 불안해하지 않도록 기사를 수정'하라는 지시나 '방사능 오염 이야기'를 빼라는 지시는 그에게 큰 압력이고 김 부장과 갈등을 불러일으키는 요인이 된다. 이어 핵발전소 정문 앞에서 시위를 하던 주민들이 토하고 실신하는 일이 일어나고 집 베란다에서 시위대의 모습을 보던 정 차장의 아내마저 실신하여 쓰러지는 일이 일어난다.

이처럼 자본의 논리에 의해 정의나 진실이 왜곡되고 변질되어가는 모습들은 오늘날 현실에서 살아가는 사람들이 겪는 고통이기도 하다. 개개인의 서민들이 겪는 고통은 자본의 힘 앞에서 아무런 의미를 갖지 못하고 무력해질 때 사람들은 좌절하게 된다. 이러한 절망감을 극복하는 힘은 서민들의 강인한 의지일 것이다. 이 작품에서는 주민들이 겪는 고통의 문제가 인규 자신이 겪는 비극적 상황 – 아내의 실신과 의문스런 유산(?) – 으로 전이되면서 그 상황의 비극성을 강조하고 있지만, 설득력이 부족하고 그 방향성마저 잃어버리고 있다. 원자력발전소가 갖고있는 문제와 밝혀진 사실이 자본의 논리에 의해 변질되는 문제 그리고 논리적인 비약까지 한꺼번에 곁들여짐으로로써 추구하는 방향을 잃어버리고 있는 것이다. 이처럼 이 작품은 우리 사회의 이면에 자리잡고 있는 서민들의 고통을 제시하여 문제 제기를 하고는 있지만 그것을 통해 나타내고자 하는 구체적인 뜻과 그 방향성을 잃고있기 때문에 단지 힘없는 메아리로 되돌아오고 있을 뿐이다.

(≪문예운동≫ 2002년 겨울호, 통권 76호)

소설 속 풍경 읽기

인쇄일 초판 1쇄 2003년 01월 05일
          2쇄 2015년 03월 23일
발행일 초판 1쇄 2003년 01월 15일
          2쇄 2015년 03월 25일

엮은이 김 봉 진
발행인 정 진 이
발행처 새미
등록일 1994.03.10, 제17-271호

서울시 강동구 성내동 447-11 현영빌딩 2층
Tel : 442-4623~4 Fax : 442-4625
www. kookhak.co.kr
E- mail : kookhak2001@hanmail.net
ISBN 978-89-5628-042-4 *93800
가 격 18,000원

* 새미는 국학자료원의 자매회사입니다.
*저자와의 협의 하에 인지는 생략합니다.